迷宫

ЛАБИРИНТ ОТРАЖЕНИЙ

[俄] 谢尔盖·卢基扬年科 著

肖楚舟 译

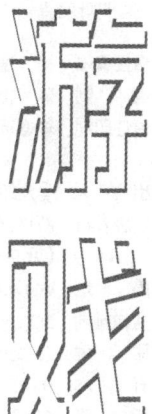

新星出版社　NEW STAR PRESS

ЛАБИРИНТ ОТРАЖЕНИЙ

Copyright © 1997 by Sergey Lukianeko
This edition arranged with Andrew Nurnberg Associates International Limited.
Simplified Chinese edition copyright © 2023
by Chengdu Eight Light Minutes Culture Communication Co., Ltd.
All right reserved.
著作版权合同登记号：01-2022-1053

图书在版编目（CIP）数据

深潜游戏. I, 迷宫 /（俄罗斯）谢尔盖·卢基扬年科著；肖楚舟译. -- 北京：新星出版社, 2023.6
ISBN 978-7-5133-5007-5

Ⅰ.①深… Ⅱ.①谢… ②肖… Ⅲ.①幻想小说 - 俄罗斯 - 现代 Ⅳ.①I512.45

中国版本图书馆 CIP 数据核字 (2022) 第 162577 号

光分科幻文库

深潜游戏 I：迷宫

[俄] 谢尔盖·卢基扬年科 著；肖楚舟 译

责任编辑	杨　猛
监　　制	黄　艳
责任印制	李珊珊

出 版 人	马汝军
出版发行	新星出版社
	（北京市西城区车公庄大街丙3号楼8001 100044）
网　　址	www.newstarpress.com
法律顾问	北京市岳成律师事务所
印　　刷	北京天恒嘉业印刷有限公司
开　　本	910mm×1230mm　1/32
印　　张	12.25
字　　数	352千字
版　　次	2023年6月第1版　　2023年6月第1次印刷
书　　号	ISBN 978-7-5133-5007-5
定　　价	58.00元

版权专有，侵权必究。如有印装错误，请与出版社联系。
总机：010-88310888　传真：010-65270449　销售中心：010-88310811

北京俄罗斯文化中心致中国读者的一封信

尊敬的中国读者：

您翻开的这本小说，是俄罗斯最著名的科幻作家之一谢尔盖·卢基扬年科的作品。苏联和俄罗斯的幻想小说享誉世界，而卢基扬年科堪称一位优秀的继承者。他曾数次访问中国，与中国粉丝的交流活动就曾在北京俄罗斯文化中心举行。

很高兴看到卢基扬年科的作品在中国出版。幻想类小说在中国广受欢迎，中国读者对该类型小说的语言风格和故事情节总是有着细腻的体会和深刻的理解，这非常难能可贵，或许正是源自中国古代志怪小说的文学传统。

我想，这就是为什么卢基扬年科的作品在精神上非常接近中国读者——你们懂得欣赏那些真正有价值的作品。在无穷无尽的幻想世界里，你们秉承着自己独一无二的精神、哲学和道德体系。而卢基扬年科本人将自己的作品风格定义为"硬核幻想"及"道之幻想"，相信你们可以从中找到与中国哲学的契合点，毕竟，中国哲学所强调的，恰是生命之历程，而非生命之目的。

祝愿每位读者的阅读之旅充满惊喜，祝愿每个人都能在卢基扬年科的作品中找到自己内心的声音。读完此书，您可能会从全新角度审视自己，更加理解自己在世界中的位置，也拓宽自己生而为人的隐秘边界。这正是文学的宝贵使命。

好好享受这本书，为它腾出书架上的一席之地吧。

北京俄罗斯文化中心主任
塔玛拉·卡西亚诺娃

С наилучшими пожеланиями

致中国读者

亲爱的中国读者:

非常高兴能在拙作中译版中说几句话。

我曾多次踏上中国这个美丽的国家,也参观过中国的书店,亲身感受过读者对文学的热爱、对科幻文学的热情。

若干年前,我的作品曾经在中国出版,但此次的出版机会非同寻常。今年,在我的诸多类型作品中,唯独科幻小说受到中国出版方的青睐。

这对我来说意味着什么呢?

我看到,中国的读者正在仰望星空。他们对空间、知识和技术发展的兴趣与日俱增。我深信,人类的未来将不限于我们的地球。如今,中国当之无愧地在航天、电子等科研领域占据领先地位,科幻更有望成为点亮前路的灯塔。

如果拙作也能成为这座灯塔中的一簇亮光,我将不胜荣幸。

谢尔盖·卢基扬年科

ГИМН ХАКЕРОВ, РУССКИЙ ВАРИАНТ.
《黑客之歌》俄语版

我们在黑暗中劳作——

我们竭尽所能,

我们奉献所有。

我们的工作——只属于黑夜

疑虑化作激情,

激情凝成宿命。

余下的皆为艺术——

在疯狂中保持清醒。

ОГЛАВЛЕНИЕ

目　　录

	潜者 001
	迷宫 089
	无脸人 179
	深渊 259
	倒霉鬼 325

潜 者

"没有什么会被遗忘，
它们只是被更新的信息掩埋了，
但依然存在于某处。"

ЛАБИРИНТ ОТРАЖЕНИЙ

00

　　我很想闭上眼睛，这是正常反应。五光十色的万花筒在眼前闪耀，星星的漩涡迸着花火。一切都很美，但我知道这美丽的背后是什么。

　　那就是深渊。它在英语里叫"deep"，但我觉得它的俄语表达才更贴切——"深渊"，后者听起来要意味深长得多。在英语里，它只是个俏皮的诨号，而在俄语里，它如同一声警钟——"注意，此地深不可测！"这里鲨鱼横行，海怪盘踞，静谧无声，只有无边无际又无形无质的空间，不断挤压着你的神经。

　　总的来说，深渊还算和善。它来者不拒。但就像潜水一样，你可以轻而易举地潜入其中，可要想探到水底后再返回水面，就得花上成倍的力气。最重要的是记住：没有我们，深渊就是一潭死水。你必须全身心地信任深渊，又要对它保持警惕。

　　否则总有一天，你将再也无法浮上水面。

01

　　一开始总是很难挪动身体。

　　房间不大，电脑桌摆在正中央，连着电脑的几股电线通向墙角的持续供电装置和更远处的插座，其中细细的那根是电话线。靠墙放着一张沙发床，上面搭着块华丽的毛毯。敞开的阳台门旁边就是小冰箱，这可是我的必需品。五分钟前我才检查过冰箱里的库存，至少今天不会挨饿。

　　我活动了一下脖子，左右转转脑袋。眼前微微一黑，不过很快就恢复了正常。没关系，常有的事。

　　"你还好吗，廖尼亚？"

音箱音量被开到了最大,我皱起眉头。

"我没事……把音量调小点儿。"

"降低音量……降低……降低……"Windows管家立马开始执行命令。

"可以了,维卡。"我赶紧叫停。这系统不赖,言听计从,善解人意,热情友好。但跟其他微软产品一样,它多少有点儿自大。没办法,只能接受。

"一路顺风,"系统说,"你什么时候回来?"

我看向电脑屏幕,桌面上的女人头像在橙色光环里跳动,脸庞年轻又可爱,但毫无特点。这种美我已经看厌了。

"不知道。"

"请给我十分钟调试时间。"

"好的,但不能更久了。十分钟后我就要调用所有资源。"

屏幕上的女人皱起了眉头,这是电脑在提取关键词。

"只要十分钟,"Windows管家顺从地说,"但我必须再次提醒你,我的内存有时无法胜任你给我的任务。建议将内存拓展到……"

"闭嘴。"我站了起来。"闭嘴"是个不容置疑的指令,一听到这句话,系统就不敢再多嘴。

我就像在牢房里踱步,左一步,右一步……哈哈,我不是想逃跑,如果这算是坐牢,那也是我自愿成为囚犯。我走到冰箱旁,拉开门,拿出一罐雪碧灌进喉咙。冰凉的饮料流过喉头。这几乎成了我的固定仪式——深渊里太热,总是让人口干舌燥。我攥着易拉罐走上阳台,走进温暖的夏夜。

深渊城几乎没有白天。霓虹灯点亮的街道上,车流低声轰鸣。看不见尽头的人流缓缓蠕动。这是世界上最大的城市,常住人口两千五百万。从十一楼的阳台望去,行人面目模糊。我一口喝光饮料,把易拉罐丢下阳台,转身回屋。

"这不道德……"电脑小声嘀咕。

我头也不回地穿上鞋,打开房门。楼道空荡荡、亮堂堂的,一尘不染。一只飞虫[1]试图趁我锁门时从半开的门里钻进来。呵,小儿科的系统攻击,好一个自娱自乐的蹩脚货。我嘲弄地欣赏着飞虫徒劳挣扎,它被房间里吹出的风一个劲儿往外推……终于,门关上了,飞虫最后奋力一冲,一头撞上了房门,在空中划过一条短短的弧线,终于栽到地上。

"是否向房主投诉?"Windows管家询问。现在它的声音是从我领子上的银别针里发出的。

"投诉吧。"我没有阻止它。我总是忘记告诉系统,房主就是我本人。

电梯还在原地等待。我通常爱走楼梯,这样可以沿路偷窥别的房间,反正也没人住……但今天我没有那份闲心。电梯飞速下行。我走上人行道,左右看看,说不定能抓到一个飞虫攻击爱好者?不过我没发现什么可疑人物,大家都行色匆匆。看来那飞虫只是个批量生产的大路货,偶然闯进来了而已。不管在屋里还是屋外,这种飞虫就像过街老鼠,人人喊打,但它们还是源源不断地冒出来。

我曾经也拿这些小玩意儿解闷,但只有极个别的飞虫能获取有意思的信息。

"廖尼亚,波利亚纳物业公司收到一号房的投诉。"

"忽略。"我随口敷衍。迎面走来了一个男人。这家伙可了不得!简直是年轻版阿诺德·施瓦辛格[2]跟老年版克林特·伊斯特伍德[3]的结合体,样子滑稽得不行。男人发现我嘲笑的目光,加快脚步走过去了。

我招招手,一辆亮黄色的礼宾车立即驶来,停在人行道旁。

"廖尼亚,你的投诉被忽略了!"

"好吧,没事儿。"

系统可以没完没了地循环这个流程,现在我可没空陪它玩儿……我坐进车里,司机回头朝我露出礼貌的微笑。这小伙子头发梳得一丝不

---

1. 飞虫英语为"BUG",现作计算机专业术语时意为"系统漏洞"。
2. 阿诺德·施瓦辛格(1947—),美国著名硬汉影星,代表作《终结者》系列等。
3. 克林特·伊斯特伍德(1930—),美国著名影星,代表作《荒野大镖客》。

苟，衬衫浆洗得十分平整。我喜欢这样的司机：训练有素，寡言少语。

"深渊客运公司很高兴为您服务！"

他没有报出我的姓名。Windows管家使用了匿名叫车功能。

"您用什么付款呢？"

"用这个付。"我从口袋里掏出左轮手枪，狠狠砸了一下他的额头。他想躲闪，但没来得及。我盯着他惨白的脸，攥住他的领子一字一句地下令："去阿尔-卡巴尔街区。"

"该地址不存在。"司机被我治得服服帖帖，彻底蒙了。

"阿尔-卡巴尔。8-7-7-3-8。"输入这串简单的代码，就能登录深渊运输公司服务器的地址簿。尽管不用敲司机的脑袋也可以达到同样的目的，但那样我的行程信息就会留在他们公司的系统里。

"收到。"司机又恢复了兴高采烈、积极热情的样子。

车子发动了。我望向窗外，一片片被写字楼塞满的街区飞速向后退去。长长的灰色大楼是IBM总部，这座华美的宫殿属于微软公司，而那边的镂空塔楼是美国在线[1]的办公楼，还有很多IT行业的佼佼者藏身于其他低调的写字楼中。

当然，这里不光有IT企业，还有家具店、小吃店、房地产公司、旅行社、运输公司、诊所……稍微有发展前途的企业都削尖脑袋想在这里谋一块立足之地。

深渊客运公司正是在这片繁荣土壤上发展壮大的。想走路游览这座城市简直是奢望。我们飞驰在高速路上，在一个个十字路口走走停停，在隧道和立交桥间穿梭……我耐心地等待着。尽管我可以命令司机抄近道，但那样的话，他就得联系调度室，我就会暴露行踪。

城市戛然而止，仿佛一把无形的利刃从天而降，斩断了高楼华厦构成的水泥巨幕。我们驶上环城高速，公路之外是丛林。郁郁葱葱、野性十足的丛林将那些避世之人与都市的喧嚣彻底隔绝。

"开慢点儿，"掠过一片桉果林，又经过一片类似俄罗斯中部地区的

---

1. 美国著名的因特网提供商。

密林后，我对他说，"在下个路口停。"

"但我们离阿尔-卡巴尔街区还远着呢。"司机说。

"叫你停就停。"

车慢慢停了下来。我打开车门，迈出一只脚。司机毕恭毕敬地等着我下车。我也在等待——等车流间断的时机，干坏事的时候谁会想被看见呢？啊，机会终于来了……

我回头瞄准出租车，扣动扳机。左轮手枪一声轻响，后坐力不大，但车子轰的一下就烧着了。司机呆呆地坐在车里，注视前方。几秒钟过后，又一辆深渊客运公司的出租车报废了。

得嘞。如此一来，现场看起来就像醉汉的恶作剧。我一步步走进丛林。

"这不道德……"Windows管家在银别针里嘀嘀咕咕。

"你升级完毕了吗？"

"已完毕。"

"那就好，现在帮我搜索一个加密缓存区，密码是'伊万'。"

"在那棵发光的树里。"系统答道。

我环顾四周。对了，就是那棵参天的橡树，树干发出只有我可见的奇特蓝光。我走过去，把手伸进树洞，掏出一个沉甸甸的包裹，转眼间就换上了新行头——白色亚麻衬衫、束腿长裤和镂空腰带，腰间挎着插进剑鞘的短剑，口袋里揣着几样小道具。这个加密缓存区是我几天前盗用高加索铁路局的电脑做的。他们的程序员水平不怎么样，得过好一阵子才会发现这次小小的入侵。

"哪里有小溪？"我问。

"在你右边。"

我俯身看向溪水中自己的倒影。

我用手掌拍了拍水面，再用手指搅和几下，我的模样消失了，取而代之的是一个金发少年，正随着水波微微摇晃。一张脸过于善良可亲，单纯得令人厌恶。

"谢谢。"我向维卡道了谢，站起身来，静静打量着丛林，天知道我多久没从城市里逃出来呼吸新鲜空气了……

"想必,你是在等我吧,这位好心人?"背后传来说话声。我转过头,一只个头直抵我胸口的巨狼从灌木丛里冒了出来。

"或许是吧。"我打量着眼前的巨兽。该死,它的虚拟形象做得真棒!毛皮是灰色的,但又不是简单的灰,而是那种灰狼特有的、介于黑灰之间的毛色。毛发乱蓬蓬,右前爪里还卡着几粒草籽儿。

"我可以吃掉你吗,好心人?"灰狼龇着一口老烟鬼似的黄牙,其中一颗齐根折断了。看来是一头久经沙场的老狼。

"你何必逗能,白白往英雄的宝剑上撞呢?"我随口糊弄它,"不如为我效劳吧!"

灰狼笑了,蹲坐下来。

"那你给我多少酬金,英勇的武士?"

"一趟三千。"我开价。灰狼点点头,看起来很满意,它抬起爪子挠挠腮帮子,然后问道:

"是去阿尔-卡巴尔吗?"

"猜对了。"

"什么任务?"

"偷东西。"

"客户是谁?"

我只是耸了耸肩。既然他的问题不甚详尽,那我的答案也只能模棱两可。客户们可不是爱声张的主儿。

"那就试试吧,"灰狼下定了决心,"你准备好了吗?"

"随时可以走。"

"出发吧。"

我爬到灰狼背上,它不慌不忙地迈开轻快的步伐,开始在丛林中穿行。树枝唰唰擦过头顶,我下意识地闪躲,灰狼不屑地轻笑了几声。随它去吧。

不出几分钟,我们就走出了丛林。现在脚下是一片黄色的沙地。热,太热了,热风吹得我睁不开眼。面前出现了一条约莫百米宽的峡谷,对面是一座东方风格的城池。清真寺的尖塔和圆顶有的橙黄，有的橙绿，很是好看。离我们不远处有一座……嗯……勉强称得上"桥"的东西横架两岸，细得像条琴弦。它一头连着城墙，一头系在一座十米高的丑陋石像上。那雕像的脸着实可怖。

"这一趟似乎不容易啊……"灰狼感慨道，"你不觉得开价太低了吗，伊万王子[1]？"

"鬼知道会是这样……"我心不在焉地搪塞它，细细打量石像，"他们倒是提醒过我要小心这座桥……"

"你要去偷什么？"

"金苹果……"

"噢，原来你这么盛装打扮，是这个缘故！"灰狼又咻咻地笑起来，"那苹果里有什么？"

"不知道，"我从灰狼背上跳下来，一只手仍抓着它脖子上的毛，"等我一会儿，我喝杯柠檬水就回来……"

"去吧。"灰狼四处张望了一下，同意了我的请求。

我半闭上眼睛。

深渊啊深渊，我不属于你……放我离去，深渊……

我浑身一颤，醒了过来。眼前小小的屏幕上显示着沙漠、峡谷、石像和远处的城池。画工不错，阿尔-卡巴尔的设计师很有一套。

这款VR头盔分量不轻，是索尼公司的最高端型号——配备了顶尖的彩色显示屏、一流的扬声器和内置麦克风，还自带空调，能随着游戏情景调节温度。现在它正处于酷热的沙漠模式……我取下头盔，搁在键盘旁。熟悉的女人头像又出现在显示屏上。

"廖尼亚，你要中断沉浸式体验吗？"

"不用，待机。"

---

1. 这里套用了俄罗斯民间童话《伊万与灰狼》。伊万王子是国王的第三个儿子，因为国王花园里的金苹果被金羽毛的日阿尔乌鸟偷走，国王命令三个儿子去抓鸟。灰狼帮助伊万王子克服重重困难，带回了金羽毛的鸟、金鬃毛的马和一位公主。后文偷金苹果、灰狼变身的情节，也是对这则童话的戏仿。

我在现实世界里的房间跟虚拟空间中的一模一样。只不过在现实世界中，窗外不是深渊城闷热的夏夜，而是圣彼得堡多雨的秋季。小雨淅沥沥地下着，远处传来汽车喇叭声。我打开冰箱，拿出一罐雪碧，在现实世界里喝起真正的饮料……我还是忍不住朝阳台外瞥了一眼。在虚拟世界里被我扔出阳台的罐子自然不会出现在这里的街道上。不过现在，我可以把两个世界仅剩的这点区别也抹掉。

头发全被汗打湿了，我用搭在椅背上的衬衫胡乱擦了一把，在电脑前坐下，检查拟真服与电脑的深渊主板间的接线插好了没有。拟真服成功运行起来，渐渐放慢我的动作，模拟出在沙地上艰难跋涉的效果。我的左腿有点儿跟不上右腿——程序又出毛病了。好吧，回头再调试调试。

头盔活像个火炉。阿尔-卡巴尔的蠢货们给自己设定了最难受的环境……

我眼前又切换回了虚拟世界的画面，画质如同一部粗制滥造的动画片。像素太低，好看是好看，但很粗糙。我的电脑只能带动这样的画质。

不过无所谓。毕竟，没有人类，深渊什么也不是。

我眨了眨眼睛，放松下来，试着凭自己的力量进入虚拟现实，结果自然是失败。我并没有来到沙漠，而是仍坐在家里的键盘前。看来还是得手动输入指令：

d-e-e-p

然后敲"回车"。

沙漠上方刮过一阵五颜六色的旋风，那是深渊程序正在运转的标志。上一秒，我还能看见小小的显示屏和头盔里的海绵垫，紧接着，我的意识就开始模糊。大脑试图抵抗，但无济于事。没人能逃过深渊程序的影响。

但还是有一小部分人不会彻底失去现实感，他们能凭借着自己的力量从深渊中上浮回现实世界。这样的天才三十万人里才能出一个，这就是潜者。

而我，就是其中之一。

灰狼朝我冷笑，"嗓子润好了，勇士？"

"嗯。"

我打量了一下自己，检查是否一切正常。我的虚拟身体只是一张简陋的图像，由电脑传输到深渊城及其周边的不同地点。但腰间的短剑和包里的小道具可不一样。它们是快捷指令，一会儿能派上大用场。

"这样吧，"我开始制定计划，"我一个人过桥，拿到战利品，咱们就一起溜。"

"听你的。"灰狼没有异议。

我在沙地上行进，热风丝毫没有消停的意思，吹起的沙石扎得眼睛生疼。

刺痛感不是头盔制造的特效，而是大脑把现实中应有的感觉移植了过来。

随着我一步步靠近，石像显得越来越逼真。它大概是伊夫利特[1]，头上长着角，龇牙咧嘴，臂膀上的肌肉鼓胀着。我着实不大了解阿拉伯神话。那条细线般的长桥的一端，就攥在伊夫利特的左手里。

这是一座马鬃搭成的桥。

我开始沿着怪兽的腿往上爬。如果此时有人在现实中空荡荡的房间里看着我，那画面一定很滑稽——一个人哆哆嗦嗦地拽着空气往上爬……

不能走神……

最后一米最为艰难。我踩着石像带刺的膝盖，试图用手钩住它的手掌，但没成功。阿尔-卡巴尔的合法访客一定有别的入口……

但我不得不先越过这花岗岩石像的生殖器。灰狼在下面偷笑。该死，它还觉得好玩儿……

总算爬到了怪兽的手掌上。我试着用脚去够桥，琴弦似的桥身微微

---

[1] 阿拉伯神话中的一种妖灵，通常以邪恶身份登场。其力大而狡诈，头生双角，全身被火焰包裹。

晃动。我身下就是万丈深渊和依稀可见的蓝色河滩。

"加把油,勇士!"灰狼叫道。

那么多虚拟玩家来过这里,他们不可能都是这么过桥的。一定是哪里弄错了……

我脚下那只怪兽的手掌忽然开始颤抖并慢慢握紧。马鬃桥摇摇欲坠。怪兽复活了,低头朝我张开血盆大口。

"来者何人?"它的声音震耳欲聋,而且说的居然是俄语!

"我是访客!"我拼命挣扎,试图把腿从它的花岗岩五指中拔出来。

怪兽哈哈大笑:

"访客可不能带禁物进城!"

它伸出右手食指,朝我伸来,看来是想把我碾成肉泥。

我吓得眯起双眼。但怪兽只是指了指我腰间的短剑。

看来这石怪并不是深渊客运公司司机那样手无寸铁的货色。这是个出色的伪智能防御程序,比我的Windows管家高级十倍。不然它是怎么辨识出我的母语的?

"未受邀请的访客不得入内!"

"我是被邀请来的!"

"谁请你来的?"

不得不孤注一掷了……

"你无权知道他的名字!"

"我有权做任何事。"怪兽宣告道。

它的手指攥得更紧了。

这种时刻,通往现实世界的出口就该出现了。这是玩家面临"致命"威胁时的应急保护机制。否则玩家的大脑就会因为过度真实的痛苦而进入休克状态,后果不堪设想。

如果拒绝这种程序保护机制,只有死路一条。

但潜者有办法应付。

我残破的身躯被怪兽生生捏成了肉酱。我的头骨被捏碎,一只眼睛凸出来望着黄沙漫漫的天空,另一只眼睛瞪着怪兽的石头指甲。伊夫利特放声大笑，得意扬扬地冲灰狼叫喊：

"你，那个扮成灰狼的，记住他的下场！"

原来如此。它偷听了我们的谈话，才知道我们的母语是俄语。

可惜，它还不够"智能"，没弄清楚自己究竟在跟谁交手……

怪兽又变回了石像。我又等了一会儿才站起来。身体正慢慢变回原样。普通的深渊玩家会在电脑嘀嘀报警前返回现实世界。

不知阿尔-卡巴尔的防御程序有没有把潜者的存在计算在内？

怪兽没有动弹。对它来说，我已经死透了……我小心翼翼地踏上了马鬃桥。

"来者何人？"

又来了……看来，只要有人碰到桥，就会触发它的反应机制。对它来说，所有入侵者都是一丘之貉。

"你可管不着我。"我答道。

"那你归谁管辖？"

这家伙给我出了个新问题。

"安拉。"我张口就来。

这回怪兽直接用空着的手扇了我一巴掌，险些把我扇飞，它呵斥道：

"真主的名字岂容你玷污，小贼！"

灰狼笑得满地打滚。我只能用仅剩的一只好眼看它。

好吧，看来这个程序只懂美式幽默，不懂阿拉伯式幽默。我躺着思索了一会儿，又站了起来。石怪暂时还没动弹。

"维卡，我们有办法绕过这里吗？"我询问管家。

"这是唯一一条外部通道，"电脑立马给出了回答，声音忽高忽低，毫无语调。我的确该买内存条了……"通往阿尔-卡巴尔的其他路线只能用内部指令开启。"

"强行突破呢？"我摸了摸剑柄。本地病毒程序不占用内存，我甚至用不着从家里的电脑上下载，只需要挥挥短剑，就可以……

"那样通道会被摧毁。"

对，没错。石怪不是无缘无故把桥攥在手里的。一旦这道防御程序被破解，深谷之上的马鬃桥也会断开。

"操！"

"我听不懂。"

"闭嘴……"

我再次细细打量石怪。石头雕刻的眼睑半闭着，嘴角挂着钟乳石状的口水。这只是假象，是用来吓唬那些神经衰弱的虚拟玩家的。石怪不过是服务器入口上一个平平无奇的看门人。它的头发里一定藏着与阿尔-卡巴尔相连的通信渠道。城里的人通过它下达指令——是放行还是消灭访客……

"嘿，伊万王子，我还赶时间呢！"灰狼在一旁咋咋呼呼。

是该拿出真本事了。现在还只是程序自动对我进行攻击，下次很有可能就是阿尔-卡巴尔真正的程序员了，可能既有虚拟派也有传统派……

"激活幻影。"我发出了指令。

石怪手掌中的黑影开始颤动，逐渐显出人形，它站直身子，逐渐显出颜色。我对自己的替身做了个鬼脸，它也对我报以一个鬼脸。

"移动幻影，"我下令，"寻找密码。"

片刻之后，电脑硬盘启动了，将所有阿尔-卡巴尔相关信息下载到了幻影的脑子里。很快，我的替身踏上了桥。当然，它的行动也只是白费功夫，只能给我争取些时间。

"来者何人？"石怪怒吼着，一把抓住幻影。我堪堪避开它挥舞的五指，沿着它攥紧的拳头爬，然后起身往桥上一跃……

"你又是谁？"石怪的声音从背后传来。怪兽右手一挥，把我扫落在它脚下。我摔成了一地碎片，仰面朝天，看着我的孪生兄弟在石怪手中挣扎。

奏效了……干得好……

"来者何人？"石怪再次询问。

"我不归你管辖。"我的替身继续转移守门人的注意力。

"那你归谁管辖?"

"我自己。"

我倒想看看,石怪给入侵者准备了多少种死法?看看它那利齿……巨角……那根生殖器用来杀人也挺顺手的……

"你为何而来?"

"为了找到主宰我的人。"

"放行,去找他吧。"

怪兽的手松开了,又变回了石像。我躺在它掌心,大口吸气。替身一动不动地站在手掌边缘。

"维卡,幻影是从哪儿找出答案的?"

"从阿尔-卡巴尔一个名为'虚拟工作请求程序'的公开文件夹内找到的。"

灰狼走过来,低声问:

"怎么回事?"

我给它解释了一遍。

"嘿,伊万王子,你有时候是不是跟傻子伊万[1]似的?"灰狼问道。

我无力反驳。的确应该查阅阿尔-卡巴尔的全部文件夹,之前我只看了偷来的内部资料。

"维卡,合体。"

我仿佛被幻影吸了进去,现在它成了我的主体。因为只有幻影获得了上桥许可。

这场胜利有点儿得不偿失。防御程序会报告所有试图过桥的访客的信息。这就意味着,已经有人在桥那头候着我了。

试图对抗洪流的个体注定要灭亡。在任何空间都是如此,虚拟世界也不例外。

好吧,别无他法。该沿着马鬃桥往前走了。

说实话,这几乎是不可能完成的任务,即使是职业走钢丝演员也办

---

1. "傻子伊万"是俄罗斯民间故事中另一个知名的"伊万"。他头脑简单,思维怪异。

不到。这座桥只是横架在万丈深渊上的一根细线。阿尔-卡巴尔的塔楼就在远方诱惑着我,却又让人望尘莫及。

深渊啊深渊……我不属于你……

我闭上眼,又睁开。刚才的画面仍在眼前——峡谷、细线般的小桥和远处的房屋。真实得有些可笑……我看着脚下,一步步小心翼翼地往前挪动。

一切只是图像而已。阿尔-卡巴尔的世界没有重力,虚拟的身体也没有重心。我只需要踩在桥上,就能相安无事……可笑的是,我发现峡谷的底部完全是潦草绘就的,也就是说,刚才我看到的河流也是自己脑补的。换个人来,看到的可能会是丛林或流动的岩浆。

而现在,没有潜意识捣乱,我轻而易举就通过了这段惊险的路途。半分钟后,我已经站在对岸。

桥的另一头连在高高的城墙上。宽阔的墙头上已经站着两个人,显然是在等我。人像绘制得真不赖——两个壮汉都大腹便便,腰间挎着剑,一个包着头巾,另一个是秃子。我踏上城墙的"砖头",小声命令Windows管家:

"维卡,启动深渊程序……"

眼前一片火花闪动。我今天的确有点儿逞强,在潜意识内外切换了太多次。明天肯定会头疼心悸,筋疲力尽。但没关系。我能活到明天就不错了……

此时,墙头上两个人的身形已经变得很清晰。

"你过桥的速度很快啊,客人。"秃头说。他长得像儿童剧《航海家辛巴达》里的阿拉伯卫兵,看起来和善可亲;另一位也颇有阿拉伯风味,但看起来要可怕得多。他目光闪烁,手一直没从剑柄上离开过。棒极了,我电脑里正好缺点儿攻击性病毒……

"其他人都比我慢吗?"我问道。

"还从没有人能成功走过这座桥,"秃头的卫兵彬彬有礼地说,"要在这根马鬃上保持平衡,实在超出了人类极限。"

"这么说,阿尔-卡巴尔这样一座天堂,怕是空荡荡的了。"我叹了口气。目前抢占主导权的是他们,不是我。我可不喜欢这个转折。

"但地狱总有空位。"

真是个让人振奋的消息。

"走吧。"

能怎么办呢?只能言听计从。我决定保持恭顺有礼的姿态。入乡随俗,客随主便嘛。

我们顺着宽阔而陡峭的台阶爬下城墙。和善的卫兵走在我前面,凶巴巴的那位吭哧吭哧地跟在我后面。我尽量不去看身后的家伙,只是紧盯着和善卫兵光秃秃的后脑勺。他的秃脑袋正中间长着一颗大肉瘤。真有趣,那颗肉瘤是真实存在的,还是我潜意识里加上去的呢?但特意为此从深渊里跳出去确认一眼,也太不理智了。

阿尔-卡巴尔不大。在虚拟世界里还不到一平方千米,但这样节省地皮毫无意义。某些公司,比如微软,他们的员工在如宫殿般富丽堂皇的办公楼里办公,这么做便宜又高效。另一些公司则爱用促狭的办公室,这让人难以理解,虚拟世界存在的意义何在?

显然,阿尔-卡巴尔就属于后者。我边走边朝身边的低矮石头房子里瞟了一眼。

屋里摆着一台怪模怪样的设备,我分辨不出它的用途。桌旁围坐着几个人。其中一位手里拿着试管。哈,在虚拟世界里做化学实验!这倒是个新点子。不过除非他们在研发什么剧毒药品,或者在培养细菌环境,才值得这么折腾。我要把这个发现记下来。

"你们要带我去哪儿?"我问走在我前面的卫兵。秃脑袋头也不回地答道:

"去见经理。"

他没指名道姓,但我心中已有答案。如果没记错,阿尔-卡巴尔是一家专注于制药、通信和炼油的跨国企业。尽管这里一派阿拉伯风情,但阿尔-卡巴尔属于一家瑞士公司。他们的总经理弗里德里希·乌尔曼是个家喻户晓的大人物,卫兵自然没必要对每个访客重复他的大名。

看来他们准备盛情接待我。

我们来到一座爬满葡萄藤的小亭子前,他们把我一把推了进去。两名卫兵留在门阶外。

亭子里面要比外面看上去宽敞得多。中间有个池塘,闪闪发亮的鱼群在水中懒洋洋地游弋。桌旁摆着两把圈椅。周围鲜花盛放,我甚至能闻到花香。

但亭子里空无一人。

还能怎么办?等着呗。我坐了下来。

眼前浮起一阵薄雾……不出所料,他们在检查我的信道,试图确定我来自何方,摸清楚我的信息传输速率,以及我身上装备了哪些程序……

放马来吧。我租了六个一次性路由器,个个都牢不可破。终端是一道位于奥地利的付费网关,我就是从那儿进入虚拟世界的。

尽管会留下痕迹,可他们并不能借此找到我的所在地。

对方也可以随时中断我的连接,把我"踢出去",但那样的话他们也将一无所获。我携带的那些小道具会瞬间被激活,只有少得可怜的信息能留存下来。毫无疑问,他们对我非常好奇……

"第一台路由器已被追踪。"Windows管家发出通知。

他们动作真快。我摇了摇头,与此同时,对面的椅子上出现了一个人。

弗里德里希·乌尔曼先生全然不顾此地的阿拉伯风格,穿着短裤和花衬衫出现了。他年纪不轻,身形枯瘦,神色严肃。

他开口了,说的是俄语。经过翻译软件处理的声音听上去怪怪的——

"您好……潜者。"

难怪他们对我如此礼遇。

"您恐怕认错人了,总经理先生。"

"那座桥是我们半年前建的,用处只有一个,潜者先生,那就是找到您。身处虚拟世界的普通人不可能通过那座桥。"乌尔曼扯了扯嘴角,"这是我第一次见到货真价实的潜者。"

一比零……对方领先。

"我也是第一次见到货真价实的亿万富翁。"

"您看，我们的会见已经小有成果。"

Windows管家轻声说：

"第二台路由器已被追踪。"

乌尔曼皱起眉头，似乎也有人向他通报了什么情况。接着，他饶有兴味地问道：

"不好意思，您能否告诉我，为了进入这里，您使用了几条信道？"

"很抱歉，我记不清了。"

乌尔曼耸了耸肩。

"我该怎么称呼您？"

"伊万王子。"

他顿了顿，然后露出了笑容。看来有人给他解释了典故。

"哦，原来是个俄罗斯童话里的英雄！您是俄罗斯人？"

"这有什么关系吗？"

"没什么关系，您说得对……潜者先生，据我所知，您是非法入侵我们这里的……"

"是吗？"我故作震惊，"说实话，我只不过是在找活儿干的时候看到了你们的布告，才走过了那座桥，然后跟着那些奇怪的卫兵来到了这里。"

一比一，平局。

弗里德里希·乌尔曼拍了拍手，"哦……当然！潜者先生，我们对您从哪里来没有任何意见，除了您身上这些奇怪的装备……"

我慢慢地把兜里的东西一样样掏出来，摆在他面前：一把梳子、一块手帕、一面小镜子。

"都在这儿了。需要我把剑也交出来吗？"

乌尔曼摆摆手，"老天啊，我要您的剑干什么？我们又不是要打架，对不对？就是心平气和地谈谈……"

"第三台路由器已被追踪。"

"可惜给我们谈话的时间不多了。"我叹了口气。

"是啊,时间总是不够用。潜者先生,我就开门见山了,我有足够理由确信,有人企图窃取我们的技术,甚至雇用了一名潜者来盗窃别人的果实。"

"苹果。"我挑明了。

"对,正是苹果。我们这儿有位优秀的俄罗斯程序员,他给我们设计了一套相当厉害的信息存储系统……"乌尔曼两手一拍,我们周围的空气开始变得浑浊浓厚。瞬间,一棵挂满苹果的小树出现在眼前,"我猜,遭人觊觎的就是那颗挂在最下面的绿色小苹果。"

我盯着那颗梦寐以求的苹果。它小得可怜,还未成熟,满是虫眼。

"您看,潜者,我们的对家会为这份文档出多少钱?"

"一万。"我故意抬高了报价。

乌尔曼略有些惊讶地看着我,确认了一遍:

"一万美元?"

"是的。"

"依我看,十万美元都不太够……好吧,假设我愿意出十五万给那个偷文件的人,作为交换条件,他要与我们合作,以获取这笔理所应得的丰厚报酬。您觉得如何?"

"这是什么文档,抗癌药配方?"我问他。

乌尔曼摇摇头,"不是。如果是抗癌药,那可就是无价之宝了。这不过是感冒药配方,但极其有效。我们打算把疗效一般的感冒药库存卖光后,就开始生产这款新药。您对我的提议感兴趣吗?"

"我真不想让您失望,"我努力不去想那诱人的报酬,"但潜者守则禁止我们做这种交易。"

"很好,"乌尔曼站起来,"不出我所料。我尊重您的立场。"

他走到小树旁,吃力地摘下那颗苹果。摘苹果时,他的嘴唇悄悄动了动——显然在默念密码。

"拿去吧。"

苹果就这样到了我手中。它分量不轻,估计有两兆大小。没法拷贝,只能随身携带。

我把苹果塞进怀里——也就是把它连接在我的虚拟"躯壳"上,然后看向乌尔曼。

"我这次可是孤注一掷,"乌尔曼神色凝重,"牺牲了一项相当先进的研究成果。请把它转交给谢尔巴赫先生,并代我向他问好。我只有一个请求——等您完成这次任务后,请回来与我们认真谈一谈合作。不瞒您说,眼下我们非常需要潜者的帮助。"

"第四台路由器已被追踪……第五台路由器已被追踪……警报!警报!警报!"

"好的。"我也起身告别。事情的进展让我始料未及,没想到像他这么厉害的商人会给我开出如此优厚的条件,"我一定来。但现在,请原谅,我要告辞了……"

"不,潜者先生,是我要请您原谅。您可以毫发无损地离开我们这儿,但得等我们确认完您的真实地址之后,这样才能保证刚才您的承诺有效。"

凉亭周围鲜亮的围栏突然暗了下去,就像蒙上了一块厚厚的布。我试着迈了一步——举步维艰。信道还没有被切断,但是被限流了。乌尔曼的身影开始忽闪,周围的一切都漂浮起来,怀里的苹果直往地上坠,Windows管家的声音变了调,越来越微弱:

"警报……警……报……"

事已至此,不得不跑了。亿万富翁还真都是高手。

准确地说,是他们的手下全是高手,现在还打算让我入伙。

"维卡,别管画面细节了!"我悄声叮嘱,努力去够桌沿,暗自祈祷程序能明白我的指令,并无条件服从……

眼前的大厅变了样。墙上的镂空花纹内饰不见了,鲜花上少了些花蕾和嫩叶,乌尔曼的衬衫也变得粗糙。

不过,这下我可以够到桌上的手帕和其他小玩意儿了。这些个人卫生用品一会儿能派上大用场。

我像在水下一般,缓缓挥动手帕,正在崩坏的凉亭被一道光划破有人管这程序叫"吸盘鱼[1]",也有人叫它"便道"。两种叫法都对。程序已经开始为我寻找其他出路。

这个新程序几乎无所不能,却少有人知晓。

墙面坍塌了一块儿,露出通往街道的出口。显然,我借用的是弗里德里希本人的通道。我一把抓起小镜子和梳子,拔腿就跑。

墙壁开始生出尖刺,阿尔-卡巴尔的安全程序启动了。我向前一个大跳,抱着必死的决心冲出了尖刺的包围。

深渊啊深渊,我不属于你……

我浮出了深渊。头盔自带的空调吹着冷风。进度条在屏幕上缓缓挪动——数据正在传输,进度条背后的信道正急速收缩。再激烈的虚拟战斗放在现实中看,无非就是进度条和字母、数字间的打斗,也是各种程序、调制解调器和字节间的对战。

我不想再看。我厌恶透顶。

"deep!"我再次发出进入深渊的指令。

脑袋一阵剧痛,管他的!我飞身穿过利刺的包围,重重跌在地板上。光带沿着街道蜿蜒而过,所到之处摧枯拉朽。楼宇坍塌,分崩离析。光带飞越了峡谷,一直向前……

刚才那两个卫兵突然迎面拦住了我的去路,手中挥舞着利剑,但我也早已抽出了匕首。看看谁的病毒更迅猛吧!

自然是我的。

这支匕首是电脑病毒专家"疯子"送我的。真是件致命礼物,一挥之下,巨大的冲击波裹挟着火焰喷射而出,像巨龙打了个饱嗝儿,将两个卫兵冲翻在地,二人瞬间被烧成了焦黑的骨架。

疯子就喜欢这些酷炫的特效。现在两个卫兵的电脑被海量数据淹没了,正忙着精确计算圆周率小数点后一百万位,甚至没有剩余空间把主人弹出虚拟世界。棒极了,现在他们只能在深渊里躺着,无法切换到别

---

[1] 学名䲟鱼,大洋性鱼种。䲟鱼游泳能力较差,主要靠头部的吸盘吸附于游泳能力强的大型鲨鱼或海兽腹面。

的电脑上。

"这不道德……"Windows管家痛心地谴责。

我沿着光带向前狂奔。现在信道非常稳定,不出几秒,我已经站在了城墙上。脚下的光带推着我向前飞驰。我得意地哈哈大笑,但还是回头看了一眼。

天哪!

阿尔-卡巴尔到底是个什么鬼地方!这么一会儿,街道上已经挤满了人,卫兵们正沿着光带朝我冲来,一座楼里还爬出一只蟒蛇般的巨兽,令人作呕,我完全不想细看。

快跑吧……

光带掠过石怪,落到地上。石怪又活了过来,摇摇晃晃地举起双手。马鬃桥绷断了,但这已经奈何不了我。况且石怪一步也无法挪动,它被死死地固定在信道上。

只剩最后几米了,就在这时,光带突然开始剧烈颤动,试图把我拖回去。阿尔-卡巴尔的程序员重新掌握了主动权!

但为时已晚,我已经跳下了光带。灰狼朝我跑来。

"快跳上来,伊万,该溜了!"它催促着。

我一跃骑上了灰狼背,最后回望了一眼。卫兵们纷纷从光带上跳下来,峡谷上空出现了一道带翅膀的黑影。

"见鬼了!"我低声骂了一句,这是虚拟玩家最喜欢的脏话。你可以在电脑宕机、程序崩溃、啤酒发酸,或者电车从眼前开走时骂出这个词……眼下我们被穷追不舍,没时间再慢悠悠地备份苹果里的数据,然后原地消失。我们得赶紧撤,给敌人大摆迷魂阵。

我那位披着狼皮的朋友完全可以办到。

我们飞速穿越沙漠,拐进森林,把那些模糊的身影甩在身后。卫兵为了能快速追上我们,不得不降低分辨率,变成一个个模糊的轮廓。

"追兵离我们很近吗,伊万王子?"灰狼问。

"近在咫尺!"我没有说谎。

"老天,我怕是没法把你从这儿救出去了!"灰狼咆哮起来。

情急之下，我摸到了梳子。我把它折断，接着朝后一扔。震耳欲聋的爆裂声传来，梳齿散落在地上，然后迅速长成一棵棵参天大树。卫兵们的动作立马放缓，变得懒洋洋的——空间骤然被大树填满，这代表敌人的电脑被大量垃圾数据淹没了。

遗憾的是，这种老把戏的破解办法有的是。大部分卫兵或缩窄视野，或放弃视觉细节，都成功地穿过了危险地带。准确地说，穿过树林的不是卫兵，而是他们背后的深渊程序。那些被挡住去处的，只是凑热闹的业余玩家。

"噢，伊万，我的血条快空了！"灰狼在哀号。我搞不懂，它到底是真心实意地为我担忧，还是对《伊万王子和灰狼》的故事入戏太深。

轮到镜子登场了。

我把镜子扔出去的时候，向来稳重的Windows管家大叫着抗议：

"这不道德！"

当然不道德了！这玩意儿可不是梳子变猴面包树那样的小把戏，也不是匕首病毒，而是一颗威力极强的逻辑炸弹。

镜子落地之处，瞬间出现了一片池塘，并迅速扩大。一部分卫兵跌进湖里"淹死"了，消失得无影无踪。余下的留在岸边抓耳挠腮。

这片虚拟区域内的所有通信渠道都被屏蔽了。没有两小时他们无法突破，不过到那时湖泊也就干涸了。

"你从哪儿弄来的这些小玩意儿？"灰狼好奇起来。

"巧手玛丽亚[1]给的。"我犹豫了片刻答道。其实，正是这个绰号给了我今天这出假面舞会的灵感。灰狼不会供出我们的，他总有一天也会用上这套程序。

"记住了，"灰狼感激地说，它飞快地回头瞥了我一眼，问道，"你的第三招是什么，勇士？"

我们身后出现了一只巨龙。从那三个大脑袋来看，它应该是高级别的拦截式战斗程序，显然有三个人类在操纵它。巨龙满身武器——尖

---

[1] 俄罗斯民间童话中的人物，海王的女儿，擅长制作各种工具，而且又快又好。

爪、利齿和火焰。它的身后是上百种病毒和坚不可摧的防御程序。巨龙在湖泊上空稍稍放慢了速度。

"第三招我一开始就使完了。"我不得不承认。

"你就不能多带点儿家伙吗?！玩童话游戏上头了？只带三样道具？"灰狼冲我怒吼。当然不能听它的,一个人不能带太多病毒程序,但我们都开始有点儿失去理智了。

灰狼好像想出了什么主意,突然一个急转弯,跑得更快了,接着又一个急刹,停在一个长满青苔的树桩前,我直直地飞了出去,跌在地上。灰狼上下打量着我,然后跳过树桩。

看来它要变身。变身时,我更喜欢用水当介质。小溪、河流,哪怕一罐水都行。但狼人通常都是保守派。

灰狼凌空翻身,变成了一个年轻男人,穿着朴素的灰色套装,皮鞋锃亮。我这位潜者朋友总能时刻保持优雅。刚一着地,他再次一跃而起,变成了另一个我。

"维卡,小溪。"我明白了灰狼的意思,对电脑下令。但灰狼一把抓住我的双肩,大喝一声"没时间了！",就把我扔过了树桩。

被别人的变形程序操控的感觉可不太好。我急忙喊出"维卡,冻结！",以防墨守成规的Windows管家会抵抗变身。

我已经太久没有当过灰狼了,上一次还是在虚拟现实技术刚出现的时候,大家都觉得新鲜,成天变来变去,乐此不疲。幸好我不用真的像狼一样四脚着地,改变的只是外部虚拟形象。我把地上的剑捡起交给新的伊万王子,他一把接过去,跳上了我的肩头。

"快跑,草包！"他一边大喊,一边用鞋跟踢我。我向前一个猛冲。正在此时,巨龙的身影出现在树丛上空,然后俯身冲向我们,喷出三团火焰。面前立刻燃起了一片火海。

"快跑！"我的同伴冲我大喊,然后又压低声音补充了一句,"今晚老地方见……"

我猛地把他甩下身,在他的咒骂声中跑远了。

巨龙在我们头顶盘旋了片刻,然后做出了一个不太聪明的选择,它落在了童话英雄面前,而对王子笨拙的同伴毫无兴趣。

正中我下怀!

我掉转方向,低声下令:

"维卡,传输新文件!"

我身后展开了一场恶战,但没有持续太久。狼人的剑刺中了巨龙,但在拦截程序面前,病毒无缚鸡之力。狼人身边涌起了雪白的云雾,它撑不下去了。

冻结。

结束了。我的朋友已经退出游戏,回到自己家里,摘下了VR头盔。而我——他的分身还带着文件站在满嘴尖牙的巨龙面前……当然,前提是那些文件还在。

巨龙用爪子轻轻一推,那具身体立刻化成了碎冰。三只龙头俯身寻找被偷走的苹果。

我溜了。

口袋里的苹果越来越轻——数据正传入我的电脑。我在树丛间走走停停,让Windows管家传输起来更轻松。

耳边传来巨龙愤怒的咆哮,看来它没找到苹果,却识破了我们的诡计。

比比谁动作更快?

巨龙再次升向高空。它轻而易举就能找到我,我们的行动在虚拟世界里总会留下足迹。我直挺挺地站在那儿迎接它。

"文件传输结束。"

结束了。我赢了。

"退出游戏。"我发出指令。

"确定吗?"Windows管家向我确认。

"是的。"

"离开虚拟界面。"电脑说。我眼前闪过一团五颜六色的火花。世界褪去鲜明的色彩,变回了暗淡的平面图案。

"您已成功退出虚拟现实!"Windows管家喜气洋洋地说。耳机里的声音太尖锐刺耳。我看着头盔里的小屏幕,深蓝的背景上有一个正在翱翔的,不,准确来说,是正在坠落的白色身影。那就是家喻户晓的深渊的标志,即虚拟世界的标志。

我取下头盔,眨了眨眼,看向显示器。显示器上也是同样的画面。

"维卡,谢谢。"

"不客气,廖尼亚。"Windows管家答道。这句礼貌用语是我一周前教它的。把程序弄得人性化一点,用户体验会更好。

"终端。"

深蓝色的背景切换成了终端面板。我手动连接上第六台,也就是最后一台没被追踪到的路由器,退出登录。然后关闭了我在奥地利的临时虚拟地址。

主要线路都被切断了。阿尔-卡巴尔的伙计们,来找我呀,看看你们还怎么从海量数据里筛查出"伊万王子"。潜者已金蝉脱壳。

现在用不着声控了,我关闭Windows管家,进入诺顿[1]3D桌面,打开D盘,这里存着我所有虚拟世界的战利品和一小部分病毒藏品。这不,我的苹果就在这儿,1.5兆,看上去就是个平平无奇的Advanced Word文本编辑文件。不过,这儿还有两个附件……是防御程序吗?我启动扫描程序,它就是专门用来对付这些小惊喜的。

啊哈。果然没错。这两个附件是身份识别程序。如果用其他电脑读取文件,程序就会立马将文件销毁。

我对这套把戏了如指掌,而且早有防备。身份识别程序根本无法识别我的电脑。这就是我把那些危险的小玩意儿都存在D盘的用意。

在文本文件内部,扫描程序还发现了另一个小伎俩——一旦有人试图读取信息,这个小程序就会启动。

完全在我意料之内。

我先用软盘给文件做了个备份,然后再拷贝到光盘上。接下来,我开始仔细研究这只阿尔-卡巴尔花园里的苹果。

---

1. 一家以在Windows计算机上提供防病毒软件而闻名于世的计算机安全公司。

在不损坏文本的情况下完全破坏这些防御程序是不可能的。只能逐个击破，使其瘫痪。接着我又开始研究文件内部的小伎俩。我将文档分成二十份，一点点剥离防御程序。结果发现这是一种我完全没见过的多形态病毒，这就算了，它竟然还附着到了我的电脑上！我埋头苦干了两个小时，中间只抽空吃了一片阿司匹林，上了趟厕所，最后得出结论：我搞不定这病毒。

此时已是深夜，黑客们刚刚开始干活。我把病毒和文本打包好，给疯子打了个电话。

足足两分钟后，他才接起电话。已经算我走运了，这时候他完全可能在虚拟世界闲逛，对电话铃、火灾、洪水这样的生活琐事充耳不闻。

"干吗？"他语气很不耐烦。

"疯子，是我。"

黑客的声音柔和了一点儿。

"你好廖尼亚，怎么了？"

"这儿有个新病毒，你的藏品要变多了。"

"快丢给我！"疯子飞快地挂断了电话。

我启动调制解调器，把来自阿尔-卡巴尔的礼物传送到嗷嗷待哺的病毒大师手里，然后打开冰箱，拿出面包和香肠，去厨房烧了一壶热水。疯子至少需要半小时检查病毒。他会先花上十来分钟破解病毒，然后对着病毒结构欣赏二十多分钟，先笑一阵，记下错误尝试，再紧锁眉头寻找尚不存在的新思路。自从"莫斯科协议"认同非致命性病毒合法之后，疯子就开始从事病毒制造行业。自他手中产出的病毒都质量绝佳，能把任何一台电脑弄死机，还不会损坏数据。

但才过了三分钟，疯子就给我回电话了。

"你去阿尔-卡巴尔了？"他问。

"是的，"我没必要撒谎，"你这么快就破解了？"

"我破解它干吗？这就是我造的病毒，伙计！"

我一时没摘出合适的词，只好说了句：

"对不住……"

疯子，现实世界里的萨沙，此时语气十分严肃。

"怎么，你去他们那儿偷程序了？"

"也不能叫偷，不过也差不多。这病毒嵌在一个文件里。"

"你拿到文件后，用调制解调器联系过别人吗？"

"没有。"

"算你走运，"疯子说，"我告诉你，这不是个简单的病毒，而是张明信片。"

我没听懂，疯子给我解释：

"它就像一张带有回信地址的明信片。如果病毒发现电脑上存在通信设备，它就会在你发的每封邮件中附一张小小的、你看不见的明信片。里面没有任何文字，但有你的地址。它随着邮件寄出，然后通过别人的电脑发往阿尔-卡巴尔的安全部门。"

我像被浇了一盆冷水。

"但我已经把病毒杀干净了啊……"

"你杀的不是病毒，是它造出来迷惑人的'映像'。一般的杀毒程序根本检测不出明信片，它太罕见了。"

"那现在我该怎么办？"

"请我喝顿啤酒，"疯子微微一笑，"我就给你开一张抗病毒药方。不是什么花哨的玩意儿，只需要运行这个bat文件[1]，它就会自动检修你的电脑。但恐怕要花上很长时间，这可不是商业产品，而是用来对付我自己病毒的独家秘方。"

"谢谢。"

"唉，廖尼亚，你差点儿惹上大麻烦。"

"谁让你们这些黑客无处不在，"我反唇相讥，"该死，你怎么从没告诉过我还有这种玩意儿？"

---

1. bat文件是DOS操作系统下的批处理文件。批处理文件是无格式的文本文件，它包含一条或多条命令。在命令提示下输入批处理文件的名称，或者双击该批处理文件，系统就会按照该文件中各个命令出现的顺序来逐个运行它们。

"我怎么知道你在干网络盗窃的勾当?"疯子反驳得有理有据,"下次你要闯进什么不得了的地方之前,先告诉我一声。好了,启动调制解调器吧。"

几分钟后,疯子给的杀毒软件开始运行。它运行得的确很慢,每分钟都弹出通知,告诉我又一张明信片被删除了。这病毒遍布了电脑的每个角落。

真的好险。

我一边盯着屏幕,一边给自己做了一个丰盛的三明治,倒了杯茶走上阳台。天色已晚,小雨淅淅沥沥地下着。空气阴冷潮湿。

潜者往往因过度自信而丧命。我们毫不畏惧虚拟世界的危险,也因此过于草率大意。

最糟糕的一点在于,我们甚至算不上专业人士。事情怪就怪在这里,一流的黑客往往当不了潜者,或许是因为,对他们来说,虚拟世界等同于真实世界。

我原本只是一家电脑游戏公司的游戏美术设计师。三年前公司破产,给了我一台旧电脑作为离职补贴,于是我就这样进入了深渊世界,成了一名潜者。加入了这个全世界仅有几百人的队伍。

简直是狗屎运。

我只不过是走了狗屎运。

10

五年前,虚拟世界还只存在于科幻小说家的想象之中。尽管那时我们已经有了互联网、VR头盔、拟真服,但这都是些小打小闹的玩意儿。成百上千种电脑游戏虽然能让人们感受到在虚拟空间里自由翱翔的快感,但远不及真正的虚拟现实技术。

电脑创造出来的世界还很粗糙,视觉效果连动画片都赶不上,更别说像电影了。想要模拟现实世界更是天方夜谭。人们只能在粗制滥造的迷宫和城堡里乱跑，打打怪兽，或者和朋友在电脑前对决。但就算再怎么狂热地沉浸其中，人们也不会把游戏画面和真实世界混淆。

尽管互联网让世界各地的人们可以畅通无阻地交流，但也只局限于在屏幕上打字聊天……你最多能给自己的聊天对象配上一个小小的卡通头像。

实现真正意义上的虚拟现实技术，需要极其强大的电脑设备、超乎想象的强大通信线路和成千上万程序员的艰辛努力。建造一座深渊这样的城市，至少需要十年时间。

直到曾经的莫斯科黑客（现在已是功成名就的美国公民）德米特里·季本科发明了深渊，事态才有了天翻地覆的变化。这个不起眼的小小程序能影响人类的潜意识。这位谜一般的黑客引发了大家的种种猜测，有人说他深受卡洛斯·卡斯塔尼达[1]的影响，整天吸食草药，沉迷冥想。这我相信。德米特里从前的朋友说他愤世嫉俗又好吃懒做，成天邋里邋遢的，作为程序员技术一般。这我也不怀疑。

但正是这个人创造了深渊。

起初，深渊只是一段十秒钟的短片，对人体无害。在电视机上播放时（据说某些国家真的冒险播放过），观众什么也感觉不到，根本不会被"吸入"画面里。德米特里的初衷只是画一张放松神经的电脑壁纸用来冥想。他把视频发到了网络上，整整两个星期都相安无事。

直到有一天，一个乌克兰小伙儿无意中看见了五彩缤纷的深渊程序，不以为然地耸耸肩，转头打开了自己最爱的电脑游戏《毁灭战士》[2]——低分辨率的走廊和房屋，奇形怪状的怪兽，荷枪实弹的战士……但就是这样一个简单的三维游戏，开启了波澜壮阔的3D游戏时代。

他坠入了游戏世界。

---

1. 卡洛斯·卡斯塔尼达（1925—1998），秘鲁裔美国作家和人类学家，他的研究重点是"印第安人使用的药用植物"，曾拜巫师为师。
2. 1993年发布的一款鼻祖级第一人称射击游戏。

他工作的空荡荡的专利局办公室忽然消失了（当时已是深夜）。他举目四顾，面前的电脑消失得无影无踪。尽管手指仍在键盘上飞舞，操控着粗糙的人物形象移动、转身、射击，但他感觉是自己的身体在沿着走廊跑动，俯身躲避猛烈的炮火和张牙舞爪的怪兽。他心里清楚这是游戏里的世界，但却怎么也闹不明白，为什么游戏变成了现实，也不知道怎样才能结束游戏。

他唯一能做的就是一路玩到底。他赢了，但好像比之前费劲得多。

此时，他受的伤已经不仅仅是屏幕上掉的血条，还是货真价实的伤口。他能感觉到真实的疼痛、虚弱和恐惧。沾上血的地面变得格外湿滑；弹药库上盖着的石板异常沉重；刚射击过的枪膛滚烫；火箭发射器的后坐力足以让人摔个屁股墩；回血药水带着一股古怪的苦味……防弹背心由薄薄的金属板制成，上身相当轻，可是太大了，背上的系带也不舒服。经过三小时左右的交战，霰弹枪扳机开始卡壳，必须均匀用力、左右多晃几次，才能将它按到底。

凌晨五点，他终于通关了。怪兽们被一网打尽，面前的石墙上浮现出游戏菜单，他如释重负地大喝一声，用枪杆狠狠戳了一下"退出"键。

游戏画面从视野里淡出，取而代之的是他那台嗡嗡作响的电脑。小伙儿两眼含泪，手指发僵，键盘几乎被敲烂了，被当作扳机的那个按键也深深陷了下去。

他关掉电脑，瘫倒在椅子上昏睡过去。第二天同事们来上班时，才发现满身瘀青的他。

小伙儿给大家讲了自己的奇遇，但没一个人相信。直到晚上回味那场冒险时，他才想起德米特里·季本科的冥想程序，觉得有些不妙。

一星期后，世界天翻地覆。除了电脑和软件制造商，其他企业都损失惨重。无论是程序员，还是小文员、清洁工，每个人都无心工作，纷纷想去虚拟世界里体验一番。

季本科大笔一挥，将这个程序命名为"深渊"。随后，深渊的热潮开始席卷整个世界。后来有研究发现，全世界只有7%的人对深渊完全免疫。此外，如果每天在深渊世界停留超过十小时，就会造成神经瘫痪和假性精神分裂症。一个月后，虚拟世界发生了第一起死亡事故——一名上了年纪的男子因心脏病发作倒在了键盘上。他的战斗机被烧毁了，当时他正与紫色外星爬行动物激烈交战。

但这丝毫没有打消人们对虚拟世界的狂热。

整个世界陷入了深渊。

微软、IBM和因特网联合创造了深渊城。

深渊虚拟世界最大的优势就是操作简单。设计师用不着把楼宇殿堂、面部细节和机械装备画得纤毫毕现，只消画出轮廓和一些标志性细节就行。画几个矩形组成的棕色平面，就是一堵砖墙；头顶上画一团蓝色，就是天空；画一条蓝色的裤子，就是牛仔裤。

整个世界都沉浸其中，乐不思蜀。深渊里的世界比外面有趣多了。尽管有些人无福消受，但那又如何呢？高智商的精英阶层已经宣誓向新帝国效忠。

向深渊效忠……

11

我终于将电脑里的明信片病毒都清理干净，也把导出的文件打包完毕。现在它在虚拟世界看起来已经跟一张普通磁盘无异。此时已是深夜。我的头不疼了，但睡意全无。深渊城的居民哪有在夜里睡觉的？

"维卡，重启。"我发出指令。

电脑屏幕上的女人迟疑地皱起眉头。

"确定？"

"确定。"

屏幕稍稍变暗，图像消失了。硬盘指示灯闪烁，电脑开始重启。我的电脑配置的只是普通的奔腾处理器，但我也懒得升级换代。毕竟这匹老马还算可靠。

"晚上好，廖尼亚，"维卡向我问好，"已开机。"

"谢谢。连接深渊城，用常规通道就行。"

调制解调器嘟嘟嘟地拨号。我套上头盔，坐在桌前。

"连接28800，通道状态稳定。"维卡说。

"启动深渊。"

"已启动。"

眼前是一片浅蓝，中心有一颗白色光点。这画面顷刻间又化成一片五彩。

你是怎么创造出深渊程序的，季马[1]？就凭你那混乱的心智、那一点儿粗浅的心理学知识和小学生级别的神经生理学水平？你到底是怎么办到的？

如今你已经腰缠万贯，功成名就，下一步你打算干什么？会不会又突然开了什么窍，造出更神奇的东西？还是沉溺于富足的生活，整天吸食草药、放浪形骸？或者日夜不停地在深渊城的大街小巷徘徊，欣赏自己的造物？

我倒是很想知道答案，但我可不想和你交换身份。

你也只不过是虚拟世界的一介平民罢了，就算是个拿奔腾3原型机当家用电脑使的百万富翁又如何？你跟一个省吃俭用只为一睹深渊城风采的乡巴佬程序员没什么区别，同样被深渊紧紧禁锢着。

季马，你不是潜者，但我是。所以我比你幸运得多。

房间还是老样子，窗外的广告音乐声吵得人心慌，汽车引擎在远处轰鸣。

"一切正常吗，廖尼亚？"

我环顾四周。

"正常。我出去转转，维卡。"

我把桌子上存好了文件的磁盘塞进口袋，然后从架子上的一堆书和

---

1. 德米特里的昵称。

CD中间翻出随身听来。我抽出电光交响乐团[1]的CD放进随身听，戴起耳机，按下放音键。是《超越贝多芬》[2]。正合我意！我踩着激昂的节拍锁上了房门。

这次没有出现恼人的飞虫。我站在人行道上，拦下一辆出租车。这司机老态龙钟，胖乎乎的，看上去是个文化人。

"深渊客运公司很高兴为您服务，廖尼亚！"

我点头回应，坐进车里。

"去三只小猪餐厅[3]。"

司机点点头，看来对这个地址不陌生。我们飞驰了一阵子，转了两个弯，眼前出现了一座古怪的建筑：三分之一是石头，三分之一是木头，剩下三分之一是茅草，很像那个童话故事。我走进这家久违的餐厅，四周打量了一番。

餐厅分为三部分——草房子里供应的是东方菜；石房子里可以吃到欧洲菜；俄餐自然是在木房子里吃了。

我并不想吃东西。虚拟食物能让你产生饱足的幻觉。手头紧的时候，我就会来"三只小猪"吃饭。但这次我只是来和伙伴碰头的。

我走到吧台旁，对吧台后面结实的年轻人说：

"你好，安德烈。"

这家餐厅的老板有时会亲自招待顾客。不过他今天没来。酒保投来询问的目光，这只是一种下意识的礼节。

"你好！今天喝点儿什么？"

"老样子，金汤力，加冰。"

我饶有兴致地看着酒保调酒。奎宁水是怡泉[4]牌的，金酒是必富达[5]

---

1. 1970年成立的英国摇滚乐团。
2. 甲壳虫乐队1956年作品。
3. 取自著名童话故事《三只小猪》。童话故事中，三只小猪分别盖了草房子、木房子和石房子。
4. 瑞士苏打水品牌。
5. 英国顶级金酒品牌。

牌，都是上档次的原料。虚拟世界只给这些酒厂付了一点儿象征性的费用，就可以随意使用它们的商标，毕竟，这可是打广告的好机会……

百事可乐是免费的，这是他们的营销手段。可口可乐的价钱跟现实世界里一样，但也照样有人买账。

我端着酒杯在一张空桌旁坐下，观察着酒馆的客人。实在有趣。

男女比例几乎相当。女人就像精选出来的洋娃娃，各式美人不一而足。有斯堪的纳维亚的金发美人，也有皮肤细腻的黑美人。男人基本全是歪瓜裂枣。其实他们也没这么丑，只不过我总是能一眼看穿这些男人的丑陋之处——肌肉发达到比例失调的身躯，以及强安在健硕身躯上过于招摇的明星脸。

女性则可以逃过我挑剔的审视。她们都很漂亮。

我啜了一口金汤力，放松地倚在吧台上。舒坦极了。

没有一间现实世界的酒馆能和虚拟世界的相比。这里的酒水总是可口。客人不会被忙碌的服务生忘在脑后。即使灌下能撂倒一匹马的酒，也不用担心会宿醉。

当然，要想醉酒完全没问题。毕竟这是现实中已有的经验……潜意识会很乐意进入酒后微醺的状态。大概喝酒的时候，身体会产生某种天然兴奋剂——内啡肽之类的。无论如何，从深渊里出去后，酒醉的感觉并不会马上消失。

"我可以坐在这儿吗？"一个姑娘在我身边坐下。她有一头金发，打扮得清爽干净，皮肤有点儿苍白暗沉，穿着一身简洁的白色套装。胸前的金项链上挂着一只小吊坠——可能是某种小程序。她长得挺可爱，而且，谢天谢地，没有借用哪个名人的样貌。她的脸可能是自己建模出来的，也可能参考了哪幅小众的画作，或者是随便在哪部电影里找了张可爱但不打眼的小脸蛋。

"当然了。"我转身面对她。酒保已经给姑娘递上了一杯白葡萄酒。智利帝王牌。这姑娘品味不错。

"我常在这儿看见你。"姑娘先开口。

我脑中警铃大作。

"是吗?"我故作镇定,"我也没那么常来。"

"但我可是常客。"姑娘说。

她撒谎。

我可以立马退出虚拟世界,查看电脑里那几十张监控照片。过去两个月来过酒吧的人都存在我的硬盘里,多记些新面孔总不是坏事。

但没必要,我记得一清二楚,我从没见过这张脸……

"我有时会换脸,"姑娘似乎看穿了我的心思,"但您总是用同一张脸。"

"换脸可不便宜,"我开始装可怜,"给自己直接安上施瓦辛格或者史泰龙的脸太蠢了。但我又没钱雇一个整形专家。"

"深渊本身就是种昂贵的消遣。"

姑娘把虚拟世界称作深渊,这一点我很喜欢。

除此之外,她其余的举止都令我反感。

我耸耸肩。我们的对话莫名其妙。

"冒昧问一句,"姑娘说,"您是俄罗斯人吧?"

我点点头。虚拟世界里有大把俄罗斯人——世界上没有哪个地方对虚拟设备使用时长的监管比俄罗斯还宽松。

"对不起……"姑娘咬了咬下嘴唇,明显有些紧张,"恕我冒昧,但……可以告诉我您叫什么名字吗?"

我猜到了她的意思。

"我不是德米特里·季本科。您是想问这个吧?"

姑娘盯着我看了一会儿,点点头,一口喝完了杯里的酒。

"我没骗您,"我轻声说,"是真的。"

"我相信您,"姑娘朝酒保点点头,向我伸出手,"我叫娜佳。"

我握了握她的手,自我介绍道:

"列昂尼德[1]。"

现在我们就算认识了,可以不用尊称了。深渊是个民主的世界。过

---

1. 主角廖尼亚的大名。

分的客套只会让人觉得被冒犯。

姑娘把头发拨弄到耳后，动作自然优美。她把酒杯递给酒保，对方立刻颇有眼力见地给她满上。她迅速地扫了一眼大厅。

"你觉得，季本科真的会光顾虚拟世界吗？"

"我不知道。可能吧。你是记者吧，娜佳？"

"是的。"她迟疑了一下，然后从包里掏出名片递给我，"喏。"

名片写得满满当当，上面不仅有她的IP地址，还有语音电话号码和姓名。娜杰日塔·梅谢尔斯基，《资本》杂志，记者。

Windows管家没吱声——这张名片是安全的，没有病毒，只是一行简单的地址，不附带任何"小惊喜"。我把名片塞进兜里，朝她点点头，"谢谢。"

可惜我没有名片可以回赠。但娜佳看起来并不失落。

"深渊真是个奇怪的东西，"她喝着啤酒，没头没脑地蹦出一句话，"我现在在莫斯科。而你在萨马拉[1]的某处，那个小伙子却在奔萨[2]……"

娜佳口中的小伙子长得像墨西哥电视剧里的俊俏后生。这小伙子发现她正盯着自己看，于是高傲地扬起下巴。不可否认，娜佳的观察力惊人，他的确是个俄罗斯人。

"瞧那群美国人，"娜佳不带丝毫恭敬地说，"看这边这个怪人，明显是日本人。看见他给自己画的那双眼睛了吗？每个国家的人都有自己的特征……当我们坐在这个根本不存在的酒馆里，喝着凭空想象的鸡尾酒时，无数电脑正消耗大量电力，数不清的处理器超负荷运转，网线里塞满了数以兆计的毫无意义的数据……"

"数据并不是无意义的。"

"你说得没错，"娜佳飞快地瞟了我一眼，"那就换种说法，就说它们是不重要的信息吧。这一切，就是所谓的新技术时代吗？"

"不然你还指望什么呢？想让所有网民都兢兢业业地传输文件，讨

---

1. 俄罗斯西南部城市。
2. 俄罗斯西部城市。

论处理器速度吗？我们只不过是普通人。"

娜佳皱了皱眉头。

"我们是新时代的人类。虚拟现实能够改变整个世界，可我们却宁肯陷于旧有的思维框架中。拿纳米技术去制造虚拟饮料，比拿显微镜去敲钉子还要恶劣……"

"你是亚历山大派的吧。"我猜想。

"没错！"她语气带着点儿挑衅。

亚历山大教派信仰彼得堡的一位科幻作家。他们并不那么支持现在大行其道的人机合一，也不期待从虚拟世界中获得什么无意义的好处。

"但你不也同样在这个毫无意义的酒馆里喝酒吗？"我反问她。

"我是在找季本科。我非常想问问他本人，现在的状况跟他的设想一致吗？在他看来，这一切都是正确的吗？"

"我明白了。但你难道一点儿也不喜欢这地方吗？"

娜佳耸了耸肩。

我伸出手，触碰了一下她的脸蛋。

"掌心的温度、微微发涩的葡萄酒、微凉的晚风和鲜花的香气、海浪拍岸的声音、天上的月亮、硌脚的沙子……这一切，难道你不喜欢吗？"

"它们本就来自于现实。"她直视着我的眼睛。

"但在现实中，很难同时集齐这些美好的元素。而在这里，只需要推开一扇门，"我用下巴指了指日本人身边一扇不显眼的小门，"一切就在眼前。你难道从来没想象过在清冷的秋日早晨，站在陡峭的河岸上，望着不远处的森林，手里端着装满热红酒的矮脚杯吗？"

"这家餐厅的老板一定是个浪漫主义者。"娜佳说。

"肯定是。"

"列昂尼德，你刚才说的一切都对，但那些愉悦本应属于现实世界。"

"现实世界里不是所有人都能负担起那样的享受。"

"深渊也不是所有人都负担得起的，列昂尼德。我不知道你从哪儿挣来的钱，让你能在这儿整天消磨时间，那不关我的事。但还有几百万人从没见识过深渊。"

"那还有几百万人从没看过电视呢。"

"无论如何，虚拟世界不应该是现实的替身。"娜佳斩钉截铁地说道。

"没错，当然不该。难道就该像你们提倡的那样，把穷人都变成信息储存器，大家一起成为网络世界的电子脉冲？"

"列昂尼德，你对亚历山大派的认识都是道听途说，"娜佳打断我，"找时间亲自去我们教会看看吧。"

我耸耸肩。说不定我真的会去。但深渊中有趣的去处太多了，花上一辈子也逛不完。

"我要走了。"娜佳起身，往吧台丢了两个硬币，"我今天只剩半小时了，还有几个地方要去。"

"去找季本科？"我朝她点点头，"你也可以继续享受夏威夷海滨浴场温热的沙子，喝上两杯智利红酒啊。"

娜佳笑了，"廖尼亚，那不属于我的工作范围。夜晚的浴场和红酒……的确很诱人。虚拟性爱更带感，前提是你得在自己家里，锁好房门。但我还在工位上。办公室里有六台电脑，大家都在忙活。我要是那么干，同事们会怎么看我？"

她真是个极度坦诚又聪明的女人。一个好姑娘。上帝保佑，希望现实世界里的娜佳也这么聪慧坦荡。

"那就，祝你好运吧。"我点点头。

"谢谢你，神秘的陌生人。"娜佳俯下身，轻轻在我脸上亲了一下。

数据标记警告，廖尼亚！ 维卡从肩头的别针里低声提示我。

我掏出杀毒手帕，擦掉了脸颊上的口红印，伸出食指警告她，"我更想继续保持神秘，姑娘。"

她看起来似乎有些尴尬，但还是非常冷静克制地朝我摊摊手，不慌不忙地离开了。

该死。她来这么一手，把气氛全毁了！

明明刚才我们聊得那么愉快……

我一口气喝完杯中的酒,朝酒保打了个响指。

"金汤力,金酒和汤力水一比一。"

酒保皱起了眉头,但还是按我的要求调好了酒。真见鬼,如果我点的是龙舌兰兑番茄汁,他的脸色该更难看吧。

"廖尼亚?"

我转过身。

是我的狼人朋友。他一身雪白的西装,脚蹬一双锃亮的皮鞋,戴着一条稍显老气的领带,神情有点儿紧张。

"你好呀,罗姆卡[1]。坐。"

"那小妞儿怎么回事?"

"没什么好说的。"

潜者都有些多疑。没办法。

有太多人想挖出我们的真实身份。

狼人使劲吸了口气,皱眉道:

"她刚才想给你做标记!"

"我知道。别担心,她只是个记者。"

罗姆卡坐下来,朝酒保点头示意。酒保的眉头拧成了死结,但仍给狼人递来一个古典杯,倒上绝对牌辣椒伏特加[2]。我光看着他喝都觉得辣嗓子。但他一饮而尽,只是微微皱了下眉头,擦擦嘴,又把杯子递给了酒保。

他在现实生活里恐怕是个酒鬼吧?

说不准。

我们就像敌人一样彼此提防。我俩的身价都高得吓人。潜者就像头上顶个灯的丑陋深海鱼,每条鲨鱼都对我们虎视眈眈,垂涎欲滴。

"你把苹果弄到手了吗?"罗曼问。

---

1. 罗曼的昵称。
2. 俄罗斯最有名的伏特加之一。

"一切顺利。"我掀开上衣前襟,拍了拍装着磁盘的衬衫口袋,"都在这儿呢。"

狼人稍稍松了口气。

"买家呢?"

我看看表。

"十分钟就到。接头地点在河边,不远。"

"现在就过去吗?"罗曼拿起杯子。

我也拿起自己的杯子,跟他一起走出石房子餐厅的小门。我站在狭小的门廊下低声说:

"这是我们俩的私人空间。一会儿有人说出密码'灰-灰-黑',就予以放行。"

"收到。"天花板里传出回答声。现在,无论多少客人涌入"三只小猪",我们都看不见,我们只能看见那个已经得知密码的买家。

门外是一片森林,一片茂密、原始的北方森林。寒风刺骨,我缩紧了身子,但狼人一点儿也没觉得冷的样子。可能他的头盔比较简陋,不带空调?

天知道他怎么回事……

他挣得应该不比我少,只是可能有一大家子人要养,或者根本是个无药可救的酒鬼,买起醉来挥金如土。

站在这里回头看,只能看见"三只小猪"的石房子。我们一边啜着酒,一边沿着小路溜达。

"你喜欢辣椒伏特加?"我随口问道。

"没错。"

他的语气毫无起伏,绝不说一个多余的字。我真想看看你的真面目,罗曼。

但这是不可能的。虚拟世界对粗心大意的人来说极其残酷。

我们走向河边。陡峭的河堤长满了茂密的灌木。风越来越大,我眯起眼睛。天上浓云密布。这条河虽然不在崇山之间,但布满石块,水流湍急。群鸟在远处盘旋。它们一直不肯靠近,看不清到底是什么鸟。河堤上摆着一张小桌子,上面摆着金酒、奎宁水和辣椒伏特加。还有一只保温瓶,里面可能是加了肉桂、香菜、肉豆蔻、辣椒和芫荽的美味热红酒。旁边放着三把藤椅。我们在桌边坐下,望着河面。

很美。

浪花拍在岸边的石头上,碎成白色的泡沫,晚风微凉。我手中端着满满的酒杯,青灰色的乌云在头顶涌动。明天大概会下雪。不过虚拟世界里不存在"明天"。

"我想知道,"我抿了一口酒,"这条河是从哪儿流过来的。"

"我这辈子还没见过这么美的地方……"狼人的语气有些古怪。

这样的情况很常见。虚拟世界中,每个人都会产生不同的幻象。对罗曼来说,这片风景显然有特殊的意义。而对我来说,就只是个漂亮的去处而已。

"你来过这里?"

"可以这么说。"

有意思。

"那些是什么鸟?"

"鹰妖[1]。"他头也不抬地答道。然后咕咚一声,将杯中的酒一饮而尽。

这个人实在是千杯不倒。

我恨极了盘旋在我们头顶的疑云。我和狼人畏惧彼此,也畏惧一切。

"这天气不错啊。"我胡乱找了个话题。

"是不错,多雪的夏天……"狼人用嘲讽的目光看了我一眼。他认出了这个地点,这里唤起了他内心深处的某些回忆。

只不过,他绝不会让我知道那是怎样的回忆。

我拿起沉甸甸的陶瓷茶杯给自己倒了一杯热红酒。深吸了一口馥郁的香气。多雪的夏天是什么意思?管他呢。没什么比坏天气更妙了。

---

1. 希腊神话中的鹰身女妖。

"廖尼亚，你抽大麻吗？"罗曼向我递来烟盒。

"不抽。"

或许他只是个彻头彻尾的酒鬼和瘾君子……

"我听说这玩意儿的害处没有酒精和烟草大。"

"我还听说莫斯科的母鸡能产奶呢。"

罗曼迟疑了一下，但还是点起了烟。

见鬼。娜佳的长篇大论都没有我们的对话无聊。

我一口喝光热红酒。罗曼还在抽着他的大麻。过了一会儿，他把烟屁股弹到地上，对我说：

"小毛孩才抽这玩意儿。给我倒点儿红酒。"

"热红酒。"

"这有什么区别……"

我俩一杯接一杯地品尝着热红酒。罗曼喝得直点头。

"绝了！"

我也赞同地点点头。这个词可以用来形容一切好的事物。冰啤酒、拥有第七代处理器的电脑、南方美人、成功被清除的病毒……或者一杯热红酒。

我们坐在河岸上，感觉妙极了。

"那只苹果里是什么东西？"

"一种新型感冒药配方。非常有效。"

罗曼皱皱眉头。

"那东西能值六千？"

"足足值十万。"

"那……"罗曼神色一变。

"等买家来了，看他怎么说吧。"

罗曼点点头，"你接的任务你说了算。"

又等了十分钟，在我即将失去耐心的时候，买家终于姗姗来迟。我只知道他的诨号是"硬汉"，他管我叫"枪侠"。买家打扮得挺干净，穿着一身低调简单的西装，长了一张毫无记忆点的脸，是个拎着公文包的普通年轻人。

"晚上好,枪侠!"他跟我打了个招呼。他的语调过平,没有起伏,显然在用翻译程序和我们交流。

"早上好。"我看了一眼表。这是一场你来我往的游戏。如果潜者所在的时区被人发现,他的住址可能会暴露,这可不是开玩笑的。

"我喜欢你的幽默感……"硬汉在另一把椅子上坐下,向我投来询问的目光,"大丰收了?"

"这苹果又大又沉。"我掏出磁盘,放在桌上,"老实说,这种难度的活儿,我要的可不止这个价……"

"我们不是说好了吗?六千美金。"

我摊开双手。

"要是照您的说法,它就只值这么多钱。"

"您不同意?"

"恕我直言,谢列尔巴赫先生……"

硬汉突然颤抖了一下。

"您是不是分不清轻重缓急?感冒虽然只是小病,但谁会喜欢病恹恹地躺在床上发高烧流鼻涕呢?"

"反正我不喜欢。"硬汉的脸开始变化,变回了谢列尔巴赫原本的样子。现在站我面前的,是一个上了年纪的男人,神情坚定,但高度紧张,"我还以为,潜者都是一诺千金的。"

"没错。文件我还给您。"我轻轻一弹,磁盘就滑到了桌子对面,"但下次,再也不会有潜者愿意为您效劳了,哪怕是举手之劳。您践踏了我们的职业尊严,谢列尔巴赫先生。一份工作的酬劳应当与其难度成正比,多劳多得。"

谢列尔巴赫拿起磁盘后就定住了——他在下载文件。我一边喝着热红酒,一边观察他。狼人一言不发。毕竟这是我接的任务。

终于,谢列尔巴赫下好了文件,眼神又活了过来。

"如何?"我问。

"五万。"硬汉说。

"一人五万?"

他沉默良久。这可是一大笔钱。白花花的真金白银,不用纳税,完全无法追踪。

"你的账户是多少?"

我拿出一张写着瑞士银行账户的小纸条。

"负利率存款……您够谨慎的,潜者先生。"

"我也是迫不得已,彼得……"

他彻底屈服了。我已经知道了他的真名,他却对我一无所知。就算国际法庭宣布我是个食人族,是大屠杀的刽子手,银行也不会出卖我的身份。

这就是我选择负利率存款的原因。

为了确保绝对安全。

"一人五万。这是我最大的诚意,潜者先生!"

"很好。"

几秒钟后,我的账户上汇入了十万美金。这笔数目很可观,非常可观。

足够我在虚拟世界里优哉游哉地过上好几年了。

"您愿意继续跟我合作吗?"

我拿出自己的支票本,心满意足地看着上面的数字,然后签了一张五万美元的支票,递给了狼人。

"完全没问题。"

"干脆签一份长期合同?"

"不行。"

"您到底在害怕什么,潜者?"谢列尔巴赫的眼中充满好奇。

我在害怕什么?

"我害怕别人知道我的名字,彼得。只有守住这个秘密,我才能享受真正的自由。"

"我理解,"谢列尔巴赫说着瞥了罗曼一眼,"您也是个潜者吗?还是个行走的病毒包?"

"我也是潜者。"罗曼说。

"好吧,那……祝你们好运,先生们。"谢列尔巴赫站起来,迈了一步,又停下,"不过能不能告诉我,当潜者是什么感受?"

"很简单,"罗曼说,"就是把身边的一切都当作游戏和幻觉。"

谢列尔巴赫点点头,摊开双手。

"看来我是办不到了,唉……"

我们目送他沿着小路离开。我又给自己和罗曼斟满了酒。

"庆祝我们大功告成!"

罗曼仿佛还没完全意识到,刚才我们做成了一笔多大的买卖。他把酒杯拿在手里,默默把玩着。

"你幸福吗,廖尼亚?"

"当然了。"

"真是一大笔钱……"他透过杯子看着支票上的数字,然后毅然决然举起杯子,"庆祝我们大功告成!"

"可喜可贺。"我随声附和。

"你不会再也不来深渊了吧?"

"不会。"

罗曼显然松了口气,点点头,喝下最后一口酒。

"你知道吗?跟你搭档干活儿很有意思。你……不是一般人。"

那一瞬间,我产生了一种错觉,仿佛我们已经走到了那面看不见的墙壁前,几乎要打破彼此之间的隔阂。

"我也有同感,罗曼。"

但狼人突然站了起来。

"我该走了……跟人有约……"

他的身影消散在空气中,手中的玻璃杯落在地上,叮叮当当地滚远了。

"祝你好运,罗曼。"我对着空气说。

孤独和自由,就像一枚硬币的两面。

我不可能拥有朋友。

"结账!"我对着空无一物的河岸打了个响指,"结账,快点儿!"

100

最恼人的是,我直到现在都毫无困意。过于顺利的一天让人兴奋。

我回到餐厅里。客人已经换了几拨,只有那群美国人仍在讲着只有他们能听懂的笑话,笑得前仰后合。

去散散心吧。

正要离开"三只小猪",我犹豫了一下:要不要叫出租车呢?算了,还是随便走走吧。我悄悄离开主街,走向大礼堂聊天区。

对我来说,这是虚拟世界里最有趣的地方之一。在这里可以畅所欲言,百无禁忌。

风格各异的建筑排成长长的好几列,中间点缀着小公园和小广场,有的人满为患,有的门可罗雀。我挨个查看聊天室的招牌。有几个名字一目了然,也有一些名字就像费解的谜语。

"笑话"

"啥也没聊"

"性冒险"

"诡异角"

"燕麦疯长!"

"书籍"

"武术"

人们在这些俱乐部里谈天说地,就像前虚拟时代的回声。再往前走就是一些更实用的俱乐部,大家在这儿讨论各种技术问题,测评各类软件,甚至倒卖廉价的盗版程序。但我对此兴趣寥寥。

我拐进一个小公园,公园门头上挂着"笑话"标牌。这里总是人头攒动,喧闹混乱,就像二十世纪六十年代的文化宫。一支小乐队(当然是虚拟的)在角落里轻声演奏着。人们坐在长椅上,边喝啤酒边聊天。

我远远地坐下。

一个年轻人走上了公园中央的小舞台，他穿着牛仔裤和雪白的衬衫，长了张路人脸。人们漫不经心地打量着他。

"施季里茨[1]走出家门……"他开始表演。

我身边的一个女孩儿吹了声口哨，朝他扔了个啤酒瓶子。我完全理解她的行为。这里百分之九十的笑话都是老掉牙的段子。尽管这个俱乐部在初来虚拟世界的新人中颇受欢迎，但他们似乎还没明白一个简单的道理——太阳底下无新事。只要在这儿待上半个小时，你就会明白，该隐杀死亚伯[2]是为了让他别再讲那些老掉牙的笑话。

在一片喝倒彩声中，台上的男孩儿还是坚持讲完了他的笑话，蔫头蔫脑地看看四周，从台上落荒而逃。不知是谁给他鼓了鼓掌。也是，至少他还有点苦劳……

我四处张望，想找找酒吧在哪儿。挺远的，在公园另一边。身边的姑娘默默给我递来一瓶啤酒。

"谢谢……"我喝了一口。冰凉的喜力流过喉头，心情立马好转了。

另一个男孩儿走上了台。他比前一位更有辨识度，不知为何看起来像波罗的海人，鬼头鬼脑的样子吸引了我的眼球。他朝舞台角落里的小亭子瞟了一眼。

"先生们！"他高声说。听上去，他的确来自波罗的海地区，如果那口音不是我的潜意识擅自给他加上去的话，"光刻公司诚意出品，物美价廉……"

啊哈。我懂了，打广告的。

我也朝小亭子看了一眼——那里是主持人的藏身之所。每个俱乐部都有专人负责维持秩序，监督话题走向。不知道他现在是否在线，还

---

1. 苏联现象级间谍题材电视剧《春天的十七个瞬间》中的男主角，他是一名苏联侦查员，潜伏在德国，克服重重困难最终获得重要情报。
2. 该隐和亚伯是《圣经》中的人物，他们是亚当和夏娃的儿子，该隐为兄长。该隐因为对弟弟亚伯心生嫉恨而把亚伯杀害，后受到上帝惩罚。

是反应太慢。

主持人在线。

小亭子的门开了,一个壮汉从里面慢吞吞地走出来,手里抄着个可怕的大家伙。那波罗的海人看见了,赶紧爆炒豆子般地接着往下说:

"昆腾闪存、西数数码……"

"跑题了!"主持人不耐烦地喊道,语气凶狠,同时打开了手里的装备。观众席瞬间鸦雀无声,瞪大眼睛等着好戏上演。

一声枪响,闪电般发着光的十字架呼啸着扑向推销员,小伙儿试图俯身闪躲,但无济于事。主持人从不会失手。那个熊熊燃烧的十字架,我们一般叫它"加号",现在牢牢地钉在了推销员身上。一旦被打上三个"加号",他就永远进不了笑话俱乐部了。

观众哄堂大笑。

"没准这是他的开场段子呢?"有人在观众席上喊。主持人竖起一根手指,发出无声的警告,随后再次瞄准了推销员。小伙儿拼命撕扯着T恤上的十字架,跌跌撞撞地逃离了舞台。

人们还在起哄,要主持人乘胜追击,把推销员禁言。但主持人今天心情不错。他扛起武器,回到了他那间茅房似的小亭子里。

"光刻公司……"我邻座的姑娘若有所思地嘟囔,"得去打听打听他们的报价,正好要换硬盘了……"

看来推销员也不是一无所获。这时,另一位表演者走上了舞台。

"有一天,小熊维尼和小猪……"

我开始觉得无聊难耐。

为什么在虚拟世界里,人们还是喜欢听现实世界中那些关于性器官和小熊维尼的笑话?奇怪的心理畸形……

我谢了那姑娘的啤酒,起身离开。

倒也不是心情不好,但的确感觉怪怪的。我拖着步子,走过一间间俱乐部。透过武术俱乐部的铁栅栏,我看见一个亚洲相貌的小个子正表演一种令人眼花缭乱的特技。电影俱乐部的露天影院,一个魁梧的男人站在屏幕旁张牙舞爪地比画着,我隐约听见他说:"垃圾!这电影就是恶心的垃圾！"

先生们，你们太无聊了……

或许亚历山大派没错。我们把虚拟世界变成了现实世界的滑稽仿制品。

没有任何仿制品能胜过正品。戏仿的作用在于讽刺，揭露现实世界的荒诞不经。

但我们无法改变现实世界，因此这种戏仿也就失去了意义——它不是一种进步，而是歧途。

"维卡……"

"请吩咐，廖尼亚。"

"给我叫辆车。"

"好的。"

还是围着城市兜兜风，随便找个娱乐中心吧。

深渊客运公司的车在我身边停下，我拉开车门坐进去。司机应该是新来的，以前没见过。他蓄着大胡子，穿着一件破破烂烂的T恤，肩上还有文身。哟，还挺朋克？

"行程开始。"Windows管家通知我。

我这才注意到，司机根本没有按规矩向我问好，而且我还没说地址，车就开了。

"要离开这里，只有一条路。"出租车司机说着回头朝我挤挤眼睛，邪魅一笑。他脸上有一道刀疤，长了满嘴烂牙。这不是程序，这是个真人。

"停车！"

"不行。"出租车司机漫不经心地把着方向盘，朝我龇出一嘴黄牙。

大事不妙。

"维卡，退出！"

维卡没有响应。

"你的电脑管家现在听不见你说话，"司机说，"安静坐着，好吗？这样对你我都好。"

我还从没在虚拟世界里见过绑架。新鲜。

"你是什么人？"

大胡子只是神秘地笑笑。

当然了，我完全可以强制退出深渊，手动切断连接。普通的深渊城居民做不到这一点。

但……那是不是正中他们下怀，刚好坐实了我潜者的身份？万一我在"车里"切断连接，也就是退出运输程序，他们很可能有办法追踪我的线路？

该死，为什么今天我偏偏用的是跟自己身份关联的主地址？随便一个业余玩家都能揭穿我的身份。

"您到底想要什么？"

司机没有回答，但他的视线一直没从我身上移开，像个刚打下火鸟[1]的好奇的猎人。

"好吧，这是你自找的。"我试图保持冷静，掏出了手枪。

我有六发子弹，也就是六种不同的病毒。这把枪威力不大，我寄希望于这些形形色色的病毒，总有一个能打破对方的防火墙。

三发子弹直接打穿了他的身体，却没有造成伤害。他的防病毒系统很牢靠，把主机掩藏了起来。我又开了三枪。一发子弹被压扁了，掉到地上——这代表病毒被杀死了。还有两发甚至没来得及出膛就直接在枪管里被破解了。

完了。

我绝望地用枪托狠狠敲了一下司机的后脑勺——这也是一种攻击力不强的病毒，用来对付深渊客运公司的司机很灵验。但这次显然没有奏效。

"别折腾了。"司机见我拼命想拉开车门逃出去，冷冷地说。车门都锁死了，我举手投降。

---

1. 火鸟是东斯拉夫神话中经常出现的神兽，一根羽毛就能照亮黑暗，神话中的英雄经常被派去取火鸟的羽毛。

到头来，我说得没错——不存在无意义的信息。

我们继续前行。我再次试图呼叫维卡，但无济于事。我的声控频道被屏蔽了。

深渊啊深渊，我不属于你……

我从头盔的屏幕上看着汽车的内饰。不得不说，绘图手艺不错。这是一辆栩栩如生的运动款蓝旗亚[1]。

我敲击键盘，输入几行指令，按下回车。

奏效了。

d-e-e-p+回车。

我回到了车里。司机不安地看了我一眼。我若有所思地把玩着手里的枪——它又上满了子弹。我兜里还揣了一只手榴弹。

"拿到新弹夹了？"司机问。

这回轮到我玩神秘了。

"有意思，怎么做到的？"

"我亲爱的朋友，每次子弹快用完的时候，我的电脑就会自动填满弹夹。"

我话音里透出一种来自不知名黑客的扬扬得意。电脑会自动填充新病毒——这个说法天衣无缝，丝毫不会暴露我的身份。

司机沉思了片刻，"暂时休战，好吗？"

我不置可否地耸耸肩。大胡子松了一口气。

"我们到了。"

车停在一栋陌生的建筑前。房屋如同一个灰色的立方体，没有窗子，门只有一扇，像车库大门一样宽宽的，看起来出奇厚重，仿佛在大声宣布：非请勿入。这样的建筑，通常是用来囤积日用品的仓库或者豪华公寓。

"进去吧？"司机说。

我沉默不语。

---

1. 一家意大利汽车品牌，1906年创立，1969年被菲亚特集团收购，定位为高端汽车。

司机一言不发地踩了一脚油门，汽车猛地直奔大门而去。在快要撞上去的一瞬间，门开了，我们进去了。

这里的确是间仓库。

一列列货架沿着墙壁排列，堆满了成箱的大牌货。都是好东西。这里可能是个大经销商的仓库，但更像是销赃的地方。

司机打开了车门锁。我们从一个小的密闭空间来到了一个大的密闭空间。我仍然无法和维卡取得联系。

"所以呢？"我从蓝旗亚里走出来，"要做什么？"

司机向我身后望去。虽然很蠢，我还是跟着他回过了头。

我身后站着一个没有脸的人。

他一袭黑色及地长袍，胸前一枚纯银的玫瑰胸针，灰白的长发自然鬈曲，脸却是一团灰色的烟，就像浓得化不开的迷雾。在城市街道上，这种装神弄鬼的把戏是被禁止的，但关上门在自己家里就没人管你了。他为什么要用这种方式伪装自己？如果想隐藏身份，只要从Windows管家或者其他操作系统的默认相册里随便挑一张标准脸就行。选择多得数不清。

把自己扮成无脸人，还穿着这么一身怪衣服，实在不太高明。

虽然戏剧效果拔群。

"你可以走了，谢苗。"无脸人说。

司机点点头，转身消失在迷宫般的货架中。我可以清晰地听到他的脚步逐渐远去，这里的回声效果出奇地好。

可能是为了防止有人偷偷逃跑。

"你，是个潜者。"无脸人说。

又来了。又有人想揭露我的身份。今天第三次了。

真是好事成三……

"你说是就是吧。那你想必是比尔·盖茨喽。"

就算他被我逗笑了我也看不出来。

"你说是就是吧。"

得了吧。说得好像微软公司的老总能有闲心亲自在网上抓潜者似

053

的。首先，他是用传统方式挣钱的人，不搞网上这套。其次，他本人不会说俄语。虽然……谁也不知道顶级的翻译程序能多么与时俱进。大众翻译软件之所以廉价，就是因为那股乡下口音。

"别犯傻了，"我说，"您怎么敢肯定我是个潜者？就这么把我捉来审问，恐怕您要失望了。"

"今早有两名黑客入侵了阿尔-卡巴尔街区，偷走了一份新药配方，其中一位毫无疑问是个潜者。"无脸人心平气和，娓娓道来，"我不知道那份工作原本的报酬是多少，但幸运的是，我知道弗里德里希·乌尔曼先生告诉潜者，他应该得到十万美元酬金。由此，自然可以做出一系列推断。比如，这位潜者一定会火急火燎地下载刚到手的文件；又比如，他肯定会找买家要整整十万美元；再比如，他必定会把这些钱汇入一个非常安全的账户。"

不可能……银行职员都是专业人士，不可能泄露我的信息。

"假设那两名黑客平分了这笔钱，事情就有意思了，我的朋友。在深渊城，每分每秒都有人进行银行转账。但五万美元这么大的金额，而且是私对私交易……虽然我们无法得知账号，但要获知交易发生的地点还是很容易的。能跟上我的思路吗？"

明白了。简单得令人发指。

他们从"三只小猪"就开始跟踪我。罗曼拿到钱就走了，我却偏偏要四处闲逛。

蠢到家了。

我他妈的干吗要把钱分给他？

"故事不错。但跟我有什么关系？"

尽管对方没有脸，我还是能感觉到，他笑了。

"这没什么丢人的，潜者先生，接受现实吧，你输了。"

他错了，我还没输……

"当然了，潜者毕竟是潜者，在虚拟世界里是抓不到他们的。"无脸人说，"无论什么样的程序都无法阻拦你们。只要集中精神，您就能回到家里，然后手动断开连接。"

哦，谢谢提醒。照他说的做，他们就能在我断开连接的瞬间追踪到我的地址。

"二十四小时后，等我的安全计时器启动，"我冲他大喊，"您的小算盘就会落空，到时候您就会为自己的愚蠢行为后悔了！我是个诚实守法的好公民！我会发动全城的警察追捕您！"

"没错，尽管这种可能性非常低，"无脸人说，"不过如果您能让我们相信，您的确是位诚实守法的黑客，"他特地强调了最后两个词，语带嘲讽，"我们自然不会动您一根毫毛。"

"他们会把您抓起来的！"我恐吓他，"让您永久断连！"

断连是深渊城居民最害怕的惩罚。只要进过一次虚拟世界，你就再也无法忍受没有它的生活。

"我看那倒不太可能。"

无脸人像个熟练的暴露狂一样，一把掀开了自己的斗篷，露出一块彩虹色的圆形徽章。蓝色边框中间是一个缓缓转动、不停闪烁的螺旋图案。

我的老天。他是警察。那个彩虹徽章意味着他至少是个警长。

"您请便，悉听尊便……"我一下子泄了气，"我以前知道你们警察都是混蛋，但没想到，你们能这么混蛋……"

"先听我说完。"

"我还能不听吗？"我冲着他咆哮，"啊？"

我抄起手枪，一口气把六颗子弹都打了出去。所有子弹都被弹开了。架子上的软件包装盒开始爆炸起火。天花板上的防火喷淋系统开始启动，不出两秒钟，所有的病毒都被消灭了。

"请您别再歇斯底里了。"无脸人说。

我索性把枪朝他扔过去。枪穿过他的身体，砸到墙上，跌落在地。

"您想让我帮您冷静下来吗？"

他的声音冷冰冰的，给人一种不祥的预感。

我一屁股跌坐在地上，抱着头喃喃自语：

"混蛋……混蛋……狗娘养的……"

"听着,潜者,我们根本不在乎你在深渊里怎么找乐子。盗窃是不好,但乌尔曼也该吃点儿教训。"

我在地上滚来滚去,低声呜咽个不停。

无脸人根本无视我的表演。

"犯罪永远存在。我不是上帝,也无权当什么正义的化身。我自有别的任务。"

"我只不过是个遵纪守法的小生意人!您到底想从我身上挖出什么?"

"这就对了,潜者先生,好多了。您听说过'失落之点'或者'神秘BOSS'吗?"

我万万没料到会从他嘴里听到这种老掉牙的都市传说。我抬起头看着他。

"'点'就是以前人们对一些底层网民的称呼吧?"

"是的。以前不是有个……惠多网[1]嘛,他们的用户就叫'点'。"

"好像听说过。'失落之点'是不是一个在进入虚拟世界时被电死的小孩儿?据说后来他的意识就一直游荡在网络世界里?"

"是的。一个脸色苍白,浑身衣服都被烧焦了的小伙子,逢人就哀求对方转告莫斯科13号节点[2],06-60-06号迷路了……那神秘BOSS呢?"

"给我把椅子。"我从冰凉的水泥地上爬了起来。

"请跟我来。"

我们走到右手边一堆装着苹果麦金塔电脑[3]软件的箱子后面。这些都是积压的库存,现在没什么人用麦金塔了,都用IBM。IBM和苹果公司的关系,就像智人和尼安德特人[4]。走入死胡同的进化分支存在不了

---

1. 美国于1984年创建的一种网络化的BBS系统,90年代曾风靡一时,在因特网普及之前,惠多网是使用人数最多的网络系统。
2. 惠多网中连接"点"的中枢。
3. 1984年1月由苹果公司设计、开发和销售的个人电脑系列产品。
4. 生存于旧石器时代的史前人类,后来灭绝。

多久。

"'神秘BOSS'也是那个年代的传说,"无脸人说,"BOSS在惠多网体系中是比'点'更高级的存在。想要成为'点'就要找虚拟世界里的BOSS帮忙,尽管当时虚拟世界还不存在……传说有的时候,有些走运的冒牌货能找到一位非常好的BOSS……他会给他们提供最好的连接条件,不限时段,高速传输,所有俱乐部都能进出自如……那时候俱乐部还被叫作留言板。"

我机械地点着头。

"一切看上去都很美好,"无脸人似乎没有发现我的心猿意马,"直到其中一个'点'发现,这位BOSS的电话号码根本不存在,也从来没人见过他。出了这事儿以后,幕后BOSS给他管理的所有'点'发了一封信,质问他们为什么要追踪自己……随后消失得无影无踪。"

"那时候的传说简直数不胜数,"我随声附和,"还有什么疯狂版主的传说,听说还有个留言板叫'进来者死!'"

"我也是从惠多网时代过来的人。"无脸人说。

我没接茬。

"潜者先生,我和乌尔曼不一样,我不会千方百计挖出你的身份。不过有意思的是,我们都需要您,出于相同的目的。"

"让我找到'失落之点'?"

无脸人被我逗乐了。

"那只是个传说……出现在因特网、惠多网和其他网络形式逐渐融合成为虚拟世界的时代。现在人们几乎已经把那个传说淡忘了。才过去短短五年,不知有多少事情都已被我们抛在脑后。"

"没有什么会被遗忘。它们只是被更新的信息掩埋了,但依然存在于某处。"

"那跟被遗忘是一回事,潜者,本质是一样的。"

"但今天,一个新的传说要诞生了。"

"什么传说?"

"无脸人的传说。"

他摇了摇头。

"听起来还没有穿着烧焦的衣服四处游荡的苍白男孩吸引人……"

我们都无声地笑了。

"言归正传,潜者先生……你玩过'死亡迷宫'吗?"

"有点儿印象。"

"你知道有两个潜者为这个游戏工作吗?"

"可能吧……"

两个?我觉得有一个潜者帮忙就够了……

"我可以把他俩的地址给你……网络地址和实际地址我都有。"

老天爷!

"其中一个是乌克兰人,另一个是加拿大人。乌克兰人住在……"

"别说了。"我拼尽全力才抵抗住了这份诱惑。

"有意思!我以为人人都想知道潜者的真实身份呢!就连潜者们自己也不例外!"

"按我们的规矩,偷偷打听别人的身份,属于最卑鄙的罪行……"

这是我头一次承认自己是个潜者。但就算我不承认,无脸人也不会信。

"死亡迷宫里出了些麻烦,那两位没能搞定。"无脸人探过身来,抓起纸笔,写下一串短短的地址。他没有直接递给我名片,聪明。我绝不会从他手里接过任何东西。"这是我的地址。去'迷宫'找管理员,说您要为他们提供服务,解决问题,到时候和我联系。您可以叫我……无脸人。"

他不打算对我详细解释,而且似乎很笃定我立马就会冲向"迷宫"。

"我干吗要听您的?"

无脸人从口袋里掏出一只小徽章,跟他自己的有点儿像,只不过是白底的,中间不是彩虹旋纹,而是一只用细线编成的不断旋转的彩色小球。

"为了这个。"

那枚徽章静静躺在桌面上。我盯着它,迟迟不敢伸手去拿。

仿佛一眨眼它就会消失。

《三个火枪手》里,黎塞留给米拉迪的护身密令[1]也没这么酷炫。

我眼前就是传说中的特权徽章。有了它,我可以在深渊里为所欲为。

弗里德里希·乌尔曼如果看见这枚徽章,会直接为我敞开大门,亲自护送我过桥。

虽然事后他可能会找个打手来教训我,但是在深渊城里,他会把我奉为上宾。

我从没亲眼见过特权徽章,只知道德米特里·季本科因为创造了深渊城而获得过一枚。

只有对虚拟世界作出重大贡献的人,才能得到无限的特权。

"这枚徽章就在这张桌子上等着您,"无脸人说,"只要您成功解决问题……它就是您的了。"

我默默点头。

"记住,您还有其他竞争对手,"他接着说,"我们正在深渊里四处搜寻潜者,相信会找到很多。我们会把刚才对您说的这番话也跟他们讲一遍。"

"'迷宫'里到底有什么?"我终于把目光从徽章上收了回来,看向他。

"不知道。这就是问题所在。"

我心里冷笑一声。是吗?还有他不知道的事情……

"在此之前,虚拟世界里的一切在现实世界中都有对应的实体。无论是娱乐、商业、科学还是通信。"

有意思,他居然把娱乐摆在最前面。

---

1. 红衣主教黎塞留和他的手下米拉迪,都是大仲马代表作《三个火枪手》中的人物,红衣主教黎塞留给米拉迪留下一封手谕,证明她所行之事都是奉红衣主教之命,为了法兰西的国家利益。这封密令最后到了主角达达尼昂手中,用来护身。

"但现在情况有变……祝您成功,潜者。您可以走了。"

无脸人朝大门点点头。

"我会自己走。"

"要让我见识见识您的绝技?"

"想得美。"

临走前,我又回头望了一眼他那团迷雾样的脸。

深渊啊深渊,我不属于你……

我摘下头盔,一把将网线从插座里扯了出来,难以置信的感觉还萦绕在脑中。

"连接断开!"维卡通知我。

"我知道,小姑娘。"

看到了吗?神秘的陌生人。这对我来说易如反掌。我随手就能找到一条非常规出口,你们尽可以追踪,但那不过是一条稍纵即逝的线索。

这手段当然不光彩,但能把虚拟仓库的那台电脑和我的真实地址隔离开。

"无拨号音,"维卡说,"请检查线路。"

"断开连接。"

"确定?"

"是的。"

屏幕上出现了熟悉的画面——蓝色背景、下坠的白色光点。

"现在可以关机了……"维卡的声音睡意蒙眬。

我向我最忠诚的朋友道了晚安,点击关机键,电脑停止了轰鸣。我又关掉调制解调器。我需要一个宁静的夜晚好好睡一觉,邮件就统统等到明天再处理吧。但是这会儿已经三点半了……天已蒙蒙亮。

睡意沉沉袭来。脑中信息过载。

我脱掉拟真服……该死,这股冲鼻的汗臭,早该把它洗了。我一头栽倒在床上。还好昨天没有收拾床,不然今天还得铺开。我真是未卜先知。

这样的生活好像已经持续三年了……

101

我醒来时已经是中午十二点四十五了。电视被设置成十点自动开机,现在正小声播放着节目。昨晚被强行关机的电脑静静站在桌上,像在责备我一般。

"好吧……"我对着天花板嘟囔。

得换个地方住了。我可以在市中心的结实砖房里买一套正常的两居室,能俯瞰涅瓦河的那种就不错。这间破败的贫民窟,我实在受够了。

维卡也可以跟着我一起搬过去。我会买台新的大牌电脑,带正版软件,几百兆内存,或者干脆弄几个现在时髦的"外接脑"。再买个1000TB的全息存储硬盘,换上无线调制解调器,外加西门子的高敏麦克风,再来一台彩色激光打印机,虽然我也不知道有啥用,但就是想要。还要一台新的扫描仪,换掉现在这台老跟电脑抢线路的手动破烂扫描仪……该死,这么一算,五万美元根本不够用!

话说回来,我哪里用得着两居室?我几乎不用厨房,冰箱和微波炉早就被我挪到了房间里,要喝水的话,还不如去浴室里接方便。

就这么定了,先给维卡一个新家。那样请朋友来家里做客也更有面子。

我从冰箱拿出一罐啤酒。一般来说,我中午十二点前不喝酒,而现在已经快下午一点了。这一觉睡得真好!

刚起床,胃还不太适应,舒尔泰茨[1]淡啤尝起来就像烈性啤酒。就这样吧,永别了,阿姆斯特丹领航员[2]、宝华利8.6[3],还有我忠诚的穷黑客朋友们。从今以后,我只喝健力士[4]、喜力和基尔肯尼[5],也不用再吃白水煮比利时香肠了,只吃最正宗的莫斯科熏肠和炖肉。还有……嗯,

---

1.2.3.4.5. 以上均为啤酒品牌。"舒尔泰茨"是柏林老牌啤酒,又称"镇长啤酒";"阿姆斯特丹领航员"和"宝华利8.6"是荷兰品牌;"健力士"和"基尔肯尼"都是爱尔兰品牌。

得弄个咖啡机。速溶咖啡我实在是喝够了!

我开始刮胡子,上一次刮还是两天前,结果一下就把脸划破了。我这个暴发户的脑子里突然又冒出一个主意,为什么不买一把舒适牌剃须刀[1]呢?我想不出其他的了,只是脑子里还时不时蹦出一些零碎想法,比如再拉一根电话线,再买一个调制解调器什么的,这样当我困在深渊里的时候,维卡能自动执行一些下载邮件之类的简单指令。

但说真的,拉两根网线有点儿夸张了,就连疯子都只有一根。

对了,我还欠他一顿啤酒。要知道,他昨天几乎算是救了我的命。

事不宜迟。否则再过一个星期,我就又只剩下请他喝阿姆斯特丹领航员的钱了……虽说也是啤酒,味道可是相去甚远。

我打开电脑,连上网,没有登入虚拟世界,而是花了十几分钟往自己的彼得堡账户里转了五千美元。我从抽屉深处掏出一件稍微齐整点儿的衬衫和一条破旧但还算干净的牛仔裤,把护照和信用卡揣进口袋。还忘了什么?对了,啤酒……

阳台上孤零零地躺着一只五升装的空啤酒罐。我拉开拉环闻了闻,一股发酸的日古廖夫[2]啤酒味扑面而来。这罐子得用冷热水交替涮三次才行。我把洗干净的罐子放进玄关墙上的网兜里,这还是前任主人留下的——我实在顾不上扔垃圾。就这样,我出门了。

在虚拟世界里,我家公寓的门厅可要干净得多。不像这里,永远散发着地下室积水和流浪猫的异味。

我从巷子里钻出来,站在人行道上伸手拦车。竖起大拇指站了好一会儿,才有一辆破破烂烂的日古利[3]停了下来。

"去信用银行。"我匆匆说出目的地。

神奇的是,司机居然轻车熟路,知道我说的是哪儿。

二十分钟后,我把身上最后一点儿现金付给司机,在保安呆滞的目

---

1. 德国剃须刀品牌。
2. 苏联啤酒品牌。
3. 苏联汽车品牌。

光下走进富丽堂皇的银行大门,各种来路的资产正是在这里飞速流转。经过二十分钟的重重身份验证、无数次电话核查以及账号确认,柜员终于变得和善起来,把一千美元交到我手里。当然,是兑换成卢布的一千美元。

又过了一刻钟,我走进鲁宾施泰因大街36号一家名叫"莫莉"的爱尔兰酒吧。白天酒吧里人不多,这可帮了我大忙。门口几个看场子的保安一脸凶相,他们本来无所事事,看见我兜里的几个啤酒罐,眼睛都直了。我昂首阔步走过衣帽间,穿过昏黄的半地下室,来到吧台前,冲酒保微微一笑。

万幸,"莫莉"的酒保是个英国佬。不管怎么说,他们在某些方面的确比我们俄罗斯人强。他也冲我笑笑,用询问的目光看着我。

"你好呀,克里斯蒂安。"我说,"给我来五升啤酒。"

显然,他很少碰到以升为单位点啤酒的客人。但他只花了五秒钟,就重新整理好了脸上的笑容。

"要什么啤酒?"

"日古廖夫。"

那几位不知为何一直盯着我的保安听到这话,齐刷刷倒吸了一口冷气。

"开玩笑的,"我说,"当然要健力士。"

我把罐子递给克里斯蒂安。

镇定自若大概是优秀的欧洲酒保必需的品质。克里斯蒂安显然也不例外。他不动声色地接过我的罐子,掂了两下,似乎在估算容量,然后便打开亮闪闪的龙头给我接啤酒。

身后的保安已经吓疯了。我心里反倒乐开了花。

"让泡沫消一消。"克里斯蒂安把罐子放在桌上,用口音浓重的俄语对我说。

嘿,真是个好小伙儿!我很少来"莫莉",以前都没发现他这么内行。

"那趁着这会儿,我再喝一小杯吧。"我边说边回头看了一眼。

几个保安赶紧挪开视线，装模作样地打量起克里斯蒂安背后满墙的酒瓶。看来，不让他们亲眼确认我付得起酒钱，我是没法安安静静地喝酒了。

我缓缓从右边裤兜里掏出一把零钱票子，开始清点。身后的呼吸声又变得急促起来。

见鬼，难道我看起来真的穷得叮当响？厚厚一沓万元大钞从左边裤兜里露了出来。我抽出三张放在桌上，端起杯子，转过身去。

刚才似乎有人站在我背后。不，大概是我的错觉……

我挑了一张离吧台最近的桌子坐下，一点一点、全神贯注地品尝着这个丑恶世界里最美味的佳酿，然后从开心的酒保手中接过自己的啤酒罐（呵，欧洲人，一点儿小甜头就能让他们乐上天！）。

我犹豫了一下，还是拿走了他找回的零钱，没给小费。这没什么，啤酒本来就不便宜。

在深渊里，不管是罐装的巴伐利亚还是啤酒桶装的健力士，价钱都没什么差别……在酒吧外面拦车比刚才要快一些，可能是这会儿的时间更容易打发？我钻进一辆浑身乱颤的沃尔沃，爽快地付了钱。

"去疯子那儿！"

司机瞪圆了双眼盯着我。

"滚出去！"司机以同样简短的台词回复我。

好不容易拦到一位愿意拉客的司机时，我特意提醒自己，这不是在虚拟世界里。在那边，维卡可以不厌其烦地随时把我下达的指令转换成准确的地址，但现在，我身处现实之中。

110

疯子住在涅瓦河对岸的瓦西里岛[1]上。这栋楼建起的时候，电梯还是

---

1. 圣彼得堡由主城和两个岛构成，被涅瓦河隔开，瓦西里岛是其中之一。

个稀罕玩意儿。我喘着粗气一口气爬上五楼,按响了门铃。一下,两下,三下,停一停。再一下,两下。这是我和疯子的接头暗号。就算疯子此时正沉浸在虚拟世界里,他那台与整个房间连接的电脑也能识别出我的暗号,然后把他从虚拟世界里叫出来。

房间里传来脚步声,我赶紧用手指堵住猫眼。

"谁呀?"疯子阴沉沉地问。

"是您叫的杀手吗?"

门后一片沉默。疯子显然刚从深渊里出来,还没恢复正常的幽默感。

"什么人?"

"傻子,是我!"我拿开手指,让他透过猫眼看清楚。

疯子拧开门锁,放我进屋。他赤身裸体套着拟真服,手里端着一把泵动式步枪。枪似乎挺沉,加上疯子个头瘦小,这么大一把枪让他看起来像是毛头小孩儿误闯了战场。

"哟呵!"我简直不知如何评价。

"呃……我刚才正在别人的电脑里瞎溜达……差点儿没跑出来。"疯子语焉不详。他锁上门,瞟见我手里的啤酒罐,颇为同情地问:"怎么,心情不好?"

"也不是。"

"我这儿还有两瓶波罗的海[1]……"

"我这儿可是健力士。"我得意扬扬地打断他。疯子若有所思地瞅了瞅我的罐子,扔下一句,"你这人真是有毛病……"

我跟着他走进狭小但整洁的厨房,小心翼翼地问:

"你们家那位呢?"

"回娘家去了。"

"怎么,吵架了?"

"谁说吵架了?"疯子皱起眉头,"老婆不在家就是吵架啦?她就是

---

1. 俄罗斯最常见的啤酒品牌之一。

想她妈了……好吧，我承认，我们是起了点儿争执。"

"怎么了？"

"唉……还不是因为红灯区那点儿破事儿……"

我点点头。同时生活在深渊和现实中的已婚男人，很难兼顾两个世界。

真见鬼，在虚拟世界里逛窑子怎么能算出轨呢？那又不是真的！

我们在桌边坐下，疯子去冰箱里乱翻了一阵，找出一包香肠，一块儿奶酪，然后从自己房里拿出两只硕大的陶制啤酒杯。我郑重其事地把两只酒杯倒满了。

"货真价实的健力士……"疯子一边用手指在厚厚的泡沫上画出一个M[1]，一边不住赞叹，"好家伙……"

"敬爱情，舒尔卡[2]！"

"嗯哼。"疯子没精打采地应和我，又忽然把杯里的啤酒一饮而尽，叫嚷起来，"是啊，爱情。该死，我肯定是鬼迷心窍了！本来该夹紧尾巴跑路的……结果被两个半吊子缠上了……就去'野草莓[3]'玩了一把。"

"你是闲得慌吗？"

"你难道不知道虚拟妓院的安全系统有多厉害？"疯子睁大了眼睛，"常去那儿光顾的都是大人物。参议员、杜马议员、企业主……一个比一个厉害。只要进入'野草莓'，就没人能跟踪你了！"

我摇摇头。我还真不了解。尽管不好意思承认，但我在这方面的确一无所知……

"本来我只打算在那儿躲半个小时，"疯子接着说，"但在那种地方，谁也不想像个呆瓜似的孤零零傻坐着呀！我就喊了个丫头过来，坐下喝了杯啤酒……喝的也是健力士！"他说到这儿倒是出奇地坦率，"然后

---

1. 俄语里，"疯子"的开头字母是M。
2. 疯子名叫亚历山大，"萨沙""舒尔卡"都是亚历山大的昵称。
3. 1957年英格玛·伯格曼导演的电影，伯格曼的代表作之一。这里虚拟妓院借用了电影的名字。

嘛,就这么顺水推舟……就在最有趣的时刻——啪!好响的一记耳光!我还在想,不对呀,那丫头明明是亲了我一下,怎么这么疼!然后我就被物理断连了……嘉尔卡直接把我的头盔扯下来了。"

他又给自己倒了一杯。我同情地点着头。被物理断连的滋味可不好受。

除非你是个潜者。

"过两天就好了,"我安慰他,"你又不是第一次犯事儿了。"

"但嘉尔卡说,这是最后一次,"疯子闷闷不乐,"我都一年没去过了!我的拟真服里连自慰装置都没有!"

"我的有,"我说,"但我不逛窑子。"

"那真是暴殄天物,你还年轻,要及时行乐啊。"

其实疯子比我还小两岁。不过他是个货真价实的黑客,我只是个冒牌货。而且他还结婚了,结了两次。

"好了,别想了。明天你俩就和好了。"

"没错,"疯子说,"所以今天我得抓紧时间……"

我们会心一笑,一饮而尽。

"给嘉尔卡买一套女式拟真服,"我给他出主意,"把她也拽进深渊……然后你俩就相安无事了!"

"快算了吧,"疯子立刻警觉起来,嘟囔道,"你没见过那些在虚拟世界里寻欢的娘们儿吗?她们整个人都变态了。现实中的男人已经根本无法满足她们了!"

尽管难以想象一个女人沉迷虚拟性爱是什么样子,我还是点了点头。男人我倒是可以想象——为此神魂颠倒的不在少数,所以我一向谨慎。跟找刺激的女孩儿发生一夜情是一回事,逛窑子就是另一回事了。

"敬健康。"我再次举起酒杯。

我们喝光了杯中的酒,倒上第三杯。罐子已经半空了,我们还丝毫没有醉意。

"敬5083节点,207号……"疯子说。

"敬古老的惠多网……"

我们没有碰杯，只是各自默默喝下自己杯子里的酒，仿佛在与亡者对饮。

"已经物是人非了，舒尔卡，"我轻声说，"友人网早就没了，那些指点江山的时光，嫉妒因特网、大骂微软的时光都一去不返了。现在因特网和惠多网都不存在了，只有虚拟世界大行其道。微软的小窗口用来干这个正合适。"

"他们是外行，"疯子斩钉截铁地说，"你还使着Windows Home系统呢？"

"是的。"

"说不定你是对的，"疯子略带忧伤地感慨，"Windows管家那小嗓门多动听呀，还能告诉你剩余内存和硬件状况……呸！脑子都不用动，只要动动鼠标，盯着屏幕就行了！"

"你还在玩OS/2[1]系统呢？"

"什么叫'玩'？"疯子愤愤不平，"OS/2几乎是最好的操作系统了，仅次于Unix[2]！前两天我刚安装了升级包。不可思议，它已经不能被称作程序了，它是个神作！"

"我每次来你都这么说，"我回答他，"'安了升级包……跟它连搞了三天……'。但我已经用了两年Windows管家了。"

"萝卜白菜，各有所爱。"疯子顿了顿，突然问我，"廖尼亚，跟我说说，你是怎么用你的Windows小窗口钻进阿尔-卡巴尔的？"

我避开了他审视的目光。

"网上有人传，阿尔-卡巴尔被两个潜者入侵了……"疯子对我疯狂暗示。

我还在垂死挣扎。

---

1. 微软和IBM公司共同开发的一套操作系统，作为IBM第二代个人电脑PS/2系统产品线的理想操作系统被引入。
2. 一种多用户、多进程的计算机操作系统，源自20世纪70年代开始由美国AT&T公司的贝尔实验室开发的AT&T Unix。

"谁说是两个潜者了？明明是一个潜者和一个助攻。"

疯子微微一笑，"别把我当菜鸟糊弄，廖尼亚。不然你的邮箱就会收到一份小礼物，让你整个电脑都得重装。潜者从来不让普通人当助攻。"

我哑口无言地望着疯子。

"我明白了，"他说，"敬胜利。敬有钱的傻子和聪明的黑客。"

我们碰了碰杯。

"你偷来的是什么东西，廖尼亚？"

"感冒药配方。"

"真的？酷毙了……"

我们吃了几口香肠。我忧伤地想，我的身份还是暴露了。光昨天就有三个人揭穿了我的身份。

今天，我再次被直接看穿。

"廖尼亚，我一个潜者也不认识，"疯子说，"也不打算抓他们。我没什么坏心眼儿……特别是对待朋友。"

"谢谢。"我说。

"你知道吗？我只想问一个问题。"

黑客永远只想问一个问题。他们总以为，只要弄清关键问题，潜者的秘密就都能解开。

"什么？"

"你们是怎么退出虚拟世界的？据说只要心中默念，'我想出现在现实世界里'就行？还是怎么着？"

"我听说，有一个潜者……"我盯着别处，"会念一句很蠢的咒语。"

"什么咒语？"

"'深渊啊深渊，我不属于你。'"

"就这样？"

"有时候他还会加一句，'放我走吧，深渊'。"

"就完了？"疯子有些失望。

"是的。"

"也太简单了吧……"

疯子在口袋里摸来摸去,掏出一包好彩[1],点上一根。他有些懊恼,"以前的世界多简单。有黑客,有老实的业余爱好者,有自以为是的半吊子。黑客什么都会;业余爱好者什么都学;半吊子就是白痴,可以随便挖苦他们。就像你……原来是个业余的,现在还是个业余的!"

"没错。"我表示同意。

"结果冒出来个深渊……好像所有人都梦想成真了一样。"疯子放声大笑,"其实都是鬼扯!我是个货真价实的黑客,"他的语气带着挑衅,"但在虚拟世界里,我只是芸芸众生之一!或许比别人强一点儿,那也是因为我有些微不足道的经验!但结果呢?还不是会碰到各种倒霉事……"

他不说话了,默默玩弄着盘子里的香肠,不经意地说:

"前几天我吃了一只老鼠。"

"你吃了只什么?!"

"老鼠。鼠标[2]。其实也不是鼠标,那太硬了……我咬坏的是鼠标线。"

"为什么?"我傻傻地问。

"不小心。我当时在深渊里,跟几个伙计在彩虹酒吧聊天,喝喝啤酒,吃吃熏鱼。我的鱼吃完了,就去马克斯盘子里拿……"

"马克斯不是不喝啤酒吗?"

"他喝飞仕达[3]。"

"飞仕达配熏鱼?"

"为了合群嘛。"疯子叹了口气,"反正,可能是我动作幅度太大,直接抓到了现实世界里的鼠标。退出后,我发现自己的鼠标线被啃断

---

1. 美国香烟品牌。
2. 俄语中,老鼠与鼠标是同一个单词。
3. 俄罗斯著名能量饮料品牌。

了,好像还不够我吃的……"

"你没闹肚子?"

"没有,暂时还没有。"

我们又倒了杯酒。

"还有件事儿,"疯子接着说,"你知道死亡迷宫吗?"

"知道。"听到这个,我瞬间酒醒了。

"不久前,我突发奇想跑到第十七关晃了一圈。他们加了太多新东西,那里变化太大了!活脱脱是个噩梦,根本不是游戏。总而言之,我被困住了。"

"什么意思?"

"我没法进入下一关,而且也找不着退出菜单。"

"然后呢?"

"我在里面整整待了三十六个小时,"疯子愤愤地说,"我们本来是一大帮人成群结队去的。那帮猪队友,每个人都至少被爆了十次头,然后我们就躲在一个小地下室里,唱着歌,回击着怪兽,等计时器时间到。"

"你的计时器设定是三十六小时?"

"现在改成二十四小时了。"

"嘉尔卡不在家吗?"

"不在,她去婶婶那儿了。廖尼亚,你设的时限是多少?"

"我取消了时限。"我老实坦白。

"我懂,潜者嘛。"舒尔卡勉强挤出一丝笑容,"见鬼!幸好我从来都没有完全信任过你们,一直有所怀疑!"

"你的意思是,怀疑我?"

"没错。一个业余爱好者偷进攻型病毒和解药干吗?"

我有些伤心。我们之间有什么东西变了,彻底变了。但或许有一天,一切都会过去吧……

"该死,舒尔卡,我还是那个啥也不会的外行,唯一会的就是退出深渊。不管什么程序,对我来说都是一堆没有意义的符号和没有意义的启动文件。"

疯子点点头。

"知道了……告诉我,你愿意跟我互换身份吗?你觉得是创造深渊有趣,还是掌控深渊有趣?"

我沉默了。

"喝吧……"疯子一声叹息,又端起了酒杯。

111

我在疯子家一直待到后半夜,喝完了健力士又喝波罗的海6号。舒尔卡还翻出一罐圣诞节喝剩的克伦堡[1]助兴。无论是爱尔兰啤酒、彼得堡啤酒,还是法国啤酒,都没让我们失望。

在内心深处,我其实很高兴自己终于能向别人坦白身份。我的黑客朋友们分为两类:一种是话匣子跟着酒瓶打开;另一种是喝完酒后就啥也不记得了。舒尔卡属于后者。

至少他现在能明白,为什么我要连蒙带骗从他那里弄各种各样的病毒软件了。

我在回家的出租车上沉思,如果深渊没有如此致命的诱惑力,那事情要简单、正确、轻松得多——人们不会被粗暴地分为幸运儿和倒霉蛋,出色的程序员不会分不清真实与虚幻,也不会有像我这样能自由往返于两个世界的门外汉。

人与人之间不会有嫉恨,也不会永无止境地互相追捕。

但难道这是我的错吗?我自己都不知道这一切是怎么发生的。一定是我大脑里出了什么差错,才会让我变成潜者。这肯定是个差错,因为像我这样的人极少。傻子才会放着这种与生俱来的优势不用,但如果让别人深入研究我的大脑,那又太恐怖。

---

1. 法国历史最悠久的啤酒品牌之一。

我们生来如此。有的人天生能跳八米远；有的人生下来就会写诗；而有的人就是能自由出入虚拟空间。但为什么我的同类如此稀少？少到我们的人数都无法以百分比显示，只能数人头……

"是这儿吗？"出租车司机问我。

"是的，谢谢。"

我付了车费，下车摇摇摆摆地走向单元楼，像个被吹胀的气球。现在，我应该一头栽倒到床上坦然面对明早的宿醉，或者干脆潜入深渊。深渊能有效治疗宿醉。

门厅二楼那盏壁灯不知为何总是亮着，五个半大的孩子围坐在地板上，边打牌边小声聊天……确切地说，他们不是在聊天，而是有一句没一句地说话。其中两人我认识，另外三个好像没见过。他们像一群埋伏在偏僻的角落里的小野兽，以袭击落单的受害者为乐。不过我是安全的，野兽不会在自己家门口捕猎。

"您好。"住在我家楼上的那个孩子口齿不清地向我问好。他家的房型和我家一样，是一居室。他和父母、姐姐住在一起，姐姐经常夜不归宿。这栋楼隔音不好，他家的鸡毛蒜皮我听得一清二楚。

"你好呀。"我也跟他打了个招呼。

"廖尼亚，您家里有烟吗？"

我比他大十五岁，但他们这群孩子基本上都拿我当同龄人看。也许是因为我还没结婚，而且垃圾袋里尽是啤酒罐。

"稍等。"

我自己不抽烟，但家里总备着一两包给偶尔到访的黑客。抽烟基本上算是黑客的职业特征。

少年站在门口，两脚局促不安地倒来倒去，耐心地看着我放下空罐子，打开灯，在壁橱里一顿翻找。

"拿去吧。"

他感激地点点头，拆开烟盒。我大方地一挥手，示意他全拿走，然后锁上了门。总得时不时给野兽们一点儿甜头，但只能给一点点，不能把他们宠坏了。总之，只要在他们醉醺醺的脑子里留下一个"这家伙还不错"的印象就行。

我迅速脱下衣服扔到床上,然后去冲了个冷水澡。

今夜无眠。深渊正在向我招手。

我整整一天都在努力不去回想那间仓库、无脸人和特权徽章。但现在,身处一片黑暗之中,虚拟世界近在咫尺,我再也无法将它们逐出我的脑海。

无脸人和徽章。

鞭子和糖。

在两个潜者都无法搞定的"迷宫"里,到底有什么在等着我?要知道,那两位尽管匿名,但都是签订了长期合同的行家。他们对"迷宫"里的一砖一瓦都了如指掌……

难道是什么史无前例的麻烦?

太怪了。

我擦干身子,把毛巾扔进脏衣篮里,回到卧室,打开电脑,开始穿拟真服。

"廖尼亚,晚上好。"维卡的声音响了起来。

"你好,老太婆。"

屏幕上的女人露出了微笑。不对,还是得改改设置。维卡对"老太婆"这个词的反应应该是微微生气,噘嘴眯眼。

"有新邮件吗?"

"有七封。"

"念给我听听。"

没什么有意思的邮件。两封俱乐部的邀请函、几份贸易公司发来的报价单、一条疯子早上发来的消息……

"全部删除。"我在电脑前坐下,插上拟真服电源,戴上头盔,"维卡,接通深渊城。走备用信道。身份代码7。"

我已经三个月没用过这个入口了。7这个代码代表的"人设"是一个穿着铁灰色西服和黑衬衫的男人——打领带,蹬着高筒皮靴,身材瘦削,长脸黝黑,长发齐肩,嗓音低沉。

"备用信道，身份代码7。"维卡确认了我的指令。

眼前的一切又化作了五颜六色的彩虹和烟花般迸裂的火光。我进入了深渊。

我身处一个小小的房间。这里只有一张床、一张桌子和一台电脑，当然了，不是真正的电脑。这里是起始地宾馆。那些不常来深渊的游客，可以在这儿租到便宜的房间。

"一切正常吗，廖尼亚？"

"没问题。"

我打开门走出房间。走廊两侧密密麻麻全是房门。一位长得跟西尔维斯特·史泰龙一样的游客站在一扇门旁边，正自恋地欣赏自己强壮的手臂。

"嘿，斯莱[1]。"我随口跟他打了个招呼。那孩子十有八九是俄罗斯人，而且多半是新手。

"我像史泰龙吗？"他满怀期待地问我。

"像。"我停下脚步。在啤酒的作用下，我变得格外友善，"第一次来深渊？"

"深什么？哦，是的。"

"扮名人太俗了。人家一看就知道你是新来的。你得创造点儿个人风格……可以去下载一个'塑形师'，或者自己修整修整。"

"'塑形师'？"那孩子一脸困惑地看着我。

"就是一个简单的软件，有俄语操作界面。你去新手区的服务器上看看，很容易找到。"

"谢了。""史泰龙"跟在我身后扭扭捏捏地走着。我注意到他含着胸，似乎对自己的外形感到不好意思了。有进步。

我们一起走进电梯，下到底层。大厅富丽堂皇，门口站着四个门童和两个保安。

"你可以随便找个人问问，让他们给点儿建议，"我建议道，"比如

---

1. 演员西尔维斯特·史泰龙的小名。

新手从哪儿开始比较好,该怎么表现……"

"太丢人了……"

"被人看作白痴才是最丢人的。这些伙计专门负责指引像你这样的新手。街上那些袖子上印着手掌图案的人是志愿者,你也可以请他们帮忙,或者找警察也行。你进来前设好计时器了吗?"

"当然了!设了两小时!"

"那就好。你可以花一刻钟跟门童好好聊聊,能省下不少时间。潜游愉快。"

"潜游愉快!"新手小伙儿激动万分地学着我说。当老手的感觉真好。

我朝门童挤了挤眼睛,然后扭头给他示意了一下"史泰龙"站的方向,以免那小伙子不好意思自己上前搭话。我走出宾馆,一抬手,一辆出租车就停了下来。这里跟现实世界不一样……

"去死亡迷宫,"我说,"死亡迷宫管理大楼。"

1000

世上的游戏千千万。

区别就在于它们的寿命。

电子行业每年发行近千款游戏。有一些是专门为深渊设计的,还有一些简单的游戏是面向普通玩家的。

一款游戏的流行期不超过六个月。人们通过合法或非法渠道下载游戏,热火朝天地讨论,打通游戏的重重关卡。在游戏中可以捕捉到游戏开发者的巧思和偶然发生的趣事。但不久后,这款游戏就会逐渐归于沉寂,最后只在一两百名忠实粉丝之间流传。

不过也有例外,有的游戏能风靡数年之久。酷炫精美的新游戏层出不穷,但抢不走那些经典游戏的忠实信徒。

只有三款游戏,从前虚拟时代一直风行至今——《毁灭战士》《命令与征服》[1]和《真人快打》[2]。当然，它们也经历了几十次升级。但那更类似于变装，而不是彻头彻尾的改造。

《命令与征服》是一款战略游戏。它的世界观背景为整个地球。在那片随心所欲的战场上，壮志未酬的拿破仑和朱可夫们为了争夺世界霸权，发起永无止境的战争。玩家在不存在的指挥部里操纵着虚拟军队。坦克轰鸣，炮弹横飞。怪物般的新武器层出不穷，原子弹将一个个都市化为灰烬。在这个游戏中，玩家不需要多么灵活精准的操作，重要的是战略思维。据说军方一直密切监视着这个游戏，一旦发现优秀的玩家，就征召他们入伍。有些人为此惶恐不安，但也有人为此欢欣鼓舞。我也玩过一阵子《命令与征服》，在我看来，这就是成人版玩具兵游戏，老少咸宜。你只用穿着光鲜亮丽的军装，端着咖啡在指挥部里来回踱步，对满屋子训练有素的副官说"我们不该往洛杉矶扔一颗核弹吗？"，就足够了。

去年这款游戏又升级了一次，现在，开局时你得从中尉干起，听从高级将领调遣，带领你的兵打仗，直到一步步升级成那个国家的总司令。开发者还给游戏加入了军事政变、叛国和没完没了的游击战元素……这些情节可能会让游戏变得更有趣，但我还是更喜欢老版本。

《真人快打》就更简单粗暴了，就是在虚拟世界里和人对打。你可以从现成的数百套服装中挑一件，也可以设计自己的造型，然后参加为期一天的格斗锦标赛，胜出后就能和想要奴役地球的大反派对战。这个游戏极度实用。玩家可以在阴沉的格斗场上拿脚后跟踹对方的脑门，或者直接施咒，简直是释放多余精力和负面情绪的最佳去处。这是个好游戏。我每个月都会玩个一两把，但有些人简直沉溺其中。据说，如果你不过度使用魔法技能（因为在现实生活中没有魔法），这个游戏就能教会你真正的格斗技巧。但我深表怀疑。毕竟，被拟真服电击一下跟在大街上真被人揍一拳怎么能相提并论？

---

1. 1995年发布的一款即时战略游戏。
2. 1992年发布的一款格斗游戏。

当然，还有《毁灭战士》。这是个开启了整个虚拟时代的游戏。一次无意识的陷落，虚拟时代就借由这个游戏展现在世人面前。

《毁灭战士》的主战场有个非常直白的名字，叫死亡迷宫。顾名思义，这是一座真正的迷宫，一共有五十关，其中的场景有些在建筑物和地下室里，有的在黄昏城的街道上。黄昏城是一个由外星人掌控的虚构城市，这里称得上深渊中的深渊、虚拟空间中的虚拟空间。城市遵守自己的法律和规则。

游戏第一关开始于一座火车站废墟，玩家坐着手摇轨道车到达车站，仅有的防身武器就是一把手枪。车站里满是黄昏城原住民和其他玩家。怪兽和玩家谁更棘手很难讲。怪兽的装备更精良，但显然什么装备都比不上玩家聪明的大脑。玩家可以在火车站里找到武器、护具、药箱和食物。搞定了火车站，就进入第二关——高速公路。路上到处都是废弃的汽车，怪兽和玩家当然也四散其中。要想取胜，得一口气打到第五十关。第五十关设在城市中心一座古老教堂内，玩家需要消灭那里的外星人头领。要想全部通关非常难。我曾经打通过，不过后来"迷宫"又更新了十来次，加入了新建筑，武器和怪兽也升级了。当然，还有新玩家不断涌入，他们已经对游戏产生了依赖，不在黄昏城街道上相互射击，他们就没法活。

这是一款很有意思的游戏。主要是因为在通关的过程中需要跟其他玩家不断交流。跟《真人快打》里的殊死搏斗和《命令与征服》里的外交伎俩不同，在《毁灭战士》中，最重要的就是交流。玩家要缔结联盟，游说盟友，还得掌握一些生存伎俩……

在"迷宫"这样的地方，能有什么不寻常的事情发生呢？

1001

死亡迷宫管理大楼是一栋位于深渊城边缘的二层建筑，用粉红色贝壳灰岩建成，看起来温馨又舒服。它更像是一栋居民楼，而不是办公楼。这种小别墅里，理应住着一个美国中产阶级家庭。"迷宫"的入口就在不远处，看起来比管理大楼壮观多了。我站在花园里，观察着管理处门口的警卫。他的脸丑得不可思议，穿着一身迷彩服，挎着一支猎枪，这打扮在玩家中很流行。他只是站在那儿，一动不动。这是个真人吗？这问题有点儿蠢，但一些设计精良的程序几乎能以假乱真。我直接略过他，来到门厅里。厅不大，阳光从窗外透进来。墙边摆着杂志架和舒适的扶手椅。门厅正中间摆着一张结实的桌子，一位年轻女士面带笑容坐在桌旁，应该是前台秘书。依我看，她是个真人。

"您好。"我说。

秘书的脸发生了一丝细微的变化。

"您好。"她应道，声音柔和悦耳。显然，他们给我安排了一位俄籍秘书。

"我想见你们的领导。"我开门见山。

"请问您想见哪位领导？"

这位女士看起来彬彬有礼。但作为一道防火墙，她应该不比阿尔-卡巴尔的任何一只怪兽好对付。

"我有一些绝密信息要转告'迷宫'的管理层。"

"请原谅，我还是得请您简要阐明来访目的。"

好吧……

"我需要跟吉列尔莫·阿吉雷谈谈。我听说最近'迷宫'里出了点儿问题，你们雇用的潜者都对此束手无策。我想尽力帮你们解决问题。"

秘书点点头。

"请稍等。"

她不紧不慢地起身，走进一道小门。我非常耐心地在门厅里等着。这房子陈设精美，有上个年代的味道。这里没有电脑，也没有怪兽，仿佛不是人类历史上最黑暗、估值最高的冒险游戏的办公楼，而是厕纸批发公司。

姑娘去了很久。我站累了，在墙边的椅子上坐下，翻了翻杂志架上的报纸。这里一派宁静祥和。除了我以外，一个访客也没有，尽管我觉得肯定还有别人到访，只不过我们看不见彼此。每个人都是被单独接待的。

"先生……"

"枪侠，"我站起来，"叫我枪侠就行。"

她点点头。

"您可以去见阿吉雷先生了。"她指向一扇小门。

她声音里有些许好奇，大概还不知道"迷宫"出了问题。

我走进那扇小门，呆住了。

房间美得令人窒息。

整个房间呈不规则三角形，一整面墙都是落地窗，站在窗前，能够将落日下的小镇尽收眼底。这里已经不是深渊城，而是黄昏城。"迷宫"的安保负责人阿吉雷坐在一张马蹄形办公桌后面，桌上摆着三台显示器、一副键盘，除此之外别无他物。我刚进门，阿吉雷就已经站起身来迎向我。他已经上了年纪，干干瘦瘦，皮肤黝黑，身穿短裤和T恤。

"您好。"他向我伸出一只手，"您就是枪侠，是吗？您可以叫我维利。"

维利就维利吧。

我握了握他的手。

"您好像提到了一些很有意思的事情，是吧？什么'迷宫'出了问题……潜者……提供帮助之类的。"维利大笑着挥了挥手，"砰！砰！您说的是这种帮助吗？"

他的翻译程序很有意思，口音挺重，中间夹杂着许多无意义的语气词，非常自然，就像是他自己在说俄语，能立刻让人产生与众不同的印象。

"我们就别绕弯子了。"我单刀直入。维利，或者说吉列尔莫，皱起眉头点点头。

"我是个潜者。"

"哦？"维利礼貌地表示好奇，"潜者是什么意思？"

我对他报以微笑：

"让您的乌克兰雇员和加拿大雇员来解释可能更好。我指的是那两位和您签了长期合约的潜者。"

维利看着我，久久没有说话。然后点了点头。

"我还以为阿纳托利是俄罗斯人呢。他是乌克兰人？"

看来，无脸人比"迷宫"安保负责人的消息还灵通。

"那都是无关紧要的细节。"我说。

"请坐，枪侠。"维利把椅子挪向我，自己则走到窗边，望着整座城市陷入血红的余晖，"所以，您是个潜者？"

我点点头。

"有趣极了。这可不同寻常。"他竖起食指，"人人都想找潜者，求他们办事，跟他们做生意，找他们解决问题……您反倒自己送上门来。"

我没有说话。

维利转过身来。

"这身衣服不错，枪侠，"他说，"再配顶……帽子，就更好了。一顶小灰帽，您说对不对？"

我明白了。这是一场小小的测试。

"维卡……"

维利笑了。我懂了，跟无脸人玩过的把戏一样，吉列尔莫已经切断了我和操作系统间的连接。我早该料到会有这一出的。

深渊啊深渊，我不属于你……

我的头好像疼了起来。一定是啤酒的错，但……

我摘下头盔，伸手去拿鼠标，打开"塑形师"软件，找到"变装"窗口，选择"头饰"，挑了一顶介于贝雷帽和鸭舌帽之间的帽子，将它涂成灰色，戴到我的虚拟脑袋上——身份代码7，枪侠。

d-e-e-p+回车。

贝雷帽乖乖地戴在我头顶。不知道阿吉雷先生说的是不是这样的帽子。不过他似乎很满意。

"我们对所有潜者都满怀敬意,"维利说,"但是我们的两位长期合同工干得挺好,只是还需要一点时间。我们可以给您推荐其他有趣的差事,您看可以吗?"

我摇摇头,贝雷帽滑到了一边。

"阿吉雷先生,"我礼貌而坚定地说,"我是为解决'迷宫'里的一个麻烦而来的。"

他惊讶地挑了挑眉毛。

"我知道,最近'迷宫'里发生了一些不寻常的状况……"我顿了顿,观察着他的反应。维利显然在沉思。

"状况?"他朝窗外点点头,"这里每天都会出现成千上万个状况。战争!枪击案!狂欢节!"

难道无脸人弄错了?我开始觉得自己像个白痴。

"您雇用的潜者……"我接着说,"就说昨天吧,他们搞定自己的工作了吗?"

这是我唯一掌握的信息。"迷宫"的潜者没能满足雇主的期待……

"哦!"维利想起了什么似的点点头,"哦!那个倒霉鬼!"

尽管不知道他在说什么,我还是点了点头。

"这算是个麻烦吗?"阿吉雷变得严肃起来。

"我认为,是个麻烦。"

他沉思片刻,似乎在默默权衡。

"枪侠先生,您到底知道些什么?"

没必要撒谎。面对这个人,我还犯不着耍手段。

"我知道的不多。只是有人告诉我,'迷宫'出了点儿问题,而且你们的潜者无法解决,所以希望我能来帮忙。"

又是一阵沉默。他并不认识我,贸然向一个陌生人袒露公司见不得人的小秘密未免过于冒险。但是吉列尔莫是个敏锐的人,他知道如何应付棘手的状况。

"您愿意和我们签订一份一次性合作协议吗?"他的语气突然变得很严肃,语速也加快了。

"当然。"

"协议要求您对这次任务完全保密,"他补充道,"附加各种违约处罚措施。"

"可以……"

"请过来,枪侠先生。"他指了指自己的桌子。我走上前去,以为是要签合同。但维利指了指正中间的那个屏幕,"这是'迷宫'第三十三关,枪侠先生。迪士尼乐园。"

我看看屏幕,这一关我特别不喜欢。尽管它已经跟我上次去的时候截然不同。

"这一关非常难过,"维利说,"地狱难度,"他边想边说,"玩家从过山车这里开始。然后……"他在键盘上敲了几下,图像就变了,"哦,一只猎食怪。坏东西!"

说的好像"迷宫"的开发者能设计出什么好怪物一样。

"这就是他……"他又敲了一下键盘,"倒霉鬼。"

吉列尔莫又停顿了一下,但不是为了做戏。屏幕上无事发生,他只是在沉思。

"枪侠先生,这就是你说的麻烦,对吗?"

1010

没有一个普通的深渊城居民能够自行退出深渊。因为看不见自己的电脑,所以无法在键盘上输入退出指令,也无法对自己的操作系统下指令。只有在配备电脑的虚拟小屋里,玩家才能操作电脑,回到现实。潜意识会大发慈悲帮助他们离开。人们从哪里进来,就从哪里出去。不管他们想象自己在宫殿还是农舍,总之必须是一间有真电脑的屋子。

这就是设定计时器的意义所在。计时器嵌入程序内部,不管是微软的Windows Home系统、俄罗斯的虚拟导航系统还是深渊操作系统都自带计时器。玩家最多可以在深渊里待四十八小时,否则就会饥渴而死。

脑子正常的玩家都会把时限设置得短一点，比如两小时或者一昼夜……像疯子这样设置三十六小时的，已经是个例外了。一般在深渊里游荡了两天才出来的家伙，都邋里邋遢不忍直视，臭气熏天不忍细闻。

当然，人们可以破坏计时器，也可以关闭计时器。比如在破坏计时器后，在最高时限四十八后面加两个零。不过这么拼命的敢死队员很少见，而且结局都很凄惨。

就像倒霉鬼这样。

想一口气通关"迷宫"是不可能的，没有人有那么多精力。尽管在虚拟世界里，人不太能感觉到困意，但体力总是有极限的。这也是为何在每一关结束时，游戏菜单都会跳出来让玩家存档，然后退回到普通的深渊世界，休息好后再回到"迷宫"。

但偶尔也会有盲目乐观的玩家，一心想一口气把"迷宫"打通关。他们是想复现那个传说中第一个闯入虚拟世界的小伙的传奇经历。这些玩家正是为此破坏安全计时器——有自己动手的，也有买黑客程序的。他们切断自己的逃生通道，然后一头潜入深渊底部。

一旦有了危险，就要靠潜者把玩家捞出来了。所有大型游戏中心都会跟潜者建立联系。规模最大的几家甚至会长期雇用匿名潜者。付报酬给潜者总比赔偿疲劳致死的玩家家属要划算得多。

我打量了一下这个倒霉鬼。他穿着一身再普通不过的迷彩服，戴着头盔和面罩，随身武器只有一支手枪。有两种可能性，要么他是单凭一支手枪一路拼杀到了三十三关，要么就是在这里被杀了——在"迷宫"里复活后，玩家会自动恢复初始状态，只剩下最初的装备。

"怪了……"

"您说什么？"吉列尔莫好奇地问。

"他在那儿待多久了？"

"三十九个小时了。我们从玩家进入系统的时候就会开始追踪。"

原来如此。也就是说，无脸人几乎是从倒霉鬼刚进入"迷宫"的时候，就开始关注他了。倒霉鬼很快引起了他的警觉，发现不对劲后他立马开始找寻潜者。

"他的计时器可能设了四十八个小时。"

"没错。哎哟,真恶心!"吉列尔莫叹了口气,"大小号全在衣服里解决了。呸!"

但为什么偏偏就是他引起了无脸人的关注呢?

到目前为止,还没发生任何可怕的事情。只不过是一个自信过头的游戏爱好者罢了。

"他这么坐着有多久了?"

"快一整天了。"吉列尔莫点点头,"的确很古怪。这关他打了五次都没过,然后就放弃了,就这么一直坐在入口。"

"你们采取了什么措施吗?"

"我们派出了阿纳托利。"吉列尔莫摊开双手,"这活儿他拿手……带打通关……"

"结果呢?"

从吉列尔莫嘴里问出点儿信息就像挤牙膏一样。倒不是他故意隐瞒,而是他不明白我到底需要什么样的信息。他习惯了跟训练有素的潜者打交道,就算话只说一半他们都能明白。

"请把事情的来龙去脉给我解释一下,维利。"

吉列尔莫点点头。

"这名玩家在二十九个小时前来到这一关。五次试图通关,都失败了。死得很快。"

"是被怪兽打死的?"

"不是。怪兽他砰砰两枪就收拾了。他是被其他玩家打死的。然后他就坐在那儿不动了。我们派阿纳托利去带着他打,结果他俩都被干掉了。阿纳托利又带着他打了一次,但还是不走运。客户又被打死了,阿纳托利气坏了,把这一层所有的玩家都爆头了……"吉列尔莫同情地笑了笑,"今天两个潜者应该还会一起到这一层帮他通关。到时候我会找他们要个报告,好吗?"

"好。"我目不转睛地盯着屏幕,看着那个穿着迷彩服、举着手枪的小伙子。他身上到底有什么东西让无脸人害怕?为什么他觉得这是史无前例的危机？这么简单的任务，为什么要拿特权徽章当作酬劳？

"维利，还有其他不同寻常的事情发生吗？"

我怀抱着微弱的希望，说不定还有其他任务需要我解决呢。

"没有了。"

"完全没了？"

"一点儿都没有。"吉列尔莫摊开双手，"我们全心全意关怀客户。'迷宫'里发生的所有事情都在严密监控之下。"

我盯着屏幕，等他继续往下说。

"然后……"他想了想，"然后，早晨他们试了两次，下午又试了三次，都没把他带出来。"

"你对此一无所知？"我忍不住挖苦起来。

"我们从不干涉雇员的行动，"吉列尔莫颇为得意，"现在的状况还没那么危急。"

他说得没错。但我心中还是隐隐不安。这个陷入困境的倒霉蛋到底是什么人？美国总统？教皇？还是德米特里·季本科？

"他是谁？"我问出了声。

吉列尔莫耸耸肩，"天知道……"

"你们不监控自己的用户吗？"

"我们只是个娱乐公司，不是克格勃，"他阴阳怪气地说，"数据是有丢失风险的。你觉得哪个世界五百强的CEO或者阿拉伯酋长希望看见小报文章讨论自己在虚拟世界的冒险？"

"那又如何？"

"对你来说当然无关紧要，只不过是被路人当作茶余饭后的笑料罢了。但位高权重的人可不喜欢被嘲笑，非常不喜欢。"

"你能给他物理断连吗？"

"怎么断连？"

问得好，怎么断连？即使我们能追踪到这个人进入"迷宫"的线路，切断他的连接，也无法改变事态。他可能会从此游荡在虚无世界中，或者困在静止的图像中，这取决于他的潜意识如何选择。这就好比给溺水的人盖上一块不透明的罩子，不惊扰其他游泳的人罢了。

"你们至少可以追踪他的信道……"我说。

"那可不简单。"吉列尔莫指向窗外的城市，"这里有两千零三十六……不好意思，是两千零三十五名玩家，也就有两千零三十五……哦不，现在是三十七……条通道。他们通过我们的二十八台主服务器接入游戏，然后我们会进行分级处理。由我们自己的，以及租来的计算机处理运算。这些电脑分散在各个大洲。我们用了四颗卫星来同步数据。无论是因特网用户还是其他用户，只要拨通我们公司七百个电话号码中的一个，就能进入'迷宫'……"

"懂了。"我说。其实还是有办法追踪倒霉鬼的信道，只不过成本高昂，吉列尔莫不会同意的，"可以叫你们的潜者来一下吗？"

"他们现在不在线。"

可以理解。如果他们真的在一天内救了四次倒霉鬼，现在肯定是筋疲力尽了。一个在乌克兰，一个在加拿大。他们这会儿可能正在睡梦中骂骂咧咧。

"好吧，"我下定了决心，"我能直接进入第三十三关吗？"

吉列尔莫避开了我的目光。

"你最后一次玩这个游戏是什么时候？存过档吗？"

"没有……"

"那你就得从第一关玩起。"

我震惊了。

"这是什么鬼话？所有游戏都有内部通道，可以直接跳到任意关卡。你们偏偏搞特殊？"

"是的。"

"为什么？"

"'迷宫'设了巨额奖金，创下最高分记录的玩家或者能够快速通关的玩家可以得到大奖。"

"这我记得。所以呢？到底是多大的奖励？"

"大奖奖金五十万美元。只要在四十七小时五十九分钟内打通所有关卡,并打败外星人王子,就能拿下大奖。"吉列尔莫的语气越来越像个推销员。

啧啧啧……

为什么我不是这个游戏的玩家?

"这可是一大笔钱,"吉列尔莫多此一举地强调,"不是吗?人们眼红这五十万,任何有利于玩家的手段都会被破解,比如保证玩家不被打死的密码或者能让玩家获得大量装备的密码。任何一条服务通道都会被盗用。这样的话,我们不就得经常兑奖了吗?更准确地说,也可以一次也不兑付。"

"那你们的潜者是怎么工作的?"

"他们会提前把'迷宫'打通关,在每一关、每一个危险地点存档。这样一来,两分钟内他们就能直达想去的地方。"

真是个不错的开始。

"打到三十三关需要多长时间?"

"25小时起步,上不封顶。"

无脸人到底指望我能帮上什么忙?如果"迷宫"自己的潜者花了一天一夜都无法把倒霉鬼弄出来,那他已经彻底没救了……

吉列尔莫静静地观察着我。

"至少给我一张'迷宫'的地图吧?"我问,"完整的地图?"

"不行。完整的地图不存在。'迷宫'处在不断的自发变化中。这可不是书或者电影,枪侠先生。这是一个完整的世界,一个充满奇迹的世界!奇迹是不会一成不变的。"

迷 宫

"无法在原来的世界生存，
那就造一个新的。"

ЛАБИРИНТ ОТРАЖЕНИЙ

00

从深渊城通往"迷宫"的大门恢宏非凡。一座黑色大理石拱门高耸入云,薰衣草色的火花沿着拱门滑落。厚重的石门不断发出低沉可怖的轰鸣,仿佛怪兽的叹息。门内猩红的雾气不断翻滚。

行尸走肉般的人群缓缓走入迷雾。人流一眼望不到头。里面应该不全是真人,有一些是"迷宫"的系统操作员为了撑场面造出来的。但场面着实叹为观止。

我也融入了这股洪流。

"喂……"走在我身边的小伙子拍了拍我的肩膀,"你叫什么名字?"

"枪侠。"

"我叫亚历克斯。"

"很高兴认识你……"我转回身子,但他不依不饶。

"你要去第一关?"

"是。"

"一起去吧?两个人一起打会容易得多。"

我打量了他一番。外表看上去显然是精心设计过的,他举止粗鲁,但是自信满满。

"我们可以组团打个五六关,"他继续说,"虽然前几关不难,但组队合作更容易适应。后面如果你想单打,我们就分头走。你觉得怎么样?"

"好吧。"

我们击了个掌,肩并肩往前走。猩红的迷雾越来越浓重,眼前一片模糊。这时,半空中传来一个声音:"请选择模式。"

"双人模式,"亚历克斯说,"亚历克斯和枪侠。"

"双人模式,"我跟着他说,"枪侠和亚历克斯。"

迷雾稍稍散开了一点儿。我们发现自己站在一辆手摇车旁，车停在生锈的铁轨上。车里放着两套迷彩服、两只面罩和两把手枪。刚才跟我们一起进来的人不知道都消失到哪里去了。我们检查了一下装备，换上了迷彩服。

"车站旁会有伏击。老套路了，"亚历克斯在旁边嘀嘀咕咕，"我们得保持警惕……你是从哪儿来的，枪侠？"

"从我妈肚子里来的。"

我的回答暂时堵上了他的嘴。我们坐上车，摇起手柄。老旧的手摇车逐渐加速，在稀薄的雾气中前行。

"枪侠，怎么，你喜欢斯蒂芬·金[1]？"

"为什么这么说？"

"谁叫你取了这么个绰号？难道只是因为你是个神枪手？"

"很快你就知道了。"

我们穿出了迷雾。铁轨沿着险峻的路堤向前延伸。前方就是火车站废墟，看起来跟柏林陷落后的国会大厦差不多，车站的圆顶上还有一面招展的红旗。可能是为了营造氛围，也可能是某个布尔什维克想纪念即将来到的十月革命纪念日——11月7日，就在三天后。

"现在打起精神，注意了，"亚历克斯在我背后说，"肯定会有一场伏击战。谁不想多弄一套迷彩服呢？"

"我知道。"我说着，转头就朝他开了两枪。刚刚瞄准我的枪从这位刚结识的盟友手中滑落。我俯身查看。亚历克斯的嘴拼命张合，想要呼吸，双眼已经失焦。游戏会再给他五秒钟时间来反应自己是怎么失败的。

"顺便说一句，我很喜欢斯蒂芬·金。"我捡起了他的枪。

解决了。我刚才还只有一把手枪，八发子弹，现在有了两把手枪，十四发子弹。

我把亚历克斯的尸体从手摇车上推下去，他滚下路堤，落入下面的

---

1. "枪侠"这个名字，出自美国小说家斯蒂芬·金的奇幻小说《黑塔》系列第一部的篇名。

尸山。如果刚才亚历克斯得手了,那现在滚下去的就是我。

"我玩'死亡竞赛[1]'的时候,你还没碰过键盘呢。"我的语气并无恶意。尸体在六小时内就会腐烂完,这是程序设定,不然'迷宫'里会尸骨成山。

车站越来越近,我试着辨认这里和我上次来时有什么区别。看上去,车站右侧翼那个小尖塔是新造的。

我驾着手摇车从一列停靠在站台的火车旁经过,车厢崭新整洁,乘客坐在窗边,身上仿佛蒙着一层薄薄的灰尘。这是一列运送难民的列车,但在逃离黄昏城的途中被外星人烧毁了。难民们整整齐齐地靠窗而坐。亲爱的"迷宫"创造者们,你们都是外行,你们根本不知道什么叫逃难,什么叫难民。

我跳下车,顺着路堤滑下来。初来乍到的新人会坐着车一路开进火车站,但我觉得悄悄走过去更好。

这样更稳妥。

01

第一关对我来说是小菜一碟。从游戏设计角度看,这样的开局更容易让新人上手,慢慢了解自己的能力,然后吸引他们一直玩下去。我从左侧接近车站,快速把记忆中的物资藏匿点回想了一遍:下水道口、变压器箱、翻倒在铁轨上的火车头驾驶室。但下水道是空的,变压器箱里有两个弹夹,驾驶室中有一个保鲜膜包着的三明治。全程既没遇到人,也没碰到怪兽,这让我警觉起来。

我偷偷摸到车站侧面的入口,在被轰开的大门前顿了顿,然后冲了进去。

---

1. 一种游戏模式,最早出自第一人称射击游戏《毁灭战士》第一代,后来常见于动作射击游戏、动作角色扮演游戏等类型的电子游戏中。

啊哈。

两只变种人向我冲来——它们是一种体型矮小的类人怪物，浑身覆满绿色皮癣，粗大肥厚的爪子端着步枪，其中一个还戴着一副老学究般严肃的眼镜。看来是它还没变异成怪物的时候戴的。

我手起枪落，它俩还没来得及开火就被我解决掉了。我重新填满弹夹，上前观察尸体。它们的步枪被我打烂了，可惜。光靠一把手枪我可走不了多远。

我继续往车站里头走，穿过一个个被烧毁的空站台，地上的水坑积满了鲜血，墙上写满绝望的字眼和恶毒的诅咒……这不是车站，这是被围困的布列斯特要塞[1]。按照游戏剧情，黄昏城警察和外星入侵者之间的最后一战就发生在这里。我记得这儿的某个地下室里有一位奄奄一息的中士，不停讲着令人毛骨悚然的战争故事，并会在临死前把他的步枪交给别人。但我懒得去找那个催人泪下、奄奄一息的NPC，太浪费感情了。于是我挨个儿去记忆中的另外几个藏匿点搜罗了一番，找到了一副铜指虎，我随即把它套在左手上。还发现了几颗手榴弹，最要紧的是，我终于弄到了一把双管猎枪。

途中我远远看到过几次人影，但他们没来招惹我，我也就放他们去了。没时间节外生枝。我向通往站前广场的出口走去。那里的石桌上有一具血淋淋的女尸……桌子下面静静地躺着一台电脑。屏幕上显示着游戏菜单。我保存了一下进度，没有退出。继续前往第二关。

我端枪跑出车站，溜上马路，压低身体掩藏在树丛后。这策略不错。有人从高处朝我射击，但没有击中。

开枪的可能是某个玩家。怪兽虽然笨，但个个都是神枪手。

站前广场停满了车，全都积了一层薄灰，但还能用。车主都在那列火车上化作了尘埃……我躲在一辆车身已经凹陷的笨重福特后面静候着。

---

1. 布列斯特要塞保卫战是二战巴巴罗萨行动的早期战役之一，人数占弱势的苏军在此足足坚守了8天。

这是我的固定埋伏点……

约莫五分钟后，果然有个人匆匆忙忙从车站里奔出来，冲向停车场。

我猛地起身拿枪口对准他。他瞬间被吓得定住了，看来是没料到在即将通关的时刻还会遇到埋伏……

"上车。"我用枪管指了指福特。对方似乎没明白我的意思。我看不清他面罩后的脸，不过无所谓，反正也无法通过虚拟形象判断他的国籍。总之，我猜他不是俄罗斯人。

"上车！开车！"

翻译软件启动了，他终于明白了我的意思。他缓缓走过来，拉开车门，坐上驾驶座。

"喂！"不远处依稀传来一声叫喊。我转过身，同时不让人质离开我的视线。一个似曾相识的模糊身影站在车站拱门下，原来是亚历克斯。完了，他追上来了。他从头玩起，又追上了我。刚才肯定就是他对我放的冷枪……

"我会干掉你的！听见了吗？别想安生！给我等着！"

我对他比了个国际通用的礼貌手势，激得他冲我一顿扫射。但他的弹药不够，而且离我太远。他扔下步枪，准备用手枪瞄准我。这时，一道暗红色的身影悄悄出现在他身后。嚯，好家伙！我还从没在第一关见过烈焰绞杀手。怪兽伸出闪着火光的爪子，从背后勒住亚历克斯的脖子，逼得他立刻跪了下去，但亚历克斯还是挣扎着朝身后射击。

我可没工夫关心他的结局。

我俯身钻回车里。人质一直乖乖地等我处理完自己的小麻烦才发动汽车。他开得很慢，不时回头看一眼，显然是做好了后脑勺随时挨一枪的心理准备。

公路上有些拥堵。几辆重型拖车两次三番试图把我们碾成肉酱。我摇下车窗，打穿了他们的轮胎和挡风玻璃。这只是小麻烦，对方不过是"迷宫"里的怪物，用不着搭理。

起初，我的司机每次听到枪响都会哆嗦一下，但是他不一会儿就习惯了。

真正的麻烦在立交桥上等着我们。那里的路被三辆车死死堵住,有人埋伏在车后。还有一位端着火箭筒,趾高气扬、漫不经心地站在马路中间。

该死。我听说过火车站某处有重型武器,但没来得及去找……

"现在怎么办?"人质向我征求意见。

要是冲上去硬刚,那就是脑子有问题。最简单的办法是双手抱头投降,牺牲一点装备,希望他们能放过我。

"慢慢减速。三声枪响后就停车。"

他默默点头。

暴徒端着火箭筒盯着我,脸上满是嘲讽。他在等待。

深渊啊深渊,我不属于你……深渊啊深渊,放我离开……

我盯着屏幕,努力适应电脑上的画面。眼前依次是暴徒——汽车——司机的后脑勺和屏幕正中的十字瞄准线。

我可不是个循规蹈矩的玩家。

我抓住鼠标一滑,瞄准线随之在屏幕上移动。

走着!

我开火了,左键射击,右键填充。端着火箭筒的家伙被打中了,但他显然一头雾水。明黄色的弹壳在屏幕上飞舞,耳机在咆哮。干掉三个探头的敌人后,我转向那些拦着路的汽车。在游戏中击中一辆车的油箱并不比在现实中容易。但如果你瞄准的只是一个图案,那小孩子都办得到。

d-e-e-p+回车。

该死,我不是说了停车吗!

"踩刹车!"我朝司机大吼。

好险,车子堪堪停在对方熊熊燃烧的汽车前。司机回过头,即使隔着面罩的暗色玻璃,我还是能从他眼神中看出惊恐和赞赏。

"您是怎么办到的?"

"下车。"

095

他显然以为我要用最后一颗子弹了结他,但我只是用枪指了指地上的尸体——有的是刚才被我打死的,有的是在车里被炸死的。我示意他把尸体上的武器拿过来。他现在绝对没胆子朝我开枪。我开枪的速度和准头远胜于任何普通玩家。只有潜者和鼠标操作出神入化的老玩家能如此神勇。

《毁灭战士》的玩家分为键盘党和鼠标党。他们唇枪舌剑的永恒话题就是用键盘和用鼠标哪个更酷。一直到虚拟世界出现,他们都没辩出个所以然来。

现在该善善后,打扫战场了。

居然还有一个暴徒没死。他正满口乱喷脏话,骂得那叫一个生动形象,舌灿莲花,显然是位俄罗斯同胞。血浆糊得他满头满脸都是,而且一条胳膊已经摇摇欲坠,只能用另一条胳膊拖着身子去够急救箱。他的血条只剩五个点了,但只要拿到急救箱,就还有救……

我走到他面前。他抽搐着朝我怒吼:

"你是谁?你这个狗娘养的!"

后面又是一连串脏话。

"我是枪侠。"我用枪口抵住他的额头。我不喜欢嘴巴不干净的人。要知道,我这副面孔下藏着的也可能是个女人或者孩子。

我足足花了五分钟才把所有战利品收拾好。现在最高级的装备都到手了——手枪若干、背上一把带瞄准镜的步枪、一把猎枪、一支火箭筒、好几个急救包,还有手榴弹和防弹衣。我的人质也好好装备了一番,只比我少一支火箭筒。

在现实中,一个人是背不动这么多装备的。但是在这儿,我们都是小兰博[1]。

"走吧。"我催促人质上车。没等翻译器说完,他就领会了我的意思。我们沿着公路前行,途中我没忍住,用火箭筒炸飞了一辆拖车。当

---

[1] 美国系列电影《第一滴血》中的男主角,由史泰龙饰演,是一名越战退伍军人,具有极强的游击作战能力。

然,我是下了车干的。"迷宫"设计者的幽默感还是不赖的,我可不想看到车厢里糊满自己的内脏。

第二关结束时,我们已经身在黄昏城边缘。我俩下了车,在一个小农舍里找了台电脑,保存了进度。我的旅伴终于平静下来。我朝他挥挥手,转身朝下水道口走去。我知道,通过第三关最安全的方式就是从便溺物里跋涉过去。就算通关后可以冲澡,大多数人依然不会选择如此恶心的路径。不过这对我来说完全无所谓。我可以坐在屏幕后面,动动鼠标就穿过下水道。

"喂!"我听到他在身后叫我,"你为什么要带着我?你这么牛,完全可以自己通关。"

或许他是期待我说些"有个伴儿总比没有好"之类的话,或者期待我邀他同行。但刚才他差点儿撞进那堆烧着的车里,让我很不爽。所以我就实话实说了:

"我不会开车。走过去又太远。"

说完我就撇下他走了,留下他一人瞠目结舌,站在电脑旁发呆。他现在满身装备,这对于刚通过第二关的玩家来说简直是奢侈……

10

我在七个小时内一口气通过了十四关。

今天,一个传奇诞生了。

我身后尸骨成山,一片狼藉。过第六关时我耽误了一会儿,那地方已经被改造得面目全非,让我很不习惯。在第十二关,我也被困了一阵子。虽然没什么新奇的难题,但战场就是战场,消灭几百只怪兽可不是摁摁键盘那么简单。

好在其他玩家都知道要对我敬而远之了。关于我的谣言很快在"迷宫"里传播开来,从这一关传到那一关,比潜者通关的速度还快。没有任何东西能阻挡谣言。对谣言来说,深渊也不足为惧。

一般来说,谣言是潜者的敌人。但这次,它传播的是恐惧,正好助我一臂之力。

通过第十四关时,我觉得是时候休息一会儿了,就跳出了深渊,这才发现已经快早上七点了。

不断电连续工作,对电脑来说是一种保护,但是对人来说恰恰相反。

第十四关设定在黄昏城体育馆。游戏中的电脑放在游泳池旁裁判的桌子上。形似鳄鱼的两栖怪兽被我杀了个精光,尸体在清澈见底的池水中浮浮沉沉。它们不太好对付,我只好使出等离子枪,把池水烧开,直接把它们煮熟。池水冷却后,我跳进这锅臭肉汤里潜伏了十分钟,等待着追兵——那是一对歇斯底里的情侣,他们已经追着我跑了整整三关。他俩急于求成,以为我早已离开体育馆,就冒冒失失地闯进了大厅。不得不说,他们的装备不错。男的腰上挂着一把等离子枪,女孩儿警惕地端着猎枪,上身前倾。我直接从水底举起火箭筒,朝他们开了一炮,俩人瞬间消失在一阵火焰包裹的旋风中。

我踩着一条滑溜溜的水怪尸体爬出泳池,上前查看。那里空无一物。男人身上的等离子弹全都被我打爆了。

"我是枪侠。"无论如何,我还是自报了家门。这已经成为一种仪式,我恰好又是个相当喜欢发扬优良传统的人。

我保存了进度——"枪侠,第十四关",然后退出。在这场游戏里,我决定每一步都要走得光明正大。休息片刻,我再回来。

一定会回来。

出口设在裁判桌旁的地板上。我跳下去,走进更衣室。

"迷宫"的出口和入口一样豪华壮丽,但风格不同。穿过出口如同庆祝一场喜庆的节日嘉年华。更衣室的墙上铺着粉色大理石,阳光从天窗倾斜而下。屋子里摆着一张柔软的沙发,桌子上放着水果和零食,墙边立着一只巨大的雕花红木衣柜。我脱下防弹衣、头盔和迷彩服,连同武器一起塞进我的专属衣橱里。再次进入游戏时,只有我本人能拿到这些装备。冲完澡,更完衣,该回到现实了。我不打算强行退出,那样每次都会头痛，划不来。从这里走到起始地宾馆，再像正常人一样离开深渊城，不过花上五分钟。

更衣室连接着一条宽敞的柱廊，放眼望去，能看见走廊尽头深渊城的街道。这就是黄昏城和普通的深渊城世界的分界线，它正微微荡漾着，像深海中的一道音障。

柱廊里平时没什么人。玩家们三三两两地从自己的更衣室走出来，不慌不忙地迈向最近的餐厅——BFG-9000[1]餐厅，或者去最近的酒吧——巨脑魔[2]。赢家饮酒狂欢，输家借酒消愁……

但今天柱廊里聚集了至少上百号人。都是我的错。放眼望去，多半都是刚被我打死的玩家。他们仔细打量着每一个从更衣室里出来的人，好像能看出谁是杀死他们的凶手一样。他们的确好好观察了我一番，但显然，我的样子不符合他们想象中穷凶极恶的枪侠形象。

我走到离自己最近的一伙人旁边，他们立刻停止了交谈。一个方下巴肌肉男冷不丁地问："枪侠？"

好在我听懂了他在问什么，然后点了点头。

"可不是吗？"我作出气急败坏的表情，"我被他拿火箭筒轰了，狗娘养的。他还走过来说了一句'我是枪侠'。"

好像有点儿演过头了。被火箭筒轰炸过后，应该很难再听见别人说话……但枪侠已经名声在外，我关于火箭筒的蠢话，只被他们当作是失败者给自己找回点面子，很正常。

"算上你，他已经杀了一百个人了，"方下巴说，"我是托利克。"

"我是廖尼亚。"

"那个混蛋杀了一百个人！"方下巴的语气充满不情愿的崇拜，"他是打哪儿冒出来的？我给你介绍一下，这是让，这是达米尔，这是卡吉卡……我们都是在第九关被他干掉的。"

说实话，我根本不记得谁是谁了。我在第九关杀红了眼……那应

---

1. 著名射击游戏《毁灭战士》中的一种武器。
2. 著名射击游戏《毁灭战士》中的一种怪兽。

该是倒数第二次,一大帮玩家试图一起围攻我。

"我是在第十五关被干掉的,"我说,"我本来在那儿干自己的事,根本没碍着他,但他……"

"听到了吗?"托利克吼道,"枪侠都打到第十五关了!"

人群激动起来。

我沮丧地摆摆手,朝出口走去。

"喂!"托利克喊道,"你不跟我们一块儿在这儿等他出来吗?"

"我的账户上可没那么多钱,"我说,"你可以替我揍他一顿。"

他依然对我的身份有所怀疑,但也明白自己没有证据。我又往外走了一步,突然看见了亚历克斯。

我的第一个牺牲品正站在人群之外,静静旁观。

他看上去不打算搅和进来。他跟我有血海深仇,必须亲手解决。

也好,我不介意。我快步走过他身边。不出两秒,我就能回到深渊城的街道上了。

"枪侠!"背后有人喊道,长廊里上百号人都屏住了呼吸。

我转过身。叫我名字的人语气非常坚定,继续装傻已经没用了。

不是亚历克斯,是吉列尔莫。

"枪侠,"他径直朝我走来,"不好意思耽误你时间……你刚才打破了八个通关记录,对吗?"

大概吧。现在,我的目光不在吉列尔莫身上,而是在新鲜出炉的九十九位枪下亡魂身上。他们看起来可不太友善。

"管理层想告知你,你没有资格竞争任何奖项……明白吗?……因为你是我们雇用的合同工。"

谢天谢地,他至少压低了声音,没让人听见我们的对话。

"我压根没想那么干!"我已经被他惹恼了。

吉列尔莫显然已经意识到自己出现的时机不对,但他也只是奉命行事。

"不过,我们还是愿意给你一笔赏金,两百美元,感谢你的辛苦工作。你为'迷宫'打了一次漂亮的广告……新玩家争相拥入,我们都快忙不过来了。"

他顿了顿,环视长廊,然后抱歉地说:

"你可以跟我一起去领赏金。这里随处可以找到通往办公室的出口。"

太谢谢了!把我一把推进沼泽,再好心拉我上岸——我可太高兴了。

"我缺钱的时候再去。"

吉列尔莫叹了口气,摊开双手,仿佛在说这一切并不是他的主意,随后消失在长廊深处。显然,他用了一条员工通道。

现在只剩下我一人面对这九十九双眼睛。

"我就是枪侠。"我说。

九十九双腿朝我奔来!

不对,是九十八双。亚历克斯在原地没动。他从衬衫里掏出一把闪闪发光的、长长的枪,然后朝我叫道:

"快跑吧,畜生!"

虽然不喜欢他这么叫我,但他的建议我倒是很受用。除了亚历克斯,这里的每个人本来都以为,我干掉他们的手段是干干净净、无可指摘的。但吉列尔莫的出现让他们笃定我是内部员工,所以他们才一拥而上,要为无辜牺牲的同志们报仇雪恨,转脸就忘记了不久前他们也曾是敌人。

我拔腿就跑。

身后传来几声枪响——那是亚历克斯在徒然地阻挡其他玩家。他一边开枪一边朝我大喊:"我要亲手把你给……"

叫喊声被打断了。并非只有他手上有病毒武器。"迷宫"的警卫大概也介入了。

我继续逃命。

我此刻最不想做的事情就是在他们面前凭空消失。如果暴怒的玩家们发现我是个潜者,那事情就不止追捕这么简单了,那会变成围猎。

但我真的太困了……

从这条小巷钻进另一条,再蹿进下一条……我降低了自己的画面分辨率,这样跑起来更快。狂奔途中,我经过一栋大楼,楼面的广告牌上用四种深渊城官方语言写着"千愉百乐"。

幸运的是,这块广告牌硕大无比,我非常及时地意识到了这是什么地方,并且瞬间记起疯子给我讲过虚拟妓院的安保系统有多么牢靠。

事不宜迟,我推开了那扇旋转玻璃门。

11

这家妓院走的是复古路线。沙发厚重又气派,长桌上摆着大肚长颈玻璃瓶和果盘。一个沉默的胡子男站在角落,几乎和屋子的装潢融为一体。不知道是真人还是假人,很可能只是个防御程序……

一位身穿长裙的黑发美人沿着红木楼梯走下来,约莫三十岁上下。美术设计师把她画得太过生动,我几乎想要跳出深渊,好看明白她到底长什么样子,研究研究这么一张不同凡响、活色生香的脸到底是怎么做出来的。

她越走越近。我终于明白什么叫熟女的魅力了。

眼前的女人风韵天成,完全没有被深渊城的少女崇拜影响。看着她,你绝不会想到纯洁或天真之类的形容词。谢天谢地,那些对她来说可能只是负累。

她静静地笑了笑。我觉得自己多少得说点儿什么,于是嗫嚅道:"您好……"

"晚上好。"

"现在都快夜里了。"我说。

"我们这里永远是晚上。"

下次再来,我就能知道她说得对不对了。

"请叫我夫人。"

"我是……"

"不用告诉我你的名字。没必要。"

"我是枪侠。"

她点点头。

"好的。您是想来享受我们的服务呢?"她微微一笑,"还是只是想躲避几个缠人的朋友?"

我不由自主地看向玻璃门。门后一片死寂,什么也没有。

"别担心。进来的客人互相看不见。他们从来看不见别人。"

"如果我来这里是为了第二个目的,还能留下吗?"我问。

"可以。我们永远欢迎客人光临。您可以待一会儿,喝杯咖啡或者红酒。"

"我要咖啡。"

沉默的门卫转身消失在门后。我走向情侣座椅,坐下来。夫人仍在微笑,在我对面坐下。

"但像我这样的访客,不会影响生意吗?"我问她。

"缘分既然来了,就没有拒绝的道理。况且我们的规矩是,每位客人进来都得看看相册,"我困惑地望着她。

"就是姑娘们的照片。"

"哦,照片……"我恍然大悟,"当然。没问题。"

警卫送来一小壶咖啡,夫人小心翼翼地把它倒进杯子里。我只加了一点糖,抿了一口。咖啡又香又浓,热得烫嘴。我一下清醒过来,仿佛摄入了真正的咖啡因。

"所有的相册您都想看吗?"夫人问。

她似乎刻意强调了一下"所有",但我没听出什么弦外之音,便点了头。夫人袅袅婷婷地飘过房间,从柜子里取出一沓五颜六色的天鹅绒封皮册子,放在我面前的茶几上。

"如果您不介意,我就回自己房间候着了,枪侠先生。如有……"她微微一笑,"哪位姑娘合您胃口,随时吩咐。"

"好的。"

走到一半,夫人又从楼梯上回头对我说:

"哦对了,如果您喜欢某张照片,想看得仔细些,用手指点一下就行。"

我点点头,边喝咖啡边翻看起相册。

不知这里有没有紧急出口。应该是有的。

我也可以假装计时器时间到了,被强行弹出,直接从这里消失。

无论如何,我已经得救了。我把上百个玩家打得满地找牙,恶名远扬,离倒霉鬼近了十四关。说不定等我到的时候,那两位潜者已经把他救出去了。但无论如何,我尽己所能了。

咖啡喝完了。我朝黄铜咖啡壶里瞅了一眼,好家伙,它自动满上了。这简直是《一千零一夜》里才会有的画面。我又给自己倒了一杯咖啡,抽出一本黑色封皮的相册。我猜测,里面应该是黑皮肤女人。

结果大错特错。

第一张照片上,一个女人被铁链拴在椅子上,背后是一堵空白的砖墙。她的头仰着,看不清脸,但半裸的身体已经足够诱人。铁链闪闪发亮,接头处出奇粗大。女人脚边还放着一把皮鞭。

算了。

我合上相册,把它推得远远的。还是给性虐爱好者看去吧……

相册里真是应有尽有,名副其实的千愉百乐。

我盯着这一摞五颜六色的相册,试着猜了猜,比如,那本蓝色的里面是什么?

猜对了!第一页上是个笑容欢快的好莱坞明星,作为性感偶像闻名已经有三年了。他穿着皮夹克、高筒靴和蕾丝内裤。脸上的表情仿佛在说:"嘿,朋友,你走大运了"。

照片下方没有任何说明,这是当然。即使这位从没表露过同性恋倾向的英俊男子要起诉妓院,法院也很难证明他的权利受到了侵犯。因为照片被略微改动过,恰好无法成为证据。只有那些常来深渊的人才明白深渊程序会拿什么样的图像刺激客人大脑。但话说回来,那些了解虚拟世界的人也深知其中的规则。其中最重要的一条就是——

自由。

无论何人，无论何事，都享有充分的自由。

或许世界本该如此……

我把男明星放在那位被铁链锁着的女士上面。让他们互相取暖吧，可怜人。

至于粉色的那本，大概是女同性恋？真是千奇百怪……

可惜我猜错了，这本是双胞胎主题。两个眼神挑逗的小女孩儿——一个跪着，另一个扶着她的肩膀，眼神勾人。算了算了。今天还是免了吧。我刚打过十四个关卡，太累了。我把她们放到一边。你们俩互相做伴，也不会无聊。

还有一本褐色封皮的。我实在想不出里面会是什么，只好把它翻开。

是一位老妇人，穿着破破烂烂的睡裙。

我的老天爷，这里真的应有尽有！出于好奇，我搓了搓老妇人的照片，她立刻动起来，带着娇媚的微笑，一边踱着小碎步跳舞，一边解扣子。

这位老奶奶，您莫不是疯了……

我把褐色相册压在蓝色的上面，笑了好一会儿才停下来。墙角的保安斜了我一眼，什么也没说。但我有个问题想问他。

"这里面的……有人点吗？"

我拿一根手指戳了戳褐色相册。保安克制地点了点头。

现在轮到紫色相册了。我把它拿在手里把玩了一阵，试图猜出其中的内容，然后试探性地看了眼第一页。万一里面是老男人呢？

居然是一头母山羊。

货真价实的母山羊。年轻漂亮，毛发雪白，长着一对短短的犄角。

我爆发出一阵狂笑。谁也没法把一头真正的山羊带进虚拟世界，所以它背后一定有个真人在操纵，或者它本身就是一个程序，能模拟一头堕落母山羊的所有行径。

那位老奶奶，你可以去挤山羊奶。

还剩下三本——白色、绿色和黄色。翻开白色那本的封面时，我满脑子都是精灵、天使和其他仙气飘飘的生灵。可惜我又猜错了。里面只是普通的女人。不出所料,第一页是一位穿着皮尔·卡丹晚礼服的超模。

好吧,漂亮的裙子可以等会儿再看。我拿起绿色的那本。还有什么神奇的东西能引起人类的性幻想呢?自然是孩子了。我打开相册。啊哈!是一位身价百万的少年影星、万千中年主妇的心肝宝贝儿。孩子,你可以去帮老奶奶牵山羊……

黄色相册的内容被我猜中了。第一页上女孩的脸似曾相识,应该也是位演员。背景有些煞风景——沙滩延伸向地平线尽头,一轮旭日缓缓升起。姑娘,别晒日光浴了,你可以去帮老奶奶把羊奶提回家。

翻完了"千愉百乐"的所有相册,我给自己倒了一杯红酒。朝那一摞……呃……别致的相册点点头,保安默默走来,把它们搬走了。

我应该再好好看看那本动物主题相册的。现在我开始好奇,里面是不是还有青涩的小鳄鱼或如那位夫人一般成熟的天鹅。如果没有,他们是否能根据客户的要求定制?不管顾客想要绿色的八爪鱼,还是美洲斗牛犬?

我开始翻看白色的相册,偶尔停下,画面上的姑娘就会来一段脱衣舞。简直让人眼花缭乱。电影明星和超模数量不多,再往后翻全是陌生的面孔,但都还算可爱。我忍不住一直翻到了最后一页。

这一页是空白的,只写了一行字:"请绘就自己的幸福。"

他们的服务着实无可挑剔。

我又快速翻了一遍相册。其实,如果你想看赤身裸体的美女,不管是动是静,都可以找到比在深渊里光顾妓院更便宜的方式。

穿吊袜带的黑人女孩儿,穿皮草大衣的爱斯基摩女孩儿,坐在草席上的韩国女孩儿,戴着鼻环的波利尼西亚女孩儿。

我翻得更快了。一页,下一页,再下一页……

维卡。

我怔住了,愣愣地盯着那张每天清晨对我微笑的面孔。

100

夫人悄无声息地出现在我身边，恍如鬼魅。

她在我身旁坐下，问道：

"再给您来杯红酒吗，枪侠先生？"

我点点头。我已经这么静静坐了好久，仔细端详着维卡。晦暗的画面上，她坐在凉台的木制栏杆上，背后依稀可见幽暗的森林，高高的草丛中挂着暗黄色的圆灯笼，泳池的水面宛如漆黑的镜子。

"我们招待过各种各样的客户，"夫人若有所思地说，"有人喜欢电影明星，有人喜欢母山羊……"

她轻笑了一声。

"这姑娘是谁？"我问。

夫人不解地看着我。

"她有现实原型吗？"

妓院的女主人轻轻拍了拍我的肩膀，久久凝视着照片。

"枪侠先生，我无权回答类似问题。况且我也不知道答案。这里有几千张面孔，枪侠先生。其中很多您可能都似曾相识，"她莞尔一笑，"但这只是巧合。她让您想起了某个人？"

"是的。"

"真实生活里的某人？"

"并不是……"我突然吞吞吐吐起来，"夫人，我能……见见这位姑娘吗？"

"没问题，"我们四目交汇。她的脸贴得很近，我能清楚看见她眼中的嘲讽，"一小时十美元。包夜四十美元。我们定价很实惠。任何一位黑客都负担得起。"

"您这嘴可真不饶人。"我说。

"没错。当我发现可爱的年轻人开始精虫上脑的时候，就会忍不住嘲讽几句。"

我掏出信用卡。

"四十美元?"

"对。"

她刷了卡,迟疑了片刻,然后说:

"枪侠先生,我给您讲个故事……曾经有那么个傻乎乎的小姑娘,上大学的时候整夜蹦迪,热衷于打情骂俏。后来她爱上了一位歌手。那可是位常上电视接受采访、登杂志封面的大人物。他是个出色的歌手,尤其擅长唱情歌。姑娘那时对爱情深信不疑。"

"我知道这样的故事一般都是怎么收场的。"我说。嘴巴毒的可不止夫人一个。

"有一次,歌手到姑娘的故乡巡演,"夫人接着讲,"她场场都去。还跑到舞台上献花,歌手甚至吻了她的脸颊。当然,她达到了自己的目的。第二天,她就去了歌手的酒店房间,过了一夜才出来。可后来,她再也不去看他的演唱会了。歌手是个好人,也很帅气,温柔体贴,风趣幽默。姑娘一点儿也不后悔。但她再也不相信爱情了。您知道为什么吗?"

"她把幻象变为了现实。"我答道。

"您懂的。没错。那位歌手如果是个又笨又邋遢的下流货倒也还好。那样要好得多。如果是那样,姑娘就可以干脆利落地去寻找下一个偶像,或者干脆只带着对歌手的想象活下去。可惜事实不是这样……这就像镜中花水中月。她爱的是那个影子。那个无可指摘、纯粹完美的幻象。但她直接与自己所爱的那个幻象见面了。而梦中情人,是只能远观的。"

我点点头。

您说得都对,夫人……妓院尊贵的女主人。毫无疑问,您是深谙情爱之道的女王。

我都明白。

"夫人,我记不清了,刚才我已经付过款了吧?"

夫人叹了口气。

"跟我来吧，枪侠先生……"

我们向楼梯走去。穿过走廊，经过一长溜房门，最后停在一扇门前，上面写着数字"6"。她拍了拍我的肩膀。

"祝您好运，枪侠先生……对了，刚才的故事与我本人无关。但我还知道无数个类似的故事。"

101

门后不是房间，而是一座花园。夜晚的花园静悄悄的，有蝈蝈在低鸣，微凉的空气格外清冽，脚下是绿茸茸的草坪。

说真的，我到底在期待什么？

洗到发白的床单和结实的大床？虚拟世界的好处就在这里，室内空间的大小不受限制。

我朝着草丛中灯火通明的某处走去。

脚步无精打采，方才的梦幻感几乎消失了。我麻木地走着，疲惫感像铅一样灌满了整个身体。

房子看上去不大，可能是一栋精致的别墅，也可能是一座朴素的农舍。

屋里空无一人。灯孤零零地亮着，有些凄凉。有那么一瞬，我甚至以为心肠慈悲的夫人决定让我一人独处。不，不太可能。对她来说，同情归同情，生意还是第一位的。

我在灯前坐下。这是一盏老式的煤油灯，外面还罩着铁丝网。电影里常能看见人们提着这样的灯去地下室，去往深渊一样的地方。

灯光引来了蚊虫，它们咚咚地撞击着灯罩，徒劳地试图扑火。人比虫子愚蠢多了。人往往直接把自己架在火上烤，直到烤化翅膀。这就是人比飞虫更傻的地方。

没听见脚步声，只有一双手放上了我的肩头。身后的人似乎犹疑不定,怯生生的,仿佛还在适应这一切。

"这里总是这么安静吗?"我问她。

"不是。"

我心里一颤。就连她的声音都如此熟悉。

"这里的环境取决于客人的喜好。"

"我喜欢安静。"我仍没有回头。

"我也是。"她或许是在讨好我,也可能在说真心话。

我下定决心,回头看向她。

她和照片上一模一样。裙子很短,但不是卖弄风骚的那种短,只是爽利的夏季打扮。她身穿烟灰色丝绸衬衫,脚上一双灰色凉鞋,一根发带紧贴着额头,绕到脑后系住乌黑的长发。

姑娘细细端详着我,仿佛我不是她需要服侍的客户,而是一位普通的访客。她可以迎我进门,也可以赶走我。

"我今天一整天都被人叫作枪侠,"我说,"但你还是叫我列昂尼德吧。"

她点点头,同意了。

"还有……如果可以的话,"我接着说,"可以的话,我想叫你维卡。"

姑娘沉默良久,久到我几乎以为自己不小心冒犯了她。但她只是问了一句:

"为什么?我让你想起了什么人吗?"

"是的,"我承认,"反正我也会犯糊涂,叫错你的名字。不如将错就错吧。"

"好吧,"她同意了,在我身边坐下,伸出双手,像在篝火上取暖一样环绕着煤油灯,"改名字对我来说习以为常。"

"我也是。"

我们就这么静静地坐着。我感觉自己在缓缓下陷,陷得越来越深……

"维卡……"

"怎么了,列昂尼德?"

"如果我这时候睡着了,是不是显得很蠢?"

"不知道,"她说,"白天累坏了?"

"而且还得继续累上好几天。"

"屋里有床……你知道吧?"

我点点头。但我不想从这鲜活的安宁中起身离开,走向真正的死寂。

"要不,我给你拿床被子来?"维卡接着说。

"谢谢。那就太好了。"

她站起来,我鼓起最后一丝力气。

深渊啊深渊,我不属于你……放我离开,深渊……

第一件事是上厕所。谢天谢地,拟真服和头盔的线都足够长。上完厕所,我勉强走到沙发床前,扔开枕头,一头扎进被褥。头盔能起到一定的支撑作用。尽管明早醒来脖子会僵住,但我一分一毫都不想再动弹了。

"维卡,打开深渊程序……"我对Windows管家嘟囔道。彩色旋风刮过,我又回到了深渊中。

"你刚才说什么?"维卡就站在我身边。是那个维卡……几乎活生生的维卡……

"没有,没说什么。"

我把被子铺在草地上,躺下来。姑娘就坐在我身边。

我望着头顶的星空。群星近在眼前,那么闪亮诱人,仿佛唾手可得。我需要一双薄如蝉翼的翅膀,带我去触摸那面看不见的玻璃……

"维卡,你是孤身一人住在这深山老林里吗?"

"为什么你觉得这里是深山老林?"

"这里的星星太亮了。"

"这里不是深山老林。这里挺好的……"

她在我身边躺下,我在被子上挪了挪,给她腾出地方。

"你喜欢天空吗?"维卡问。

"喜欢。我喜欢看星星。只不过我不知道星星的名字。"

"星星才不需要名字……"维卡碰了碰我的手,"你看,有一颗星星坠落了。正朝着我们这边落下来。"

"我们可以去找找它。"我是认真的。维卡没有马上答话,但我忽然惊慌地意识到,如果她答应了,我就得爬起来。

"不行,"她拒绝了我,"单靠腿是走不到那里的,枪侠。我们可以明天早上去找它。到时候它也不再滚烫了,可以拿在手里。"

"早上太亮了,"我提出意见,"最好明天晚上去找。"

"你真是个怪人。"姑娘轻声说,"好吧,那就明天晚上去找。"

"你以前找到过坠落的流星吗?"

维卡没有说话,但我感觉她摇了摇头。

"虚拟世界夺走了我们的天空。"我喃喃道。

"你也这么认为?"

"当然了。整个世界都坠入了深渊,陷入现实的幻影中。既然这里应有尽有,人类何必还要去月球或者火星?我们的激情已经不复存在,好奇心也消失殆尽。"

"但是电子技术发展得很好。"

"是吗?奔腾3不过是酷炫版的686[1]……"我故意用黑话叫奔腾处理器,"过去五年我们没有创造出任何新的东西,光在原地打转。"

维卡轻轻笑了。

"天哪……我们居然在讨论技术革新……列昂尼德啊列昂尼德,你可是在妓院里。"

"我知道。你觉得无聊了?"

"不,挺有趣的。我……我只是太久没有跟人谈过这种话题了。"

她默不作声,然后用嘴唇轻轻碰了一下我的脸颊,如蜻蜓点水。

---

1. 英特尔公司为了防止竞争对手使用相近的命名方式,要求注册商标不能只用阿拉伯数字命名,从486处理器之后不再以"x86"的方式命名处理器,第一代奔腾相当于586处理器。这里说686是沿用了老的命名方式,意在嘲笑英特尔处理器本质上没有技术革新。

"睡吧。你舌头都打结了,廖尼亚。"

我乖乖闭上了嘴,不想和她分辩。

况且,她是对的。

我合上眼睛,立刻进入了梦乡。

110

我做了一个梦。多梦是我的常态,白天我的意识总是过载,必须在夜里好好放松。梦境可以将我们从具象的桎梏中解救出来,言尽未言之意。

我通常不会刻意回忆自己的梦境,只会在半梦半醒间,任凭混乱的画面在脑中盘旋。但此刻,脑中的梦境出奇鲜明。或许是我在虚拟世界中入睡的缘故。

梦中,我站在舞台厚厚的帷幕后面。台上站着一个身背吉他的男人。他一动不动,仿佛被看不见的镣铐锁住。他在歌唱,但我一个字也听不清。我们之间横亘着的,是深渊。鲜活的深渊恍如一座透明的高墙。我使出吃奶的力气,想要打破那堵透明的墙走到他身边,听清他唱的是什么。但这堵墙厚重又富有弹性,活像一块结实的橡胶板。我被弹了回来,重重摔倒在地,动弹不得。

这时,歌手转过脸来看向我。他的歌声仿佛更响亮了。但我还是听不清。我被深渊死死缠住,无能为力。

歌手朝我点点头,又背过身去。我忽然意识到,他就是"迷宫"里的倒霉鬼,那个我要救的人……我应该去救他出来,而不是陷在这团橡胶般的深渊中打滚。

但我实在无力挣脱。

舞台的另一头,帷幕后又钻出一个男人。他从头到脚裹得严严实实,手里提着一把温彻斯特步枪。他嘴角挂着一抹冷笑打量着我,同时举起手中的武器。是亚历克斯。

"不要!"我惊恐地大叫,但我的声音也被深渊吞没了。

亚历克斯扣动了扳机。子弹穿透了吉他的弦板,引得琴弦一阵颤鸣。弦断了,卷曲着垂下来,厚重的寂静被撕裂了。

双腿的沉重感荡然无存,我一下子跳起来。歌手难以置信地看着手中破碎的吉他;亚历克斯再次拉动枪栓;而我已经冲了出去,一下子扑倒歌手,将他压在自己身下。

"我说过的,我要亲手了结你。"亚历克斯一字一句地说。

他开枪了,子弹钻进我的胸膛,撕裂了心脏,穿透了我和歌手的身体。他剧烈地抖动了一下,死了。

完了。我失败了。

我站起来,走向亚历克斯。心脏已经不在原来的地方,但我已经顾不上了。我是个潜者,是深渊唯一的敌手,是站在两个世界之间的守护者。我只能成功,不能失败。我很快适应了失去心脏的身体。我没那么容易倒下。

身后的大厅里掌声雷动,人们喝彩,跺脚,大声叫好。

"我把你干掉了。"亚历克斯说着放下了枪。

维卡突然从他身后走了出来。她伸出手,手心里是一团浓稠的灰色粉末。

"我找到了那颗星星。"她轻声呢喃,张开了手。

灰烬打着旋儿,从她指缝间落下。

而我也濒临死亡。

我睁开双眼,贪婪地大口呼吸。天已经蒙蒙亮。清新的空气令人沉醉。维卡还没醒。她微微蜷缩着靠在我肩上,可能是觉得冷。

真是个美梦……

我想起那个关于弗洛伊德的故事——"孩子,你知道吗?有的时候梦就只是梦而已……"

不过人们常说,在虚拟世界里睡着不是个好兆头。

"维卡……"我推了推她的肩膀,她微微抖了一下,但没有醒。

我站起来,轻轻给她搭上被子。灯已经熄灭,煤油燃尽了。我走向小屋。

屋子很小,只有一间奢华的卧室、一间浴室、卫生间和厨房。我从冰箱里拿出鲜奶油、奶酪和肉酱,在小炉子上煮了一杯咖啡,做了一个面包卷,然后把这些全放到小托盘上,回到维卡身边。

她还在睡觉。

深渊啊深渊,我不属于你……

这一觉睡得不错。现在已经接近下午三点。

我去冲了个澡,把自己收拾了一下,甚至还刷了个牙。我扯下头盔,放在鼠标下面,接着回到卧室里,从冰箱里拿出柠檬水、酸奶和一小块香肠。这搭配很糟糕,不过在现实世界里吃什么都一样。只是为了填饱肚子而已。

电脑屏幕上的维卡也在打瞌睡。我心里突然涌起一丝愧疚,因为我正用一个真正的人取代我忠诚的程序。

d-e-e-p+回车。

我摸了摸维卡的头发——那个以假乱真的维卡,然后在她耳边轻轻说:

"该起床了……"

她醒了,睡眼惺忪地看着我,然后绽开笑容。

"谢谢。"

"谢我干什么?"

"唔……这一觉睡得真香。太难得了……"

"我给你做了早饭。"我说。

"本来该我做的,"她有些夸张地叹了口气,"谢谢,列昂尼德。"

我们喝起咖啡,吃了两口面包卷。森林中远远传来清脆的鸟鸣。

"我做了个噩梦。"维卡说。

"梦见了一个舞台?"我的心停跳了一拍,仿佛又被子弹击中了一次。

"不是。好像是我找到了那颗坠落的星星,但它已经烧成了灰,彻底烧光了。"

我的心又震颤起来，太阳穴突突跳动，心头沉重又忧愁。

在虚拟世界里睡着，真不是个好兆头。

在深渊中沉睡的我们之间，究竟产生了怎样神秘的联系？我无声的呓语、扭曲的表情、紧缩的肌肉和紧皱的眉头——这一切都化作了电流脉冲，在深渊中飞驰。

这样才能引起枕边之人的共鸣。

维卡也是一样。

所以她也潜入了我的梦境。

在深渊中睡觉，真不是个好兆头。

"我们明天去找那颗星星。"我说。维卡玩味地看着我，问道：

"你是钱多得没处花的富二代吗？"

我耸耸肩。

"我只是想再见你一面。就想看看你。"

她踌躇了一下才问：

"你……对我没有那方面的兴趣吗？"

"你指的是性方面？"

维卡点点头。

"有。"

"那……为什么？"

"性不应该这么随便。"我也踌躇了一下，没敢说完——性也不该被当作商品。

"廖尼亚，你简直是个疯子。"

"可能吧。"

"你甚至不知道我是谁。这张脸，"她指指自己的脸颊，"是面具，是伪装。我可以是任何人。"

我没有说话。你是对的。没错。我无力反驳。

"我甚至可能是个老太婆，"维卡毫不留情地说，"是个丑八怪，或者异装癖老男人。明白吗？"

我明白。

尽管我敢断定,维卡绝对不是男人……

"别犯傻,廖尼亚。不要爱上幻象。"

"我只是想再见你一次。"

她下定了决心。

"那你明天来'千愉百乐'找我,直接说找维卡,不要走客单。好吗?"

"夫人不会生气吗?"

"不会。"

"好吧,"我碰了碰她的手,"一言为定。"

我们吃完了剩下的早饭。维卡看着我,没有说话。

就让她看吧。

我已经心花怒放,同时又屏气凝神,郑重其事。

我又变成了那个围着妙龄女郎打转的毛头小子。

但我和二十岁小伙儿的区别在于,床笫之欢对我来说已经没那么有吸引力了。

我们一边有一搭没一搭地聊着,一边走出了花园。出口藏在草丛中,就像儿童电影里的场景。维卡推开门先走出去,我紧随其后。

走廊里静悄悄的,很是让人感到寂寞。

来这儿的人鱼龙混杂,但都无法看见彼此。

"我该走了,"维卡说,"我的时间该到了。"

我点点头。这是当然,计时器至高无上,不可违拗。

"谢谢你。"

"为什么谢我?"

"为那颗坠落的星星。"

她似乎欲言又止。时间到了。

维卡的身影消散在空气中。

"再见。"我喃喃自语。

楼下已经换了一个保安。

我朝他使了个眼色，没等他回应就走向出口。
"枪侠！"
我回过头。
夫人站在楼上，胳膊撑着栏杆。
"我看您是白来了一趟，小伙子。"
"谁知道呢？"我没有反驳，"但已经这样了。"
夫人叹了口气，走开了。随她去吧。
今天我不需要深渊导航。我还记得昨天逃亡的路线，"迷宫"的出口和入口相距不过五分钟。我一边警惕着周围的伏兵，一边走在深渊城熟悉的街道上。
昨天那群追兵要么是耗尽了斗志，要么是花光了兜里的钱，今天一个人影儿都看不见了。
"我就是枪侠！"我仰天长啸，走进烟雾弥漫的拱门。周围的人纷纷侧目，而我哈哈大笑着举起双手，迎向一道道劈向拱门的闪电，"我是枪侠！枪侠！枪侠！"

111

今天我是死神的化身，死亡任我驱使。
这种事对我来说得心应手。
我横扫"迷宫"，几乎毫不躲闪。我干掉所有怪兽，绕过其他玩家。玩家们也都躲着我走，除了那些昨天就和我结仇的人和一心想当超级英雄的人。
这些人都成了我的枪下亡魂。
我也被打死过两次。第一次他们害我丢掉了所有装备，我只能两手空空回到第二十关"水牢"的开头。我是被一整个团队合作干掉的，对方有二十来人，简直难以想象"迷宫"的服务器是如何同时协调这么多人同时行动的。

我被激怒了,把他们杀了个干干净净。我惯用的手法是,把他们逼向城市供水系统旁边的沼泽地。我潜在水中,将敌人一个个拖下水,因为我在水中能坚持的时间比他们长得多。实在不行,我还可以退出深渊。最后一个被我干掉的,如果没弄错的话,应该是托利克。我用一种外星植物的锋利叶片割断了他的喉咙。这也是"迷宫"中的一个新设计,可以利用任何称手的物件杀人。

完事之后,我搜刮了他们的装备,继续往下一关进发。

第二十四关设在一座桥上,这座桥是黄昏城工业区和居民区的分界线。在这里,亚历克斯追上了我。

当时我已经快走到桥的另一头了。比起高超的射击技术,过桥更需要的是平衡感和强大的神经。幸好,我在阿尔-卡巴尔的马鬃桥上就有过类似经验。

就在我即将跳下最后一条横梁的时候,一颗炸弹径直在我面前落下。桥上立刻卷起一股火焰的旋风,强烈的冲击波将我甩到了混凝土栏杆上。

亚历克斯站在桥的另一头。我掏出望远镜(在第二十关的密室里找到的),总算看清了他。他的装备极其简陋,只有一把猎枪、一支火箭筒和两只急救箱。

"枪侠!"他远远地朝我招手。

他的弹夹满满当当,但他没有开枪。我也没有。

"我会干掉你的,小子!"他朝我大喊,"听到了吗?你死定了!"

他从第一关就开始尾随我,而且居然追上来了。难道他也是个潜者?是与我争夺特权徽章的对手?我有些失控,直接退出深渊,在屏幕上用瞄准镜对准他,一连发出了三枚火箭弹。

他居然狡猾地躲开了,炮弹落在他身后,只击中了一个刚想上桥的替罪羊。但亚历克斯还是被震得发昏,蹲坐在地上拼命摇晃脑袋,想重新站起来。我用火箭筒瞄准他,弹药发射了出去。

他终于被击中了。

"消停消停吧,三脚猫!"我大吼着又朝身后来了一发,然后退出了这一关。只要他不是潜者，就一定会在这一关困上一阵子。

第三十一关的怪兽出奇的多，有两百多只。从愚笨羸弱的异形怪，到会飞、会蹦、能钻地的沥青怪，品种齐全。

我在这一关入口处（一栋摩天大楼的门厅）站了约莫七分钟，对着抱头鼠窜的怪物欢快地扫射。温彻斯特步枪和猎枪的子弹都耗尽了，火箭筒的弹药也用光了。我扔掉已经没用的武器。刚才我被击中了两次，必须疗伤了。

门厅的玻璃突然爆裂开，一张半透明的脸伸了进来。奇形怪状的怪兽们还在四处逃窜。

我从肩头卸下等离子枪，准备开火。等离子枪的能量弹还很充足。我一直很节省，迄今为止没怎么用过这个撒手锏。

整个关卡都陷入了火海。

等离子枪喷射出的蓝色火焰席卷了整个楼层，将怪兽和其他玩家一同吞噬。我烧掉了整个街区。

怪兽的嘶吼停止了。

我穿过残垣断壁。

尽管还有人试图攻击，但火力就像痒痒挠一样不值一提。

我两手空空走出这一关。真是令人不快。无论程序员如何努力，怪兽还是远不如人类灵敏，但他们会用兽海战术。

刚走进第三十二关，我就被击中了。入口处站着一个端着温彻斯特步枪的小伙子，死死地盯着我。我已经弹尽粮绝，想接近他身边让他吃一记我的铜指虎，但对面又射来三发子弹，夺走了我最后一点儿生命值。

只能重启关卡。

除了一把手枪，我身无片甲。

我杀红了眼，冲着那小兔崽子一阵疯狂扫射，同时以蛇形走位跑到他面前，他的温彻斯特步枪掉到了地上，仰面倒下。我抓住他的脑袋往柏油路上猛撞，看着他的生命值一分一分掉下去。他甚至无力反抗，只是灵魂出窍似的傻乐：

"我打死了枪侠！我打死了枪侠！"

我抢走了他所有的装备，可惜总共也没多少，然后扔下了这个半死不活的白痴，就当给怪兽们加餐了。

还好，这一关是"商业街"，比较容易。设计者留了个空隙，让那些一口气通过前面几个"绞肉机"式关卡的玩家喘口气。这里只有一排排超市和小商铺，只要不过度深入，就没有特别的风险。

我补充了猎枪、火箭筒、防弹背心和一些弹药，避开小型冲突，径直走向出口，走向倒霉鬼……那该死的家伙。

我走进"迪士尼乐园"。富丽堂皇的大门边躺着一只血迹斑斑的洋娃娃，小小的骸骨堆成了小山。我脑中犹疑，倒霉鬼说不定已经被救出去了呢？

那可就尴尬了。

但他仍在原地。

我久久环视着四周，试图记住周边环境。上一次我进入这一关的时候，还没有这座游乐园。我记得第三十三关的确不好过，但也没什么出奇之处。

那畜生，倒霉鬼，正坐在"俄罗斯小镇"被烧毁的栅栏旁……我还是喜欢称它为"美国小镇"。小镇的一侧布满了带金属齿轮的蝴蝶结装置，另一边则是"迪士尼乐园"高高的围墙。倒霉鬼倒是挑了个不错的地方，我完全无法偷偷接近他。换了我也会在这儿躲着。

只不过我不会蹲这么久，待上将近两天两夜。

我直接走向他，举起双手示意自己没带武器。倒霉鬼毫无反应，可能睡着了。

或者死了。

呸，死在虚拟世界里，这玩笑太恶劣了。我见过这样的人……最可怕的是，那具虚拟尸体还"活着"，仍在街头彷徨，时不时扎过往的路人一刀。他抽搐不止，不断再现生前最后的不幸瞬间。根据监控记录，他是在进入游戏两个小时后被手动切断连接的。大街上有个死人到处晃荡，实在不是什么愉快的场景。

但倒霉鬼动弹了一下，微微抬起头。

"你好！"我朝他喊，"你好！别开枪！别开枪[1]！"

他没有回答。握着枪的手也没从膝盖上抬起来。

"我是来帮你的！"我听到身后有动静，回过头，发现一个端着等离子枪的男人正恶狠狠地盯着我。

我朝他向下比比大拇指，恐吓他离开。

我的恐吓奏效了。他认出了我，立刻丧失了斗志。

"跟我谈谈吧！"我小心翼翼地靠近倒霉鬼，"好吗？我是友军！别激动[2]！"

他似乎没有任何行动的欲望。他不想和我交朋友，也不想开枪打我。

我在他身旁蹲下，小心翼翼地拿走了他的手枪。倒霉鬼没有反抗。

"你能听懂我说话吗？"我几乎冲着他的耳朵大喊。他终于有了反应。他的嘴唇嚅动了一下，我半听半猜，觉得他在说"能"。

已经算是大进步了。至少可以确定他是地球人。

"你困在这儿很久了吗？"我小心翼翼地问道。真奇怪，他的计时器还没报警吗？

他点了一下头。至少这句话他听懂了。

"你的计时器是开着的吗？"

毫无反应。

我拼命摇晃他的肩膀，又问了一遍：

"你打开计时器了吗？计时器是开着的吗？"

倒霉鬼摇摇头。不出所料。最糟糕的情况莫过于此。我猜想吉列尔莫可能在暗中监视我，就回头大喊：

"看到了吗？他自己出不去！快追踪他的信道！"

---

1. 此处原文为英语。
2. 同上。

我对自己能否成功完成任务仍然没什么信心。因为我必须单枪匹马把倒霉鬼拖到这一关出口处，然后逼迫他按下退出键。

实话说，几乎没有成功的可能。

"现在，我们站起来，朝前走，好吗？"我轻声细语，像哄孩子一样对他说话。倒霉鬼说不定真是个趁父母不在家偷偷玩游戏的孩子。常有这样的事儿。

"你能自己往前走吗？"

他勉强点了一下头。

"我们歇口气，"倒霉鬼已经休息了三十多个小时了，我知道自己是在没话找话，但我还是继续说，"我们歇一会儿，再找辆车往前走。再也不会发生可怕的事情了。我会带你出去的。"

这一关的空气比较清新，我摘下面罩，从兜里掏出食物，递给他一个巨大的三明治和一罐柠檬汽水。虚拟食物无法真正填补他空虚的胃，但至少可以让他精力充沛。

我咬了一口自己的三明治，一边咀嚼一边看着倒霉鬼。他只是手拿三明治呆呆地坐着。这样手会酸的。

我要是能早来一天就好了……

"吃一点儿吧。"我劝他。我伸手扯下他的面罩。面罩边缘在他脸上留下了一圈红印。他长得平平无奇，但不是大众脸，是个年轻的金发小伙儿，只是双目无神。

"快吃吧！"我想给他打打气。

他终于把三明治拿到嘴边，开始一口口吞咽。好孩子，替妈妈吃一口，替爸爸吃一口，再替潜者叔叔吃一口。他可能真是个孩子？

"我叫枪侠。你叫什么？"倒霉鬼没有回答，他嘴里塞满了三明治，"多大了？"

最后一个问题，在虚拟世界里可是极其冒犯人的。这里人人平等。如果倒霉鬼过去有过哪怕一点儿深渊城的生活经历，就一定说不出什么好话。

可他依然沉默不语。

我真是任重道远。

但无脸人提供的奖品太过诱人。就算"迷宫"用五十万美金来换我都不干。特权徽章是金钱买不到的,一旦它能被买卖,就会迅速失去价值。

"好点儿了吗?"我问倒霉鬼。他又点了一下头。"那就好。站起来吧。"

他乖乖站了起来,我递给他一把手枪。在第三十三关,这把小手枪只能算是鸡肋,发挥不了什么作用,更何况是在他手里。但倒霉鬼这时好像有了些信心。他非常努力地想要鼓起勇气。

"现在我们走吧,"我说,"冷静地、坚定地往前走……"

我这个蠢货。

我忘了转角处藏着一只长臂怪。吉列尔莫还提醒过我。我就这么沿着"美国小镇"的街道昂首阔步往前走,仿佛在参加花车游行。

长臂怪兴奋地伸出手臂抓住我,把我举起来扔上了天。它长得活像沾满污泥的根须,可能是猴面包树的根。根须正中是一张长满利齿的血盆大口,七指巨爪抓着我疯狂甩动、搓揉,想把我揉成一只肉丸,一口吞下去。

紧要关头,倒霉鬼的手枪一连发出哒哒哒的枪响,他朝怪兽打出了整整一梭子子弹。在空中摇摇欲坠的我还是不禁惊讶于他古怪的站姿——身子歪斜,肩膀后缩,左手直挺挺地举着手枪。

那样的枪可打不死怪兽。

但长臂怪忽然停了下来,不再摧残我的肋骨,它的爪子一松开,我就从三米多的高空朝那张血盆大口落下去。

幸好,怪兽已经无法咀嚼。我从它臭烘烘的大嘴里爬出来,努力不去看那一排十厘米长的牙齿。牙齿上还挂着衣物残片。不是我的。

我浑身沾满了怪兽的口水,防弹背心被腐蚀得吱吱作响。我揪下一把黄色的干草擦擦自己。然后走向倒霉鬼。他一下子瘫软了,又失去了生气。

真会装模作样……

"谢谢。"我咕哝道。我拿来药箱，把它靠近手臂，它丁零当啷地给我注射了一管药，然后就化成了满地碎片。我实在被长臂怪揉得够呛。

"不用谢。"倒霉鬼声音很小，但总算有问有答了。现在倒霉鬼这个名字已经不适合他了。他可是拿手枪打死了怪兽的人！

用手枪杀死怪兽理论上是可行的。"迷宫"的创造者不止一次声明，任何怪兽都可以被手枪甚至铜指虎打死。理论上是这样。如果你知道怪兽身上唯一的致命弱点的话。

但我还没听说过类似的先例。

我从肩上卸下步枪，递给倒霉鬼。他闷闷地接了过去。

我自己还有火箭筒。虽然只有四支，但还能想办法再弄到一些。

"你叫什么？"我又问了一次。

还是没有回答。

拉倒吧。你接着叫倒霉鬼吧。

"迪士尼乐园"制作得蔚为壮观。我不知道这里是复制了现实中的原型，还是游戏设计师的想象。但能设计出坐着摩天轮漫天乱扔火球的怪兽，一定是心理变态。这场面引人入胜，我饶有兴致地看了足足两分钟，才用火箭炮打断了摩天轮的轴心。摩天轮停下了，歪倒在一旁，击起足足二十多米高的粉尘。

我用余光观察着倒霉鬼，他是否也和我一样在欣赏这幅美景呢？

一点儿类似的迹象都没有……

"快走吧。"我催促道。我已经习惯了这位旅伴的沉默寡言。

我们经过了水上乐园。游泳池里不是水，而是鲜血。殷红的水面上有几只机械小船随波漂浮，里面坐满了骷髅。还有几只船空空如也。小船漂过，传来刺耳的吱呀声——船的机械构造难以在如此黏稠的液体中航行。

恶心。

岸边还有一家子异形怪在野餐，两个大的和三个小的，小家伙都穿着花花绿绿的连衣裙。它们在便携瓦斯炉上烤着一条人腿，那条腿甚至还穿着皮鞋。我又为它们浪费了一枚火箭炮。

对方甚至毫无躲闪之意。它们毕竟不是攻击型怪兽，只是用来烘托噩梦气氛的家伙。

如果能找到这个恶心地方的设计师，我非得好好揍他一顿不可。不是在虚拟世界里揍他，而是实实在在地揍。

"我们马上就能出去了，"我对倒霉鬼说，"你做得很棒。"

他点点头，仿佛在表达谢意。"迷宫"的潜者为什么那么久都没把他带出来？这孩子不是挺正常的吗？

我们合力击退了一群会飞的小怪兽。倒霉鬼的射击方式谨慎又精准，直接打断了怪兽蒙着皮的翅膀。它们笨拙的身体坠落在地，摔得皮开肉绽。

"走。"我说。

走了一路，我们只在巨大的混凝土停车场边停下了脚步，这里停满了各种彩色小汽车。

其中一辆车里坐着个黑皮肤的孩子。他把着方向盘，拼命想要逃脱三个异形怪的围猎，它们一边发出尖锐刺耳的笑声，一边撵着孩子满场地乱跑。其中一次，孩子正好开到围栏边，与我们四目相对，我看到了他眼中疯狂的绝望。

倒霉鬼端起了步枪。

"这不是游戏主线，"我已经跟他解释了无数次，"那只是个NPC，是支线任务。意思是你救了这孩子，把他送到安全的地方，就能得到武器或者防弹衣之类的。走吧，没时间可耽误了。"

但倒霉鬼可能真的已经分不清现实和虚幻。他开枪了，三枪解决了三个异形怪。它们本想反击，朝我们扔火球，但倒霉鬼更快更准。

双方交火的过程中，一只硕大的蜘蛛从天而降，用它嘴里藏着的一整排机枪朝我们疯狂扫射。我不得不出手，又白白浪费了两发火箭炮……这就像肉包子打狗，火箭炮轰大蜘蛛也是有去无回。周围总算安静了下来，只有从车里被甩出来的小男孩蹲在地上低声抽泣。

"走吧。"现在得把孩子送去庇护所，然后正大光明地领取战利品。

我们翻越东倒西歪的栅栏,走到小男孩身边。我稍稍放慢脚步,踢了踢蜘蛛碎成渣的残骸,盘算着有没有能装到机枪上的物件。

到处都是黏液、甲壳和碎铁片。这堆东西里是翻不出宝贝了。

倒霉鬼小心翼翼地把小男孩抱在怀里走向我。我不由自主对他产生了几分怜惜。虽然他是个关掉了计时器、沉溺于深渊的蠢货,但终究是个好人。

"你的父母呢?"我满怀希望地问小男孩儿,但愿程序设计不太复杂,我不用费时间哄他开口。小男孩儿指了指远处的一栋建筑。谢天谢地……

护送小男孩儿的路上,我一直紧攥着火箭筒。因为此时倒霉鬼双手抱着孩子,一点儿战斗力都没有。

走近以后,大楼的入口大门立刻引起了我的警觉。门已经从合页上脱落,却吱吱作响,这里可没有风。门后一片幽暗。窗子里面长满了蓝色的苔藓。

"是这儿吗?"我不太确信。小男孩儿点了点头。

我迈过了门槛。

"请原谅……"小男孩儿一字一句地轻声说,"他们说会放了妈妈,只要我……"

千钧一发之际,我及时收回脚,跳出了大门。一团火擦着我的身体喷了出来。屋里有个硕大的家伙笨拙地在地板上翻滚。我朝门里扔了最后一颗手榴弹。

"轰!"

爆炸声之外,周围也乱成了一团。小男孩儿大叫一声,挣脱倒霉鬼的手。倒霉鬼想要抓住他,但他回头狠狠挠了一把倒霉鬼的脸,倒霉鬼一松手,他就奔进了屋门。

"妈妈!"他尖利的叫喊声在耳边回荡。接着只听见一阵沉闷的吧唧嘴的声音,一切都陷入了寂静。

"这孩子打得一手好酱油……"我边说边抓住倒霉鬼的肩膀,把他拖走。他似乎还想跟着孩子一起冲进那神秘怪兽的大嘴里。

"为什么?"他看向我,低声问道,"为什么他要这么做?"

跟他解释游戏设计者的逻辑是没用的。他显然把刚才发生的事儿当真了。

"那个男孩儿被逼无奈,只能骗路人去他家自投罗网。"我耐着性子解释,"因为怪兽威胁说要杀了他的妈妈。他就乖乖听话了。"

倒霉鬼一言不发,仿佛在细细思考我说的话。他接着问道:

"那他为什么要跑进屋里?"

唉,至少这位大爷肯开口说话了。

"因为他担心自己的妈妈。"

"我们得帮帮他们。"倒霉鬼把步枪握得更紧了些。他显然做好了深入虎穴的准备。

"他们都死了!"我忍不住冲他喊了起来,"他们已经没了,相信我!"

他信了我的话,放下了武器。谢天谢地,至少他没吵着闹着要给那孩子报仇。

我们继续往前走。

我的火箭筒空了,倒霉鬼的步枪里还有十发子弹。我们可真是武装到了牙齿。这一把玩儿得真棒。

我用余光发现一百米外站着一个男人,他正死死盯着我们。我的情绪开始崩溃了。

"拿下他。"我命令倒霉鬼。他困惑地看着我。

"为什么?"

问得好。如果他把游戏里的一切都信以为真,那的确不该杀人。毕竟他是个圣人。

"把枪给我!"我盯着陌生人,同时命令倒霉鬼。那是亚历克斯吗?唉,我的望远镜跑哪儿去了?

"我不给!"倒霉鬼斩钉截铁地拒绝了我,把枪藏到了背后。

我已经不想跟他废话了。我定定站住,远远观察着那个男人。对方也在观察我们,然后一个转身藏到了墙角后,看不见了。

应该不是亚历克斯。

"走吧,我真是受够你了。"

半小时后,我们的处境好转了一点儿。血红色的云层散开了,露出南方灼人的阳光。"迪士尼乐园"的出口近在眼前,倒霉鬼成功击退了两次蜘蛛怪兽的进攻。我找到了火箭弹,还发现一把带能量弹的等离子步枪。日子总算好过了一些。

我们在废弃比萨店的凉棚下休息了一会儿。

这一次终于不用磨破嘴皮求他吃东西了。最后一个三明治,他问也不问就开始狼吞虎咽,我只能在旁边盯着他看。虽然我不饿,但至少也该问问我吃不吃吧,这家伙……

"为什么你想杀那个人?"倒霉鬼问。

我觉得还是别说是为了抢装备为妙。

"他可能会袭击我们。"

"不会的。迪克是个好人。"

"迪克?"

"是的。他之前帮过我。就在今天早上。"

我的脑子飞速运转起来,都快抽筋了。

也就是说,跟踪我们的是"迷宫"的潜者之一?他没有加入我们,没有支援我们,但也没妨碍我们。

太奇怪了。

"阿纳托利也是好人?"我试探性地问道。

倒霉鬼拼命摇头。但并没有解释原因。

"那我呢?"我忽然好奇起来。倒霉鬼停住嘴,认真思考起来。

"说不清。"最后,他给出了结论,旋即又带着歉意补充,"多半是好人。"

他好不容易愿意和我交谈了,可不能打断他。我小心地握住他的手说:

"你明白周围的一切都是虚拟的吗?"

"我知道。"

很好。已经成功一半了!

"小兄弟……你叫什么名字?"

"我不能说。"倒霉鬼一副颇为遗憾的样子。

"你确定?"

"真的不能说。"

"小兄弟,你已经在虚拟世界里停留了三十六个小时,真的太久了。你的身体已经筋疲力尽,它需要休息,需要食物和水……"

真希望我的声音跟催眠师一样温和……

"我需要退出游戏。"倒霉鬼也同意我的观点。

"我会帮你的,"我又一次向他保证,"我们就快成功了。但如果突然出了什么状况,那可能就需要用别的办法把你弄出去了。"

倒霉鬼一口吞下剩下的三明治,满脸疑惑地看着我。

"把你的IP地址告诉我,"我说,"'迷宫'管理方会通知你的网络服务供应商,他们会派人去你家,帮你手动退出深渊。这没什么大不了的,我发誓。每个人都可能碰上这种事。"

"不,这不可能。"

"听我说……如果你觉得这事儿太丢人,或者有什么别的担忧,我可以去你家帮你断连,不管你在哪儿。我只代表我个人,'迷宫'对我来说狗屁都不是。我只想帮你解决问题!你能相信我吗?"

"我相信你。"

"那就把你的地址告诉我……"有那么一瞬间,我觉得自己胜利了。我几乎已经一只脚跳出了深渊,随时准备买张机票飞到倒霉鬼家里。不管他是在萨哈林[1],还是马加丹[2]。

"不。"

我懊恼得一拳砸到墙上,差点儿把指关节都敲碎了。我厉声命令他:

"那就站起来!"

1,2. 萨哈林和马加丹都是俄罗斯极北之地的遥远自治区。

"迪士尼乐园"的出口设在一座镜子迷宫中。"迷宫"中的迷宫……我试图想象这个套娃般的虚拟空间是什么景象,结果想得天旋地转。

"听我说,接下来我们这么干……"我们走过一个已经变成石像的小胡子老头儿身边,他忧伤地凝视着游戏的出口,僵硬的手指间还夹着一小叠传单。"我打头。你紧紧跟在我后面,好吗?注意观察周围有没有敌人。你眼睛尖。"

"好的。"倒霉鬼说。

我们走进了镜子迷宫。起初只有一段铺满镜子的走廊。很快,道路被一个接一个的圆柱岔开,我彻底迷失了方向。四周有十对潜者和十对倒霉鬼。整个世界都化作了碎片,在空中飘浮、旋转。

该死。

真实世界的镜子迷宫完全不是这样的。很多粗制滥造的科幻电影很喜欢用这一套。但是,无论导演如何努力,观众永远不会把本体和镜像搞混。

但在这里,本体和镜像完全没有区别。

我想了想,到底要不要跳出深渊。意义不大。从电脑屏幕上看,也还是这些图像,只不过像素低一些而已。

"倒霉鬼,小心点儿!"我一不小心叫出了吉列尔莫给他起的外号。但他并没生气。

我们在镜子迷宫里转悠了二十分多钟,才来到一个大厅。

四周仍然全是镜子。大厅其实是个镜子围成的十三棱柱。

镜子反射出了无数台电脑。电脑就在其中一面镜子里。那就是出口!

但天花板下方有许多小阳台,每个阳台上都有怪兽两两并肩而站。我还从未见过这样的怪兽——硕大的双眼像金鱼一样突出,长长的双臂紧抱步枪,浑身长满鳞片。除此之外,其他地方都人模人样的。

"后退!"我大吼一声。倒霉鬼瑟瑟发抖,努力想要退回玻璃走廊,但怪兽们已经开始射击了。

子弹打穿了玻璃地板,碎片扎进了我的身体。我冲着镜面一通乱射，才发现真正的阳台只有一个，剩下的都是幻影。

一道火舌卷过，镜厅里尘土飞扬。

枪炮声震耳欲聋。我的右手伤了，疼得我颤抖不止，我只能把沉重的火箭筒甩到左肩扛着。甚至连退出深渊的时间都没有。

此时，倒霉鬼折了回来。

我们肩并肩朝那些该死的镜子开火，镜子不断碎裂的声音仿佛在嘲笑我们。我又中了一枪，但没有停止射击。

最后一枚火箭弹也没有打中敌人的真身。我对准三个小阳台中的一个开火，它被击中了——又是镜子！我拿出等离子枪，从剩下的两个目标中又艰难地选择了一个。

还是错了……

蓝色的火焰舔舐着的还是浑浊的镜子！

等离子枪的能量弹用完了。

一只怪兽死了，可能是被子弹射中的，也可能是被镜子的碎片刺中的。但另一只怪兽没有停止射击。它拿步枪对准了我，马上就要扣动扳机。

电光火石之间，倒霉鬼突然飞身一跃，用自己的身体掩护了我。

几枚子弹立刻射穿了他的身体，他在我面前缓缓倒下。那只怪兽又熟练地给步枪填满了子弹……而我愣在原地，无法思考刚才发生的一切。

我没法打回去！没弹药了！

忽然，一发子弹擦着我的耳边飞过，振聋发聩。一个火球应声击中阳台，将怪兽烧成灰烬后，还在顽强地向四周喷射电流般的射线，试图找到新的目标，将对方斩尽杀绝。

那是BFG-9000[1]。

一件我横扫了这么多关卡都没能得到的武器。

---

1. 著名的第一人称射击游戏《毁灭战士》中的一款武器。特点是一旦开火，所到之处片甲不留。

我甚至没去看开枪的究竟是谁,就急忙跪倒在倒霉鬼身边。

染血的面罩半边脱落下来,他的胸膛已经被子弹撕裂,但他还活着——游戏赐给了我们最后五秒宝贵的告别时间。

"幻影……"他气若游丝地说。

我擦去他脸上的血迹,然后站起身来。

一个身材魁梧全副武装的男人站在我身后,他身上挂满武器,活像盛装的圣诞树。他面无表情,摘下来的防毒面罩紧紧勒在下巴上。

"要想干掉外星人王子的近卫军护卫队,还真不容易啊。"他语气平静,但能听出压抑的激动情绪。

"你是潜者……"我低声说。

"你不也是吗?"

他并不像是刚才那个尾随我们的人。

"你是阿纳托利?"

他点点头,我忽然想起了潜者的礼仪守则。

"我是列昂尼德。"还是得自我介绍。

"迷宫"的雇佣潜者点点头,把笨重的BFG-9000甩到肩膀上。我们应该打过照面,只不过他当时用的是别的装扮。和他一样,我也换过装扮。阿纳托利走到倒霉鬼的尸体旁,看着他的脸,不以为然地点了点头。

"还是老样子。"

他轻踹了一下倒霉鬼的腿,似乎在确认他是否真的死了。

我冲上前一拳揍上了他的脸。我用力过猛,阿纳托利笔直地飞了出去,重重撞在墙上。

1000

把我们强行拉开的,是迪克。就是那个被倒霉鬼称作好人的潜者。

我和阿纳托利扭打了将近五分钟,并不是要置对方于死地,只是单纯地发泄愤怒和厌恶。迪克好不容易挤到我们中间，用自己那把BFG-9000的枪杆隔开我们，冷冷地说：

"再打三下，我就开枪了。"

阿纳托利白他一眼，放开了我，但还是冲我肋骨来了一拳。我深吸一口气，朝他下体狠狠踹了一脚。现在轮到阿纳托利惨叫了。

迪克静静等着我们打出第三拳。我们站着不打了

"打够了吧？"迪克放下武器，宣告停战。他的俄语几乎没有口音，"潜者们……你们真他妈的够了。"

"他就是个愚蠢的外行！"阿纳托利咬牙切齿，"王八蛋……"

"别激动，"迪克好言相劝，"他技术不错，我一直盯着他呢。虽然也会动点儿手脚，但总体来说不错。"

迪克个头不高，精瘦矫健。两人之中，他显然是老大。阿纳托利不说话了，开始擦脸上的血。

我也赶紧开始擦血。

"你身手不错，"迪克对我说，"但这里的问题没那么简单。"

"我知道，"我把目光从倒霉鬼的尸体上移开，"到底发生什么了？"

"给他解释一下，阿纳。"迪克说完就一屁股坐在了满是碎玻璃、被熏得黢黑的地面上。

阿纳托利皱起眉头，仿佛迪克是要他吃下一把恶心的水蛭。但他还是照做了。

"怎么，你以为我们之前是在这儿闹着玩是吧，怪胎？"他质问我。

"你自己心里清楚。"我也没好声好气。

"我们每小时都带他重打一次！"阿纳托利彻底失去了耐心，"我带了他七次！迪克带了八次！知道吗？你这个白痴！我们把这一关里的角角落落都摸得一清二楚，一有什么风吹草动，我们立马就能察觉！懂吗？"

我好像有点儿明白了。

"吉列尔莫跟你说过，我们一直在尝试把他拽出来吧？"迪克毫无感情地说。

"说过……"我吸了一下被打断的鼻子。

"棒极了!"迪克终于压不住怒火,"那你还他妈……"他努力把后面的脏话咽回去,然后心累地摆了摆手。

"他是你什么人?"阿纳托利皱着眉头问。

"谁?"

"倒霉鬼!"阿纳托利冲我喊。他显然还想再踹倒霉鬼的尸体几脚,但及时克制住了,"是你亲家?兄弟?他是谁?不然你干吗闲得没事干,来抢我们的工作?"

"因为你们干得不怎么样!"

"阿纳托利问得对,"迪克帮腔了,"他是你什么人?"

"不是我什么人。"

"小伙子,如果你知道他的地址,最好手动切断他的连接。"

"我不知道他的地址,"我说,"你们能相信我说的话吗?他只是我的客户。有人委托我把他救出来。"

"谁?"

"委托人我也不认识。他没有脸。"

我观察着他们,但他们毫无反应。我提到无脸人时,他们似乎只是把那当作一种修辞。

"真是每况越下。"迪克说。

"愈,"阿纳托利脱口纠正他,"是每况愈下。"

"谢谢纠正,"迪克斜着眼看我,"小子,你叫什么名字?"

"列昂尼德,廖尼亚。"

迪克点点头。

"你可能听过我的代号,疯狂投手。"

我捂上了眼睛。疯狂投手可是最知名、最德高望重的潜者之一。传说中,他是个上了年纪的胖子,成天乐呵呵的……

原来这就是疯狂投手挣外快的方式……

"二位,我并不是来抢你们饭碗的,"我说,"我只是接到了一个任务,仅限于救出倒霉鬼。这个委托我没法拒绝。"

两个潜者显然同时松了口气。也许是因为昨天我引起的风波，再加上我一口气打通三十三关的干劲，让他们产生了危机感。

"你也玩《毁灭战士》吧?"阿纳托利问我，"而且是老玩家……"

"对。"

"那……你的表现还说得过去。"阿纳托利不再盯着我看，"这里到处都是关于你的谣言。就算其中只有一半是真的，那也够可以的……"

"谢谢。"不管怎么说，好话谁都爱听。

"我们救不出倒霉鬼。"迪克说。

"什么?"我慌了神。

"不可能救出来。"

"迪克可是个神算子。"阿纳托利冷笑道，"坐下。我慢慢给你说。"

我们围着倒霉鬼的尸体坐下，阿纳托利从头开始讲述。我囫囵听着，略去细节，只记下重要信息。

倒霉鬼从未透露过自己的名字和地址。

他是个出色的狙击手。如果运气好点儿，甚至能在一昼夜之内通关，拿下所有大奖。

但是，他从不向其他玩家开枪。

"什么?"我难以置信地问。

"就是这样。他从来不对玩家开枪，对怪兽倒是杀起来不眨眼。"阿纳托利不满地嘟囔。

"他的枪法谁见了都嫉妒。但他一次也没朝人开过枪。我第二次带他通关的时候，就是因为这个栽了。我还以为他会帮我……"

"他多半是'漂移'了……"我说，"以为游戏里的事情都是真实发生的……不! 不对! 他亲口跟我说过，他知道周围的一切都是虚幻的!"

"嗯哼，"阿纳托利附和说，"大体方向他还是知道的。但是他的博爱泛滥得离谱。"

"莫非他信什么教?"我猜测，"和平主义者?"

阿纳托利只是耸了耸肩。

"也就是说，他每次都是被其他玩家杀死的？"

"他是被命运杀死的，"迪克插话说，"他有时候被玩家打死；有时候被怪物吞了，或者被天花板砸倒，被流弹击中；有时候陷进熔化的沥青；有时候从高处掉下去摔死。十五次，次次都有新死法。"

"这可不同寻常，"我说，"难道这都是他故意的？"

"如果他想自杀，那也太聪明绝顶了。"迪克否定了我的猜测，"他的死亡看起来都非常偶然。只不过偶然的次数太多了。"

"迪克认为，这是他命中的诅咒，"阿纳托利说，"这就是他命中注定的结局。无论我们做什么，都不可能把他救出去。"

"投手，这太荒唐了。"

迪克只是笑了笑。

"难道我们在不知道他地址的情况下，就无法强制他退出吗？"我问道。

"迷宫"的潜者们交换了一个眼神。

"别含含糊糊的，"我说，"我是说真的。"

"办法倒是有，"迪克承认了，"阿纳托利试过了。"

我看向阿纳托利，等着他解释。

"连死十三次。"阿纳托利不情不愿地说，"如果玩家连续十三次死亡，且每两次之间间隔小于五分钟，程序就会强行将他弹出。这纯粹是为了淘汰白痴玩家设置的门槛。"

我还没明白他的意思。

"今天早上我试了这个办法，"阿纳托利说，"不再带他通过整个关卡，而是直接在关卡的开头连续打死他十三次。我又补了两枪，以免数目不够。结果什么也没发生！"

我忍不住要动手。

"停！"迪克跳起来拦住我，"列昂尼德，你再往前一步我就杀了你。这只是个游戏！懂吗？"

我从阿纳托利身边退开。迪克是对的，"迷宫"里发生的事情不能用现实世界的准则衡量，甚至不能用深渊城的准则衡量。这里是深渊中的深渊。

"他当时是什么反应?"我问。

"我在开始之前就给他解释了这么做的原因!"阿纳托利也有些恼火,"你以为我乐意么!我给他解释完了之后,就朝他脑袋打了一梭子子弹!我以为他至少会反抗一下呢!结果他只是跑开几步,然后干脆坐下等死了!"

现在我明白为什么倒霉鬼会那样评价他了。

"列昂尼德,这是个游戏。"迪克又强调了一次,"在第十七关,你还必须打死一个被锁在隧道大门上的小男孩儿呢。你没打死他吗?"

当然打死了……那个小男孩儿根本不可能救下来。

"这只是个游戏,迪克,是一堆图像和声音。这能防止你真的去攻击生活中的人。"

"你自己在进入游戏的第一天,不知道杀了多少人才有了现在的名号!"阿纳托利激动不已,"别装正义了!你是个老派玩家,是个潜者!所有'迷宫'玩家的战斗力加起来都不及你一半!你可以随时跳出深渊,根本不会感觉到痛苦!你可以像神枪手一样在靶场里枪枪致命!可以像走钢丝的杂技演员一样在电线上来来回回!"

说完他又拧紧了眉头。

"阿尔-卡巴尔那票是你干的吗?"

我点点头。

"干得漂亮……"阿纳托利激动得快,冷静得也快,"总而言之,列昂尼德,我们不会妨碍你工作。放手去干吧,但也别碍我们的事儿!我们也只是在做自己分内的工作。"

"现在轮到我们了,"迪克接着说,"你六小时后再回来。如果到时候我们还没有把他弄出去,就换你来。"

我没有反对。他们是主,我是客。我起身走向墙边的电脑。

"嘿,列昂尼德!"阿纳托利在我背后喊道,"知道你为什么没法一次性干掉那些近卫兵护卫队吗?"

我摇摇头。

"程序也会使诈。不管你朝哪里射击，永远只有最后一枪能命中目标。"

好吧，谢谢你的提示……我敲敲键盘，记了下来。

"六小时后，"迪克紧接着说，"千万别来早喽！"

1001

这次柱廊里的人没那么多了，但还是有十来个人懒洋洋地啜着啤酒，显然在等我出来。

我从他们身边绕了过去。

"枪侠！"

我转过头。两个陌生男孩儿和一个长发女孩儿向我走来。

"没错，我就是枪侠。"我没有隐瞒身份。

"你到底是什么人？"说话的是那个有些驼背的四眼仔。许多人都会故意选择这样懦弱的外表来迷惑警觉的对手。

看来他们不打算和我交火。也好。昨天还一个个义愤填膺，过了一晚上头脑都冷静了。

"这不重要。"

"枪侠，你的目的究竟是什么？"姑娘走上前来说，"不会只是为了找乐子吧？"

"不是。"

"那是为了什么？你在三十三关待了整整一天，难道是被卡住了？"

"不是。"

这个小小的谈判代表团原地踌躇了一会儿。最后，戴眼镜的男孩儿向我伸出手：

"我们讲和吧，枪侠？"

"好的。"我稀里糊涂地同意了。

"大家都害怕进入三十三关，"他解释道，"已经有五十来号人挤在第三十二关不敢往前走了。枪侠,只要你不朝其他人开枪,他们就不会动你。否则的话,我们就会发布追杀令,而且不限于在黄昏城内。"

"好的,"我同意了,"只有一个条件……在三十三关入口处,有一个拿着手枪的小伙子坐在那儿。你们也别动他。"

眼镜男和小姑娘交换了一下眼神。

"一言为定,枪侠。"

我们握了握手。

"我们去BFG餐厅坐坐?"姑娘提议。

按规矩,喝一杯酒,玩家间的协议才算生效。我还有六个小时空闲时间。走吧。

剩下的人跟在后面,就这样,我们浩浩荡荡地从柱廊往外走。我仔细看了看,亚历克斯不在里面,不过也有可能是他改了外表,扮成了其他人。

"伙计们,那万一有人破坏协议攻击我……"

"那就是你们之间的私人恩怨了。"眼镜男说。

"好极了。"

"枪侠,你是《毁灭战士》玩家吗?"姑娘问。

"是的。"

"你用的应该是386[1]吧?"

"我用的286。"

"用286玩《毁灭战士》?"四眼仔语气略带嘲讽。

"当然不是。我用286玩《德军总部》[2]。"

周围人发出一阵惊叹。大多数人对这款鼻祖级三维游戏仅有耳闻。

"话说回来,"姑娘说,"我不久前认识了一个男孩儿,他是用386进入深渊的。"

"什么?"四眼仔震惊了。

---

1. 指英特尔386处理器。
2. 一款第一人称射击游戏,发行于1981年。

"你没听错。他没用头盔也没穿拟真服,赤膊上阵。他说自己是应急部队的军士,正在冻土区的某个太空通信站值班。他们那儿的设备老得都能进博物馆了,但还是能偷偷用一个本地军用服务器联网。他用一台386DX-40[1]装上了深渊程序,不知道从哪个门钻进了深渊城,然后四处闲逛。我是从他的步态看出他不对劲的,一副颤颤巍巍的样子,一眼就能看出来调制解调器不太好使。"

"瞎说,"四眼仔摇摇头,"用386可进不了虚拟空间。"

"怎么进不了?加上协同处理机就完全办得到!"不知角落里的谁反驳了一句。

接下来就是漫长的争论——到底用IBM 386[2]能不能进入虚拟空间,以及协同处理机能不能帮上忙。我没有插嘴,只是静静听着,尽管我知道答案。

完全可行。

我自己最早玩3D游戏的时候用的就是386处理器,也没用头盔和拟真服,就像那姑娘说的军士,一不小心开启了一段奇妙的旅程。

但这样的事可不能拿来乱说。

说话间,我们已经走到了BFG-9000餐厅。这间餐厅建筑风格阴郁,保持着"迷宫"一贯的风格,或者说保持着"迷宫"的前身《毁灭战士》的风格。沉重的铁门两旁站着两个怪兽,身着仆从的制服。我下意识收紧大臂,准备端起并不存在的步枪。最搞笑的是,不止一个人跟我作出了相同的反应。

我们真没白玩"迷宫"。

大伙儿推开怪兽门卫,一哄而入。里面是一间小餐厅。餐厅内部的装修太过眼熟,这正是《毁灭战士2》[3]的最后一关——一间宽敞的大厅,一边是盛着绿色液体的水池,绿光闪闪;另一边是长长的石头露台,上

---

1. AMD公司生产的一种处理器。
2. 由英特尔公司将386处理器授权给IBM生产的一款电脑。
3. 1994年发售的《毁灭战士》第二代作品。

面摆满了小桌。绿色水池旁的墙壁上，一个硕大的怪兽脑袋伸出来，不时有旋转着的小魔方从他的嘴里飞出，在露台上方裂开，从中吐出一个个小怪兽，它们在桌子上方盘旋几秒就会消失，没人注意它们。与游戏不同，这些小怪兽在这儿没有实体，也没有危害。

"以前的关卡都简单。"人群中一个小伙儿冷不丁说。我没吭气。我倒是想看看，如果他来打《毁灭战士》这一关会怎么样。现在的年轻人，能不开外挂保命，直接硬扛过关卡的都算凤毛麟角。

我们把几张桌子拼到一起，在绿池子旁坐下。服务员飘了过来。这是个会飞的、凸眼睛的红色小球状怪兽。

"啤酒！"眼镜男张罗起来，"要自酿的，一人一杯！我买单。"

小怪兽张开嘴巴，我下意识一躲，生怕它会像游戏里一样，嘴里吐出会喷火的骷髅头。但它嘴里冒出来的却是一只啤酒杯，杯壁上还有些雾气。

两个白痴指着我哈哈大笑。其他老玩家都彼此交换了下眼神。

要说普通人和老玩家的区别，大概就在于老玩家总是小心谨慎，三思而后行。

所以《毁灭战士》玩家大老远就能认出同类。但凡老玩家，都不会对我的反应大惊小怪。

我们一桌人举起酒杯。

"为和解干杯！"眼镜男欢呼道，"为枪侠和我们的和解，干杯！"

啤酒非常浓稠，颜色很深，不是吉尼斯，但口味有点儿像，浓郁得很。

有意思，这家餐厅的老板居然能想出这种妙招，把一种名不见经传的啤酒做得以假乱真？

"我是达米尔。"四眼仔自我介绍道。

"我是枪侠。"

我执意不肯摘下面罩，达米尔只好不再强求。不知为何，我直觉认为，他的外表和现实中一定完全相反，实际上是个又高又壮的男人。

截然相反的伪装是很常见的伎俩。我读过几篇深渊心理学研究的文章,专家认为,这种情况占了三分之二。

"我以前怎么从没在'迷宫'里见过你?"达米尔问。

"我对这游戏没兴趣。"我老实说。

达米尔平静地接受了我的理由,旁边的小伙子却皱起了眉头。

"你没参加过九七年的莫斯科《毁灭战士》循环赛吗?"达米尔又问。

"没有。"

"没什么,我只是觉得你的操作似曾相识。"达米尔结束了话题。

我们坐在露台上喝着啤酒。老实说,我很高兴"迷宫"的常客们来和我讲和。如果他们真的一齐朝我猛攻,那无论我有多少潜者的绝活儿都应付不来。

大厅里逐渐站满了人。一个背着吉他的长发少年不知从哪儿冒了出来。他肤色黝黑,腼腆地笑着,朝大家挥挥手,踏入绿池中。液体在他脚下嘶嘶作响。少年一口气走到池子中央一块小小的水泥地上,然后坐下来,不紧不慢地调起弦。我也朝他挥挥手,尽管他不认识我现在这副扮相。他可是深渊城的传奇人物,据说是个老牌黑客兼吟游诗人。我们很久没见了。他常在"三只小猪"演出,听说甚至在那儿有股份。他对"迷宫"里的事情漠不关心,今天能出现在这里,实属奇迹。少年拨了拨额前的长发,开始歌唱:

> 潮湿,寒冷,美妙迷人
> 泥沼,迷雾,动人心魄
> 我不知为何面露微笑
> 与这座城市一般迷醉
> 恍如坠入云雾深处……

姑娘在桌沿儿上打着拍子。啤酒像小河一样流进肚子里。我像平常一样扫视着屋内的人群,命令维卡记住所有人的面孔和名字。混乱中,一个小伙儿把手搭在我肩膀上,放了好一会儿,给我贴上了一个简陋的标签。我假装没有发觉，不动声色地回头还了他一个大大的拥抱，顺手把标签贴回到他身上。

别想对我耍这种小把戏，三脚猫。

> 我在雾中跋涉，如坠深海
> 我既似扁舟，又似孤鲸
> 或似一只无眼巨兽
> 在水底藻丛中缓缓穿行

人们情绪高涨。大家都沉浸在歌声中，包括那个狡猾的三脚猫。

> 我不闻人声，不识人语
> 忘却言语，言语何用
> 我贪婪地吞食迷雾
> 但愿它能填满脑海……

这片醉人的迷雾已经填满了我的脑海。我站起身，朝歌手微微一笑："我有事，先走了。"

没有人问我急着去干什么，也没人试图劝我留下。因为深渊中的每分每秒都是付费的娱乐。我挤出餐厅，头顶上的小魔方还在吱吱作响，不停地打开，喷出小怪兽。我努力克制，提醒自己不用躲闪。

我还有大约五个小时才能返回游戏。现在两位"迷宫"的潜者正带着倒霉鬼通关。但不知为何，我确信他们不会成功。

我拐进一条小巷，停下脚步，心中默念：

深渊啊深渊，我不属于你……

摘下头盔后的第一件事就是打开冰箱。我拿出汽水、香肠和一小盒酸奶。该吃午饭了。

屏幕上一切正常。枪侠倚着墙站着，稀稀落落的行人并没注意到他的存在。不远处，一个鬼鬼祟祟的人溜进了"千愉百乐"的大门。

"千万别找维卡!"我在他背后悄悄说。

"我不明白您的指令,廖尼亚。"Windows管家被我唤醒了。

"没什么,"我不再盯着那个嫖客,"一切正常。"

我忽然感到不自在。会不会有人去找过那个虚拟世界里的维卡?我幻想着自己在虚拟妓院里审问嫖客的样子,笑了起来。

我继续吃午饭,只不过加快了速度。

"廖尼亚,"Windows管家说,"每月提醒时间到。"

"有话快说。"我漫不经心地听着。

"第一,给父母打电话,"维卡的语气里有些责备,"我可以为你拨号,但你得先断开拨号连接……"

"不要。"

这么做当然不好,晚上再打吧。

"第二,缴纳电话费……"

对,这事儿得马上办。要是电话在最不巧的时候被掐断就糟了……

"谢谢。"

"第三,打扫房间。"

我迅速扫视了一眼房间。的确该拖地了,还得擦擦灰。暖气片上都有锈迹了,该补漆了。

"谢谢,维卡,我知道了。"

"此外,我再提醒你一次,我的内存不足以处理你交给我的任务……"

"闭嘴。"

我双手放上键盘,用手肘把空酸奶盒扫下桌子。

d-e-e-p+回车。

我不再倚着墙,站直身子,走进了"千愉百乐"的玻璃旋转门。

夫人迎面走来。

"您今天来得挺早呀,枪侠。"

"但待不了太久。"

夫人笑着伸手摸了一下我的脸颊。

"您可别把我的姑娘们哄得团团转呀。"

"我尽量。"在她面前,我就像个听话的小男孩。

"领他去员工宿舍。找维卡。"

"谢谢!"我发自心底地感激她。夫人懒洋洋地挥了挥手,上楼离开。警卫朝他身边的小门点了点头,示意我进去。

我有些不好意思地跟在他后面。

直达妓院深处。

走廊一尘不染,窗外一派夏日景象——丛林、小溪和烈日。啊哈,夫人还说他们这儿永远是夜晚呢。人都是需要见阳光的,本性难移。

走廊两侧有许多房门,门上既没写房号,也没写名字,但都贴着小图片。有小猫、小狗、小老鼠、小兔子,简直像个幼儿园。一扇门里忽然冲出一个衣衫半掩的金发女郎。看见我,她一把捂住胸口,惊呼一声,赶紧缩了回去。

我努力目不斜视地走过这些门,门后窸窸窣窣,听得见轻微的响动。我知道,只要我回头,一定能看见十来双好奇的眼睛朝走廊张望。

所以我没有回头。

警卫在一扇画着黑猫的门前停下,那猫一副若有所思的样子。他敲了敲门。

"谁呀?"一听到应门的声音,我的心就颤抖起来,这声音我认识。

"有访客。"警卫说。

"让他进来。"

警卫轻轻推了推我的肩膀,自己后退了一步。门后的人似乎轻声问了他些什么,但他什么也没有说。

在黑猫嘲弄的注视下,我走进了房门。

房间布置得像一座山间小舍。窗户大敞着,吹进阵阵冷风。窗外水声叮咚。维卡坐在床前一把简陋的木椅上,正对着一面小镜子照着。身边摆了一张草草钉成的木桌,上面摆满了时下流行的化妆品。

"你好,"她说,"先静静坐着别说话,好吗?"

我点点头,站在一旁打量她的房间。墙上挂着几幅水彩画,上面全画着群山、迷雾、松林。粗看上去千篇一律，像是街头画家敷衍的作品。但细细端详，你就会赞许地点头。这几幅画不可能出自一双粗笨的手，它们是一套精妙连贯的系列画。

"你觉得这画应该叫什么名字？"维卡没有回头。但是她有镜子，能清清楚楚看见我的一举一动。

"不知道，"我老实回答，"我不大会给画取名字。我觉得可以叫作……"

我沿着墙边走边看，小心翼翼地抚摸着相框。这些画描绘的是同一座山，只不过远近高低各不同，浓重的迷雾缠绕着长满松树的山坡。画面仿佛透着生命气息：清晨凛冽的冷风、干燥稀薄的空气、溪水银铃般的叮咚声和沙沙的风声……仿佛能透过画面听见声音。

"'迷宫'，"我说，"'幻影迷宫'。"

维卡涂上口红，若有所思地点点头。

"这名字不错……主要好在，让人捉摸不透。叫这种名字的画最好卖。"

"这是你画的？"

最近我着实笨嘴拙舌。

"是的。不像吗？"

"像。我还以为是你按自己的品位收藏的呢。"

"得了……这么多花言巧语。"维卡终于站了起来。她穿着一条齐膝的纯白亚麻连衣裙，光着脚，脖子上挂着一只银吊坠，"这是为初次约会准备的甜言蜜语吗？"

"第二次约会。"我试图开个玩笑。

"不，这是第一次。早上那次是工作。"

"那我就正式开始赞美你了，"我喃喃地说，"你兰质蕙心、美貌无双、才华横溢……"

"补充一点，一丝不苟。"维卡用一条白色发带束起头发。

"不，说慷慨无私更合适。把这样的杰作拿去卖，可是造福人类的事情。"

"别瞎说了,"她轻轻摆手,"我卖的是现实中的原作,这些复制品会留在这儿。它们更好。"

维卡没有发现自己说漏了嘴。我心中暗喜,赶紧追问:

"好在哪里?"

"它们会发出声音。"

原来如此。刚才听到的风声水声都不是幻觉。

"你创造了一种新的艺术形式。"我说。

"早就有了。而且不能说是一种。我们只是暂时还不明白这算什么艺术。当穴居人在石壁上绘画的时候,也没有意识到自己是在创造艺术。"

"如果这么说,那整个深渊城都是一件艺术品。"

"当然了。不是整个深渊城,但有些地方的确堪称艺术。到这儿来。"

维卡毫不扭捏地牵起我的手,带我走到窗前。

"看!"

原来维卡画中的群山就在这里。不过现实中真存在这样的山吗?中央那座顶峰恐怕就不可能存在。它大约有一万米高,从绵延的山脉中拔地而起,仿佛是群山中骄傲的反叛者。峰顶云雾缭绕,仿佛戴上了一顶若隐若现的帽子。整座山层次分明——深绿色的森林、郁郁葱葱的草场、环绕的洁白雪带和死气沉沉的灰岩山顶。

我们的小屋也建在半山腰上,和那座高峰之间隔着一片湖泊。湖并不大,圆得像用圆规画出来的,但线条并不生硬。湖水幽蓝凝重,几近冰点。

我被震撼到说不出话。

"你不怕这是公司给某些古怪客人特供的景观吗?"维卡试探着问。

"这有什么?"

我们一齐眺望远山。

"你画了多久?"我轻声问。

"两年。"维卡随口答。

我点点头。要画出这样的作品，花再多时间也不奇怪。这不是那种街头随处可见的、公式化的风景画。我觉得，即使给我找来一副高倍望远镜，也画不出这样的景象。这幅画的完成度令人叹为观止。

"我很想到湖边去。"维卡望着湖面说。

我默默点头，我也想。

"但我害怕。去那儿的路不好走，"维卡叹了口气，"如果在窗子上拴一根绳子，就能很快到那儿。但北坡那里半年前刚发生过滑坡，那条路大概已经不通了。"

我转向她，盯着她的眼睛。

她不是在说笑。

"你的意思是说，这一切都是真实的？"我问她，"你可以真的走到那里？可以爬上那座山，去湖里游游泳？"

"湖水冰凉刺骨，会感冒的。"

"这一切都是活生生的？这里真的会下雪，会雪崩，会电闪雷鸣？"

维卡点点头。

"要想支持这样的空间，得要一个独立服务器才行！"

"两个。一个满负荷运作，另一个还兼用于维持整个妓院的运转。"

我深吸了一口冰冷的空气，问道：

"那……你为什么要在这里工作？只要让别人看一眼这扇窗外的景色，世界上任何一家公司的空间设计师职位都任你挑！"

"我自有理由。"维卡微微抬高声调，我意识到自己的问题不合时宜。

在虚拟世界，人人自由，事事自由。

说不定她就喜欢做虚拟世界里的妓女呢？

"谢谢。"我说。

维卡疑惑地皱起眉头。

"谢谢你带我看你的世界，"我解释道，"并不是每个客人都能欣赏到你的作品吧？"

"不是。那你会给我看你的作品吗？"维卡笑意盈盈地问，我不由得打了个寒战,"你说过自己不会给画取名字。也就是说,你以前是做这一行的。"

好吧。我也说漏嘴了,而且跟维卡一样,丝毫没有察觉。

"我很久没画画了,"我老实承认,"不知不觉就荒废了。或许这样也好,我无论如何都画不了这么好。"

维卡甚至没再礼貌性地追问两句。她知道自己的水平远在我之上。

"我想请你吃顿饭,"我说,"如果你不反对的话……"

"不了。"

我感觉挫败极了。不知为何,我以为她一定会答应我,以为她会喜欢"三只小猪",然后我们就能在山间小溪旁畅谈。虽然那里的场景不是我设计的,但我的确喜欢……

"明白了。"我说。

"不,你不明白。这不是接不接客的问题,现在正好不忙,别的姑娘也可以替我。是我想邀请你去我们的餐厅。"

我一头雾水,但还是同意了。维卡挑剔地打量了我片刻,给我整理了一下衣领。

"还算过得去,"她说,"走吧。"

"远吗?"

维卡只是笑笑,从桌上抓起一只麂皮小手包。我们来到走廊,我注意到门后的悄悄话声消失了。

"走吧,走吧……"

我们手挽手往前走,活像有礼貌的幼儿园小朋友一起去散步。走廊尽头是一条旋转楼梯,我们拾级而上。一共转了七圈,眼前才出现一道厚重的丝绒门帘。我脑中突然闪过一个念头:这里的空间莫非是循环的?我们现在难道又回到了一楼大厅?

"一会儿看见什么都不必惊讶。"维卡说着往前走去。

我紧随其后,自信满满,这里有什么值得我大惊小怪的呢?

门帘后是一片海岸。

落日将天空染成了金黄。海浪不再喧嚣,轻轻拍打着海岸。脚下的沙子是黑色的。整片海滩都漆黑如墨。我知道世界上的确存在这样的沙滩,但没料到它竟然如此美丽。

岸边摆着一张张白色的餐桌,桌旁撑着阳伞,人们三两围坐在桌边。我立刻察觉到,他们栩栩如生,不似程序造出来的人物那么生硬。多数都是年轻姑娘,只有最靠近海岸的桌旁坐着两个结实小伙儿,再就是长长的吧台旁有个瘦削的男人,穿着短裤,别别扭扭地坐着。

"这是我们的休息区,"维卡悄声说,"跟我来。"

我们在一张空桌前坐下,维卡俯身对我说:

"这里是自助的。去吧台帮我取一杯香槟来。"

我深一脚浅一脚踩着沙子走过去,觉得三个男人和二十来个女人的目光全钉在我身上。这里的一切看起来都极其诡异,仿佛一场台风卷走了岸边的酒店和房屋,只留下半间露天餐厅。我们刚才通过的那扇门更加剧了这种印象,它就那么孤零零地插在黑色的沙子里。

"你好!"吧台边的年轻人飞快地冲我打了个招呼,把手伸到我面前。

我机械地握了握他的手。

"维卡爱喝干香槟,"他说,"不过千万别挑法国货,就拿阿布劳久尔索[1]牌吧,在吧台下面左边一点儿……你是第一次来吗?以前没见过你。今天生意清闲,姑娘们都跑这儿来了。你一来,她们可有的八卦了!"

他简直像荒岛上的鲁滨孙刚见到星期五,叽里呱啦说个不停,面部表情极其丰富,嘴里缺了两颗牙。

"我挺喜欢你的,"他轻轻挠着被晒脱皮的肚子,"该死,我怎么就这么喜欢你!哈哈,吓坏了?我不是这儿的工作人员。怎么说呢,我的确在这儿工作,但不是他们这行。你该小心的是海边那两个……小心被他们看上了!"

我听得脑仁嗡嗡直响,勉强挤出一丝微笑,从桌旁的冰桶里拿出一

---

1. 俄罗斯最有名的酒庄之一,位于克拉斯诺达尔边疆区的一个小村庄。

瓶酒,又拿了两只高脚杯。

"看,昨天我都晒脱皮了!"那男人激动地说,同时从肚皮上撕下长长一条晒脱的皮,"我还跟姑娘们打赌呢,肯定会晒坏的,她们还不信。等她们早上回来一看,我都快晒熟了!"

他把一团死皮伸到我鼻子下面。

"看起来不错吧?我可是忙乎了一晚上,才做出这么逼真的晒伤特效!要是给别人看了,肯定有人要眼红得连我的手都一块儿抢走。这双手我可不会送给他们!"

我慌忙点头,带着酒瓶落荒而逃。维卡已经在桌旁笑得前仰后合。

"那家伙是谁?"我松了一口气,瘫倒在椅子上。现在,海浪拍岸的声音听起来都像仙乐一般。

维卡又笑了一会儿,才正色道:

"他是我们的电脑天才,既是黑客又是白客,软件大师兼硬件大师。他就喜欢这些。你可以叫他'电脑法师',或者直接叫'法师'。他喜欢这个名字。就是别叫他'祖可'。"

"祖可?"

"嗯哼。他爱喝速溶饮料,祖可牌[1]啊,斯普林牌[2]啊之类的。过去有姑娘叫他祖可,就把他给惹恼了。"

"他怎么那么……古怪?"我小心翼翼地斟酌用词。

"不知道。可能是为了吓走同性恋,也可能天生就这样。"

我不由得瞥了一眼岸边的两个小伙儿。他们也正一边盯着我,一边窃窃私语。然后其中一个轻轻扇了一下同伴的嘴唇,后者立刻气鼓鼓地背过身去。

这场面让我浑身不自在。但维卡仍微微笑着,我只好假装好奇地接着问:

"为什么你们还要雇用男员工?这么多姑娘还不够用吗?"

"当然不够。你还记得那本蓝色相册吗?"

1.2. 祖可牌和斯普林牌,均为俄罗斯20世纪90年代流行的速溶果汁饮料品牌。

我记得。我一时没管住嘴,脱口而出:

"那你们把母山羊关在哪儿?"

我们哈哈大笑起来,尴尬的气氛荡然无存。

"那只是个仿真程序,"维卡揭开了谜底,"我们试过用人假扮动物,但动作怎么也学不像。有这种需求的客户不多,但总之,有备无患。我们这里可以说是应有尽有了。"

我倒上两杯香槟,跟维卡碰了碰杯。

"还行。"维卡说。

"嗯,挺好。"我放下空酒杯。

"阿布劳久尔索的味道就没有不好过。我说的是你'还行'。我刚才还好奇,你见到我的同事们会有什么表现呢。"

"这有什么新奇的?"我用整天混迹于妓女和同性恋间的老嫖客的口气说。

维卡想了想。

"不,你现在并不是这么想,"她说,"但没关系,至少你嘴上没反对。总有一天,你会真的接受。"

"我能坐这儿吗?"法师站在我们桌边,歪扭着身子,挤眉弄眼,"你们该不会是在背后说我坏话吧?我是不是打扰你们了?我可以坐这儿吗?"

"坐吧……"维卡无奈地叹了口气。法师一下滑进椅子里,用魔术师般花里胡哨的手法,从背后掏出一个酒瓶和一只酒杯。那味道闻起来像是某种香蕉甜酒。

"谢谢,维卡奇卡[1]!"他说,"我以为自己要孤独终老了呢!你要来点儿吗?"

维卡没有答话,默默地又给自己斟了一杯香槟。我也拒绝了法师的甜酒。法师只能闷闷地敲打着自己的高脚杯。

"为我们的相识干杯!"他说,"我是电脑法师!"

---

1. 维卡的昵称。

"我是枪侠。"我面无表情地答道。

"噢!"法师向后仰倒在椅背上,"别杀我!你就是那个只用了两天就把'迷宫'搅了个底朝天的家伙?维卡,恭喜你,你这新朋友可够酷炫的!所有人都被他吓得胆战心惊!简直是神挡杀神,佛挡杀佛!"

"真的?"维卡问。

我点点头。

"真没料到。"维卡说。

"也该轮到我给你惊喜了。"

"嘿,枪侠,你可别在'迷宫'里闹过头了!"法师对我说,"不然我就向夫人请个假,移驾'迷宫',来一场大屠杀!平常我是个好脾气的人,但如果有人惹我生气,后果就会很严重!别说两头牛了,三头牛都拉不住!记得有一次……"

"法师,"维卡打断他,"我和枪侠在聊正事儿。你去找季娜或者列娜玩儿吧。"

法师难过地点点头。

"总是这样……我走,我走,没人喜欢我……"

"我很喜欢你,"维卡说,"但季娜从昨天开始就垂头丧气的。去逗逗她吧,你最擅长这个了。"

"没问题!"法师的眼睛一下子亮了。他抓起酒瓶,蹦蹦跳跳地跑向那个丰满的黑发姑娘,她正对着瓶伏特加借酒消愁。

我不由得摇了摇头。

"这是我们自己的小天地,"维卡说,"足够宁静祥和。顺便告诉你,所有姑娘在这里都只以素颜示人,而不是为客人梳妆打扮后的样子。"

"这就是你在虚拟世界里的素颜?"

"是的。"

我凑近了一点。

"名字也是真名?你就叫维卡?"

"对,这是我在深渊里的名字。因为你猜中了我的名字,我才邀请你到我的房间来。"

她有些忧伤地一笑,"一开始我还以为,你是个间谍、黑客或者潜者,以为你看穿了我的身份……"

我的心脏开始狂跳。

"现在你不这么想了?"

维卡耸了耸肩膀,"谁知道呢?但我喜欢你。我只是想让一切都顺其自然地发生……以一种令人惊奇又美好的方式。"

我刚想说点儿什么,门帘就被拉开了,一个姑娘探进头来。

"娜塔莎,季娜,客人点你们了。绿册子和黄册子。"

正跟法师一起喝酒的胖姑娘朝门帘扔了个酒瓶。维卡站了起来。

"爱丽丝!"她声音不大,但坚定有力,"你替季娜去!"

隔壁桌的姑娘点了点头,但季娜举起手抗议。

"维卡,我能行!"

她得通过翻译软件跟我们说话,但即便如此,我们还是能听出她声音中的疲惫和愤恨。

"我可以干绿册子的活儿。扮小女孩,没问题。只不过昨天'小帽子'把我折腾得够呛。"

两个同性恋中有一位站了起来,迅速穿过桌子的缝隙走过来,搂了搂季娜的肩膀,低声说了些什么,又温柔地扶着她坐下。眼里带着请求盯着维卡,似乎在询问她的意见。

"好吧,安杰伊,"她同意了,"谢谢。"

那个同性恋和其中一位姑娘离开了餐厅。维卡坐在原地,一口气喝完了香槟,忽然用沙哑的嗓音低声说:

"畜生。你们男人,全是畜生。"

"那个小帽子是谁?"我问道。

"一个客户。常客。一般由我接待,但昨天……我有别的客人。"

"我?"

"是的。"维卡一脸严肃,"姑娘们不能去接待他,她们接待完以后,就会变得不像自己了。"

"他玩的是什么花样?"

"红册子。"

我回忆起昨夜翻看的相册。

"我没看见有红色的呀。"

"那是黑色册子里的附录。不是谁都能看的,"维卡站起身来,"该死。廖尼亚,对不起……"

我也站了起来。

"你刚才不是想邀请我去什么地方吗?"

"是的。"

"那就去呀!"

我在大厅里张望了一会儿,希望能碰到夫人,但没能如愿。我拦下一辆车,告诉司机去"三只小猪"……维卡渐渐冷静下来。我很想再问问她有关红册子和小帽子的事,但最终没有开口。

还不能问。至少现在还不行。

"喏,我已经给你展示了我们的生活,"维卡说,"有意思吗?"

"没什么特别的,"我说,"普普通通。"

"没什么特别的……"维卡从包里摸出一盒烟,咔嚓咔嚓打燃打火机,"普普通通……"

我不喜欢姑娘家抽烟,即使是在虚拟世界里。

"维卡,你想让我有什么反应呢?大呼小叫,说'好可怕'?我不是那种装腔作势的人。要说激动,好像也没什么值得激动的。"

她轻轻碰了一下我的手。

"对不起,廖尼亚。我只是有些担心姑娘们。你不过是位萍水相逢的客人,为了躲避追杀,偶然闯进妓院,不经意瞥见了我的照片……对不起,这些事儿跟你一点儿关系也没有。"

三只小猪餐厅到了。现在客人很多。虚拟世界里没有"高峰期",时区抹消了这个概念。不过有时候客流仍会潮起潮落。比如现在,餐厅的大堂就人满为患。

我们勉强挤到吧台前,我朝酒保大喊:

"你好，安德烈！"

"你好你好，"安德烈一边给客人递去鸡尾酒，一边招呼我，"你是谁？"

哟。这肯定是他本人，不是程序编写的替身。

"列昂尼德。"我说。

安德烈皱起眉头。他没见过我这副样子，正在反复确认。

"老兄！"我压低嗓子吓唬他，"你怎么回事？税务局又找你麻烦了？还是哪个诈骗团伙偷了你的文件？跟我说说，我们总能想办法解决……"

安德烈立马从吧台上探过身来，热情地打招呼：

"呀！刚才没认出来！瞧瞧你，长成男子汉了！"

维卡在旁边耐心地等待，显然感觉有些不自在。

就跟我刚才在妓院的餐厅一样不自在。

"你还是老样子？"他说着伸手去拿酒瓶。

"金汤力，一比一，"我自嘲地笑笑，"只要一杯，我喝。另外，我们想在河岸上坐坐，找个没人打扰的地方。"

安德烈微微皱眉，把手伸到吧台下面——那里有终端。

"所有频道都占着吗？"我感到难以置信。

"会给你找出一条的。"安德烈向我保证。他伸长手臂，按了几个按钮，"小菜一碟……噢，太巧了！连接突然中断了一下，空出了一个频道！快去吧，动作快点儿！"

我抓起维卡的手，拽着她走向石屋餐厅。我在门廊里低声下令：

"两人专属私密空间。不对其他人开放入口。"

"收到，"天花板喃喃低语，"已关闭其他入口。您是餐厅的客人。'三只小猪'祝您度过愉快的一天。"

"真酷。"维卡嘲讽道，"你是这儿的常客？"

"是的。"

我没有给她解释太多细节，比如我是如何用潜者的小手段帮安德烈教训那帮偷走账本的诈骗犯的。如果我没成功让那群训练不到位的黑客知难而退,安德烈就得大出血了。要么花一大笔钱搞定诈骗团伙,要么被深渊城税务局罚一大笔钱。我从中这么一斡旋,这事儿就和平解决了,就连那帮小流氓都挺高兴……因为他们也毫发无损地抽身了。

我们走进了秋天。

维卡停下来环顾四周,从地上捡起一片腐烂的落叶,用手指揉了揉,然后又摸了摸树干。

我在旁边静静等着她。每次来到一个新环境的时候,我也会这样细细感受。我甚至会从深渊退出去,看看屏幕外到底是怎样一幅景色。维卡没法那么做,但空间设计师肯定有自己的感受方式。

"很美,"她喃喃轻语,"说不定卡尔·希格斯格尔德亲自参与了设计……真令人羡慕。"

"你做的不比这差。"我试着安慰她,但维卡摇了摇头。

"有些方面我比不上他,他有出类拔萃的尺寸感,我则醉心于……"

她像个小孩儿撒气一样,踢着脚边的树叶。叶片缓缓飞起,又跌落在地。它们尽情飞舞的时光早已过去了。

"走吧。"我牵起她的手,向河岸走去。

餐桌布置得极其丰盛,比得上宴席了。正中央的主菜是餐厅的招牌菜——金牌烤乳猪。旁边还有我最爱的热红酒,以及几瓶精选的高级红酒。

维卡并没往桌子上看,而是站在高高的河岸上,眺望远方。我也站在她身旁。对岸,河水冲刷着一棵倾倒的枯树。那大概是暴风雨留下的残迹。这个空间也是活的,跟维卡窗外的群山一样。

"谢谢。"维卡这么一说,我感觉好多了。我还想带她去看看餐厅附近的海岸和一小片莫斯科旧城。但不急,我们有的是时间。

不然我不是白忙活了?

"你知道吗?我很少离开自己的空间,"维卡说,"不知道为什么。"

她似乎心绪难平,但仍接着说:

"或许是害怕碰到那些光顾过我们那儿的客人……人的面目居然可

以那么千奇百怪。那些快乐的、善良的、高尚的人，都有下流的一面。"

"你为什么怕？"

"我怕发现所有人都是虚伪小人。我们那儿就像垃圾桶，列昂尼德。我们是供人倾倒心灵垃圾的垃圾场。人们往我们那儿倾倒恐惧、敌意、无法满足的欲望和自卑感。你的'迷宫'，或许在某种程度上跟我们起着相同的作用。"

"'迷宫'不是我的。我只是去那儿办事。"

"那你的工作比我轻松多了。来我们这儿的都是些什么人呀……要么是急着破处的毛头小子，要么是当腻了男人的男人。或者是在女人那里受了屈辱，就来我们这里耍威风的家伙……有的人还会在我们这里把所有相册试个遍，美其名曰'要敢于体验生命多样性'。"

我好不容易才又一次克制住冲动，没有问她为什么要在妓院工作。

"为什么我们要紧抓着自己身上最糟糕的特性不放，把它一路带到未来？"维卡说。

"因为这些劣根性本身就存在，而且无处遁形。你想象一下，如果我们身边都是身着华服、谈吐文雅的上流男女……那是怎样一幅画面啊？"

维卡扑哧一笑，"难以置信。"

"我也是。社会中的任何改变，无论是技术性的、社会性的还是综合性的，比如深渊，都无法彻底改变个人的道德观。人只是因为有利可图，才推出种种论调——从鄙视奴隶到追求平等友好，从禁欲主义到解放天性。但道德选择永远都是个人决定。叫嚣虚拟世界把人变得更坏是愚蠢的，指望虚拟世界拯救人性又太天真。我们只是获得了一种工具，至于是要拿它来建设新世界，还是残杀同类，都只取决于我们自己。"

"深渊不是一般的工具，廖尼亚。所有人都很清楚，自己只要坐在家里或者公司里，盯着屏幕或者戴上头盔，就可以无所不能。这是个游戏，是幻象。"

"你说话听起来像亚历山大派。"

"不,我并不喜欢他们的做法。我可不想变成电子脉冲信号。"

"维卡……"我拍了拍她的肩膀,"没必要过度猜疑,也没必要忧心忡忡。深渊才出现短短五年。它就像个婴儿,会无缘无故地哭闹,会乱抓东西,会说胡话。我们完全不知道它将来会变成什么样子,我们不知道它是否还有兄弟姐妹,有的话是否会比它更好。我们还是得给它一段时间成长。"

"我们应该做的是给它一个目标,廖尼亚。我们还没能完全了解自己弃如敝屣的旧世界,就一头扎进了这个新世界。无法在原来的世界生存,那就造一个新的。其实我们不知道该去哪里,也不知道该追求什么。"

"目标会出现的,"我说得毫无底气,"无论如何,给它点儿时间吧……让深渊自我觉醒。"

"说不定它已经觉醒了呢?"维卡挑挑眉,哼笑一声,"它已经有了自己的意识。在从未到过深渊的人的想象中,它就是活的。或许在我们身边,就有现实世界里不存在的人?他们就像虚空之物的倒影。说不定连你我都不存在,而反过来,现实才是这个已经具有生命的网络的幻想。"

我忽然后脊发凉。

不,我并不认为自己是个幻象。

维卡也不是。

不过我倒是想到了另一个,可能是"虚无的倒影"的人。

维卡还在继续她的论断,就好像有人给她下达了任务,一定要把我说得失去理智。

"想想看,这怎么可能?现在有几十万台,乃至上百万台电脑,夜以继日地连接在网络上。信息流在全世界飞速流动,沉积在各种主机和路由器中,成为机器的记忆。虚无的空间只按自己的法则生存,并且瞬息万变。树叶会飘零,我们的每一步都会留下痕迹,我们的声音会引发雪崩。信息不断被复制,被扰乱,被混淆。言听计从的代码能造出一具具石膏像般的躯壳,但谁知道呢?说不定很快这些空壳就会被灌入真正的智能。"

"你这话要是被哪个黑客听到了，肯定会被笑死。"我木然地说。

"我不是黑客。我只是在观察身边的一切。我只是在思考，如果一个并不存在的人，忽然出现在深渊城的街道上，并且坚信自己是真实存在的，那么他眼中的世界是怎样的？他会觉得这里四处都是装腔作势的小丑？'迷宫'里满是你追我赶，打打杀杀的人们？妓院里全是寻欢作乐的变态？现实里有的东西，这里应有尽有。天空和太阳、山川和海洋、城市和宫殿……空间和空间层层嵌套，时区和族群混乱不堪，美德和恶习并肩存在。虚拟世界无所不包！包罗万象，又空洞无物。我们只需要痛恨现实世界。死亡、流血、虚假的美貌和抄袭的智慧。你说，如果深渊开始独立思考，它又会如何看待人类呢？"

我无言以对。我想起了倒霉鬼，他能用一把手枪消灭无数怪兽，却不愿射杀任何一个玩家。他从不提及自己的名字和地址。就算已经连续两天两夜困在虚拟世界中，也没口干舌燥，两腿打弯。他怎么也想不明白，那个从异形怪手里逃出来的小男孩儿，只是第三十三关服务器上的几十万字节的程序而已。

我想起了无脸人的话——"现在有些东西已经变了"。现在想来，他的话，加上神秘BOSS和失落之点，听起来愈发像个暗示。虚拟世界里正在发生一些只存在于传说之中、在现实生活中不存在的事。

我背后掠过一阵凉意。

连续十五次发生的事情就不是巧合了——要不是网络在捣乱……"迷宫"的潜者早就能救出倒霉鬼了。倒霉鬼是无法被拽出深渊的——他只存在于这个世界中。他被锁在了"迷宫"里，被锁在这个枪林弹雨、尔虞我诈、遍地血腥和残垣断壁的世界里。他不断死去，又复活，怎么也不明白自己身上发生了什么。

"维卡……"我轻声说，"维卡，上帝啊……"

"什么？"她盯着我，向后退了一步，"你怎么了？"

"上帝啊，你说的对……"我喃喃自语，"我觉得你是对的……"

维卡一把拉起我的手，紧紧握住，几乎攥得我生疼。她大叫道：

"你的计时器定了多长时间?你住在哪里?廖尼亚,快记起来!你是个活生生的人,你是货真价实的人!我刚才都是瞎说的!"

维卡这样为我担惊受怕,我竟感到有些好笑。

"我没事,"我说,"我的确是个活生生的人。我也没有深渊心理障碍。但我知道一个人,他可能只是个幻影。"

奇怪的是,听到我的话,维卡平静了下来。换了是我,只会更加惊恐。

"我也见过那样的人……"她说。

我摇摇头。

"维卡,我知道一个人,他的所作所为就跟你的假想一样。他无法分辨现实与事实,无法感知边界。深渊对他来说就是生活本身,而不是娱乐场所。"

她瞬间就明白了我的意思,"是在'迷宫'里遇到的吗?"

"是的。"

"这叫作现实感缺失。是一种精神解离症状,没什么大不了的。"

"我见过患精神解离症的人,"我说,"但他……完全是另外一种状况。"

"廖尼亚,"维卡微微一笑,"我说了一大堆蠢话,你还真吓坏了……那些都是瞎扯的。"

我想对她一吐为快。从无脸人讲到倒霉鬼。给她讲讲那一系列能串成一条线的巧合。但我已经签了保密协议。

况且,如果要和盘托出,我就必须承认自己是个潜者。

而坦白身份的后果,我再熟悉不过了。

不用说就能猜到,一个跟潜者接吻的姑娘脑子会想些什么——"他立马就会离开深渊,我的脸在他眼里就会变成一张像素组成的面具。他在这儿自由自在,我却是个囚徒……"

我不希望维卡有这样的想法,也不希望这成为我俩之间的隔阂。

"你是对的……"我喃喃自语。维卡靠了过来。

我们站在陡峭的河岸上拥吻着,任凭河水在脚下喧嚣,风吹乱发梢。远方传来孤凄的鸟啼，炫目的阳光在乌云的缝隙中一闪而过。脚下是厚厚的落叶，如同柔软的绒毯，散发着馥郁的香气。我褪去维卡的连衣裙，她也帮我脱下衣服。我亲吻她的身体，双唇轻触她鲜活的酮体。现在不是我在深渊之中，而是深渊在我之中，周遭的一切就是我的世界——我永远也不会离开这里，我们将在这森林中迷失彷徨，但最终会找到通往她窗外那座雪山的道路。

维卡似乎在低语什么，但我一个字儿也没听清——我们陷得太深，已经超出了一切空间的界线。

随后那美妙的一瞬降临了，所有空间融为一体。

我们一同穿越了空间和一切未知之物。

"别离开我，枪侠，"维卡轻声说，"你要是胆敢离开……"

"我不会离开的。"我说。我们紧紧贴在一起，风掠过皮肤，湿冷的叶片让人脊背发凉。我抬头望去，遮天蔽日的乌云在头顶盘旋，再多看一秒钟——我就会陷入那片天空，跟倒霉鬼一样，在现实中彻底迷失自我……

"你是谁，廖尼亚？"

我无法回答。我再次拥紧维卡，双唇纠缠，让所有言语都失去意义。

"我没时间了，"维卡说，"我得走了……马上就得走……"

我明白，所以把她搂得更紧了，仿佛用双臂的力量就能停止她的计时器，让维卡在深渊中再多停留一分，一秒……

"一定要来找我，"维卡抬起头，从我怀里离开，"今天就来，我会等着你。"

我点点头，想抓住她，但已经晚了。

她的身体逐渐透明，开始闪烁，在一片紫色的火花中烟消云散。她脱下的裙子也在地上化作一捧尘土，如同易融的冰雪。转瞬之间，已经只剩我在苍茫天地间孑然一身，那天空似乎在召唤我，诱惑我陷入那片灰蒙蒙的迷雾，变成又一个不知边界的游魂。

维卡和我将永远在一起，我们是平等的，我再也不用在无法回答她的问题时,用一个吻堵住她的嘴……

我使劲摇摇头,逼迫自己将注意力转移到干枯的落叶上。

这是常有的事,所有潜者都面对过这样的挣扎,我们有时会强烈地想要当一个普通人。

该走了……

深渊啊深渊,我不属于你……放我走吧,深渊!

眼前的画面又变回了头盔里的小屏幕,空调呼呼吹着冷风。

"吃饱了?"我对深渊说,"我好吃吗?硌牙吗?"

整个世界仿佛分裂成了两个部分。一边有我所爱之人;另一边,我怀抱着空气在地板上打滚。这该死的分裂感,让人觉得自己像个白痴。

我摘下头盔。整个身体都软绵绵的,像散架了一样。该好好睡一觉了。我一把扯下拟真服的电源。

"外置设备突然中断!"Windows管家发出警报,"廖尼亚,请检查拟真服接口!"

"暂停运行。"我下好指令,站起来伸了个懒腰。

拟真服得洗洗了。

我走进浴室,脱下衣服,打开花洒。我在水流下站了半分钟,仰着头,任凭强劲的水流冲刷我的脸,然后又从地上捡起拟真服,拿来一小块肥皂,仔细搓洗起来。

唉,好东西都是这么被糟蹋的——要么是主人太懒,要么是主人不好意思拿去干洗店。

我小心翼翼地清洗完拟真服,拿衣架子把它挂起来,晾在浴缸上方。衣服里的水哗哗往下流,我拼命想拧干厚实的海绵面料。里面藏满了导线、感应器和压力仿真器,这任务难度太大,比清洗这件衣服还难。好吧,还是信赖菲利普[1]吧,或许他们连俄罗斯人的粗枝大叶都考虑在内了。

我的旧拟真服是中国造的,也不赖,现在闲置在衣柜里。我总是想

---

1. 荷兰家电品牌。

卖掉它，但找不出时间在网上挂广告。现在我很庆幸自己没那么干。

穿上五彩缤纷的旧拟真服后，我在房间里转悠了一会儿。感觉挺好，虽然有点儿紧，但还算合身。我甚至挥舞着电源线，吹起了口哨。

维卡说的都是胡话。全是她凭空想象的，我也是一时失去了判断力。网络不过是千万台接入电话线的电脑形成的东西。虚拟世界只是一种玩弄潜意识的把戏。

在奔腾和486的基础上，人类实现不了人工智能。任何一个搞电脑的都能给你解释其中的原理……只要他不嫌你太蠢。

我接上拟真服的电源，Windows管家雀跃地宣告：

"检测到新设备！您想要安装设备吗？"

"是的。"

我常用的那套拟真服至少得三天才能晾干。就让Windows管家把这套也好好安装上吧。

"动作传感器……测试通过……压力模拟器……测试通过……能耗……测试通过……超负荷限制器……测试失败！请注意，这套拟真服不符合最低安全标准！在进行虚拟接触时，可能会出现不适！不建议……"

"继续测试。"我坚持。这种拟真服都有这个毛病，在西欧人和美国人眼里，这是不可容忍的缺陷。如果游戏中有块水泥板重砸中我，这套衣服的反应可能会过大，给我留下一两块瘀青。

老实说，我并不太在乎这个。

"测试完成。建议中止设备安装。"

"继续安装。"我边说边戴上头盔。

"您确定？"Windows管家问道。

"是的。"

"安装完成。"Windows管家无奈地说。

d-e-e-p+回车。

河岸上的风更加刺骨了，我向后退了一步。头发还没干，站在这儿吹冷风可不太舒服。

尤其是，我现在变成孤身一人了。

我拿起桌上的保温壶，给自己倒了一杯热红酒，啜了两口，好暖暖身子。我还会和维卡一起回到这里的。我真的希望她能喜欢这里。在虚拟世界，这可是我为数不多真心喜爱的场所。

"回见。"我对河流、对风、对秋日的森林告别，然后点了退出键。

这时候慢慢走回"迷宫"，正好能消磨掉剩下的时间，足够那两位潜者结束徒劳无功的营救行动。

不知为何，我断定他们不可能成功。

1010

一迈进第三十三关，我就看到了倒在草坪上的阿纳托利。这就叫智者千虑，必有一失。但阿纳托利抬起头，朝我挥了挥手。

倒霉鬼也还在自己的老地方坐着。

"喂，枪侠！"阿纳托利显然不打算从水平姿态调整为竖直姿态，只是朝我吆喝，"快到这儿来！"

我在他身边蹲下，困惑地摇摇头。

"我们真想撂挑子了……"阿纳托利朝倒霉鬼努努嘴，"麻烦。"

我没出声，让他一口气说完。

"我是不信什么诅咒的，"阿纳托利说，"如果一个人被我们这么宝贝着，像捧着水晶花瓶一样通关，结果最后还是死了，那就是他故意的。"

"你什么意思？"

阿纳托利压低声音对我耳语：

"听着，你有你的理由，你想救他……没问题，尽管放手去干。但干之前先想想，他已经在深渊里待了两天两夜。你见过这样的超人吗？"

"见过啊。"

"也像他这样声音嘶哑,走路像上了发条,说什么都得三遍以上才能听懂?你见过?"

我看了倒霉鬼一眼,摇了摇头。

"我的意思是,他总是要吃喝拉撒的,还得保持神志清醒。"

阿纳托利稍稍支起身子,坐起来。

"枪侠,这家伙把我们当傻子耍。他要么是管理层派来测试我们有没有好好干活儿的,要么就跟我们一样是个潜者。或者二者兼是。"

我无法回答。当然,阿纳托利是对的。照正常逻辑推理,只有这一种可能性。但我最近遇到的事情都非常理可以解释。

"疯狂投手去找管理层了,"阿纳托利接着说,"他们要么就承认是在测试我们的能力,要么就必须停止无理取闹,别想再让我们白费功夫。"

"他们肯定会说,倒霉鬼是个潜者。"我也有同感。

"对吧!"

"这是个方便的托词,阿纳托利。他们当然可以说倒霉鬼是个瞎胡闹的潜者,一时兴起跑来捉弄游戏公司和自己的同行……'迷宫'也不会因为这点儿小事儿就关门。"

"枪侠,我刚才又带着他通过了整个关卡,"阿纳托利一脸疲惫,"干掉了镜厅里所有守卫……"

我点点头。以他的装备和经验,办到这一点并非难事。

"你猜结果怎么着?"阿纳托利的声音中出现一丝愤怒,"他一失手把步枪掉地上了,结果一颗子弹走火,射中了他的脑门!"

我没话了。还有什么可说的呢?很明显,倒霉鬼就是不愿意离开这一关……

"我真的累了……"阿纳托利朝草地啐了一口,"我看都不想看到他,更别说救他……"

"阿纳托利,他恐怕是有什么目的。"

"那他的目的到底是什么?啊?让我来告诉你吧。他的目的就是要让我们被开除!抢走我们的饭碗!或许是一个人占两个位置,也可能和谁瓜分。谁救他出去他就和谁分！"

他直勾勾地看着我的眼睛，我丝毫没有躲闪。

"你觉得我是双重间谍？"

潜者从不相互构陷。我们人数本就稀少，所以制订了潜者守则，为了放下提防和猜疑，每年三次举行线下聚会。

如果潜者开始在深渊城自相残杀，那整个互联网都会遭殃。保证互联网的安全才是这个世界上最重要的事情。就算潜者不内讧，现实世界对互联网的敌意也足够多了。

"我说不好，"阿纳托利不再审视我，"可能不是吧。对不起。但也有些关于你的风言风语。是谁把拯救倒霉鬼的任务交给你的？"

"一个匿名客户。我有他的联系方式，但恐怕是一次性线路，而且安全级别极高。"

"那位客户是不是也可能是个潜者？"

我耸耸肩。

"你自己看着办吧。我俩已经失败了。你呢，把整个'迷宫'搅得天翻地覆也没用。最后说不定不知从哪里突然冒出个大叔，一把将倒霉鬼拖出去，抢走我们的饭碗。"

阿纳托利站起来，解下防弹服，公事公办地说：

"开枪。"

"什么？"

"杀了我。这样我的装备就都归你了。难道你要靠一把破步枪过关吗？"

我迟疑了一下，阿纳托利摇摇头，"老天啊，枪侠，你简直跟倒霉鬼一模一样……"

他用自己的胸口抵住等离子枪，按下了扳机。一声短促的枪响过后，血肉四溅，但他还没断气。"迷宫"里潜者的血条都巨厚无比。

"操！"阿纳托利骂了一句，又朝自己开了一枪。

他的防弹衣已经溅满鲜血，我尽量不去看他，脱下他的盔甲，穿到自己身上，然后捡起他的武器和弹药。

倒霉鬼毫无反应，要么就是他没看我们这边，要么就是已经对这种古怪的装备交接仪式习以为常。

我慢慢走到他身边坐下来。

倒霉鬼和第一次我见到他时一模一样：他垂着头，面罩后的眼睛呆滞无神。莫非他真是个潜者？现在正端着咖啡和面包卷坐在屏幕前，随时准备潜入深渊，把我耍得团团转……

"你在这儿不无聊吗？"我问他。他顿了顿，我不禁好奇他停顿的原因，到底是在思考答案，还是在启动深渊程序？接着，他哑着嗓子说：

"我别无选择。"

"为什么没有？你只要退出'迷宫'就行。你去过'三只小猪'或者'老黑客'吗？"

倒霉鬼摇了摇头。

"那儿比这里好玩多了，"我说着紧挨着他坐下，把BFG-9000搁在大腿上，随时准备把突然出现的敌人轰个灰飞烟灭。带着这把枪，我们一定能通关，不可能失败。但我这会儿还不着急，"话说回来，谢谢你。"

"为什么？"

"你在镜厅那儿救了我。"

倒霉鬼摘下面罩。我忽然发现，他的动作很奇怪，一举一动都柔和流畅，仿佛每个动作对他来说都是享受。我只在自恋的演员身上见过这种举动。但和他们不同，倒霉鬼并不让我反感。

"难道这还需要道谢吗？"他觉得有点儿好笑。

"那当然，"我说，"一定得谢。"

"你在那种情况下不会这样做吗？"

"换了是我，不会。"

我们都沉默了片刻，倒霉鬼似乎有些惊讶。

"为什么？"

"因为有麻烦的人是你。我必须把你从'迷宫'里拽出去。"

"有麻烦的人不是我。"倒霉鬼摇摇头。

"你是潜者吗？"我直截了当地发问。

"不是。"

"小子，别当我好糊弄。你已经在深渊里待了两天半，早就该饥渴交迫了。"

"饥渴不是最可怕的。"

"那还有什么更糟糕的？"

"沉寂。"

"什么？"

"是沉寂，枪侠。"

他望着我的眼睛。我没有闪躲。

他的眼睛亮了起来，之前的萎靡绝望一扫而空。那双眼眸如同黑色的深渊，无边无际……看着它们，就好像看见了一片夜空，而那夜空的星光在转瞬间熄灭。我仿佛看进了黑暗的旋涡，它正在世界边缘之外，默默吞噬着一切。

"是沉寂。"倒霉鬼还在喃喃自语。

我能感觉到他想要描述的那种巨大的沉寂。还好他现在沉默了。语言在这庞大的静默面前只是隔靴搔痒，无法穿透其本质，反而妨碍理解。

沉寂。

不管倒霉鬼到底是什么人，总之，他比这世上任何一个人都更理解这份沉寂。

再多一秒钟，我也会滑进那沉寂之中。我马上就能理解他了。

但我不想理解他！

"这就是我害怕的东西……"倒霉鬼眼中的光芒稍纵即逝。我只是一言不发地坐在他身边。两个虚拟世界里的纸片人正打着哑谜说话。

有意思，人会在深渊里发疯吗？或许我会是第一个？

"你为什么要自杀？"我问他。

"我什么时候自杀了？"

"阿纳托利带着你通关的时候，你把枪弄掉了，然后给自己额头来了一枪。难道你要说这是纯粹的巧合？"

"这世上不存在巧合。"

"那你为什么要那么做？"

"阿纳托利无法把我带出去。"

"为什么？"我气急败坏。我们简直是鸡同鸭讲。

倒霉鬼没有回答。

随他去吧。

我受够了谜语。我决定简单粗暴地把他带出去。

他没得选，只能跟我一起离开这道关卡。

"起来！"我把他拎起来，从枪套里把他的枪抽出来，卸了子弹扔得远远的。

"走！动起来！"

他没有反抗。我对天发誓，如果他胆敢反抗……我会直接把他扛在肩膀上弄出去。

他别无选择。

我们大步穿过"迪士尼乐园"。我端着枪对着怪兽疯狂扫射，毫不吝惜弹药。储备弹药对付这一关绰绰有余。

火箭筒由于持续射击已经红得发烫。隔着盔甲，我的肩头都产生了灼烧感。都是小事。

我们又看到了那个从三只怪兽手中死里逃生的孩子。这一次不是黑人小孩儿，而是拉美裔。呵，美国人那错综复杂的种族问题……倒霉鬼看到这小孩儿又挪不动脚步了，我们不得不再次和怪兽以及嘴里有机关枪的大蜘蛛交战，接着跟着那孩子来到那栋房子前。这一次，倒霉鬼紧紧抓住了孩子，不让他跑掉。我代替孩子走进屋里。大厅被倒挂在天花板上的半透明口袋状怪物挤得满当当，它们的嘴里都长满了牙齿。火箭弹一枚枚射出，没有爆炸，径直穿透了怪兽的身体。我用两发等离子弹彻底了结了这群家伙。

在隔壁房间里，我找到了那对夫妇，他们被黏糊糊的蜘蛛丝裹得动弹不得，一只毫无还手之力的小怪兽看守着他们，它压根没打算攻击我，而是立刻转头扑向人质，准备吃了他们。我一枪崩了它，和倒霉鬼一起替人质松绑，终于救出了小男孩的父母。剧情按照剧本发展——一段关于外星人入侵的画外音、一份穿越镜子迷宫的指南以及一份大礼：等离子枪。游戏程序写得并不高明，甚至并没发现我已经有一把等离子枪了。我打了个呵欠，漫不经心地收下礼物。劫后余生的一家人离开了。眼前的画面温馨得让人生厌——孩子走在父母中间，三个人手拉着手……按照常理，他们应该会一路平安地走出黄昏城。我偷偷看了倒霉鬼一眼，他一脸严肃，仿佛真的救了三个人的性命。

我们朝镜子迷宫进发。我一把武器也没给倒霉鬼——我真的不想见识步枪掉到地上走火这样的幺蛾子。

"听着，"我开始摆兵布阵，"一到大厅入口处，你就停下，等我叫你的时候再进来。然后我们安安心心地走到电脑旁边，你就卷铺盖回家。好吗？"

"好的。"

"你真的听懂了？可千万别做傻事啊！"

倒霉鬼盯着我的眼睛说：

"傻事，你是指掩护你吗？"

"对！我会自己看着办的，你的任务就是从这儿离开。明白了吗？"

"明白。"

哎，他的话我一个字也不敢信……但还能有什么法子呢？我们缓缓穿过镜子走廊，我在大厅入口处拍了拍倒霉鬼的肩膀，他乖乖停下了脚步。

"站在这儿别动。我一会儿就回来。"我朝入口走了两步，又忍不住回头看着他说：

"听着……不管你是谁……我真的累坏了。"

倒霉鬼点点头。

"我已经受够这破事儿了，"我接着说，"麻烦你向我保证，你绝对不会冲进交火区。你要保证哪儿也不会去。我真的很想带你出去，送你回家。"

"不管你说什么,我都照做。"倒霉鬼向我保证。不知为何,这一刻我突然很相信他。

"谢了。"我匆匆向他倒了一声谢,纵身跳进大厅。

密集的枪火立刻向我扑来。

外星人王子的护卫们从三十个小阳台上向我开火。我也不顾准头,一顿狂轰滥炸。BFG-9000一发连射,烧掉了三面镜子。整间屋子立刻充满了银色的烟雾。子弹呼啸着击中防弹衣,把我重重撞到地板上。倒地的同时我仍在不停地射击,后背一着地就顺势一个翻滚迅速爬起,连补两枪,像是在复习年轻时练过的霹雳舞。镜子接二连三地分崩离析,三面,三面,又三面……

只剩下最后一道镜面屏障了,它背后就是两只怪兽的真身。它们身上满是绿色的血迹,BFG狠狠地撕裂了这两具布满鳞片的身体,而我的防弹衣在猛烈的炮火下还算完好,只是有些发烫。

我打出最后一发子弹,凶猛的火球发出二次放电特有的刮擦声……两个怪兽哀号着倒下,化作一团黑色的粉末。

随后,沉寂就这样降临了。

整个镜厅已经被夷为平地,只有电脑屏幕在废墟正中闪闪发亮,仿佛闪着胜利的光芒。

"沉寂降临了……"我念念有词,从地上站起来。多亏了阿纳托利的防弹服,真得感谢它……"喂,倒霉鬼!"

走廊那头发出轻微的响动,是迟疑的脚步声。接着两声枪响——有人扣动了扳机。

我不需要任何解释。

也不需要任何安慰。

我踉跄着走向大厅的入口,跨过倒霉鬼血淋淋的尸体,望向仿佛没有尽头的镜子走廊。

亚历克斯被自己的影子包围着,缓缓放下猎枪。他穿着已经破破烂烂的防弹背心,满脸血污。枪口冲着地板,直指着镜中的自己。

"我没子弹了。"他说。

我把BFG-9000扔下,从腰间解下手枪,抵上亚历克斯的脑门。我力气太大,他不由自主往后退了一步。

我甚至连生气的欲望都没有了。

亚历克斯静静等着我的枪决。

"坐下,"我丢下武器,"坐下,你个狗杂种。"

他坐了下来,我也紧靠他坐下,我们俩人围坐在倒霉鬼的尸体旁,那傻蛋又一次丢了命,毫无生气的双眼盯着天花板。

"你为什么要杀他?"

"我……本来打算杀你的,"亚历克斯说,"我一直跟着你,怕追不上你,没注意他身上根本没有武器。"

"好,那你为什么要杀我?"

亚历克斯挤出一个扭曲的微笑。

"你在第一关就把我打死了。你忘了?"

"没忘。就为了这个?"

"我们说好了一起走的!"

老天爷,我为什么要遭这种罪?

"你当时不也准备开枪打死我吗?为了抢我的弹夹。"

"我是有过这个打算,"亚历克斯平静地承认,"但我还没下定决心,你就把我杀了。"

这回轮到我发笑了。我躺倒在地,把头盔摘下来推到倒霉鬼的腿边,一拳重重砸到地板上。

"傻逼!"我狂吼,"白痴!"

亚历克斯不知为何一脸委屈。

"我没朝你开枪!"他喊道,"但你把我干掉了!"

"兄弟,你是不是脑子被门夹了?"我说,"你以为自己是复仇者啊?妈的……你以为你是佐罗再世吗?我是个潜者!你懂吗?刚才被你打死的小伙子,已经困在深渊两天两夜了!他的计时器被关掉了!我再不把他带出去,他随时可能死掉!而你呢?你就是个只知道钻牛角尖的白痴！白痴……"

"潜者？"亚历克斯呆呆地反问。

"我是个潜者！"我已经把那该死的保密守则完全抛之脑后，"这破'迷宫'，我可以从四十层楼上朝它吐口水，呸！我是在这儿救人，而你是在玩过家家，小崽子！你今年多大了，小子？"

亚历克斯迟疑了一下，但还是开口了。

"四十二。"

我又爆发出一阵狂笑。

好一个彼得·潘，活在永不岛的小孩。

谁能想到他是个热爱战争游戏、年近五旬的老男人呢？

虚拟世界里没有辈分一说。一名饱经世事的生意人和一个上班时间偷偷玩游戏的毛头小子是完全平等的。

每个人都有权像孩子一样，遵循朴素的游戏规则，沿着像素绘就的迷宫奔跑，感到不公时就大喊"不算"！

每个人都可以将一团乱麻的生活抛诸脑后，去扮演高贵的英雄和勇猛的骑士，不去想生活本身比《旧约》十诫[1]要复杂得多。

"我真的很抱歉，"亚历克斯说，"我不知道你在执行这么重要的任务……"

我的上帝啊，太滑稽了……不，没什么大不了的，真的，我只是来这儿杀几个人玩玩……

"如果我能帮上什么忙……"亚历克斯显出垂头丧气的样子，"我可以出钱，弥补我让您损失的时间……"

"时间是买不回来的。"我答道。亚历克斯还不如仍然表现得像个愣头青程序员比较好……"现在这小子不知在什么地方，正在饥渴交加地死去，这全是因为你朝他开了两枪！"

"我真的很抱歉……"亚历克斯站起来，走向我。我盯着他，没有

---

1. 《圣经》记载，上帝借由以色列的先知和众部族首领摩西向以色列民族颁布了十条规定。犹太人奉之为生活的准则，也是最初的法律条文。

起身的打算,"只是您确实背信弃义,无缘无故就把我打死了……"

跟他说话简直是对牛弹琴。

"或许我也有错,"他的语气强硬了一点,"但您要知道,这一切错误都是由您先引起的。您,显然比我年轻……"

天花板上倒映出倒霉鬼的尸体。我呆呆看着天花板上他死灰的脸。

"您肯定跟我一样清楚,我们身处于一个非现实的世界,一个不存在的世界,"亚历克斯自说自话,"这是种危险的幻象……人们会很轻易地失去生活的方向和道德准则,迷失在无限自由的幻觉中。或许,我的行为也有偏颇的地方,但我总是努力遵守基本的人性准则。'迷宫'虽然是个游戏,但它也承载着一些永恒的理想信念。如果您愿意,可以把它理解为骑士精神的理想——永远与恶作战。"

又是个幻想型战士。老天,我都记不清自己碰到过多少这样的人了,他们总是试图把深渊打造成现实世界的翻版。讽刺的是,这群人中最欢腾的就是科幻作家……

"您从一开始就无视规则,"亚历克斯说,"所以这就是……您的行为带来的后果。您知道吗,潜者?世事总是如此。从创世以来,历史的规律就是这样!"

"在那口名为历史的坩埚里,咕嘟嘟炖煮着屠杀和灾难……"我低声清唱,"把我们漂亮的脑瓜子喂得满满当当[1]……"

亚历克斯闭嘴了。

"你跟我的账算完了吗?"我问道,"说呀,算完了吗?还是说你想要亲手杀了我?来呀,开枪吧!"

我把手枪扔给他,张开双臂。

"我……我不是那个意思……"亚历克斯唯唯诺诺,"只要您认错,我觉得就足够了……"

"我承认,"我把火箭筒的炮口对准自己的胸膛,"我承认,我应该等着你来打死我的。现在满意了?"

---

1. 出自苏联民谣歌手弗拉基米尔·维索茨基的歌曲《战争之歌》。

亚历克斯慌乱地摆着手，拼命往后退。显然，他不想要这样的结局，我认错的速度太快，他还没来得及将自己的行为合理化。

深渊啊深渊，我不属于你……

火箭筒的扳机太重，我差点儿没能扳动。

头盔里的屏幕上溅满了鲜血。

我的内心充满沉寂。

不行，我还没把废物玩家从深渊里拽出来，也还没斗过毫无原则的同行。这就是网络世界。

整个虚拟世界站在了我的对立面。

无脸人

深渊诞生之时，
自由是它的旗帜。

ЛАБИРИНТ ОТРАЖЕНИЙ

00

我见证过虚拟空间的诞生，是深渊程序的首批用户之一。在电脑面前，我不会像普通人一样产生莫名的恐惧情绪。

计算机不可能有自我意识。

维卡可以尽情幻想一个电子元件产生自我意识的故事，但我一个字儿也不会信。深渊里发生的一切，都不过是各种程序交互的结果。如果深渊里发生了什么不合常理的事情，那一定是有人在背后暗中操纵。

但谁会在背后安排倒霉鬼这一连串的死亡循环呢？

任何一位出色的潜者，甚至只要是深渊城的资深居民，都能一次又一次设计自己的死亡。不小心把步枪掉到地上打死自己，这不算什么。但为什么网络要一次次配合他？为什么亚历克斯恰好在他落单的时候追上了我们？难道这一切只是巧合吗？

就算有两位行家的保驾护航，倒霉鬼也没法逃脱这种不幸的意外吗？

我无法相信。

我坐在"迷宫"的更衣室里。尽管我这个自以为是的潜者已经接二连三地遭遇失败，颜面尽失，但我还是要再次觍着脸潜入深渊。深渊啊深渊……你如此猝不及防地摧毁了我。果然，暗箭难防。

难怪无脸人给我开出了那么高的价码。他知道的事情远比说出来的多。他很清楚，再精准的枪法，再迅速的反应在这次任务中都毫无作用。

也就是说，我不能再无头苍蝇似的乱转了。该去寻找真正的出口了。

我把防弹衣和武器都扔进柜子，打开水龙头，在冰凉的水流中转着圈，冲了会儿冷水澡。渐渐地，愤怒取代了无助和困惑。好极了。你好，愤怒。现在需要的就是你。循规蹈矩的玩法该抛在脑后了。

我穿好衣服，走进柱廊。

"迷宫管理办公室呼叫枪侠，请立即前往安保负责人办公室，"广播的声音传得飞快，"迷宫管理办公室……"

我顶着无数人的目光，再次走向那扇熟悉的门，走向吉列尔莫办公室。我敲敲门，门没有关。

独门独院的总部大楼这次挺热闹。我被领进了迷宫系统操作员的公共办公区，我能看见他们，他们也能看见我。不过这里没什么值得我在意的人。我沿着玻璃走廊边走边看，办公室里摆满了终端，男男女女们坐在电脑前忙活着。通过几扇门后就是大厅，里面巨大的桌子上陈列着各种模型，再现出"迷宫"里的各个关卡——山川和峡谷、房屋和废墟、河流和火焰。几名员工在模型周围懒洋洋地走来走去。其中一个小伙儿俯身往小溪里倒了一团绿莹莹的泥浆，溪水立刻开始冒泡。小伙儿推了推身旁的同事，对方盯着被污染的溪流，耸了耸肩膀。

原来这就是各个关卡的制作现场。或者更准确地说，这里是各个关卡的骨骼，进入电子世界之后，它们才能获得生命力，迎接怪兽和玩家入驻。但玩家的新鲜感最多持续几周或者几个月，很快他们又会需要新的关卡来刺激感官。

"您是枪侠吗？"

一个金发雪肤的美人悄无声息地来到我身边。

"是的。"

"跟我来，阿吉雷先生正等着您呢。"

我跟着她往前走。我其实很清楚他们要跟我说什么。但走走过场也无伤大雅。

吉列尔莫站在窗边，正对着"迷宫"，血色的夕阳映衬着他黑色的剪影。这间三角形的办公室里，一切摆设布置都是精心设计的。办公室主人立在窗前的背影看起来无比弱小迷茫，却又让人无法忽视。来客则站在金字塔之巅，不由自主就成了高高在上的关键人物，同时又局促不安。

"噢，枪侠！"吉列尔莫热情洋溢地走上前来，"请坐，请坐……"

"您要解除合同吗?"我单刀直入地问。

吉列尔莫微微一怔,摸了摸鼻梁。

"唔,是的……您已经和阿纳托利聊过了,枪侠先生?"

"聊过了。"

说得好像他没在监视我们似的……

"枪侠先生,您同意我们那两位潜者的看法吗?"

"不同意。"

"为什么?"

"同不同意有什么分别?"我反问他,"反正您已经决定放弃救倒霉鬼了。"

"我还没有做决定。"吉列尔莫不经意地强调了一下"我"这个字眼。

"但合同还是要解除?"

吉列尔莫叹了口气。

"我们很感激您帮助的努力……非常感激。"

他第一次犯了明显的语法错误。我明白了,他并没有用翻译软件,而是自己本身会讲俄语。他懂俄语,还说得不错。挺好。我完全不意外,毕竟玩家中俄罗斯人占比极高。显然,这是由于我们民族至今仍保留着粗心大意的天性……许多公司压根没发觉,他们的雇员带薪在深渊城里玩乐。

"但是现在有人认为,我们被一位图谋不轨的潜者摆了一道。如果继续解救倒霉鬼,就会正中他下怀。对吗?"

我点点头。吉列尔莫的声音听起来也不那么确信,不过我没有证据反驳阿纳托利的猜测。

至少暂时还没有。

所以和他争论也毫无意义。

"公司会付给您一笔奖金,"吉列尔莫说,"数目多少可以商量。"

他的笑容友善中透着些狡黠。

"价格随您定。"我说。

吉列尔莫仔细瞧了我一会儿，然后坐到桌前，开始写支票。他用的是一支镀金的派克牌钢笔，支票本是美国大通曼哈顿银行的。经过阿尔-卡巴尔一战之后，这张支票上的金额已经无法像以前那样令我心动，但还是颇为可观的。

"谢谢。"吉列尔莫郑重其事地将支票递给我。这只是个形式，钱早已转到我合同中指定的账户。但就算是张假支票，拿在手里也能让人高兴。

我点点头，跟吉列尔莫握了一下手。完事，可以滚蛋了。我就像个误闯大人游戏的小男孩，被塞了一把糖打发回家了。

"走之前再喝一杯？"阿吉雷先生从桌下拿出一瓶酒。正宗的法国阿马尼亚克白兰地[1]。在虚拟世界里，它的价格比可口可乐贵不了多少，但礼轻情意重。阿吉雷似乎很确信我是个识货的人。

我跟他碰了个杯，然后轻轻尝了一口杯中的酒。我不是法国白兰地的拥趸，但被人看作鉴赏高档酒的行家，总归是种不错的体验。

"我猜得出你会怎么花这笔钱。"吉列尔莫忽然说。

"说说看，我会怎么花？"

"它们最终会回到'迷宫'的账户里。"他挤挤眼睛。

"你猜错了。"

吉列尔莫惊讶地抬起了眉毛。

"你要退出游戏？"

"我会把倒霉鬼救出来。用我自己的钱就足够了。至于这张支票……我会还给您。这样下次您好改了数额再给我。"

吉列尔莫点点头。他本就希望我不要轻易放弃，因此我的承诺让他非常满意。

"祝您成功，潜者。"

"如果'迷宫'里发生了什么意外……您会通知我吗？"我问道，"私下里单独通知我？"

---

[1] 产自法国西南部的一种高度白兰地。优质的阿马尼亚克价格不菲。

"你的地址给我。"吉列尔莫公事公办地说。

我递给他一张名片,上面有我的网络地址。不过并不是我真正的地址,只是一个邮箱。输入密码,我就能收到写给枪侠的信。

"需要给您叫辆车吗?"阿吉雷体贴地送别我。

"谢谢,维利,不需要。"

走出几个街区后,我才拦下一辆深渊客运公司的出租车。倒不是害怕有人跟踪,但好习惯不能轻易丢。

"去阿尔-卡巴尔。"我对司机说。这次,司机是位和善的红发大姐,眼尾还有皱纹,脸部细节做得不错……

"该地址不存在。"她的回答让我有些沮丧。

"阿尔-卡巴尔,8-7-7-3-8。"

"收到。"

汽车启动了,街道飞速向后倒退。我让维卡把我的外形从肌肉发达的枪侠切换成平平无奇的伊万。一眨眼的工夫,后视镜里的我就变成了白衣翩翩的英雄王子。

眼前掠过的不过是图像,全是图像。现在深渊客运公司的程序已经开始转移我的通信频道,在一个个服务器之间切换,准备把我接入阿尔-卡巴尔,送到石头精灵把守的马鬃桥前。这个世界里的一切,都不过是图像。深渊不可能具备自我意识!

但我心中仍感到一丝隐隐的不安。

01

沙漠的热气扑面而来,石怪的咆哮震耳欲聋:

"你还有胆子回来?你这贼王!"

程序写得真不赖,它竟然记得我来过!

石怪从砂砾里拔出一条腿,向前迈了一步,接着又是一步。它手中的马鬃桥被绷得紧紧的,发出嗡嗡的声音,但还没有崩断。看来在我离开阿尔-卡巴尔后,他们的程序员又给这位看守增添了一些新技能,现在它能移动了!

"站住!"我举起双手朝它喊话,"我是来找弗里德里希·乌尔曼的!你无权管辖我!"

石怪的巨拳在我头顶微微颤动,指缝间火花四溅。

"发现未知病毒,"Windows管家警觉地在我耳边低语,"注意!Web程序[1]启动!"

整个空间被一层轻纱裹了起来。杀毒软件Web开始运行,阻断了部分外来信息,试图保护电脑。可惜它的防护效果不太理想,厉害的病毒还是能渗入我的通信频道。但我没有制止维卡的行为,毕竟她被吓坏了……如果这么形容恰当的话。石怪的身影浮动起来,逐渐模糊。

"来者何人?"石怪的咆哮声也变得非常遥远。

"我是潜者!"我冲它大喊。这次没必要隐瞒身份了。

"等着!"石怪手中不再喷射火花,维卡也关闭了Web程序。

我无计可施,只能等待。石怪一动不动,只有两眼上上下下仔细地扫描着我,我几乎能感觉到它强烈的视线。上次的检查只是个玩笑般的过场。他们以为我不可能脱身,就随随便便把我放了进去。吃过苦头之后,阿尔-卡巴尔的程序员肯定使出了吃奶的力气,拿出看家的本领来招呼我。而且我敢肯定,他们中有些人不仅是我害怕,疯子害怕,就连老洛津斯基[2]也要敬上三分。我不合时宜地想起一些老掉牙的传言,什么能破坏电脑硬件的病毒之类的……

"进去吧!"石怪终于有了答复。

我踏上了马鬃桥。

深渊啊深渊……

这一次迎接我的不是两个滑稽的卫兵,而是一支武装齐全的军队。如果上次也是他们来招待我,那打死我也不可能毫发无损地偷出文件。

---

1. 俄罗斯第一款杀毒软件Doctor Web。
2. Doctor Web的创始人。

护卫队沉默如冰，领着我往前走。我以为他们这次还会和上次一样，把我送往凉亭，但护卫队绕过了凉亭，径直走向一栋阴郁的灰色建筑。

怎么，难道他们要把我关起来？可笑，潜者是无所不能的。他们可以阻挡我们盗窃文件，但绝不可能把我们锁在虚拟世界中。

四个卫兵护送我进入囚室，其他人留在外面。两个在前，两个在后，出鞘的剑攥在手中。他们绝对会往我电脑里塞满病毒，有多少塞多少。那些经历过电脑磁盘崩溃的人一定明白我的意思。有一次我在执行一个没啥油水的小任务，不小心沾上了一种非常不起眼的病毒，结果它把我硬盘里的文件分配表和分区表[1]搅了个稀巴烂。疯子花了一整天，试图从那只硬盘中恢复残余的数据。他一边听着我喋喋不休地抱怨那个害我染上病毒的盗版游戏盘，一边帮我把几乎所有文件都恢复了。

如果那些造盗版碟的蹩脚货都能把我的电脑折腾成那样，难以想象阿尔-卡巴尔的绝顶高手能搞出什么破坏来。

大门在我背后重重关上，囚室里一片漆黑。我被推着往前走，只能摸索着移动。显然，他们把我的信道压缩到了最窄，免得我又偷走什么东西。所有视觉图像传输都被切断了。

"停！"我听见身后的命令，乖乖停下了脚步。

周围的人显然可以清清楚楚地看见我，这让我感觉不太好。

"你居然还敢回到这里，伊万？"

我听出了乌尔曼的声音，或者说是听出了他翻译器的语调。我转过头，尽量不去瞪大什么也看不见的双眼，那是徒劳。

"我是来履行约定的。"

"哦，是吗？"

"您自愿把文件给我的时候，条件就是要我日后重返阿尔-卡巴尔，和您会面。"

---

[1] 二者都是文件管理系统的组成部分，文件分配表（FAT）是用来给每个文件分配磁盘物理空间的表格，分区表则用来进行磁盘分区。

乌尔曼沉默良久。我说的字字属实，而他却陷入了尴尬的境地。不用说谎的感觉真是太好了。话说回来，人为什么一定要说谎呢？世上的真相那么多，根本不需要谎言。

"您到底想干什么？"

"我？我什么也不想要。是您要求我再来的，现在看来，应该是您有什么提议吧？"

乌尔曼再度陷入沉默。他自然没想到，我竟然敢在被追踪之后还故地重游。以防万一，我还是补充了一句：

"别再追踪我的信道了，不然我马上走。"

沉默还在继续。我脑补出乌尔曼对卫兵们悄悄点头示意的画面——"别管他，该怎么追踪就怎么追踪……"

"恢复他的信道宽度，"乌尔曼终于下定了决心，"暂停监控。"

光线骤然变强。我眯起眼，打量起这间囚室。灰沉沉的墙壁十分厚实，高处有一排安着铁栅栏的单面玻璃窗。屋子正中摆着一张桌子，周围放着几把椅子。

"这是个会议室。"乌尔曼解释道。他西装笔挺，打着领带。他的穿着大概可以随着室内装潢的改变而改变，我听说过这样的小把戏。

"我们一般在这儿开董事会会议。"

可不是嘛，这恐怕是整个阿尔-卡巴尔最安全的房间。从这儿逃跑可不像从凉亭逃跑那么容易……

何况我身上也没带逃跑的道具，我这会儿手无寸铁。

"你们都出去吧。"乌尔曼接着说。

卫兵们立刻退了下去。

"谢谢，弗里德里希。"我说。

乌尔曼点点头，坐下来。我也在他身边坐下。

"苹果……卖掉了？"他好奇地打探。

"卖了，谢谢。"

"恭喜您。"

他似乎并不怎么生气。这反而让我警觉起来。

"希望我没给您的公司造成太大损失?"

"没事。没什么损失。"

我疑惑地看着乌尔曼。

"我上次忘了告知您,这款新药有种巨大的缺陷。"乌尔曼说,"它有副作用。我们也是很偶然才发现的……谢列尔巴赫先生和他的跨越药业恐怕还没注意到。"

我感到一阵不安。

"别担心,潜者,检验药物安全性不在您的职责范围之内,"乌尔曼呵呵一笑,"况且也不是多致命的副作用……不会致癌也不会致畸。只不过顾客会有些怨言。"

阿尔-卡巴尔还是棋高一着。有意思,感冒药能有什么副作用呢?会把皮肤染绿?还是会导致阳痿、脱发?乌尔曼不会告诉我的。

好吧,我决定以后感冒只吃阿司匹林。

"好了,把我们那些恩恩怨怨都忘了吧!"乌尔曼大度地提议。

我点点头。

"就像之前我跟您说的,我有个有趣的提议,想让您听听……"阿尔-卡巴尔的总经理说,"我们想要和您签订终身雇佣合同。"

"不。"

我们看着对方的眼睛。人们都说眼睛是心灵之窗。那么,虚拟的躯体是否拥有心灵呢?

"也有别的潜者签订过终身合同,"乌尔曼补充道,"所以……这并不违反你们的规矩吧?"

"没有违反什么规矩,但为娱乐城工作,和为虚拟调查局工作是截然不同的。只消两三个月,您就能查出我的位置。"

"您就这么害怕抛头露面吗,伊万?"

"当然了。我们是虚拟世界的炼金术师和巫师。没有哪个部落首领会放炼金术师走出舒适的地牢,不然他们就会为敌人发明火药。"

"太凄惨了……"乌尔曼没有反驳,"您说得基本正确,俄罗斯潜者先生……对不起,我已经知道了您的国籍。我们分析了您的声音,那肯定不是翻译器。"

我也没跟他争辩。谈话氛围如此平和友好。坦诚相待真是件美好的事情。

"那这样吧，您可以跟我们签订一份单次的合约！"乌尔曼毫不气馁，"活儿不难，报酬很高。"

"就像把倒霉鬼拉出'迷宫'一样容易？"

我一针见血，猜到了他的意图！乌尔曼的脸扭曲了，虽然很快控制住了表情，但左眼睑还是有些抽搐。一比零！不，五比零！

"请给我解释一下，您在说什么？"总经理先生显然底气不足。

"还是您先来吧。"

他们要么杀了我，要么现在就摊牌。

乌尔曼不会这么轻易投降的。

"我们公司的业务之一，就是监控深渊城的人口规模。"

我摇摇头，没听懂……

"我说的是实时监控深渊城同时在线的居民人数，精确到街区、楼宇和各个类似阿尔-卡巴尔这样的子空间。"

"为什么？谁给你们的权限？"

"这是一个集体决议，一年前通过的。"乌尔曼耸耸肩，"这么做是为了对比各个服务器的容载量，把数据细化到每天的各个时段，这样能协调服务器的工作，节约虚拟空间。美国在线就是我们的主要客户之一，最近一些小公司们也开始加入了。"

我又没注意公告，活该我难堪。

"我们通过服务器上进出的信号数量来监控人数，"乌尔曼继续说，"这方法简单可靠，非常高效。服务器每两分钟就会向我们报告数据。这样我们既能掌握虚拟世界里的总人数，又不会侵犯任何人的隐私权。我们不监控你们，只获取数据。"

我点头。

"同时，我们还监控着每个区块里虚拟实体的数量，"乌尔曼接着说，"这么一来就能知道虚拟空间的每个区块里各有多少用户。这个数据也是每两分钟更新一次。所以导出所有区域里虚拟实体的数量,这个数字应该就能和上面那个数据吻合,也就是进入深渊城的人数。"

我明白了。

"但数字对不上吗?"

"是的。虚拟空间里的实体多了一个。电脑能发现他,他在虚拟空间内活动,但他从没接入过网络。"

乌尔曼站起来,招招手,铁栅栏窗上面降下一面巨大的屏幕。我也站了起来。这是一张深渊城的地图,城区和郊区相连,仿佛一块块缝到一起的碎布头。每一块碎片都代表一台服务器所支撑的区域。碎布上布满了"红疹",那些是进入深渊城的通道。

可视化效果做得很漂亮。小布尔乔亚就是爱做表面功夫。

"我们可以看看各个地区的数据,"乌尔曼说,"比如……"

他走到大屏幕前,指向写着阿尔-卡巴尔的小方格。屏幕上突然亮起一个小方块,上面写着"1036/1035"。

"看得懂吗?"

"你们的服务器在虚拟空间里捕捉到1036个用户,包括我在内。除了我以外的人,都是通过你们自己的信道进来的?"

"当然了。使用别人的线路传输机密信息是非常危险的,最靠谱的服务商也不行。我们在十二座城市都有自己的信道,派驻了自己的员工。"

"但那样你们就不可能发现倒霉鬼!"

我走近地图,找到三只小猪餐馆,但最后一刻又改了主意,指向它附近的另一栋建筑。我只去过那儿两次,一点儿也不喜欢。太大,太闹腾。

上面显示着"63/2"。

"这种情况更常见,不是吗?这餐馆里有六十三个人,但只有两个人是通过自己的线路接入的!"

乌尔曼点点头。

"我们处理'迷宫'用的是另一种方式。"

我差点儿忘了，自己眼前这个家伙绝顶狡猾，且并不是那么友善。我只是单纯好奇，他们到底是如何在"迷宫"中发现一个从未进入过深渊城的人。

"这样说吧，单独追踪每一个信号是不现实的。那要花很长很长时间，而且也不合法。"

乌尔曼得意扬扬地看着我，仿佛这些技术问题是他解决的，而不是他命令手下的技术人员去搞定的。

让我想想。有时候理清思路是解决问题的好途径。

假设有一股电子脉冲（现在它打哪儿来的已经不重要了），它组成了倒霉鬼的人形三维图像，接着可能通过调制解调器，也可能直接通过CPU钻进了创建"迷宫"第三十三关的电脑。电脑把这个人类图像放在了第三十三关入口处，控制他人的行动，把他的声音传递给其他玩家，测试他的射击效果，搬走绊脚的石头。当然了，电脑还要负责向他的双眼传输图像，向他的耳朵传输声音，向他的身体传递触觉。

等等，在倒霉鬼根本没有接入深渊的前提下，电脑往哪儿传输信息？

问题来了。电脑分析处理倒霉鬼的行动，但却不知道这些行动信号从何而来，又向哪里传输处理结果。这有可能在服务器的数据上显示出来吗？应该可以。但只能通过某些特定数据才能看出来。比如，对比CPU处理的数据量和调制解调器发送和接收的数据量。而且必须从一开始就关注这些数据，才能提前一两个小时获知，是哪台服务器出现了不速之客……

"您早有准备，"我说，"您知道，他一定会来！"

"我们只是提前预见了这种可能性，"乌尔曼强调，"早晚都会出现一个能不借助外力，独立进入虚拟空间的人。"

"连电脑都不用？"我居然说出了这种胡话。可笑的是，对于从未接触电脑和网络的人来说，这并不算离谱的想象！就像幻想给人直接插上电话线一样，傻得可笑。傻得离谱。

但乌尔曼偏偏不可能是那样的蠢货。他是个精明的亿万富翁，把从矿产、通信卫星和感冒药等产业上捞到的钱，又全都投入到阿尔-卡巴尔里面。

"不止我们一家公司在研究新的脑机互联方式，"乌尔曼说，"键盘、鼠标、头盔和拟真服，都是前虚拟时代的遗留产物。下一步就是直接接入视觉和听觉神经。脑机接口……"他指了指自己的太阳穴，这动作要么是说自己脑子不正常，要么是在示意耳后植入的插口，"但这条路不好走，需要对社会心理做大量研究。打破人们心理上的边界，要比在他们头骨上钻洞、脑子里植芯片难多了。如果我们不再需要电脑，转而用更简单的方式进入虚拟空间……那整个世界都会发生翻天覆地的变化。"

"你们就这么想要翻天覆地？"

弗里德里希的表情严肃起来。

"当整个世界即将颠倒的时候，我亲爱的朋友，最重要的就是做第一个用脑袋着地的人。"

我无言以对。我难道不想不靠电脑就进入虚拟世界吗？不用依靠维卡，不再惧怕病毒，不再担心线路不稳定，或者网速太慢？

笑话，我当然想了！只不过我不相信这种技术真能实现。

但我真的很想去相信。

"据我们所知，'迷宫'雇用的潜者多次试图把倒霉鬼带出去。"

我得承认。他们侦查工作做得不错。有钱能使鬼推磨，只要钱使对了地方。

"还有一个绰号叫枪侠的神秘人，"乌尔曼补充道，"或许也是个潜者？"

"对。那就是我。"

乌尔曼点了点头。

"您答应过会给我解释的，我洗耳恭听。"

或许现在最佳的做法是默念"深渊啊深渊……"然后直接离开。不过经过一番推心置腹的交谈，我不忍心这么做了。在做人的原则上打个洞，比在头骨上打洞难多了……

"在我们第一次会面过后不久,我就被绑去见了一个人……"

乌尔曼抬抬眉毛表示怀疑。

"我确实是被一个陌生人绑去的。他提出要我解决'迷宫'里的一桩麻烦事。我后来才发现,他说的就是倒霉鬼。"

"我们管你口中的'倒霉鬼'叫'泳者',"乌尔曼补充道,"用来跟你们类比,潜者先生。"

"基本上,事情就是这样。"我说。我不喜欢有人打断我说话。

"他承诺事成以后给您一笔奖赏?"

"是的。"

"丰厚的奖赏?"

"极其丰厚……"我差点儿没忍住告诉他真相,"恐怕您都无法开出更高的价码。"

乌尔曼的神情非常严肃,我们的谈话眼看要变成商务谈判了。但他暂时不打算和我争论阿尔-卡巴尔的经济实力。

"那个人是怎么找到您的?为什么偏偏找您?"

"他布下天罗地网,四处搜罗潜者。我刚好……着了他的道。"

"那您对他的身份有何猜测?"

"毫无头绪。"我非常真诚地说。但显然,我还不够真诚——乌尔曼没有接话,正怀疑地盯着我的眼睛。也许我说的话一直处于测谎仪的监控下,现在已经有人告诉他结果了……

"关于他我只知道一个细节。他知道我拜访过您,而且对我们的交易细节了如指掌。他还知道,您也打算雇用我去做同一份工作。"

乌尔曼经受住了这一消息的重击。想必他之前受过不少这样的打击吧?虽然故作平静,他的眼角仍止不住地跳。突然得知自己眼皮子底下有内鬼,的确无法无动于衷。

"非常感谢,潜者先生。"

我同情地对他报以微笑。小事一桩。随他们去吧,就像两只蜘蛛在自己织就的网里乱斗……

"关于泳者,您有什么可以透露的信息?"

我耸耸肩膀。

"没什么特别的。就是个普通人。有时候我觉得他有深渊认知障碍，他把虚拟世界里的一切太当真了。除此之外，他还是挺能干的。"

乌尔曼点点头。或许他们已经能够接入"迷宫"的电脑，控制游戏的进程也未可知。我不由得问：

"你们有没有尝试过追踪倒霉……泳者的信道？"

"他一点儿痕迹都没留下。"

乌尔曼如此坦诚，不是喝了吐真剂，就是不顾一切要拉拢我……

"'迷宫'的服务器上没有任何关于倒霉鬼的数据。干干净净。他……就这么孤零零一个人在第三十三关游荡。"

也就是说，人类真的可以不借助任何外力直接进入虚拟世界？

"'迷宫'的管理层也在努力追踪他的信道，"乌尔曼接着说，"根据我们专家的数据，他们只要花上五小时……最多八小时，也会得出跟我们一样的结论。然后马上陷入惊恐。"

可以想象。到时候整个三十三关都会被封锁，死亡迷宫里所有玩家都会被清退。管理层会匆匆忙忙搭建一条紧急通道，直接越过三十三关——尽管现在没有这样的通道，但不意味着不可能有。所有怪兽和建筑都会被冻结，以免哪块砖头掉下来砸到倒霉鬼。接着，一大堆心理医生、黑客、官员、阿纳托利和迪克，全都会拥入被清空的关卡，围着他嘘寒问暖，双手捧着他把他送出去……

我敢肯定，到时候他们就不会需要我的任何帮助了。

"您同意和我们合作吗？"

我看向乌尔曼，他似乎非常认真。

"我已经在为那个无名氏工作了。"

"那位无名氏先生或许对您承诺了非常丰厚的报酬，但他可曾为您提供过任何援助？"

我摇摇头。

"如果您真是枪侠，您肯定明白，普通的手段救不了泳者。试多少次也无济于事。游戏管理层会关闭关卡，亲自出马解决……"

他说"游戏"的时候明显带着鄙视。

"不管谁雇用了您,都不是因为看中您作为潜者出类拔萃的才能。"

"那是为什么?"

他的话弄得我一头雾水。

"相比起来,直接收买'迷宫'的潜者,或者雇用一个团伙更简单。的确,要查出您的真名很难,但要找到您并给您下达任务,并不是难事。毕竟这就是您的营生。您的神秘雇主是被您身上某种潜藏的特质吸引了,而不只是随意进出虚拟世界的能力。"

我似乎应该沾沾自喜,但我现在反而更加不安了。

"而我认为,"乌尔曼若有所思地说,"他是对的。解救泳者的工作正该交给您办。这将是您生命中最重要的一份工作,我可以助您一臂之力。"

他不大可能送我一块特权徽章。这样的东西是多少钱也买不来的。但赌注不小,赏金也不会是个小数目。

如果他给的钱足够我这辈子都不必在虚拟世界里搞违法勾当,那我要特权徽章干什么?

"你们签订合同了吗?"乌尔曼问。

"没有。"

"定了口头协议?"

"也没有。"

"那您在担心什么?"

我没有说话。我不知道自己为何对无脸人的提议如此执着。是他强迫我去见他的,是他一句话也不解释就把我送去了"迷宫"。他的承诺可能也是一句空话。

"我得考虑考虑。"

"好吧,"乌尔曼同意了,"我们起码还有五小时时间……您想必还要再去一趟'迷宫'?"

我不置可否地点点头。

"我也会开始采取行动,"乌尔曼说,"您到时候一定会有所察觉,潜者先生。到那时您可以再做出选择。"

"您说得我云里雾里,弗里德里希。"

乌尔曼的翻译器花了一段时间试图弄清楚我是不是在说天气,惹得它的主人皱了皱眉头。

"我对您来说到底有什么特殊价值?"

"您总有一天会明白的,亲爱的伊万王子。话说,您觉得倒霉鬼是哪国人?"

"俄罗斯人……"我下意识地答道。

乌尔曼带着嘲讽的表情点点头。

"有可能,有可能……再见,潜者。好好考虑,然后告诉我您的决定。"

他话音刚落,屋门就砰的一声打开了,卫兵再度出现在眼前。这次他们没有抽出佩剑。

"他们会送您上桥。"乌尔曼说。

10

乌尔曼大概真的没有派人跟踪我,或者是他们做得太巧妙,骗过了维卡。我在卫兵的注视下登上城墙,踏上了马鬃桥。

我很好奇,如果不跳出深渊,我能在这座桥上走多远?

一步,又一步。细如一线的桥在脚下微微颤抖,我的头有些发昏。脚下几百米之处,乱石嶙峋的峭壁当中,玉带般湛蓝的河流蜿蜒流淌,暗红的岩浆湖忽明忽暗地闪烁。

"喂,潜者,你怎么摇摇晃晃的!"背后传来嘲笑的声音。

他们说话的空隙,我已经不止是在摇晃,而是直接栽了下去。

或许有罪的信徒就是这样升上自己的天堂,去享用柔情似水的美人儿和成山的珍馐美食……

我双脚一滑,整个身子腾空。我伸手一把抓住桥,但那根细线一般的桥无情地切断了我的手指。空气拍打着脸颊,冰冷刺骨,仿佛在邀请我踏上这段短促的旅途。峭壁在脚下飞速旋转,尖削的岩石像刺猬的尖刺一样倒竖。在我摔落到岩石上的瞬间,阿尔-卡巴尔的服务器会通知我,说我触发了死亡重启开关,深渊程序的出口会马上打开。

但我对自己惨死的场面完全不感兴趣。

深渊啊深渊,我不属于你……

屏幕上溅满鲜血。这场面我司空见惯。

我摘下头盔,瘫倒在桌上,扯掉电话线。

"通信中断!"维卡说,"无拨号音!请检查接口!"

"没事,"我嘟囔着把电话线插回原处,"重新连接。"

"确定?"

"是的。"

屏幕上又出现了一片深蓝的背景和那个向下坠落的身影。我心里泛起一阵厌恶。

我把自己卷入了了不得的大麻烦。如果阿尔-卡巴尔、"迷宫"和无脸人背后的势力起了冲突……噢!求求老天千万别让我夹在这几个磨盘中间。眼下我最好把虚拟世界抛到脑后几个星期,玩几把普通游戏,和疯子喝喝酒,给电脑升升级,去土耳其的安塔利亚[1]放放风,那里还暖和,可以下海游泳。

当然了,我还必须忘掉维卡。忘掉那个真正的维卡。永远忘记。

与特权徽章彻底告别。

还要从记忆中清除倒霉鬼。

说真的,他算什么?凭什么值得我如此牵肠挂肚?一个智能机器人?一个不用网线就能进入虚拟空间的电脑人?那又如何?就算他真有特异功能,那也很难为大众所用。

各路专家将蜂拥而至,将他作为研究对象,给他做脑造影,测量各种想得到和想不到的参数。倒霉鬼会被摁在各式各样的电脑前,那些

---

1. 土耳其南部著名海滨城市。

人会把路由器开开关关，电话线连了又断。他甚至还会被放进地下掩体里。他们会要求他一遍遍进入深渊，一遍遍描述他的感受……进入虚拟世界的时候你的左脚大拇指是什么感觉？它在你进入深渊三个昼夜后有何变化？他会在戒备森严的瑞士别墅里或者得克萨斯荒野上的中情局研究所里度过余生。就像一只价值连城、备受尊重的小白鼠。

更何况，他会说俄语，说不定是个俄罗斯公民。如果把倒霉鬼的信息公开在网上，或者其他公众平台……

我甚至被自己的天真给逗笑了。那又如何？难道俄罗斯大妈会派几艘航空母舰或者坦克旅去保护倒霉鬼？被带离出这个国家的天才程序员还少吗？沃罗涅日的十四岁电脑天才萨沙·莫洛佐夫就被带上了专机。俄罗斯哪里需要天才的大脑？我们的情报机构也许还能一振往日雄风，中途拦截倒霉鬼。他们要真这么干了，也只是为了把他关在西伯利亚或者乌拉尔山的哪个研究所里……

深渊诞生之时，自由是它的旗帜。

不管是腐败的政府、陈朽的宗教还是清教徒式的信条，都无法束缚我们。我们的自由是无边无际、永无止境的。我们有绝对的知情权和言论自由。没有人可以限制我们的行动，因为深渊城没有边界。我们坚决捍卫自己的一切权力。四海之内皆兄弟，我们只会把反对自由的叛徒清理出队伍。

我们曾那么天真，又那么热血！

我们是赛博世界的新新人类，我们只属于无边无际的自由世界！

人们沉醉于自由之中，像久病初愈的孩子，既快乐，又骄傲。深渊的利益一切都围着它转，一切都是以它之名，直到永远……阿门。

为何我依然像小时候一样，满怀喜悦地相信这些幼稚的口号？为什么我会如此想要相信这些，不顾一切？

如今的我违反法规，入侵别人的电脑，盗窃别人的"知识产权"，不给我贫穷的祖国纳税，除了十来个亲近的朋友外不相信任何人。可为什么我还相信那些温暖、纯净、永恒的东西？为什么我还相信自由、善良和爱？

或许，我生来如此，我注定要相信这些。

况且也没有人阻止我继续信仰自由。只要我在现实世界待十天，换一条信道和IP地址。

我就是相信，单纯地相信。

我盯着自己的诺顿3D桌面，上面排列着一行行干净漂亮的文件目录和子目录。整整3GB，装满了服务程序、病毒-防毒程序、维卡的"意识"片段、音频文件和游戏、偷来的数据和未出版的新书。这里面有瓦西里耶夫[1]的新书《心灵与引擎：再度启程》，像食人鲳一样多产的列夫·库尔斯基最新的侦探小说，还有一鸣惊人的奥狄[2]的新作。出门吧，去买点儿啤酒，想多少买多少，随便挑本书，再用我破旧的激光打印机印出来，瘫在沙发上看。睡吧，能睡多久睡多久！从未对我摘下面具的乌尔曼，还有那个更看不清脸的无脸人，让他们去跟维利-吉列尔莫一起，为了倒霉鬼大战一场吧……

反正我从来都不喜欢蠢货和敢死队。

我从自己的586[3]上取下电话筒，拨通了疯子的号码。我又一次走运了——疯子既没在虚拟世界中闲逛，也还没睡觉。

"喂？"

"舒拉[4]，是我。"

"啊……"疯子立刻放低了声音。

"你没在忙吧？"

"稍微……有点儿忙。"

"在写程序？"

"不是，我在洗土豆。嘉莉亚[5]在做晚饭呢。"

"恭喜你。"

---

1. 此处指乌克兰科幻作家弗拉基米尔·瓦西里耶夫，他于1997年出版了小说《心灵与引擎》。
2. 两位乌克兰科幻作家德米特里·格罗莫夫和奥列格·拉杜任斯基的共用笔名。
3. 指奔腾1处理器。
4. 亚历山大的昵称。
5. 嘉尔卡的大名。

"有什么好恭喜的?"疯子听起来充满警觉。

"恭喜你和嘉莉亚和好了!"

"噢……是啊,没事儿了。"

我可不想耽误他们小两口的恩爱时间。

"舒拉,我想问问,我可以带着武器进入死亡迷宫吗?"

"你是想带病毒进去,还是怎么着?你那个BFG-9000还不够用?"疯子被我逗乐了,"你是在逗我玩儿吧?'迷宫'是空间内的子空间,有着非常明确的目标条件。要想带着病毒瞒过'迷宫'的防火墙,比混进美国五角大楼还难。"

"他们的防火墙不是你做的?"

"不是,"疯子带着遗憾的语气承认,"不是我。但我知道是谁做的,怎么做的。"

"怎么做的?"

"他们会在入口处复制你的形象文件。不管你随身携带了什么程序,都会被隔在外面。有且只有你本人的图像能进入'迷宫'。"

"完全没办法绕过去吗?"我绝望地问。

"你自己动动脑子。"

"又来这套……我实在是腻了,"我嚷嚷道,"舒拉!你就直说吧,到底有没有可能突破他们的防火墙?"

"除非你直接用脑袋去撞墙,"疯子用教训人的口气说,"出什么事了吗?"

"这是个恶心透顶的故事。"

"什么恶心透顶?"

"对整个深渊来说都很恶心。但凡是个好人,都会觉得恶心。"

"那对你来说呢?"疯子直截了当地问,我不由自主想起了《三个火枪手》。

"我也被弄得进退两难。真的。"

疯子没有马上搭腔。甚至开始吹口哨。

"舒尔卡!"

"'术士-9000'可以吗？"

"那是什么？"

"一种本地病毒。跟平时我给你的那些一样。"

"它能骗过防火墙？"

"说不定。"

"舒拉，我是不是打扰你了？你还忙着弄土豆呢？"我忽然感到有些抱歉。

"没事，我已经洗完了……"

我不喜欢无绳电话，电脑给我的辐射就够多了。疯子恰恰相反，没有这玩意儿他都不知道怎么活。现在他可能一边用肩膀和脖子夹着话筒，一边扒土豆皮。

"那给我传过来吧。"

"就这么传给你？"

"对。"我已经完全不顾客气了。

"等等，这不是动动嘴皮子那么简单的事情。你创建形象的时候用的是什么软件？"

"各种各样。什么'塑形师'啊，'整形大师'啊，'面具'啊……"

"知道了。你使用病毒的时候，要用哪个身份？"

"七号，枪侠。"

"文件扩展名是什么？"

"啊？扩展名？好像是……"

"打开你的电脑，"疯子疲惫地说，"设置一个通用密码……比方说，12345。"

"一二三四五。"我像个傻子一样跟着他重复。

"用阿拉伯数字！"疯子强调道，"设好就不用管了，剩下的我来。"

"多谢！"

"别想赖账……记着，你欠我一顿啤酒。"

疯子叹了口气，在挂电话前又叮嘱道：

"我过五分钟再打来。你的老奶奶电脑已经开始工作了，正像个听话的女中学生一样等着我呢。明白了吗?"

我连忙奔向自己的电脑。三分钟后,维卡终于屈服了,承认了"12345"这串密码,我则去厨房准备晚饭。还没来得及沏好茶,卧室里就响起了电话铃声和上网拨号音。

到头来我还是个蠢货兼敢死队员。

话说回来,过分自恋也不算聪明。蠢货就蠢货吧。

我打开一瓶不知放了多久的果酱,喝了一杯果酱茶,又重新倒满一杯,走进卧室。疯子正好下线了,只留下一行血红的大字漂浮在屏幕上,"我拿一本你的破书读读一分钟后病毒会开始自动播放使用说明。"

疯子一向对标点符号不屑一顾。

我退出诺顿桌面,找到枪侠的形象文件(它的程序扩展名普通到极致——.clt)。我拿它与其他没有动过手脚的文件对比,没有任何区别。

正合我意。

五分钟后,疯子的电话如期而至,向我简短解释了一下病毒的用法。当我弄明白他对我的七号形象做了什么以后,只能难以置信地摇头。

"术士-9000"显然是疯子的旧作,他一直留着以备不时之需。这样的东西只要用一次,就会招来成百上千个剽窃者。

"啤酒,啤酒,就知道啤酒……"我边挂电话边嘟囔。到底还有没有机会请他喝啤酒都是个问题。

我打定主意,要在深渊中掀起一场久违的风暴。

一场它在劫难逃的风暴。

11

"终端启动。"维卡向我报告。我摇摇鼠标,点击"连接"图标,几秒钟后登上了"俄罗斯在线"的服务器。

无脸人留下的地址我已经背得滚瓜烂熟。这是个波兰服务器地址,不过毫无意义，肯定是中继器[1]。我的信号可能要再跨过两三个国家才能到达神秘人那里。

这台服务器不支持视频传输。屏幕上没有漂亮面孔或者动态图片。菜单规规矩矩，是波兰语和英语双语，还支持其他十种语言，包括罗马尼亚语和朝鲜语，但没有俄语。唉，看来兄弟民族不怎么喜欢我们。我跟接线员打了个招呼，用英语请对方为我连接无脸人[2]。半分钟后，接线员切换到了俄语键盘，要我用俄语再输入一遍。

"无脸人。"我在键盘上打下对方的代号。

很快，我开始在一个个服务器间穿梭。头两个是开放式服务器，接下来的三个我一点儿头绪都摸不到。接着，屏幕上出现了提示语"请等待"。是用俄语写的。

我等了一刻钟。

头五分钟，我乖乖地安静等待。我忍不住从冰箱里拿出啤酒，往随身听里放了一张鹦鹉螺乐队[3]的老专辑：

　　我在一身冷汗中惊醒
　　在噩梦的呓语中惊醒……

音箱里传出布图索夫[4]的声音。他是个出色的歌手，直到他尝试自己写歌词。

　　仿佛我们的屋子被大水浸没
　　只有我和你幸免于难……

---

1. 工作在物理层上的连接设备。主要功能是通过对数据信号的重新发送或者转发，来扩大网络传输的距离。
2. 此处原文为英语。
3. 一支成立于苏联时期的摇滚乐队，在20世纪80年代后期到90年代中期风靡一时，1997年解散，正是本书出版前。
4. 鹦鹉螺乐队的主唱。

我想起了那个噩梦,那个舞台上的歌手和可怜人亚历克斯。某种程度而言,那是一个预言梦。但为什么梦中的倒霉鬼是个歌手?我在现实生活中一个搞音乐的都不认识,只有在独处的时候才会壮起胆子哼唱两句:

我们头顶——是千仞深海
我们头顶——有群鲸摆尾
氧气即将耗尽,我们都会窒息
我躺在黑暗中
听着自己的呼吸……
听着我们两人的呼吸……

我很喜欢这首歌。它被创作出来的时候,虚拟世界还不存在,但它仿佛就是为深渊而作。歌中的人就是我,我正试着忘记呼吸,拒绝被壮丽的赛博世界蛊惑。

屏幕突然显示了一个字。

"谁?"

我立马转向屏幕,不假思索地打出回答:

"我。"

"成果如何,潜者?"

"我想,您早就知道了。"

只要能知道无脸人的身份,让我付出多少代价都行。

"是的。"

"我办不到。"

"那是你的问题。"

"不单单是我的问题。"

对方停顿了一下——要么是无脸人在沉思,要么是网络出现了故障。

"你想要什么?"

"支援。"

"我没什么可帮你的。你所需要的一切,都在你自己身上。"

如果他本人现在在我面前,我就要讲些很不好听的话了。我已经说出了声。我得遵守网络交流守则,所以最后只用手指戳出了几个字:

"他到底是什么人?"

"已经有人告诉你了。"

这二位都是阴险的蜘蛛,将细长的触肢伸进他人的巢穴。乌尔曼在暗中监视着"迷宫",无脸人也在暗中监视着阿尔-卡巴尔。

"他说的是真的?"

"可能是。"

"我办不到!"我一字一句地用大写字母敲下。

"太遗憾了。"

几乎与此同时,屏幕下方闪出一行小字:"对方中止连接。"

"连接中断!"维卡也说,"需要重连吗?"

"不需要。"我回答。不知为何,我非常确信,这台波兰服务器再也不会让我和无脸人通话了。

可能是因为我对乌尔曼讲了他的事情,惹恼了他。又或许是因为他不再信任我的能力。

到头来结果都一样。

"维卡,我聪明吗?"我问。

Windows管家存储了近千个关键词。有时候我还能跟电脑有滋有味地聊起来。它的回答几乎能以假乱真。

"你想听什么样的答案?"维卡巧妙地回避了问题。当句子没有命令意味又含义模糊的时候,她就会使出这招。

"实话。"

"我不知道,廖尼亚。我很想回答你的问题,但我办不到。"

"你是个傻瓜,维卡。"

"那你就是个无赖。"

我笑了。如果有个不了解现代操作系统的人听见我说话,一定会以为我的奔腾处理器跟人一样智能。

"对不起,维卡。"

"没事儿。我没生气。"

人类智慧和人工智能——它们之间的界线到底在哪里?我们已经可以和自己的电脑交谈,它们会打招呼,能祝我们好梦。包括我在内的许多人,都把自己的大部分时间花费在虚拟空间中。但这并不意味着人类智慧的胜利,那只是胜利的幻象,是飘浮在虚无上空的色彩鲜明的旗帜和转瞬即逝的焰火。借助更快速的处理器和更大的内存,电脑会越来越接近人类。但也仅此而已……

倒霉鬼也可能只是一个程序。他和疯子的病毒一样狡猾,披着人类的外皮骗过了防火墙,在服务器的第三十三关扎了根。他就是个会聊天、还会杀死怪兽的程序。

"该死!"我大喊一声。

真相如此简单!他只要记住几百句话就行,有时恰好能接上话,有时说得牛头不对马嘴。他只用跟着你学说话,把你的想法原样奉还,乖乖跟着天真的救援队员往前走……作为一个程序,它自然不需要任何信道。

我对倒霉鬼说了什么?他又是怎么回答我的?我艰难地尝试回忆。记不清。或许他真是个程序。如此一来,阿尔-卡巴尔和无脸人都大错特错了。

如果一切和我猜想的一样,那该多好。这个不解之谜不就解开了吗!

"沉寂,枪侠……"

我打了个冷战。我忽然想起他说这句话时,周遭袭来的一阵空虚。

他是程序吗?

那个小心翼翼地抱着游戏里小男孩的倒霉鬼……

他可能是程序吗?

"我真被搞糊涂了,维卡,"我说,"我什么都弄不明白。你也帮不上忙。"

"有什么能帮你的吗?"维卡傻乎乎地问。

"没有!"

"那谁能帮你?"

我沉思片刻,才答道:

"真正的维卡可以。深渊可以!"

"启动深渊程序?"

我戴上头盔,双手放上键盘,给出了无声的回答。

d-e-e-p+回车。

黑色的屏幕被满屏坠落的星星点亮,彩虹色的旋风在眼前狂转。现实画面被一把抹去,将我推向深渊城的摩天大楼。

刚进入深渊的几秒是最为艰难的。房间还是老样子,但我很清楚,眼前只是海市蜃楼。

"一切正常吗,廖尼亚?"

脑袋发昏。

房间一切正常。我不正常。

"七号身份,枪侠。"

"执行中……"

这次切换身份的时间格外漫长。没办法,想多带装备就得付出代价。

"一切正常吗,廖尼亚?"

我站起来,看着镜中的自己。

"正常。谢谢,维卡。"

我拉开冰箱,想找瓶汽水。雪碧已经没有了,剩下的只有可口可乐。也行。

"一切顺利,廖尼亚。"

"谢谢。"

我几口灌下这瓶全世界最流行的饮料。说来也好笑——这东西居然是作为止泻药被发明出来的！乌尔曼说我还有五个小时时间。现在只剩下四小时了。我几乎可以想见，在遥远的另一片大陆上，一群官僚正绞尽脑汁试图解开倒霉鬼之谜。很快，第三十三关就要关闭了，接着游戏就会开始追捕倒霉鬼。不管他是人类还是程序，我都要把他救出来。

"叫车。"我关上家门，对维卡下令，然后乘着干净明亮的电梯下楼，来到大街上。

一辆老福特已经在街边候着我，司机是个穿着白衬衫、打扮得整洁体面的年轻人。他长得跟我两天前入侵阿尔-卡巴尔时打死的那位司机一模一样。我有些不敢直视他亲切的笑容。

"去千愉百乐妓院！"我大声吼出目的地。

100

大概是维卡说服夫人，让她给了我特别权限。这次我走进大厅时，一眼就看见了沙发上并排坐着的三个男人。他们都仰着头，满脸羞愧不安。他们看不见彼此，有俩人的身体甚至重叠了，让我想起连体怪婴。

其中两位男士体态匀称，黑发碧眼，他们用的是Windows系统里的模板，显然是为了掩饰自己的真实身份。第三个人黝黑矮壮，脑袋剃得精光。三个人共通的地方只有眼神——跟挤粉刺被人逮到的时候一样窘迫。

看来我现在的权限跟宾馆工作人员一样了？能够同时看到所有访客，还能直接进入员工宿舍？

"你好！"我没精打采地招招手。三个人都点了点头。其中一个装作满不在乎的样子，扔下了绿色相册，另一个一把推开面前的紫色相册。

只有光头仍执着地翻看着黑色相册，满脸好奇地端详里面的照片。

我走向警卫。他非常配合地为我打开了门，我离开大厅，不再继续折磨那些可怜的客人。

警卫没有一路护送我，不过我也已经能认路了。走廊空荡荡的，有的门开着，有的关着。一扇门里爆发出一阵大笑，我忍不住探头去看。门后是一座樱花掩映的亭子，春日温煦，远处的富士山依稀可见。两个姑娘正坐在凉亭里喝茶，看见我经过，她们大方地挥挥手，"枪侠，你好呀！要喝茶吗？"

"不，不了。"我小声嘟囔着，快步离开了。另一扇门里跳出个赤条条的姑娘。跟上次一样，她丝毫不觉得害羞。

"维卡忙着呢！"她说，"要不，来我这儿坐坐？不然人家多——无——聊——呀！"

姑娘的话里没有任何性暗示，性生活对她而言无非是活塞运动。但此情此景还是非常诡异……这些活泼友善的年轻女孩身上，暗藏着某些诡异的东西……

我忽然明白过来，她们让我联想起什么。

那是一本很早之前的科幻小说，书里描写了一群欢乐的年轻人，他们热爱自己的工作，为此废寝忘食。他们为人友善，随时可以为朋友两肋插刀，从不说人坏话……

就像哈哈镜只能映照出扭曲的景象。怪就怪在，恶披上善的外皮，竟然毫无违和感！

"谢谢，我还是去她那儿等等吧！"我绝望地笑了一下，"谢谢了。"

她遗憾地噘噘嘴，回自己房间去了。我接着往前走，终于看到了那扇画着黑猫的房门。

"喵呜！"我学了声猫叫。小猫也张开嘴，轻轻叫了一声回应我，然后又一动不动了。

山间小舍空无一人，只有窗外的风偶尔拂动窗帘。我斜倚在窗台上，久久凝视着窗外的群山。不，一个人不可能独自创造出这样一个世界——不为名也不为利，不奉任何人之命，甚至从不踏足其中，只为了自己欣赏。

她创造这个世界，只是为了感知它的存在：山尖白雪皑皑；天空碧蓝万里；山坡上散落着巨石；松树下铺展着青苔；鸟儿在天空翱翔；松鼠在林间穿梭。一个绝对安宁、澄澈、平和的世界，一个不知污秽为何物的世界。

我想倒霉鬼会喜欢这里的。我真心希望他会喜欢这里。

"廖尼亚？"

维卡不知何时静悄悄走进了房间，吓了我一跳。

"很抱歉……我没把你吵醒吧？"

她摇摇头。

"我只是想和你坐坐。就一小会儿。"我不由自主地找起借口，"你……还好吗？"

维卡点点头。

"你不该老往深渊里跑，"我说着走到她身边，"你吃东西了吗？"

"吃了一点儿……今天客人太多了。"

她没有回避我的目光，她已经对这份工作习以为常，不习惯的是我。我的胸口像压了一团冷冰冰、硬邦邦的雪球。我不得不深吸一口气，然后问道：

"你就非得这么敬业吗……夫人？"

维卡转身走向窗边，背对着我问：

"你是怎么发现我就是夫人的？"

"直觉。"

"你走吧，列昂尼德。永远别再来了，好吗？"

"不行。"

"你为什么一定要缠着我？"维卡转身冲我大喊，"你为什么非要找个妓女当女朋友？滚吧！我就喜欢这份工作，明白吗？我喜欢一天干他个一百次，喜欢不停换脸，喜欢把其他姑娘呼来唤去，假装自己是她们中的一员！懂吗？我就喜欢这样，你懂了吗？"

我只是静静等着她发泄完，然后走向她，跟她一起站在窗前。

现在说什么都不合适，碰她也不对，但一句话不说也很危险，我别无他法，只能默默等待。也不知能等来什么。

窗外的山突然开始震动，脚下的地板也跟着抖起来。维卡尖叫着抓住窗沿，我一只手抓住她的肩膀，另一只手撑着墙。大地在颤抖，雪白的山顶冒出白烟，崩塌的积雪如同触手扑向山脚，一块巨大的岩石从窗前轰隆隆滚过。

"老天呀……"维卡坐在地板上喃喃道。比起恐惧，她好像更加兴奋，"趴下，廖尼亚！"

我趴下的时机刚刚好，一大片碎石擦着我的后脑勺飞进了窗子。

"这地震至少有五级！"维卡大叫，"七级！"

"八级！"我跟着她瞎猜。她八成没见过真正的地震，不然不会如此兴奋。

小屋的地板仍在抖动，但不再剧烈。

"太酷了。"维卡趴在地板上说。我看向她，轻轻触碰了一下她的脸颊。

"别生我的气，廖尼亚。"

"我没生气。"

"客人……有时候会惹我不高兴。"

"小帽子吗？"我想起上次她提到过。

"尤其是他。"

"他是什么人？"

维卡耸耸肩。

"不知道。他每次来都换张脸，对自己的身份守口如瓶。只是……"她嘴角浮起一抹冷笑，"总戴着一顶鸭舌帽。所以我们才叫他小帽子。"

"他是个虐待狂吗？"

"是的，可以这么说……但他和一般的虐待狂不同。"

她低声骂了句脏话。

"怎么，你们什么客人都接？让你们火冒三丈的也接？"

维卡不说话了。

"我还以为你们会把过分的白痴客人拒之门外呢。如果小帽子这样的人你们能事先分辨出来……"

"我们来者不拒。"

"这算保护公司信誉吗？必须'有求必应'？"

"你可以这么认为。"

地震似乎完全结束了。我站起来，看向窗外。崩塌的积雪仍在沿着山坡往下滑动，被泥石流截断的小河漫漫溢出河床，寻找着新的去路。

"停了……"我不由自主压低声音说，仿佛高声说话会再次惊扰地层，"维卡，你为什么要制造地震？"

"这关我什么事？这个世界是自行运转的。我无法干扰它。"

"完全无法干扰？"

维卡快速地瞥了我一眼，起身望向窗外面目全非的风景。

"是的。在这个世界获得自由的瞬间，它就已经获得了生命。"

"就像人一样。"

"当然。"

"你就那么相信自由？"

"自由不是用来相信的。当它存在的时候，你自然能感知到它。"

我早就料到她会这么说。

"维卡，如果有一个人，一个好人……陷入了困境。如果他可能永远失去自由……你会帮助他吗？"

"我会的，"她淡淡地说，"即使他不是个那么好的人。这就是我的立场，如果你要问的话。"

"我需要藏一个人。"

维卡乐了，使劲摇头，摇得头发都散下来了。

"廖尼亚，你说什么呢？往哪儿藏？"

"藏在虚拟世界中。"

"为什么？"

"他出不去。"

"你说的是那个困在'迷宫'里的人。"

"是的。"

"廖尼亚……"维卡抓起我的手，"你上次回到现实世界是什么时候？"

"半小时前。"

"真的？你自己就不需要什么帮助吗？我认识一个……"她咬住嘴唇，"一个潜者。他们真的存在，不是胡编乱造！"

太有趣了……

"你想要我安排你们见个面吗？"

"维卡……"

她没再说下去。

说实话，我不太习惯有人这么关心我。关心迷失在虚拟世界里的人，本该是我的专长。

"我会帮你的，"维卡说，"但我觉得……你做得不对。"

我现在无力和她争辩。

"谢谢。你们的安全系统很可靠吧？"

"百分百可靠。你对这方面有了解吗？"

我点点头。当然，要我写安全系统我是写不出来的。但生计所迫，我倒是破坏过不少安全系统，可以称得上专家了。

"你可以请教请教法师。"

"他会给我讲这个？"

"他不会给你讲，也不会给我讲。但是他会跟夫人讲……"

维卡扭捏了一下，给了我一个眼神，仿佛在请求我出去。我正要走出门去，她却又叫住了我：

"廖尼亚……还是算了。我想让你看样东西。"

她走到墙边，伸手一推，墙面就向两边退开，露出一扇窄窄的门。

门后有光透出来。冷冰冰的光。维卡的身影在过道里停留片刻，很快消失在门后。我虽不情愿，但还是跟着她走了进去，像被催眠了一样。

这是个棚屋，或者说是停尸房。说是蓝胡子的密室[1]也行。

---

1. 蓝胡子是格林童话中的同名主人公，故事中，他一连杀死了好几任妻子，密室里挂着前任妻子们的尸体。这个故事在《格林童话》第二版之后被删除。

墙上垂下一列闪着寒光的钩子，上面挂着一具具人类的皮囊，脚尖悬着，在半空中晃荡。大多是年轻姑娘的皮囊，有金发的，有黑发的，还有几个红发的。竟然还有一个全秃的。也有中年女子和两个老妪，此外还有小姑娘和小男孩儿。

所有皮囊都大睁着眼睛，眼中空无一物。

"这是我的化妆间。"维卡说。我一时语塞。我知道这间屋子的用途。

维卡在晃晃悠悠的皮囊中穿梭，浏览着那些死气沉沉的面庞，嘴里念念有词，仿佛在和他们打招呼。夫人的皮囊挂在第一排的最末尾。维卡看了我一眼，确认我还在看，然后好像突然迸发出一种变态的激情，紧紧抱住了妓院女主人那具松软的躯体。

某一瞬间——明明什么也没有发生——但我还没来得及抓住这一瞬，维卡和夫人就交换了身体。站在我眼前的已经不是维卡，而是夫人，她往前走了一步，从软绵绵垂挂着的维卡身体旁走开。

"我就是这样变装的。"夫人用她低沉的胸音说。

"为什么……弄得这么恶心？"我问，"这些钩子……这间停尸房……为什么，维卡？"

夫人看着维卡的皮囊，忧伤地点点头，"维卡，好姑娘，为什么？你给我们的廖尼亚解释解释？"

后脑勺挂在钩子上的维卡没有说话。

"是为了让自己记住，廖尼亚。为了让自己每分每秒都记住，它们都不是活物。"

我望着夫人，她比维卡要平静睿智得多。如果客观去看的话，也比维卡漂亮得多。

"你应该看看这些。"夫人说。

"我看见了。"

我们穿过人皮博物馆，从另一扇门走了出去，那是夫人的房间。这里完全是另一个世界。窗外是人声鼎沸的海滨浴场，炽热的太阳挂在半空，整间屋子塞满了旧家具，书本散乱地扔在地板上，桌上装甜点的盒子敞开放着。衣物、廉价的首饰、镂空的金镯子、半空的香水瓶和扑克牌胡乱堆在一块儿。富丽堂皇的帷幔罩着一张大床,被子摊在床上,床下摆着一双软底拖鞋。酒架上满是未开封的酒瓶,墙上挂着蒙了灰的吉他,华丽的波斯地毯已经被虫蛀了一半,上面星星点点全是红酒留下的酒渍。

"现在你能猜到真正的我是什么样子了吧?"夫人说。

我不打算去猜。反正这世上只有一种真相,就是我们愿意相信的那个真相。

我们没在夫人的房间里停留太久,这一点我很庆幸。这间屋子太闷了。

"廖尼亚,有时候我有种错觉,你仿佛还是个孩子,"夫人说,"你不能老是这么天真。"

"为什么?"

"生活是艰难的。"

"谁也没说过生活很容易。"

我走在夫人身边,默默揣测我俩在旁人眼里是什么样子。苍白高挑的枪侠看上去足够当夫人的儿子,但我们两人毫无相似之处。或许我看上去就像个乔装打扮的贵族少爷,到贫民窟的妓院微服私访。

"小心台阶。"夫人提醒我。

"我知道。"

我们走进休息区,姑娘们都欢呼雀跃地欢迎夫人。正在海边戏水的同性恋也赶紧从水里站起来朝她招手。电脑法师毛茸茸的脑袋从吧台下面探出来,又一骨碌缩了回去。

"看到了吗?维卡不在。"夫人大声说着,像在保护我一样用手揽住我的肩膀,"姑娘们,枪侠要在这儿等一会儿自己的相好!别烦他!"

姑娘们一阵起哄,仿佛故意惹我生气,但我还挺喜欢这热闹场面的。夫人伸出手指朝姑娘们摆摆,警告她们不要乱来,然后走向吧台。法师仿佛感应到她的脚步,从吧台后面冒了出来。

"你跟枪侠聊聊,"夫人轻声细语地拜托他,"他有几个问题……你就尽可能解答吧。"

"有问必答?"法师问。

"是的。"

"夫人,这可是你说的!"

"如果有这个必要的话……"夫人叹了口气。

我坐在一张离其他人稍远的桌旁,等着法师过来。我们俩的谈话其他姑娘也不感兴趣。

"香槟!"法师端着酒朝我走来,"你好呀,枪侠!我记得你是喝香槟的,对吧?我不喝香槟,气泡太多,过会儿肚子里该冒泡了!"

他走路的方式非常奇怪,好像是沿着路面平行滑动。我盯着他的双脚——它们根本没挨着沙子。法师脚下歪踩着一双拖鞋,拖鞋两侧伸出一对小小的、不停扇动的小翅膀。

"我只有跟姑娘一起的时候才喝香槟,"我拒绝了他的好意,"有伏特加吗?"

"吧台什么都有!"法师把手里的紫色甜果酒往桌上一放,就拎着无人搭理的阿布劳久尔索走了。一分钟后,他还是以同样的姿态,凌波微步一般从沙滩上飘然而至,带回来一瓶乌尔苏斯牌伏特加[1]、一只装满水的水晶瓶和一小袋祖可牌果汁粉。

"来,混起来!"

我从没喝过乌尔苏斯,但久仰大名。反正潜意识能帮我制造出喜欢的味道,便随手倒了一小杯。法师则一把抓过水晶瓶,拿手指当搅拌棒,自顾自调起酒来。

毕竟我们是在虚拟空间里,这里没有细菌。我一口喝完杯子里的伏特加,又直接拿着法师的水晶瓶,灌了一口他的特调鸡尾酒。我好奇地问法师:

"这鞋你是从哪儿弄到的?"

"你是说这双拖鞋?啊,我今天刚做的,鞋里老进沙,实在受不了。

---

1. 英国帝亚吉欧公司旗下伏特加品牌。

你喜欢吗？你也知道，在深渊城走路必须脚要沾地。所以你看，我不得不在鞋底钉了一小块地板。现在没问题了，只要你没累趴下，就可以尽情太空漫步！"

法师哈哈大笑着，开始交替踏步，逐渐爬升到桌子的高度。接着夹紧双腿，缓缓落进椅子里。他打开自己的酒瓶，吧嗒着嘴俯身凑近瓶口细闻。

"上等货！"他一脸沉醉，"甜蜜蜜的、货真价实的库拉索[1]！"

"你一整天都泡在深渊里面？"我忍不住问他。

"整天？哈！我得从这儿出去吃饭，说句失礼的话，我还得去拉屎呢！"

"夫人说，你维持着整个妓院的安全系统……"

"不只安全系统！这里的一切都要依靠我运转。"

"外人进得来吗？"

"如果连几个外人都吓不走，我们拿什么吃饭？"

"我说的是另一码事。别人有可能黑进妓院的员工宿舍吗？"

"机构！这里不是妓院，是一家机构！不，不行。"

"绝无可能？"

法师叹了口气，认真起来，"你是黑客还是外行？"

这个问题非常微妙，但我还是回答了：

"我只是个新手。"

"知道了。完全无懈可击的安全系统是不存在的。安全系统越严密，你进入虚拟空间的过程就越不方便，二者呈负相关。防护级别越高，你接收和传输信息的能力就越差。所以最关键的是要找到安全和便捷之间的平衡点。我们的防御系统是带人工智能的。被入侵时，它会自动报警，要求用户输入附加密码，同时启动'呆瓜'……"

"'呆瓜'？"

"就是自动移动防御程序，相当于人体中的吞噬细胞。它们都傻乎

---

[1] 一种产于荷属库拉索群岛的酒，是用橘子皮浸泡成的利口酒，可以和伏特加搭配。

乎的,所以我管它们叫'呆瓜'。你怎么不喝?"

我又给自己倒了一杯。

"如果发生了大规模入侵,"法师接着说,"安全防护等级就会无限上升,一直上升到机构承载力的上限。当然了,这种情况实际上从未发生过,但为了万无一失还是得考虑进去……"

"你的意思是说,这里的安全系统完美无缺?"

法师迟疑了一下。显然,他内心残存的一丝虚荣心正在和客观性做斗争。

"也不能这么说……如果是一群行家,那他们可以在系统启动防护前就潜入这里。但谁会这么费尽周折地入侵一家妓院呢?"

我知道不该期待其他的答案。天下没有牢不可破的防火墙。

"谢谢,法师。"

"不用谢,小事一桩!"他挥挥手,"你想给自己弄一个防御系统吗?拿来,我帮你看看。我去你那儿看也行!"法师激动起来,"我给你一手包办。在这儿待着太无聊了!"

我摇摇头,他猜错了。

"我只是想了解一下你的工作。"

"噢,难道你是监察署的?"法师立马换了副样子,"嘘!我懂的,不用多说……夫人怎么不早说呢!"

我倒是想知道,谁会监察虚拟妓院?为什么要监察他们?太有意思了……不过我也没打算问法师。

"我走了,说不定维卡已经下班了。"我说。法师听完立刻正色道:

"我告诉你,别欺负维卡!"他警告道,"小心我……她是个好姑娘,为了她,谁的脸我都敢打。"

法师忽然叹了口气,望向海面,仿佛陷入了梦境。

"我本来打算追她,但被你抢了先……"他吐露了心里话,"维卡一度对我迷恋到不能自拔,可能现在也是……不过你不用担心,我知道,朋友妻不可欺。"

以前我还以为,电视剧里的电脑专家都是想象出来的角色。没想到这样的人真的存在。

"但那边那个白皮肤姑娘,你可别去碰她!"他补充道,"她爱我爱到发狂,为我憔悴了整整半年。"

肌肤雪白的姑娘对法师强安在自己身上的悲惨命运一无所知,正哈哈大笑和身边的女友搂搂抱抱。

"或者,我也可以去撩撩娜塔莎……"法师考虑了一下说,"这儿的姑娘都挺多情的!"

他举起自己的杯子,兴高采烈地跑向欢声笑语的金发美女。我赶紧趁机溜走。

101

我好像在螺旋楼梯上多绕了两圈,直接下到了大厅。之前看到的几个访客不见踪影。可能已经寻欢作乐去了。

只有一个年轻人站在桌边,翻看着黑色的相册。

他个头不高,长得有点儿像饿坏了的土拨鼠,压得低低的帽檐底下漏出一绺长长的头发。

我从他身边经过,走向员工宿舍的大门。这时,那人扔下了相册,急匆匆向出口走去。

"小帽子!"我叫住他。

他停下脚步,慢慢回过头,眼神空洞无物,就像锅里的死鱼。

"你是小帽子?"我又问了一遍。

他没有丝毫反应,只是用那双空无一物的眼睛剜了我一眼。

"我不喜欢你!"我没来由地兴奋起来,"听到了吗?我非常讨厌你。"

"哈哈哈。"

小帽子漠不关心地扭开头,再次走向大门,毫不好奇。

但至少可以肯定,他也是俄罗斯人。

"站住!"我一声大喝,他停了下来,面无表情地等着我往下说。

"你小子,再也别踏进这里一步。"我说。

小帽子冷笑一声。

这是他脸上出现的第一个表情,但太过僵硬,我就像在跟一个程序讲话,而不是真人。

"你来这里到底想干什么?"

这个问题他仿佛早有准备。

"做特定人群心理研究。"

"那就去别处做。"

他用死气沉沉的眼睛将我从上到下打量了一遍。

"你是这儿的员工?"

"不是。"

"那就是异形怪。"

我被这个诡异的比喻弄糊涂了,小帽子解释道:

"失去了自己的社交定位和伦理准则,身份认同感分崩离析,于是不可避免地发生了令人作呕的变异。"

他一边拉开大门,一边补了句:

"真无聊……"

在我即将追出门的刹那,维卡的声音制止了我:

"站住,列昂尼德!别去!"

要想保持清醒不是件容易事。回过神来后,我发现自己的右手紧紧掐着腰,左手拳头紧攥。看见维卡,我感到自己的怒气一点点平息了下去。

"刚才那个就是小帽子?"我还是确认了一遍。

"是的。"

"我好像知道你为什么生气了……"

"现在冷静了?"维卡问,"好样的。走吧。"

我还没从刚才的怒气中彻底恢复过来。太奇怪了,我没料到自己被几句无聊的话略一挑拨,就冒出这么大的火气。

"他到底是什么人,维卡?"

她感觉到我非得知道答案不可,于是答道:

"没什么特别的。就是个自以为有权审判他人的普通人。"

"比如,审判虚拟世界里的妓女?"

"不只是我们。我知道他还在其他几个地方做实验。"

"他是提到什么心理学实验来着……"

不知为何,我这句话把维卡逗笑了。

"一个人要是无力创造新事物,只会搞破坏,就会想办法给自己的破坏性行为找借口。常见的方式就是冷漠地审判这个世界的黑暗面,尤其是像我们妓院这样的地方……"

我们走进画着黑猫的房门,维卡接着说:

"众所周知,心理学是一门非常浅显易懂的科学。那些手无缚鸡之力、不学无术的人,看几天心理学书籍,就深信自己能剖析他人、审判他人。还把这些当成自己生活的全部意义和安身立命的本钱。"

"你又是什么人,维卡?"

"我是个心理学家,心理学副博士[1],如果你非要问的话。"

她扫掉椅子上的小石子,坐下来。地震后的房间显然急需打扫。我直接蹲在了地上,反正也没有第二把椅子给我。

"你的毕业论文题目是什么?"

"虚拟空间中变态行为的升华现象[2]。"

她意识到我没听懂,略带歉意地补充道:

"我习惯这么组织语言了。"

的确有些费解……

"你的课题就是研究小帽子这样的人?"我问道,"螳螂捕蝉,黄雀在后?"

---

1. 俄罗斯高等教育学历制度,相当于中国的博士学位。
2. 心理学中的"升华"是一种积极的防御机制,指把被压抑的、不符合社会要求的原始冲动或欲望导向符合社会规范的方向,使其以有建设性、有利于社会和本人的方式出现,使无意识欲望得到满足,内心达到平衡。

"不，我早就不做研究了，廖尼亚。这种东西研究个一年半载还有点儿意思。而现在这里的人都一个样。小帽子和他的同类并没有本质上的区别，只要认识一个，就等于认识了一千个。"

"那为什么你要……"

"因为他们存在。在这里，他们的破坏性只不过会给一个或者几个人带来痛苦。而在现实生活中，他们会让别人的生活支离破碎，爱情分崩离析，友谊荡然无存，可能还会造成流血死亡。可在这里，他们是无害的。他们所有的傲慢、兽欲、阴谋和自负都只是烟尘。都是风中的尘土罢了。"

"但你却要为此承受痛苦！"

"那有什么关系？我在这里受的折磨又不是真实的。虚拟世界无法将痛苦刻画在我身上。"

"维卡……"

"求求你，不要干涉机构的生意，不然夫人会取消你的权限。"

她笑了笑，我疑惑不解。

"好吧。在这里，我不会干涉你们的事情。"

"那出了这扇门呢？"

"那就是我的个人自由了。"

维卡摊开手，"列昂尼德，你多大了？"

"那你多大了？"我飞快地反问，"我们信息互换一下？"

虚拟世界的人们通常不会透露自己的个人信息。但维卡根本想象不到，我对自己的个人信息保护到了什么程度。

"好吧。我今年二十九岁，列昂尼德。"

在回答她之前，我小小地窃喜了一下。

"我三十四岁。"

"真没想到呀。我还以为你刚二十出头。"

她的反应跟我刚才的担心恰好相反。我还怕她把我猜得太老呢。

"虚拟空间是有欺骗性的。"

"不是。虚拟空间就如同冰面。一旦被封冻一次，就再也出不来了。

初次进入虚拟世界时戴着的面具，永远都摘不下来。即使将来换上几百个面具，第一次的印迹也抹不掉。"

"你的第一个面具就是夫人吗？"

维卡从桌上拿起手包，掏出一支烟点燃，"是的，廖尼亚。那时候我们拿到一笔经费研究虚拟性爱。西方人总是对这种事儿感兴趣……毕竟，虚拟空间里三分之一的信息都与性爱有关。所以我就创造出了这么个形象——一位自信优雅、饱经世故、见多识广的妓院老板娘。"

"这个形象塑造得很成功。"我不得不承认。

维卡轻轻吐了一口烟，略带自嘲地问：

"或许，这就是我的本来面目？"

"我不在乎。"

我在撒谎，在撒谎。但维卡什么也没说。

"法师的回答你还满意吗？"

"还行。"

"他是个出色的行家。你大可以放心把你的朋友带来。"

我看看墙上的钟。还有时间。

"事情没那么简单，维卡。我必须找准时机才能把他带进来。"

"你们黑客真是一群可笑的人。"维卡说。我也觉得挺可笑的。能不可笑吗？我居然被当成了编程高手！

"我可以在你这儿睡一会儿吗？"

"什么？"

"睡一会儿。我在深渊里已经将近一天一夜了，最好能带着清醒的头脑去工作。"

奇怪的是，维卡居然马上换成了公事公办的态度。

"过一会儿要叫醒你吗？"

"要，过两个小时叫我。"

"睡吧，就像在自己家里一样，安心睡吧。两个小时后我会亲自来叫你。"

她轻抚着我的头顶，动作更接近夫人，而不是维卡，但我已经不在意其中区别。她点头示意我躺到床上去，然后走向通往化妆间的门。一分钟后，夫人就从自己的房间里走了出去，指挥姑娘们干活儿了。

我则偷偷摸摸开始干一件不大光彩的事。我从外套口袋里掏出一卷细线，线的尽头拴着一只小重锤。

窗外的风一分钟也不肯停歇，小重锤在风中剧烈摇晃，但我还是坚持把它往下放。接触到地面的刹那，我看了一眼线上的刻度。每隔一米，细线上都有个红色标记。

一共是七米半。用床单当绳子可爬不出去。不过没关系，妓院里应该有绳子，虽然得去那些受虐狂主题房里去找。

我把绳子扔出窗外，心里稍稍有些歉疚，但我安慰自己，维卡应该不会介意我做这么一场小实验的。

她不是说了，让我"就像在自己家里一样"……

我扑通一声把自己撂到窄床上，床罩都没掀开，便合上双眼。但在睡着之前，我还是退出了虚拟空间，命令电脑两小时后叫醒我。

梦境转瞬即逝。我暗自期望还能跟上次一样，做一个情节完整、富有预言性质的梦。但这次的梦境破碎凌乱。

一道彩虹横架在深渊城上空，发出令人不安的眩光，就像深渊程序一样。不同之处在于，这道彩虹是由阶梯构成的，是《圣经》中的天梯，直通天际。

我沿着天梯往上爬，就像法师踩着他的小翅膀拖鞋。走上去我才发现，不同颜色的台阶硬度也不同。我一脚陷进了紫色和蓝色的台阶，在绿色的台阶上靠着歇息了一会儿，然后踏踏实实地踏上了黄色台阶。脚下的城市明亮又耀眼，我透过脚下的七彩云层看着这片美景。

即使在梦中，我也很清楚自己为何要走向天空。我知道，在那云层之上，水晶般透明的，是深渊的穹顶，就是它将整个世界一分为二。我要击碎这穹顶，用疯子给的武器，或者赤手空拳，无论用什么手段！水晶穹顶的碎片将化作一阵令人目眩神迷的星雨，落入城市。星星是破碎的水晶，这一点毋庸置疑。锐利的碎片映出我们眼中的光芒。

接着，我预感到有什么即将要发生。星星可能灼伤我们，也可能在冷却后坠入我们渴望的双手。我不知道自己究竟想要哪一种结局。

重要的是不能出错，必须找准时机，给出致命一击。唯一能让我把穹顶击碎成星星的时机早已注定。时间就要到了，时间……

"时间到了……廖尼亚，时间到了……"

我在Windows管家的低声呼唤中睁开眼，过了两秒钟才清醒过来，想起自己身处何处。

维卡正好在此时推门进来。

"你醒了？"

我点点头，坐在皱巴巴的床上，揉着额头。脑袋沉甸甸的。早知道就多睡会儿，或者就干脆别睡了。

"我去煮咖啡。"维卡说。

我倚在木墙上，望着维卡。她从壁橱里拿了些点心，壁橱黑黢黢的，但并不是因为脏，只是太旧了。维卡把咖啡豆倒进手工打磨的黄铜研磨机中，细细研磨，然后熟练地打火煮咖啡。房间弥漫开干松木和煮开的咖啡混合在一起的香气，还混杂着说不上来的干净气味，不是医院的消毒水……闻起来很像山间的小溪，或者太阳下的滚烫沙子发出的味道。

真美好。

我可以默念我的咒语，跳出深渊，回到现实世界去煮杯咖啡，甚至可以加点儿料，把喝剩下的白兰地倒进去，然后用冷水洗把脸。

但如果真这么干，我就当真罪该万死。

这里的一切都无比真切：清澈的空气、流动的水、残留在杯底的咖啡渣、维卡关切的眼神。而在那个世界，只有灰扑扑的房间、潮湿的空气和水龙头里散发着腐烂气味的自来水。

不知为何，我经常升起自杀的念头——想成为跟其他人一样的人……

"来点儿白兰地？"维卡说着给我倒了一小杯阿赫塔马尔白兰地[1]。

---

1. 亚美尼亚白兰地品牌。

"我还有五分钟时间,"我说,"然后……就该走了。"

"你回来的时候,会把那个人一起带来?"

"但愿如此。"

"记住,进门的时候拉着你朋友的手。那样他也会被自动标记为特殊访客。我会跟法师打个招呼。"

"谢谢。"

"你该谢谢的是夫人。这些都要靠她安排。"

"我和夫人已经是朋友了,她不会介意的。"我戏谑地笑笑。

我赶在离开前喝下了两杯咖啡和两杯白兰地。

该走了。

离开的时候,维卡正在收拾屋子。我不由自主地想起了最近很流行的"模拟家庭"。异地恋的情侣们可以在深渊城租房同居。这些小情侣格外爱做家务,又是吸地,又是洗衣服,好像模拟同居生活真能让他们结为伴侣似的。

"您成家了吗?"

"成家了。我的女朋友是个妓女,我们在妓院里有一间小木屋,有空来坐坐,她的咖啡煮得可好了。我们家总是那么干净整洁,就算地震后也一丝不乱!"

我想象了一下这样的场景,但它竟然丝毫没有激起我内心的波澜,这一点令我毛骨悚然。

必须改变这种局面。

无论用什么手段。

我慢慢悠悠地走向"迷宫"的入口,路上经过了某家航空公司的售票屋,接线员百无聊赖地坐着。门边一个乞丐歪倒在墙角。这也是深渊城的新现象——在虚拟空间里乞讨。

一个月前还没有这样的事。

那乞丐还算干净,但衣衫褴褛,骨瘦如柴。他的身体几乎是半透明的,还不时抽搐两下——他们就是如此宣传低速调制解调器和低端软件的。

"帮帮我[1]……"乞丐呻吟道。

"上帝会向你施予援手的。"我说。

"黑客老爷，行行好，哪怕就给一美元……"乞丐跟在我身后哭哭啼啼。

听说大多数乞丐都是俄罗斯人。他们并不是真的穷鬼，反而是钱多到没处花的暴发户，纯粹跑到这儿来找乐子。他们披着乞丐的外皮，苦苦哀求，就像在体验某种时髦且灵验的心理疗法。疯子之前对天发誓，说他给其中一个乞丐贴上标签跟踪了他，最后发现他是个大银行的经理。

"我以前是微软的员工，"乞丐喋喋不休地跟在我后头唠叨，"只不过有一次说Windows系统是半吊子产品，夸了OS/2两句被听见了，第二天就被比尔·盖茨炒了鱿鱼，还被拉进了黑名单。我以前是个多厉害的黑客啊……看看我现在落魄成什么样了……"

"调制解调器会因为什么而中断工作？"

我回过身，连珠炮般地问，"在Windows系统中，什么情况会触发'按下此键以开始工作'的提示？说三种冻结Windows系统的方式给我听听？谁发明了纹理[2]？对调制解调器最友好的网络协议是什么……"

乞丐落荒而逃。

疯子说的可能都是真的。

但至少这种无聊的角色扮演游戏，比一年前盛行于暴发户之间的飙车游戏要好得多。深渊城甚至为此禁止了个人车辆的使用，深渊客运公司就是在那时趁机抢占了整个客运市场。

乞丐的出现让我的注意力有点儿分散。但走到"迷宫"门口时，我已经重整旗鼓，进入了战斗状态。

"迷宫"大门前还是和平时一样，人潮汹涌。

"迷宫"仍然在运转，这就意味着我的猜测没错。但时间紧迫的感

---

1. 此处原文为英语。
2. 计算机图形学术语。

觉仍然挥之不去，我还是担心会在最后一秒被关在门外。于是我从人群中挤出一条路，拼命往前赶。直到输入密码进入第三十三关后，我才冷静下来。

开始吧！

我是枪侠！

110

第三十三关狂风大作。"美国山号"过山车的铁皮车厢吱呀作响，摇摇晃晃，半个车厢已经脱轨，悬在倒霉鬼头顶上方。

棒极了，新死法又出现了。

"喂！"我边喊边朝他走去，"是我！"

倒霉鬼抬起了头。这或许是个好兆头。

"待无聊了吗？"

我挨着他坐下，倒霉鬼摘下面罩，疲惫又绝望地看着我。

"你是程序还是真人？"我单刀直入地问。倒霉鬼摇摇头。不知到底在否认哪一点……

"你知道他们管你叫倒霉鬼吗？"我说，"不过，你比《圣经》里的约伯[1]还要倒霉！你这种霉运真是举世无双！"

他终于给了我回应：

"倒霉的……不止我一个。"

"你的意思是说，救你的人太菜？"

我像喝醉了一样絮絮叨叨，兴奋异常。我必须让倒霉鬼打起精神来。还有，无论这听上去有多傻，我必须证明他不是个程序。

"你们都是高手。只是谁也没能越过那道屏障。"

1.《圣经》中一位正直善良的富人，他在几次巨大灾难中失去了人生最珍贵的东西，包括子女、财产和健康。

"什么屏障?"

"自我意识的屏障。"

倒霉鬼一直耐心地回答我的问题,但又有什么意义呢?他说得再仔细,也没法让我明白。

"我们还是先别坐在这堆废铁下面了,"我用眼神示意了一下头顶摇摇欲坠的铁皮驾驶室,"时间不多了。"

"反正你也救不了我……"倒霉鬼小声说了一句,但还是乖乖起身挪到了另一边。

"谁说救不了,走着瞧……"

我也不知自己在期待什么。是在期待乌尔曼承诺的援助,还是在等管理层关闭关卡?

"倒霉鬼……我可以这样叫你吗?你喜欢诗歌吗?"

他沉默不语。

如果他是个程序,此时可能正从我的话语中提取关键词,组织答案。

但程序是无法自己无中生有地编造答案的。

"'我的伯父一向循规蹈矩[1],'"我开始背诵普希金的诗歌,"下一句是什么来着?啊?倒霉鬼?"

他的眼神充满嘲弄,盯得我都有点儿不自在了。

"'这会儿他真的病得不轻……'枪侠,你们俄罗斯潜者只会背普希金吗?"

"阿纳托利也背了普希金的诗?"

"是的。他背的是《我记得那美妙的一瞬》[2]。"

的确值得自嘲一番,这一套陈词滥调已经深深刻进了我们的大脑。不知是由于内心那道"屏障"崩塌了,还是突然脑袋抽风,我转而问他:

---

1. 俄罗斯诗人普希金代表作《叶甫盖尼·奥涅金》的首句。
2. 普希金的经典诗歌。

"那迪克给你念了什么诗?莎士比亚?"

"刘易斯·卡罗尔[1]。"背后有人替倒霉鬼回答了这个问题。

迪克站在我身边。阿纳托利站在五米开外,手里端着BFG-9000。

"我也跟你一样,就这么坐在他身边,"迪克说,"就这么坐着……"

他在面无表情的倒霉鬼面前坐下来,开始念诗:

"风怒兮阴霾满空[2],

滚滚兮布干四方。"

我像中了魔法一样,出神地望着他俩。倒霉鬼接了下去:

"雾雷笼罩兮翻腾[3],

怒号兮直达上苍。"

Windows管家从很远很远的地方传来吱吱的警报声:

"无法翻译!词典中未收录该词汇。无法翻译!"

迪克抬眼看看我,问道:

"你怎么看?倒霉鬼是俄罗斯人吗?"

乌尔曼也这么问过。

"你到底是谁?"我问倒霉鬼。他微笑着站了起来。"你是谁?"我冲他大吼。

"倚身于达姆丹姆之树兮,

作战前之小憩。"

倒霉鬼接了下去。

阿纳托利哈哈大笑,不甘示弱地继续往下念:

"沉湎于冥思兮蚊龙乃出,

彼名杰伯沃基兮其目喷焰。"

这里简直是疯人院。而我是其中最蠢笨的一个病人。

---

1. 英国作家,《爱丽丝梦游仙境》的作者。
2. 出自刘易斯·卡罗尔的《爱丽丝镜中奇遇记》,此处原文为英语。
3. 此处原文为英语。

"你走吧,潜者,"迪克对我说,"救援游戏已经结束了。事态比你想的严重得多。"

像是为了印证他的话似的,刺耳的警笛声突然响彻"迷宫",刺得我耳朵生疼。接着就是一片静寂,只剩下受惊的怪兽在嗷呜乱叫。天空中传来女声,盖过了群魔的嚎叫:

"注意[1]!请注意!所有死亡迷宫第三十三关的玩家请注意!请立刻离开游戏区域!这是官方警报。你们还有三十秒的时间撤出游戏区域!可以使用手中的武器自杀,回到'迷宫'柱廊。稍后我们会作出必要解释,并给予赔偿。请注意!所有……"

"需要我帮你一把吗?"阿纳托利端起BFG-9000对着我说,"或者你自己来?"

"你会连倒霉鬼一起打中的。"我说。阿纳托利点点头,扔下BFG,转而卸下肩头的火箭筒。

事不宜迟,我从防弹衣里抽出枪侠的皮带。系在腰上时,它只是根平平无奇的皮带,一拿在手里,它立刻溅出蓝色火花,砰的一声卷起来,又猛地伸开。这就是疯子制作的"术士-9000",一条鞭子状的武器。

我轻轻一挥,鞭子就像是极度渴望脱离我的掌控一般,立刻迫不及待地飞了出去,尾部击中了阿纳托利的防弹衣。

蓝色的火花随着鞭子流动,扎进了阿纳托利的身体。这武器所向披靡,防弹衣在它面前和肉身没什么差别。阿纳托利立刻陷入一片旋转的紫色火花中,颓然倒地。但紫色的旋风没有停歇,裹挟着火焰嗡嗡作响,还在不断扩大。

"你!"迪克大喊,"你居然带病毒进来!"

我们的脸被火花照得蓝莹莹的。倒霉鬼已经被不断扩大的旋风吓呆了。我点了点头。都这时候了,说什么都是多余。

"十五秒倒计时……"天空中的声音还在继续。

"你袭击了阿纳托利!你破坏了潜者守则!"我很高兴迪克没有试图

---

1. 此处原文为英语。

拿武器攻击我。我不想杀他。

"谁让事态这么严重呢?"我把他的话原样奉还。

耳边不断传来各种各样的声响:玻璃碎裂的咔嚓声、墙壁坍塌的轰鸣声,还有金属变形的刺耳刮擦声。

紫色的阴云中,一只银色的圆环缓缓降落。随后,周围一片黑暗。整个关卡仿佛被倒扣在了一只硕大的茶杯下面。要不是看到迪克的惊恐和疑惑,我还以为这就是三十三关正常的封关程序。

是阿尔-卡巴尔入侵了"迷宫"。

这不关我事,但迪克似乎坚持认为我就是罪魁祸首。他从肩上摘下步枪,我下意识地反击——蓝色的鞭子正中他的脖子,仿佛一个失业已久的刽子手,兴奋难捺地斩下了他的头颅。

"挥刀而斩兮殊死之斗,

利刃闪闪兮直贯其首……"

倒霉鬼在旁轻声吟诵。

我抓住迪克的肩膀,一把将他推进火光熊熊的旋风。又一股旋风从我们身后袭来,吞噬了疯狂投手的身体。

"为什么你要这么做?"倒霉鬼还不忘质问我。

我们必须加快步伐。趁"迷宫"和阿尔-卡巴尔的黑客正在第三十三关打得不可开交的时候,恰好可以偷偷溜走。"术士-9000"不只是用来屠杀的武器。它还是一条能洞穿深渊的隧道。

"为了回去!"我大叫一声,把他推进了蓝色的火焰,随后自己也跳了进去。

火焰燃起。

我们在下坠,坠入蓝色的隧道中。

螺旋形蓝色火焰是隧道的墙壁,紫色的浓雾构成隧道的身躯。

我们被雾气弥漫的镜子吸入。支离破碎的镜中掠过的一张张面庞仿佛鬼影,一个个空间就如同褪色的水彩画。

第一关的车站废墟……第二十一关的宾馆……第五十关的教堂!我甚至依稀看出了外星人王子扭曲的嘴脸,他肩头的火箭炮刚冒出火光，我们就一溜烟飞走了。

我们掠过深渊城的街道，眼前晃过路人的脸、出租车的引擎盖和广告灯牌上的只言片语——"只要你在这儿工作过……"。

接下来是书店。一片五颜六色的书脊掠过眼前。一个戴着眼镜的姑娘正在翻看杂志，书页的沙沙声震耳欲聋；另一个小伙子正在结账……

蓝色的闪电顺着我的双臂蛇行而上。

倒霉鬼则被裹在一团蓝绿色的火焰中。

接下来是超市。我眼前飞过一只空果酱罐子。

然后是宠物商店。一只兔子蹲在笼子里……

有意思，人在深渊中是否也会产生幻觉？

我必须让"术士-9000"冷静下来。疯子给它内置了里程计数器，但没法担保它能正常运转。毕竟他那儿也没有可用来测试的环境……

我们又来到一片被大火燎过的平原，这平原平坦到不可思议，上面飞驰着四辆汽车……

场景切换成一片白茫茫雾蒙蒙的景象，分不清是云朵，还是白色羽毛汇成的海洋，一片水晶森林延伸至天际。一位灰发老人白袍拖地，用惊惶的目光为我们送行，远处还传来竖琴奏乐声……

很快，一切都化作了黑红色的旋涡，黑暗中不断出现低沉的怒吼、硫黄的臭气和钢铁迸发的火花……

蓝色的光剑忽然刺穿了我们的身体！身体上每一根汗毛都噼啪作响，光电仿佛要在体内生根。

绿葱葱的草地上，一只精力过剩的小狗崽正横冲直撞地乱跑。追着我们叫唤……

停下，"术士"，停下！

它带我们来到汹涌澎湃的海面上，星星在乌云的间隙里闪现；嘴里是海水的咸味；小小的游艇在巨浪中起起伏伏；赤裸上身的少年手执鱼叉……

一转眼，我们又来到一个昏暗的房间，圆形大厅的四壁铺满了屏幕，还放着一把貌似王座的椅子……

脚下出现一面打不破的镜子，它把我们吸入其中，然后从另一边扔出去。我们摔到冰冷的大理石地板上。我顾不上伤痛，一个鲤鱼打挺跳起来，挥舞鞭子，做好迎战准备。

但周围似乎没有危险。王位上坐着一名中年男子，他正襟危坐，穿着一身夸张的四不像制服，有点儿类似军装，胸前挂满勋章。他好像看不见我们，只是全神贯注地盯着屏幕。那屏幕上的生物看起来像一只巨大的红蚂蚁。

"我们必须团结一心！"男人郑重其事地说，"我们两个种族若能携手合作……"

我把倒霉鬼从地上拽起来。看来我们被传送到了某个游戏的服务器里。还算不错。

"我们已经看穿了人类谎话连篇的本性！"屏幕上的蚂蚁愤怒地咆哮着，"我们要把有关你们的记忆彻底消除！"

屏幕暗了下去。男人浑身发抖，双手捂脸，一动也不动。

"这是什么？"倒霉鬼大感不解。

"是个游戏。"我一边答话，一边四处张望着寻找出口。这间屋子看起来像个导弹基地的指挥部，通常电影里都是这么拍的。肃杀的战地氛围营造得滴水不漏，唯一的破绽是天花板上的一个小洞——里面正往外散发紫色雾气，镜子的碎片仍在坠落。"术士"还在运行，但已经放缓了速度，只是靠着惯性挂在最近的几台服务器上。

"什么游戏？"

"关于星球大战的。"

我走到男人面前。王座前的台阶是水晶做的，滑溜溜的很不方便。

"喂，人类的救世主！"我戳了戳玩家的肩膀。

男人坐直了身子。眼角还挂着不该轻易掉落的男人的泪水。

"天津四[1]！"他突然下令。屏幕又亮了起来，上面出现了一位军官，胸前勋章的数量和王座上的玩家不相上下，"上校！带领舰队，前往索

---

1. 天鹅座最亮的一颗恒星。

尔星！"

"但，陛下，那样的话我们的星球就会失去防御……"

"眼下最紧要的是保卫人类的故乡！"这位统治者似乎热血沸腾。上校点点头，一脸痛苦地说：

"遵命，陛下！"

我伸出手在"陛下"眼前晃晃。难道他看不见我们？但男人一把推开了我的手，嘴里嘀咕道：

"又有干扰……连接太差了……"

喂喂喂！呵，我又给自己找到个新营生！深渊心理医生。他已经深深陷入了这款弱智战略游戏，所以才故意装作没看见我们，因为我们破坏了游戏规矩。

"怎么退出游戏？"我冲他大喊，"退出！"

他伸出手，不知按了个什么按钮。他的表层意识不愿接受我们的存在，但潜意识已经随时准备把我们这些"干扰"移除。他动作迟缓，犹疑不定，看样子至少在深渊里待了一昼夜。背后传来一阵轰鸣，门开了。

"他怎么了？"倒霉鬼朝我走了一步。

"深渊心理障碍。"

我盯着出口的大门。必须尽快。"术士"会留下痕迹，我们迟早会被找到。而这个倒霉的"陛下"的计时器应该还开着……

"我们走吗？"倒霉鬼问。

没错，我是违反了潜者守则，袭击了阿纳托利和迪克。但说到底我仍旧是个潜者，是深渊的天敌。

舍我其谁？

"维卡！"我呼叫电脑管家。

"廖尼亚？"Windows管家的声音沉闷干涩。系统负荷过重，已经无力修饰音色。

"给我一套常规装备。"

停顿。漫长的停顿。接着，我感觉到有什么东西装进了口袋。

我脱下破破烂烂的防护服。莫非是下坠的时候，镜子的碎片把它划破了？现在我恢复了枪侠的打扮，小心翼翼地卷起鞭子，它就又变回了皮带。

"接下来你打算怎么办？"

倒霉鬼的问题一个接一个。

"我要把你拽出去！"

现在我需要切断"陛下"的家用电脑和游戏网络之间的通信连接。先凿开防火墙——没多难，这玩家明显是个新手。接下来可以启动深渊程序退出游戏，也可以让他的计时器归零。

我从左边口袋里掏出墨镜戴上。眼前变得一片漆黑，唯有王位底座上一根黄色细线闪着亮光。那就是他的信道。我环视四周，看见自己的通信线路像脐带一样打着圈堆在地板上，尽头消失在天花板上那个能看见"术士"隧道的洞眼儿里。这可不妙，这意味着我们并没有真正连接到"陛下"的服务器上，而是不知从哪里钻进来的。我的信道现在可能正一圈圈围着各大洲打转，从一颗卫星跳到另一颗卫星，穿行在海底光纤里。而在我们和"迷宫"之间，还有无数个空间，同时漂浮在我们身边。隧道里不时划过一道道光芒，偶尔还有断裂的细线飘落。

而倒霉鬼身上完全没有任何信道的痕迹。或者说他也有信道，但掩藏得太好，我这副简陋的扫描镜根本看不出来。只能看见一个一动不动的黑色身影，在一旁盯着我干活儿。

我掏出右边口袋里的金属小盒子，打开，一只翠绿的甲虫躺在盒底松软的垫子上，搓着两条前腿。我把它拎起来，它挣扎着想要冲向我的信道。噢伙计，不行，不是这边……

我把甲虫放在王位的底座上，后退一步。甲虫抖抖身子，探探脑袋，然后一头钻进了橙色的细线。

现在只需要静静等待，心中默祷这位"陛下"的电脑防火墙没那么结实。

"谁？"

一开始，我以为是倒霉鬼在说话，因为那声音毫无起伏。但放眼望去,我发现大厅里不知何时已经出现了第四个人……如果把"陛下"也算在内的话。

从天花板上的洞里,又出现了一根白色的细线,尽头连着一个不断跳闪的细长身影。那身影模糊不清,抖动个不停,根本不成人型。他不断转动脑袋,但似乎看不清大厅里的情形。老天爷,他到底是从什么鬼地方跑进来的?又是怎么承受住在隧道中急速下坠的?"术士"的威力真是没得说……

"不关你的事!"我尽可能恶狠狠地冲他喊道。如果他只是个无名小卒,那应该碍不了我的事。

但这位不速之客似乎不太喜欢我的态度。他伸出双手,拽着细线向我的方向靠近。准确地说,是靠近我的信道。

真精彩。小说都写不出这么凑巧的剧情——把素不相识的倒霉鬼从深渊拽出来,半道又跑去救一个得了深渊心理障碍的白痴,结果现在又冒出来个自带一大把服务程序的黑客。

唯一的好消息是,他的信道特别狭窄,而且极不稳定。我掏出兜里的"手套",给他的信道打了个结,然后说:

"滚开!我是潜者。"

一般来说,这句话足够吓退对方。但不速之客毫无反应,要么是自信过头,要么是以为我在唬他。

"我管你是谁,你是卡罗老爹[1]都没用!"他回嘴道。第二条信道来得更快,而且还会拐弯,末端连着一串小小的夹子。我在夹子夹住我的信道前一把拦住它,使劲一扯,"手套"毫不犹豫地击溃了对方的程序。

我本想如法炮制,击退这位不速之客,但"手套"的威力没有那么巨大,我又不想再次启用"术士"。"术士"有些难以控制。

就连对我丧失了全部兴趣的倒霉鬼,都开始围着不速之客打转。但不速之客对此毫无察觉,看来他也戴着扫描仪,只能看见我的信道。

---

1. 阿列克谢·托尔斯泰改编的俄语版《匹诺曹》中的人物。他本是个穷困潦倒的风琴师,与木匠朱佩塞是朋友,后来用朱佩塞送他的一块会说话的木头雕出了匹诺曹。

"你瞎掺和什么呢?"我尽量用访客用语劝道,"我在工作!"

"我也是。"

对方的声音木然呆板,还在微微发颤,能听清简直是个奇迹。他的信道已经窄到了极点,身影抖动得更剧烈了,脖子像断了一样,脑袋歪到了肩膀上,鼻子跑到了脸颊上,手臂拉得老长。他的样子过于滑稽,以至于我连气都生不起来。

"听着,丑八怪……你也得靠我拽出去!别捣乱了!这个新手快死了!"

他终于明白了事态的严重性,不再试图干扰我的信道,而是拿出一把类似手电筒的东西照向"陛下"。那似乎是某种半自动的扫描程序。让他看去吧,我的手段没什么可遮掩的。

"客户的系统受到监控。"Windows管家轻声说。

身处深渊,在进入他人电脑之前,你永远不会知道对方的电脑里是什么情况。所以我喜欢用最简单粗暴的方式。我敲了敲"陛下"的脑袋,他立刻连滚带爬地从王座上滚了下来,呆愣愣地坐在地板上。我登上他的王座,摘下"手套",徒手抓住橙色细线猛地一扯。

"维卡,启动终端!"

我面前出现了一个屏幕。啊哈。他的操作系统是"虚拟导航"。这系统不错,但需要操作者有相当强的自我保护意识,不适合新手练手。关掉他的计时器对我来说易如反掌。

这名不副实的银河之王真够可以的……他在虚拟世界里已经待了二十八个小时了!

我懒得停掉他的计时器,只是在屏幕上翻找深渊紧急退出文件,然后激活它。深渊程序居然无法马上开启出口,还要先请求许可。就这样还敢叫"紧急出口"……

"陛下"低声呻吟着,抱住脑袋,试图往出口走。

我从王座上跳下来,挥挥手,让终端显示屏最小化。我一把抓住男人的后脖领,把他推上王座。命令道:

"摘下头盔!关掉电脑。"

"我……我不想……""陛下"还在抵抗。

"我会给你发张救援账单。"我斩钉截铁地说,"趁你还活着,快出去吧!"

男人的双手颤抖着伸向头部,像没下定决心似的在空气中摆弄着。随后,他的身影越来越模糊,橙色的细线逐渐熄灭。我摘下了墨镜。

从隧道漏洞里钻进来的黑客几乎没有了实体。他缓缓转动脑袋,四处张望。那些有关魔术师潜者的都市传说就是这么诞生的。

"走。"我对倒霉鬼说。倒霉鬼还在黑客身边转来转去,盯着隧道上的漏洞看,那里还有垃圾不断飘进来,"我们走!"

我不得不像对待小孩儿一样,抓住他的手使劲拽走他。黑客还留在空荡荡的大厅里,依然对刚才发生的一切疑惑不已。隧道上的洞渐渐缩小,再过十分钟,黑客的信道就要被切断了。既然他这么厉害,就让他自己去解决这种小问题吧……

门把我们引向一个小厅。这里还有七扇一模一样的门和升降梯。说不定红蚂蚁的首领就在哪扇门后的王座上沉思,拥有智慧的水母正在另一扇门后酝酿阴谋,当然还有其他玩家……

"你怎么对那个黑客那么感兴趣?"我在电梯里问倒霉鬼。他一言不发。

随他去吧。我已经受够了,不想再琢磨他的心思了。

重要的是,我在另外两家大公司的眼皮子底下,把他从"迷宫"里拽出来了!

电梯直接将我们送到了深渊城的大街上。我环顾四周,看见了美国在线的办公大楼、一排排长长的写字楼和绿茵茵的公园……这里是燃星者[1]花园。啊哈,运气不错。我们正好处在俄罗斯区、欧洲区和美国区的交界处。倒霉鬼抬起头念道:

"众星听命:天狼星之主!"

我随着他的目光看去。刚才我们走出来的大楼上挂着巨幅广告,他

---

1. 英国作家约翰·罗纳德·瑞尔·托尔金所著的《精灵宝钻》中的人物。

239

念的是上面的英文广告词。

"天狼星之主"是一家知名公司,值得潜者为他们效力——工作不费事,工资又稳定。

"倒霉鬼,你的母语是什么?"

"是你听不懂的语言。"他摆了摆手。

我猜测道:

"难道是BASIC语言[1]?"

我们都笑了。

"好吧,"我只能承认,"你是有生命的。你不是电脑智能。"

"谢谢。"

"但你到底是什么人?"

倒霉鬼耸耸肩膀。他盯着过往的行人,就像一个初次进入虚拟世界的人类。

"摘下面罩吧。"我伸出手解下他的防毒面具,"免得吓着路人。"

"我们还要去什么地方吗?"他问。

老实说,我也不知道。我简直怕了那些迅猛的追杀者,如果碰见他们,免不了又是一番打斗。那样的话,我们就得立马逃进"千愉百乐"了。

"四处转转吧,"我提议,"你去过燃星者花园吗?"

"没有。"

"那就去逛逛。那儿还有表演呢……"

但今天我似乎注定没空当导游。

一道炫目的彩虹划过天空,瞬间衬得繁星黯淡无光,清晰的警铃声响了起来——是全网通报的信号。我记忆中只听到过五六次。

而这一次,我很清楚他们要播报什么。

"出租车!"我大喝一声,伸出右手拦车。一辆汽车立刻停在身旁,我把倒霉鬼一把推进车里,自己也紧随其后钻了进去。司机是个黑人卷

---

[1] 电脑初学者通用的符号指令码。

发女孩儿,她微笑着回过头。

我没带左轮手枪,只好戴上手套,徒手打晕了她。倒霉鬼一句话也没说,他能分辨真人和程序。

"去千愉百乐妓院!"姑娘变得言听计从。

出租车飞驰出去。

"深渊城的居民请注意!"

这声音无处不在,就算坐在舒适的豪华轿车里或者躲在豪宅的高墙后也无济于事。

"我是深渊城警卫司令员,乔丹·雷德……"

我认识雷德,尽管他是个美国人,但人还不错。他愿意为了全网的利益,忍受一些小小的冒犯,与潜者心平气和地沟通。

"现在播报一条重要消息……请注意……"黑人姑娘小声说。

不用她提醒,我已经支起了耳朵。

"大约半小时前,死亡迷宫内发生了一起犯罪事件,此事威胁到深渊城的安全。"雷德说。

妈妈咪呀!至于吗?

"罪犯有两人,其中一人是潜者,他们使用了'莫斯科协定'所禁止的病毒武器。这是一种名为'术士-9000'的多形态病毒,我们无法控制它的扩散。"

什么玩意儿?疯子怎么会造出这么一种病毒?

"该病毒的特性之一,是会入侵通信硬件。阿尔-卡巴尔公司和死亡迷宫已经遭到攻击。"

现在我明白了。那两个死对头发现他们的猎物逃跑了以后,就蛇鼠一窝,狼狈为奸,想把所有黑锅都扣到我脑袋上,包括第三十三关的覆灭。

好极了。现在我只需要试着证明,"术士"只是为我们钻开了一个小小的逃生通道,然后像普通病毒一样无害地消失了就行。真是个简单的任务!就算我把病毒代码交给警方,也没人敢冒险为我脱罪。谁知道"术士"会对死亡迷宫产生什么影响呢?

"该死。"我自言自语道。

"事情很糟糕?"倒霉鬼问。

"比我想的糟糕得多。"

我伸手摘下司机身边的话筒,拨通了吉列尔莫的电话。

"现在我们将公布侵入'迷宫'的罪犯的外部特征,"乔丹接着说,"我们建议这两位犯罪嫌疑人立刻到深渊城安全局投案自首。同时,请见过这两位嫌疑人的用户立刻向我们报告。"

我们俩的照片在空中闪烁,随后全身像和录像也被放了出来。

画面真刺激,尤其是我砍掉迪克脑袋的那一幕。

"混蛋。"我离开车窗,喃喃自语。

十秒后,吉列尔莫接起了电话。

"Hello!"

"你好,维利,"我飞快地说,"现在是什么情况?"

他顿了顿。

"啊!是枪侠吗?您在哪儿呢?"

"在车里。"

没关系,被敲晕的司机不会暴露我们的位置。

"出了点儿小误会,"吉列尔莫耍起三寸不烂之舌,"到我这儿谈谈吧,事情还可以挽回。"

"先撤回通缉令。"

维利叹了口气:

"枪侠,这不是我能……呃……决定的。"

"那真是太糟了。回头我再联系你。"我撂下最后一句话,挂断了电话。

我们已经到达妓院附近,但问题来了,车怎么办?直接销毁掉也不好。但如果我放她走,深渊客运公司迟早会恢复数据,发现我们的行踪。

这种时候就要寄希望于深渊客运公司系统本身的漏洞了……

我拿出装甲壳虫的盒子,戴上眼镜,对倒霉鬼说:

"下车。"

我跟着他下车,把甲壳虫扔进车里,然后关上车门。效果应该立竿见影。

深渊客运公司对自己的车辆保护并不严密,通常,客运公司对我匿名坐霸王车的操作都睁一只眼闭一只眼。但他们对任何尝试入侵服务器的行为都毫不心慈手软。甲虫这样的初级程序是无法与他们的安全系统抗衡的。

出租车逐渐模糊,消失在空气中——甲虫试图入侵系统的一瞬间,联系通道就被切断了。

"走吧。"我轻轻戳了戳倒霉鬼,拉起他的手。万一妓院大堂里有人,我们就麻烦了。但我们很走运。

这里一个人也没有,连警卫都消失了。

"这里是妓院。"以防万一,我还是告诉了倒霉鬼,"你可以翻翻那些相册。"

他摇摇头。

"你果然对这些不感兴趣。我怎么一点儿都不觉得吃惊呢?跟我来……"

我们几乎沿着走廊狂奔起来。我本来还期待门后会有人偷看,但一丝动静也没有。四下空无一人!妓院仿佛已经死了。

我推开维卡的房门,做好了这里也空无一人的心理准备。倒霉鬼却在我背后迟疑了一下。

"我该说恭喜吗,列昂尼德?"维卡冷冰冰地说。

房间里一尘不染,仿佛根本没有发生过地震。我不知道别人怎么样,但我通常只在心情极度低落的时候才会这么彻底地大扫除。桌上放着一只小小的收音机。维卡换了衣服,穿着一身灰毛衫加灰牛仔裤。

听语气,她似乎还在期待我解释些什么。

"你听到通报了?"

"谁还能听不到?"维卡猛地站起来,我赶紧后退了两步。女人发火的时候,男人最好别抵抗,"所以你救出了你的……朋友。他救了你,对吗,小伙子?"

倒霉鬼微笑着耸耸肩,维卡放慢了语速:

"你叫什么?"

"倒霉鬼。"

"嗯哼。听好了,你们俩,别轻举妄动,离窗户远一点,别出声!"

倒霉鬼乖乖照做,维卡则转身向我走来。噢,她今天选错了皮肤,这分明是夫人的做派。

"所以你救了他,然后毁了阿尔-卡巴尔和'迷宫'?"

"维卡,他们说谎!"我赶紧解释,"'术士-9000'是个本地病毒,它完全符合协定标准!"

"那关于潜者的事,他们也说谎了吗?"维卡咆哮起来。我终于明白了她发火的原因,"他们撒谎了吗?还是撒谎的另有其人,啊?"

我没有什么被扇耳光的经验,只能捂着滚烫的脸颊,呆呆地站着。倒霉鬼乖乖地望着窗外,他肯定听见耳光声了。

"潜者?"维卡还没消气,"你是个潜者?我就是个白痴,白痴,我还说要帮你!你就不能跟我说一声,你是个潜者?"

"不能……"我吞吞吐吐。

"为什么?你不相信我?"

我打死也不信,上帝是用亚当的肋骨造出女人的。不可能。女人一定也跟亚当一样是黏土捏出来的,只不过完全是另一种材质。

我们发怒的原因截然不同。

"我害怕失去你。"

"所以你就……"维卡欲言又止。

"你们不可能爱上我这种在深渊中还保持着真实感官的人。我知道,维卡,我想过坦白。这想法总是……挥之不去。但如果坦白,你就会讨厌我。不知不觉地……甚至连你自己都不知道怎么回事……"

我辩解着,心里明白一切都结束了。我们可以停在原地做朋友,再也无法更进一步了。世上没有哪个女人,明知道自己在对方眼中只是一片马赛克和像素点,还会爱上对方。

"没错，我的确应该早说的，"我低声说道，"一开始就该说。对不起，我就是办不到。如果你是个潜者，你敢坦白吗？"

维卡不说话了。她满眼泪水，但我知道那泪水只是虚拟图像。我们之间那堵墙，永远不可能消失。

"不敢，"她轻声说，"我也办不到。我也害怕……失去你。"

我大概是疯了。

如果我们之间的那堵墙并不存在，如果此刻我走过去抱住维卡会怎么样……

"我的工作……都怪我的工作。如果来真的，那就太恶心了。我也不知道怎么会变成这样……太肮脏了……我害怕了，所以才会从深渊中退出……"

"我们把那叫作上浮……"

"上浮……"

倒霉鬼还是定定地望着窗外的群山。好小伙，他准备这样站上整整一天。

"做那种事的时候，我总是会浮出去。这样我才能说服自己不在乎，才能一直干那些最脏的活儿……"

那个总在我嘴边问不出口的问题，现在呼之欲出，维卡先给出了答案。

"但在河边的那一次，我没有能够浮出深渊。那是有生以来第一次，真的。"

我相信她，就像所有男人打创世以来都相信女人一样。

这个世界上，只有我们所相信的事实才是真实。

111

维卡去煮咖啡了，倒霉鬼也不再呆若木鸡般立在窗前。我们在桌旁坐下。一小罐鲜奶油、一只堆满白糖的糖罐和一整瓶阿赫塔马尔白兰地静候着我们。维卡给每个人都倒了一杯酒。

"为你的成功干杯，廖尼亚。"她说。

"这样的成功不值一提。"我说。

"为什么？"

"我被全网通缉了。"

"那又如何？"

"这意味着我必须离开这儿。身份已经暴露了，而且有人在你这儿见过枪侠。"

"你指的是谁？"维卡仿佛还不明白事情有多复杂，"我的姑娘们？"

"不止她们。"

"她们什么也不会说的。你以为虚拟妓女也会对这个世界的权贵曲意逢迎？他们的底裤早就被我们看光了……什么集团董事，什么大公司的经理。那些上床前非要抽姑娘们几鞭子的人，可不讨我们喜欢。"

"照你这么说，他们全是变态。"

"倒也不是，"维卡笑笑，"但是只有变态才让人印象深刻。没有人会揭发枪侠的。何况你从来不滥交，也不介意和我们混在一起闲聊。"

"你确定？"

"廖尼亚，我们的员工都来自俄罗斯、乌克兰、白俄罗斯和哈萨克斯坦。你觉得这些国家的人会对政府和大企业存在好感吗？"

"没见过那种怪事。"

"那就对了。为你的成功干杯！"

我们一口干了白兰地，倒霉鬼也跟着喝了下去。他面不改色，仿佛刚喝下去的是一杯茶。

"那小帽子呢？"我突然想起来，"那个人肯定记得我！"

"他也不会举报的。那种离群索居的人……不可能告密。"

"我看他倒像是个什么都干得出来的人。"

维卡用手指敲敲桌子。

"廖尼亚，小帽子每次都选红相册。选这册子的人百无禁忌。他们不仅玩捆绑、皮鞭，找各种法子满足虐待欲，还会虐杀、分尸……还要我接着说吗？"

"饶了我吧。"

"但小帽子不玩儿那些。他是来跟我们聊天的……单纯聊天。"

"那他怎么把你们全惹恼了？"

"廖尼亚，如果一个老爷子点了红册子里的姑娘，把她带去地下室，大喊一声'我是吸血鬼！'然后咬住她的脖子，那的确恶心下流，但还算能够理解。单纯的性怪癖而已嘛。但如果一个平平无奇的小伙子坐在姑娘跟前，开始跟她谈心……花钱买一两个小时，只为了让这姑娘相信自己是个下贱肮脏的婊子，觉得自己不配活在世上……这比前者要可怕得多，相信我。"

"为什么？"倒霉鬼突然插入了我们的谈话。

"因为这就像一种诅咒。他自以为拥有审判他人、统治他人、掌握真理的权力。对付一个自以为完美无瑕的超人，要比对付一个白痴或野兽难多了。为和平而战的将军、打击腐败的官员、谴责色情书籍的变态——难道这样自相矛盾的人我们见得还少吗？大概这就是人性的诅咒吧。以为会迎来安稳，却总是等来动荡；想要拯救生命，却会带来死亡；想要保持体面，却会暴露兽性。只要一个人说'我比你们都高级、纯净、优越'，之后必遭报应。只有那些从不夸口创造奇迹，也从不趋炎附势的人，才能给世界带来安宁。"

我感觉到她的话环环相扣，急转直下，赶紧拦住她：

"停！维卡，别像开学术会议一样讨论善啊、恶啊，这样容易冤枉好人！"

"你自己也是个小偷。"维卡说。

"我只是在促进信息流通。"

"照你这么说，扒手还能教人保持警惕呢！但你说，一个抚养好几个孩子的贫苦妈妈，需要你偷走她的血汗钱，给她上这么一课吗？"

我有千万句话可以反驳。我可以辩解，潜者的主要工作并不是盗窃他人的文件。黑客们根本不用进入虚拟世界，就能探囊取物般偷走文件。盗窃信息和剽窃信息也是有区别的，我又不会把别人的电脑洗劫一空，删除源文件。对于全人类来说，谁最先研发出新型洗发露或者新型感冒药，有什么关系呢？

但我不想和维卡争执。

"原谅我，"她轻轻碰了一下我的手，"是我不对。"

"干吗这么说？你骂得对……"

"对不起……倒霉鬼，你知道吗？我们坠入了一个纯信息世界。一个完全自由的世界。人们可以穷兵黩武，可以荒淫无度，可以下流无耻。这里没有成型的法律。更关键的是，这里的人类心理状态还不成熟。深渊中其实不存在真正的惩罚——即使他们切断你的连接，你还是可以改名换姓重新上线。虽然会因为盗窃文件惹祸上身，但那点儿麻烦也无关痛痒。你大可以对陪审团说，是美国人张三从Microprose[1]的服务器上偷走了最新的游戏，交给了俄罗斯人李四，李四又在王五的帮助下在黑市卖了个好价钱，他们又怎么去证实呢？这个世界充满了无法证实的死亡和犯罪。只有内心留下的伤痛是真实的——但谁又会来衡量这种穿过网线攥住你心脏的痛楚呢？除了老掉牙的伦理之外，我们一无所有。到头来我们会发现，当恶棍也好，圣人也罢，都比做普通人容易……当一个普普通通的人太难了。"

"那到底什么是人呢？"倒霉鬼问道，"普通人是什么？真正的人又是什么？"

"除非我是上帝，"我说，"否则没人可以解答你的问题。这个话题到此打住，好吗？"

"但我真的很想知道。"倒霉鬼的语调一如既往的波澜不惊，甚至有些漠然，但他眼中闪动着激动的火花。

"你就是一个人。"

"为什么？"

问得好，为什么？我刚才还把他当作一个程序呢。我一时也糊涂了，但维卡还看着我，我只能硬着头皮说：

---

1. 1982年成立的美国游戏制作公司。

"不知道。你在'迷宫'里拒绝向人开枪,明知道是做傻事,还舍命去救那个假孩子。可你又能一字不差地背诵刘易斯的诗歌,正常人根本不可能记得那么精确……你已经在深渊里待了三天三夜,却还跟没事人儿似的……"

维卡听到这里瞪大了眼睛。

"而且我们到现在也没弄明白,你是怎么进入虚拟世界的。这非但不能证明你是个人类,恰恰相反……"

他静静等着我往下说。

"你知道吗?什么才是人,可能取决于我们的内心。"我这句话仿佛是说给自己听的,"对我来说你就是人类……因为我想要和你做朋友。"

倒霉鬼似乎更迷惑了。

"这深渊之中的每个人都戴着面具,或许这样也好,更真实。我不知道。当你回到外部世界的时候,你可能反而会变成个讨厌的人。但此时此地,我愿意相信你是个人类。没有原因。"

"那说不定,我困在这里反而是件好事?"倒霉鬼问道。他看看维卡,难为情地笑了起来,"因为我不是人类。"

我们又绕回来了。

疯狂圆舞曲,第二部。

维卡微微笑着,审视着倒霉鬼,我的心往下一沉。

"维卡,他没有说谎。他从不说谎,"我边说边慢慢站起来,"如果他不想回答,就会选择沉默……"我拉起她的手,将她从桌边带走。倒霉鬼望着我们,脸上写满平静的忧伤。

"你刚才在开玩笑吗?"维卡疑惑地冲倒霉鬼问道。

"不是。"

"他不会开玩笑。"我帮忙证实,"你真的没法离开深渊?"

"不能。"

"你是个人类吗?"

"不是。"

"你是谁?"

沉默。

"看见没?"我几乎叫了起来,"他不会撒谎!"

"一分钟前,你还说我是个人类,"倒霉鬼说,"你还说想和我做朋友。那是真话吗?"

现在轮到我沉默了。

"你还说真相就在此时此地,"他接着说,"每个人在深渊中都可以做自己,不必伪装。可以袒露自己的灵魂……如果灵魂存在的话。"

"没错,"我说,"没错,我没撒谎!"

"那你怕什么?被我的坦诚吓坏了吗?"

我点点头。维卡靠在我肩上。我能感觉到,她在微微发抖。

我没料到。她也会吓成这样。

"为什么你不早点儿说?"我吼道。

"我说得够多了,列昂尼德。"

就在这时,维卡爆发出一阵狂笑,笑得上气不接下气。

"你们都疯了,你们两个!你说你不是人类?"她冲到倒霉鬼身边,抓起他的手,"回答我!"

"你怎么定义'人类'?"

"没有羽毛的两足动物!"

"我不是人类。"

就像一场无法结束的噩梦。倒霉鬼一个劲自说自话,维卡已经彻底崩溃,我则完全不知道该如何打断他们云里雾里的哑谜。

他不可能是人工智能!还没到时候,还没到人工智能出现在地球上的时候。但我没法对倒霉鬼的话一笑置之!

电话铃响了,打破了屋里短暂的宁静——简直是天降救星。

维卡丢下倒霉鬼,打开餐厅的门,在散乱一地的空罐子和破纸盒中,拽出一根不知哪里冒出来的电话线。

"喂?"维卡对着话筒说,眼睛仍紧紧盯着倒霉鬼。

话筒那头的声音响亮又自信,我听得一清二楚,立刻认出了那声音。

"请让枪侠接电话。"

"谁?"维卡惊讶的语气伪装得天衣无缝。

"枪侠。跟他说,无脸人想和他谈谈。"

我走上前去,从她手里接过话筒。

"是我。"

"首先,请允许我恭喜您,枪侠。第二,我建议您现在立马退出虚拟世界。"

"没门儿。"我言简意赅。

"枪侠,我们没时间斗嘴了。我现在就在主入口旁边,但这次我只能从对手那里争取几分钟时间。阿尔-卡巴尔马上就会追踪到你的信道。赶快出来。"

"出来之后呢?"

"您就能带走我许诺的奖品。而我带走倒霉鬼。"

话筒里的声音太大,屋里的每个人都听得一清二楚。我看看那个认为自己不是人类的金发年轻人,又看看皱着眉头的维卡。

"我认为他不想跟您走,"我答道,"对不起。"

"枪侠,我们说好的……"

"我可没有答应交出倒霉鬼,只答应您把他从'迷宫'里带出来,剩下的就不关您的事了。"

"你未免把手伸得太长了,枪侠。"

"总得有人做决定。"

"好吧,看来你心意已决。"

话筒那头的声音消失了。紧接着,脚下的地板剧烈抖动起来,把我们直直抛向天花板。圆木铺就的墙被挤得扭曲变形,咯吱直响。那幅画着瀑布的画砸到我身上,潺潺的水声让我清醒了过来。

我从地上站起来,沿着龇牙咧嘴的木地板往前爬。这不是地震。这是针对妓院防火墙的攻击。天真的法师自以为坚不可摧的防护墙,就这么分崩离析了。

不过他们还没有直接闯入小屋,说明事情还不算太糟糕。

"维卡!"

我扶着她站起来。维卡脸上血迹斑斑,毛衣的袖子也撕破了。

"畜生……"她咬牙切齿地说。

只有倒霉鬼没有摔倒,他靠着墙,张开双臂保持平衡,稳稳地站着。

"我马上从房子里出……"他一句话没说完,就被又一次爆炸的声音打断了,"没别的办法……"

"你想投降?"

"不想,但是……"

"那就别胡闹!"我轻轻晃晃维卡,"房里有绳子吗?"

她惊慌地摇摇头。

"我们需要绳子!"

维卡朝窗外看了看。她明白了我的意思。

"我们可以跳下去……"

"足足七米半,我们会摔死的!"

还好,维卡没注意到我说的数字过于精确,否则我们又要不合时宜地吵一架了。女人完全是外星生物。

"三楼有……"她刚说两个字,房门就被砰地撞开了。我瞬间从腰间抽下皮带,它立刻吱吱作响地变成了鞭子。但门口站着的不是无脸人,也不是他的爪牙,而是法师,他摇摇晃晃地踩着长翅膀的拖鞋,嘴里咕咕哝哝。他身后的走廊被五颜六色的闪光笼罩。我看向那些嘉年华焰火似的火花,渐渐感觉到不对劲——我的行动变得迟缓,精准度也下降了……

"哇,'术士-9000'!"看到我手里的鞭子,法师乐开了花。他飞进房间,关上房门,我刚才那股子迷糊劲儿也过去了。他问维卡,"夫人去哪儿了?"

"今天我替她!"

"妓院被攻击了!"法师仍兴奋得合不拢嘴,"一楼已经被毁了个稀巴烂!我打开了防御装置,但还是挡不住!"

说完他就朝我飞过来，拽住我的袖子，兴奋地问：

"你看到那些彩光了吗？他们往调制解调器里塞了这么多垃圾信息，什么电脑都撑不住！除非是配置特别好的……维卡，你知道夫人在哪儿吗？"

"所以我们能撑住吗？"维卡问道。

"说什么呢，当然撑不住！他们可都是行家！但没关系，我全程录像了，事后我们可以投诉，让他们好看！夫人在哪儿？没有她的指令我没法启动整套系统！"

维卡的身体开始变形，就像起了涟漪的水面。她的胸部和大腿膨胀着，脸像蜂蜡一样熔化。潜者在浮出深渊、变换外形的时候就是这样……

"不管你有什么家伙，全都打开。"夫人下达了指令。

"噢！哇！"法师像在演戏一般夸张地瞪大了眼睛。我真想知道，他有没有正儿八经的时候？

"我就知道，我早就知道！"

惊讶归惊讶，他的两只手可没闲着。他从口袋里掏出一只小小的操纵器，开始输入指令。

"但无论如何，我们都撑不住的，维卡夫人！"

"我们必须出去，法师。"

"夫人！"法师捂住胸口，"这可不是我能办到的活儿！您需要的是一位潜者！"

"潜者也办不到。"我摆摆手，指指窗户，"得要绳子才行！"

"要绳子上吊用吗？"法师嘿嘿笑起来。他盘起双腿坐在地板上，开始脱鞋子，嘴里还喋喋不休，"你知道多搞笑吗？三楼那个怪胎，喜欢三人行的那个，以前从不说自己的身份，刚才吓得直接跳窗了！他掉进游泳池之后在那儿乱扑腾，说自己不会游泳。我们必须救他，因为他是国家杜马副议长……"

他把脱下的鞋子朝我扔来。

"拿着，没有马力限制。穿着这个，你们三个都能下去！夫人，你为什么从没告诉过我维卡是你的假身份?我又不会嚼舌根!"

我穿上鞋,鞋上的小翅膀立刻兴奋地扑扇起来,拍打着我的脚趾。有意思,法师说维卡是夫人的假身份,在我看来则恰恰相反。

"这下子大家要乱传谣言了!小伙子,你又是什么人?"

倒霉鬼没有答话。他可能和我一样,脑子还昏沉沉的?法师就像个多任务操作系统,他能在扮小丑的同时正经工作。

我办不到。

"谢谢。"我尝试着站起身。法师怕我穿上飞鞋站不稳,轻扶着我的胳膊肘。这感觉很有冲击力,和在"迷宫"时背在身上的喷气背包不同,现在我的的确确在踩着空气走路。

"就跟爬楼梯一样,"法师轻声说,"找找上楼下楼的感觉。"

"法师,我们还有多少时间?"夫人公事公办地环视着房间,把维卡的手包挂在肩头,然后把餐橱里的罐头和食品袋都掏出来,像篮球运动员一样把它们统统扔出窗外。我深深怀疑我们下去后是否有时间把这些东西捡起来,但我没多嘴。

"只够你给我个告别吻了!"

"不如留到下次吧。法师,帮我们尽可能拖住他们……哪怕跟他们东拉西扯一会儿……"

"我尽量……"没想到法师也会惊慌失措,"但……其实我也不知道该怎么办……"

"维卡,变回你自己的样子吧。"我看了看夫人强势的外表,请求道。接着我走向倒霉鬼,他仍靠墙站着。

"小子,我完全不在乎你是谁。是人是鬼都好。我都无所谓!"

他默默盯着我的眼睛。

"我就是不想把你交给那些怪物。我要拼尽全力救你出去。你相信我吗?"

倒霉鬼默不作声。

"我还是想和你做朋友,"我说,"不管你是谁。"

他向我迈出了一步。我接着说:

"求求你了……别给那些混蛋抓住我们的机会！"

话音刚落，我就感觉自己说错了话。

"善，是恶的对立面吗？"倒霉鬼饶有兴味地问我。

"不然呢？"法师出人意料地插入了我们的对话。他咚的一声坐到扶手椅上，跷起二郎腿，严肃地板起脸来，"如果万事万物没有标尺的话，那一切都会失去意义。"

倒霉鬼乖乖闭上了嘴巴，和我一起走到窗前。维卡——不是夫人——已经在窗前等着我们。她的表情深不可测，静静望着下面。

"怎么，你恐高？"我后知后觉地问。

"别磨蹭了。啊！"背后传来法师的提醒。我回头一看，他正奋力敲着键盘，木屋的墙后传来一阵阵低沉的轰鸣，仿佛波音飞机涡轮狂转的动静。轰鸣声越来越尖利，木门已经被火舌舔舐。

"法师，你能挺住吗？"

法师微微一笑，从兜里掏出一个乍一看颇像鸡蛋的东西。

"我有这个。"

"这是什么？"

"你马上就知道了。"法师笃定地说。

维卡和倒霉鬼一左一右，同时搭住我的肩膀。动作如此整齐划一，根本不需要我指挥。我跨过窗台，脚踩空气跳了出去。

空气支撑住了我们的重量。

疾风敲打着我的肋骨，脚下百米开外，河流咆哮而过。一阵头晕目眩。这会儿我该浮出深渊才对。

但……我不想看到维卡的脸变成一堆像素点。

一开始，我本打算降落在陡坡上，但不一会儿就发现根本没有用。小路完全被巨石堵死了……都怨这该死的地震！

我继续朝前，寻找降落地点。飞过陡坡悬崖，越过被山石阻塞的河流，飞向对面的陡坡和郁郁葱葱的林地。

"我连坐飞机都怕……"维卡喃喃自语。我艰难地抬起头，不去看脚下的万丈深渊，而是看向她的脸。

"抓紧了，孩子……"

"你要……上浮？"

"不是！"

她闭上眼睛冷静片刻，然后抬起头，"廖尼亚，出去吧！别折磨自己了！"

哈哈。你就瞧好吧。

我可是用另一种黏土捏成的！

"一路顺风，伙伴们！"法师的喊声远远从后面传来。听这声音，他应该把身子探出了窗口。

"还伙伴们……"维卡气得嘟嘟囔囔，"你们这些男的都一个样！"

"维卡奇卡，吻你千千万万遍！"法师还在絮叨。

现在我开始喜欢他的喋喋不休了。

再飞一百来米就到了。

我朝左边看看，倒霉鬼的表情十分平静，他眼中闪烁着孩子般的好奇，正盯着我们脚下的万丈深渊。真应该让他穿上这双飞鞋。

我不知道维卡为何要那么崇拜希格斯格尔德。她创造的空间一点也不比他的差。

甚至更为逼真。

松枝擦过我的脸颊，青紫色的松果掠过眼前。尽管颜色奇怪，但不知为何，它们的存在在我看来十分可信。

我绕着松树一圈圈盘旋下降。小木屋所在的那个悬崖早已被我们远远抛在峡谷对面。法师已经不在窗口了。

"廖尼亚……"维卡在我们距离地面仅剩一米半的时候叫了一声，松开手跳了下去。多此一举。她倒是成功着陆，结果导致我和倒霉鬼失去了平衡。我倒向了左侧，飞鞋拼命扇着空气，但还是没能托住我们。

叠罗汉，节节高！

这一天我经历的坠落是不是太多了？况且我还穿着减震功能很糟糕的拟真服。

我甩掉鞋，站起身贪婪地大口呼吸，揉着身上摔疼的地方。倒霉鬼蹲在地上呜咽着。

维卡困惑地看着我俩。

"你们摔疼了吗?"

"不疼,一点儿都不疼!"我把倒霉鬼扶起来,嘟囔道。

头顶上方是浓密的树冠,五米开外就是个陡坡。河水轰鸣,松针沙沙,重新站在地面上的感觉真好!

"廖尼亚……"

"终于到了。"我打断了维卡的话。我知道什么叫恐高,毕竟在阿尔-卡巴尔过马鬃桥时我也得靠作弊才能幸存。

现在最重要的是,我们终于离开了妓院,已经不在无脸人的攻击范围之内了。

这里只有维卡创造出来的用来自娱自乐的群山,这是一个遵循独立法则的小世界,陡坡上维卡的小屋就是它唯一的入口……

黑红色的火焰从小屋窗口冒出来,木墙立刻燃起了熊熊大火。

法师说我们会看见的,没错,瞎子才看不见燃爆的炸弹病毒。通往深渊城的唯一出口就在我们面前熊熊燃烧。

"真希望你也在这小屋里……无脸人。"我说。

"他到底许诺你什么报酬了?"维卡问道。

我眯起眼睛,仿佛眼前就放着那个筹码,"特权徽章。"

"什么?"

"你不知道吗?季本科因为创立深渊城得到过一枚特权徽章。有了它,你就能在深渊里为所欲为。"

维卡笑了。

"这可比钱要值当,"我说,"相当于免除一切罪孽的赎罪券……"

"你被骗了,廖尼亚。"

"为什么?"

"廖尼亚,特权徽章之所以珍贵,是因为整个虚拟空间仅此一枚。任何复制品都是造假,会被销毁的。我之前……认识一个人,他就曾试图复制特权徽章。"

最好笑的是,此时我的内心毫无波澜。我朝倒霉鬼使了个眼色,调侃道:

"那看来你真是个金丝雀了。连季本科都愿意为你献出自己的压箱宝。"

倒霉鬼摇摇头,"不。我比他的压箱宝还要珍贵。"

深 渊

真理和爱是互不相容的。

ЛАБИРИНТ ОТРАЖЕНИЙ

00

维卡扔出窗外的食物就像在嘲笑物理法则一样，只有玻璃罐装的果酱和纸筒装的饼干幸存了下来。剩下的不是掉落深谷，就是掉到石头上摔得稀巴烂。尽管我觉得囤积食物毫无意义，但我们还是捡走了果酱。

大概这就是思维惯性吧。面对危险丛生的荒野时，人总会因为恐慌而想要囤积物资。

"接下来你有什么打算？"我问维卡。

"为什么问我？是你提议跳窗的。"她反问得有理有据。

"当时也没有别的选择。"

"有的。你可是个潜者。"

我抬起下巴指了指倒霉鬼。

"那他呢？"

维卡已经在这个问题上纠结了一个小时。我们坐在松软的草地上，躲在树荫下休息。远处，小屋的残骸还冒着白烟。

我们默默看着倒霉鬼。他在草地上溜达，一会儿摸摸松树，一会儿从地上捡起一根松针或几块小石子，活像个头一次进山的城里人，或者头一次从伊夫城堡[1]地牢里逃出来的囚犯。

"列昂尼德，关于电脑智能，我之前可能太大惊小怪了……"维卡先开了口，"倒霉鬼就是人类。普普通通的人，只不过他把你的脑子搞糊涂了。"

"他已经在深渊里待了三个昼夜。"

"说不定他吃了兴奋剂，要不他也是个潜者。"

"他的信道没留下任何痕迹。"

"那就是他掩藏得很巧妙。"

---

1. 位于法国马塞的伊夫岛，曾是国家监狱，因为《基督山伯爵》而闻名于世。

"两个大公司和季本科都在追捕他。"

"这世上的蠢货可不少。"

奥卡姆剃刀[1]真是个好东西。任何神秘主义都能被切得干干净净，连肉一起剃掉。

"维卡，你可是个心理学家……你知道什么测试能判断他是不是人类吗？"

她轻声笑了出来。

"当然没有。要这种测试干吗？"

"我以前在一本科幻小说中读过，有一种方法……"

"你觉得一个作家喝着咖啡想出来的方法真能有用？"

"试试也无妨嘛，"我还不甘心，"不是有那么多机构都在研究人工智能吗？他们总得有些成果吧。有些科幻迷还自己发明了些抽象思维测试……也是条路子。我现在就可以从深渊里退出去，在网上查查。"

"那你怎么回来？这个空间的入口已经毁了，"维卡苦涩地一笑，"恐怕再也无法恢复了。这里已经成了一个自给自足的封闭系统。"

"顶尖的黑客总能找到通道。"

"到时候即便你回来了，进入的也是另一个世界。这些山脉会抵抗到空间毁灭为止。因为一旦有人闯入，它们就会失去自由。"

我完全理解她的心情，非常理解，但还是不喜欢她这种过于未雨绸缪的悲观主义。

"那就画一片新的山脉。"

维卡没有生气。

"下次我可以画海。大海，天空和岛屿。"

"别忘了添一个备用出口。"

"每个空间都有自己的法则……"维卡站起身来，"说不定这里也有别的出口，廖尼亚。这些山脉诞生的时候，深渊程序正在所有开放的服务器上收集地标，从这里偷走过一些碎片……"她不好意思地笑笑，

---

1. 14世纪英格兰逻辑学家奥卡姆的威廉提出的理论，可概括为"如无必要，勿增实体"。

"所以应该留下了漏洞。虽然很小,但只要我们找到一个,就能出去。"

"这不就好多了。"

再不济,我还有"术士"。但使用它太过冒险——病毒会留下踪迹。

"我们得离开这儿,"维卡斩钉截铁地说,"离天黑大约还有五个小时。万一入侵者重建了小屋就不妙了,我们最好离那儿远一点儿。"

01

太阳落山,只余下一抹橙色的余晖。我们这时才停下脚步。走了约莫十公里远,这已经很不容易了。夜间在山里前行等于自杀。

天黑前的最后一刻钟,我们抓紧时间四处搜集木柴。还好,我们正好走到了一片阿尔卑斯式草场的边缘,木材并不难找。我和倒霉鬼合力拖来一棵被风刮倒的松树,怪扎手的。我从树上折下细枝,堆成一垛。

"够用了,男士们。"维卡说。她利索地点燃树枝,生起了篝火。

晚饭是象征性的——一点儿果酱配上干巴巴的饼干。我们也分给倒霉鬼一份,他像个电子绞肉机一样,吃得津津有味。我一口也吃不下,满脑子都是热乎乎的煎肉排,配上辣椒酱和青豆,再来两瓶冰啤酒!而这些对我来说近在咫尺!只要退出深渊再回来,中途去一趟"老黑客"或者"三只小猪"……

我和维卡无声地交换了眼神。

不知她心里跟我一样想着肉排和啤酒,还是想吃煎三文鱼配白葡萄酒。但她肯定也不想吃饼干配果酱。我们既不是爱吃果酱的小飞人卡尔松[1],也不是爱吃饼干的坏男孩儿普罗希什[2]。

---

1. 瑞典童话大师阿斯特丽德·林格伦创作的文学形象。卡尔松是一个长着螺旋桨、可以自由自在飞行的小人,他最爱的食物是果酱。
2. 出自儿童片《战争的奥秘,小男孩儿齐巴尔契什和他的奇谈》。普罗希什是片中虚伪、卑鄙的负面人物,他为了加入"资产阶级"做了坏事,最终得到了果酱和饼干的奖励。

"倒霉鬼,好吃吗?"维卡好奇地问。

"嗯哼。"

"你平时都吃些什么?"

"什么破烂都吃。"

维卡的耐心终于耗尽了。

"小伙子,听我说……"

倒霉鬼放下手中的饼干,一脸疑惑地望着维卡。我和维卡坐在篝火一边,他坐在另一边。中间仿佛隔了一道墙。

"我们有个棘手的问题,"维卡接着说,"这个问题就是你。你可能还没完全弄明白目前的情况……那么好,我尽量给你解释清楚。如果我说错了,你就纠正我,好吗?"

倒霉鬼乖乖点头。在给别人施压的时候,最好给对方留出反驳的空间。至少要做做样子……

"你不知怎么闯进了'迷宫',没办法靠自己走出来,对吧?列昂尼德花费了大量的时间和金钱,只为了把你捞出来,一直走到现在这一步。对吧?"

不能说完全正确,毕竟一开始"迷宫"就预付了报酬……但我没有说话,倒霉鬼也一个劲点着头。

"廖尼亚把你救出来,带到了我这里。只要把你交出去,他就能拿到一份丰厚的奖赏,但他没有这么做。结果现在他成了通缉犯,被全网追捕。对吧?然后,我的房子也在他们追捕你的过程中被毁了。虽然要恢复它也不麻烦,但我的职业声誉算是完蛋了,必须从头再来。"

"我很抱歉……"倒霉鬼嗫嚅道,"我……我没想到会给你们带来这么大的麻烦……"

"等等,听我说完。现在我们还在逃亡。如果你还不明白,我就给你讲清楚。这个空间已经没有正常出口了。或许我们能找到别的出口,但能不能在附近的山里找到,还是未知数。我和廖尼亚都是潜者。我们随时可以从这里离开。但要再回来是不可能了,那样你就必须一个人留在这里,可能是永远。从道德伦理的角度说……情况就是这样。"

"我很抱歉。"倒霉鬼只有这一句话。

"接下来我们来谈谈你？不管怎么说，你就是上述所有问题的根源。"

倒霉鬼瑟缩了一下，但没有反驳。

"总之，你不是人类，就是电脑智能。但后一种可能性微乎其微。如果你是人类，那你就很可能可以自由出入深渊，说不定比潜者还麻利。没错吧？不然你不可能在进入深渊四天以后，还这么活蹦乱跳的。你有什么要反驳的吗？"

沉默。

"小子，我的推测是这样的，"维卡说，"不管怎么说，三斤重的脑子总比轻飘飘的芯片难琢磨。我可以想象有人能不借助头盔、调制解调器和深渊程序进入深渊，甚至可以理解他的快感，或者惊恐。所以他为什么不像鸵鸟一样把头埋进沙子里，不把自己的秘密藏起来呢？这都解释得通……但你得明白，现在你已经不是在闹着玩儿了，而是让我们陷入了困境。拖得越久，问题就越复杂。你知道吗？我们不可能一直罩着你！"

"我……我累了……只是累了……"倒霉鬼求助般地望着我。

我不会再帮他了。

"最后，怎么解决目前的困境？"维卡斩钉截铁地说，"如果你一直保持这种态度，是没有结果的。继续加剧冲突对我们没有好处。如果你不想揭露自己的身份，不信任我们，或者不想毁灭你自己美妙的神话，那就直说，我们立马就走。那样我们就可以把你当成一个关于深渊的笑谈……如果你觉得我们值得信赖，那就解释清楚——你到底是谁？为什么这么做？两个选择，不少了。"

维卡说完了，我默默牵起她的手。我一直没能鼓起勇气把情况分析得这么明朗，分析到"非此即彼"的程度……

"我……"倒霉鬼顿了顿，望向篝火。树枝噼啪作响，黑暗中不时出现迸裂的火花，"我错了。我只是厌倦，厌倦了沉寂……我不该这么做的。"

"你到底什么意思?"维卡的语气稍微有点儿激烈。但倒霉鬼已经完全崩溃了。

"太安静了……"他喃喃道,"在沉寂降临之前,你们是永远无法体会到的。所有的声音都被淹没,色彩也都褪去。每一分,每一秒,都如同一个世纪那么漫长。我像是度过了亿万个世纪。有人警告过我,但我没有信。"

他咽了口唾沫,伸手靠近篝火。火苗舔舐着他的指尖。

"什么也没有,没有痛苦,也没有愉悦。只有巨大的沉寂。它无处不在。只有永恒的虚无。无边无际的虚无。我……没能撑住。"

他的手轻柔地抚摸着火苗。

"我无法给你们解释。你们走吧。"

我看向维卡,以为她要大骂倒霉鬼一顿。但她眼中只有火苗的反影、漆黑的夜和火红的篝火。她和我一样,第一次被倒霉鬼口中的沉寂触动了。

我站起来,把倒霉鬼从篝火旁拉开。自我暗示是一种强大的力量。如果在深渊里烫伤,就等着手上真的起水泡吧。我把他拽到河边蹲下,把他的手泡在冷水里。

"算了,"我说,"睡觉吧。各睡各的,什么也别说了。我和维卡要退出去,吃点儿真正的食物。至于你……干什么都行。明早告诉我们你最终的决定。"

倒霉鬼默默用手拨弄着河水。

我走到维卡身边。她已经冷静下来了,不再那么激动。

"你是那种容易被催眠的人吗?"我问她。维卡不屑一顾地冷哼了一声。我只是随便问问,潜者就没有会被催眠的,不然我们也不可能穿透深渊程序的迷雾。三言两语不可能迷惑我们,"你看,这就是我的顾虑,"我说,"装傻我们都会,但这次可是要把伙伴扔下,让他一个人面对沉寂。"

"我也累了,"维卡喃喃道,"再多待一个小时,我也要开始打哑谜了,我能说得比倒霉鬼还好……"

"先睡觉吧。保持信道连接状态，浮出去，吃点儿东西。你家里有吃的吗？"

"当然有。"

"那就好。吃点儿东西，躺下休息。明早我们再回来解决问题。"

说干就干。我让倒霉鬼帮忙，两人一块儿折了三捆杉树枝，铺在篝火旁边。

这张床太舒服了，我差点儿放弃了离开这儿去吃晚饭的念头。

深渊啊深渊，我不属于你……

眼皮像压了石头一样沉，几乎抬不起来。屏幕上，篝火在跳动，耳机里传来嘎吱嘎吱的声音，是维卡在翻身调整睡姿。

"廖尼亚，需要中断下潜吗？"Windows管家问道。

"不用。"

我摘下头盔，看了看表。

已经很晚了，但邻居们应该还没睡。啤酒可以等会儿再喝。

我拔下拟真服的插头，让紧张过度的电脑安静下来，走进卫生间，照了照镜子。

现在的我活像个腰间拖着插头的小丑。会不会把老太太吓一跳？

本来准备洗掉的毛衣还躺在洗衣篮里。我把它套在拟真服外头，将电线塞进腰间，用外套盖住。还行，不奇怪，就是有点儿臃肿。

过道里传来轻柔的吉他声。我对着猫眼看了一下，轻轻打开房门。

一群毛头小子围坐在楼梯转角处。其中一个轻拨琴弦，口中唱道：

"孤独的鸟儿呀，你飞得那么高……"

一看到我，孩子们不知为何都难为情起来。只有楼上的邻居开口问我：

"廖尼亚，您身上有烟吗？"

我摇摇头。那孩子狐疑地盯着我裤兜里凸起的东西。我塞进里面的电源看起来正好像个烟盒。他打死也猜不到，居然有人得拖着插头生活。

我摁响了隔壁的门铃，等了一会儿，屋里才响起脚步声。老太太警惕地问了一句:"谁呀?"。我的邻居不仅不相信猫眼,连自己的眼睛也不信。

"柳德米拉·鲍里索夫娜,看在上帝的份儿上,请原谅我冒昧打扰,"我对着邻居的房门说,"我可以借您的电话用用吗?我的电话机坏了。"

她迟疑了一下,然后咔嗒一声打开门锁。

我赶紧从门缝里钻进去,她飞快地在我身后关上了门。

"那群小子又坐在楼梯间了?"柳德米拉·鲍里索夫娜追着我问。她已年过七旬,不是和毛头小子吵架的年纪了。

"坐着呢。"

"你就不能去管管他们吗,廖尼亚!简直整天不得消停!"

从她屋里压根听不见过道里的声音,她的房门结实得很,但我还是顺着她说:

"一定。我会说说他们的,柳德米拉·鲍里索夫娜。"

"你的电话机怎么坏了?没交话费,被停机了?"

我乖乖点头,一副佩服她神机妙算的样子。

"你太爱煲电话粥了。"老太太抱怨道。以前我跟她用的是联机号码[1],但显然没能长久。我付了改装线路的费用,顺便还补贴了她一点儿话费——联机号码的话费比普通的要便宜点儿。在她眼里,我可能就是个白痴。

但打那以后,我们的关系就好多了。

"拿着,打吧,虽然时间有点儿晚了……"柳德米拉·鲍里索夫娜指了指电话机,显然没有走开的打算。

好奇倒也不算什么缺点……

我拨通了疯子的号码,尽量不去注意脏兮兮的号码盘和黏糊糊的话筒。

"喂?"

---

[1]. 两个可以互相连接的电话号码,给其中一个号码打电话,另一个也能接到;一户通话时,另一户只能等待。

"舒拉,晚上好。"

"啊哈……"话筒里传来疯子得意扬扬的声音,"终于抓到你了,通缉犯。"

"舒拉,他们……"

"好了好了,我会摆平的。我有本地病毒制造许可证,他们挑不出毛病。"

"那你给'术士'办注册手续了吗?"

"当然办了。就是在洛津斯基那儿办的,所有源代码都符合'莫斯科协定'的规定,他们什么把柄都抓不到。"

我稍稍松了口气。万一他没在任何病毒制造公司那儿注册"术士",那疯子的麻烦就大了。当然,他们仍然可以指控我违法使用武器,破坏"迷宫"……不过得先找得着我才行。

"他们问了是谁从你这儿买的病毒吗?"

"废话。我把你的地址给他们了。最没用的那个。"

早在两年前,我刚开始在法律边缘试探时,有个潜者就建议我多买几个假地址,放着备用。疯子卖给我的病毒,表面上都是卖给这些虚假地址的。

"我跟他们说,你花了一千美元。"舒尔卡补了一句。

"知道吗,如果真像你说的……"

"别担心,我已经收到五个订单了,都出价一千。"疯子哈哈大笑,"酷毙了!乔丹老哥这广告打得太好了,我都想请他喝杯啤酒。整个深渊城都被惊动了。"

"他们没禁止你卖病毒?"

"暂时还没有。他们还在琢磨代码呢。你最好跟我说说,一个半小时前你人在哪儿呢?"

"唔……跟平时一样。"

柳德米拉·鲍里索夫娜轻咳了两声。她那老太太独有的咨啬,正和她的好奇心做着激烈斗争。计时收费是网迷和话痨最大的敌人。

"懂了,在深渊里。我去了你家一趟,想找你喝啤酒来着。"

疯子忽然变得吞吞吐吐。

"你……去门外看看。"

"为什么？"

"我那时候给你打了个电话，在长椅上坐了一会儿，喝了几口啤酒。然后又给你打了个电话，在你门口放了两听好顺牌[1]淡啤。你去瞅瞅，还在吗？"

我像老旧光驱一样发出一声怪叫。

"舒拉，你怎么了？以为今天早上我们建成共产主义了？脑子被门夹了？"

"去看看嘛，说不定还在呢。"疯子嘟囔道。

"不在了！我这会儿在邻居家给你打电话呢。"

"那……让他们见鬼去吧。"舒拉说。

有时候我的确跟不上黑客的思路。他会不会是弄混了现实世界和虚拟世界？以为现实中的啤酒跟虚拟的一样不值钱？

"跟谁说，谁都不信你敢这么干……"

"喝酒的人信。"疯子悻悻地说。

"明早再来，十点左右，"我说，"我们得好好谈谈。"

"你别忘了从深渊里出来就行。明早见。"

"回见，舒尔卡。"

我放下话筒，怪不好意思地看看柳德米拉·鲍里索夫娜。

"我聊得太久了吧？"

"算了，没什么，"老太太摆摆手，"你们谈生意呢，这我还不懂嘛！你们卖什么呢？"

"啤酒。"我信口胡诌。

"我过去也爱喝啤酒。但现在，退休金连填肚子都不够了。"

"柳德米拉·鲍里索夫娜，要不我给您拿点儿过来？"我慷慨地提议，"我家刚好有几罐样品！"

---

1. 德国啤酒品牌。

这是最好的解决办法。不然老太太绝对会偷溜到我家,偷打我的电话,来弥补她退休金的损失。她这样神经脆弱的人,还是别进我的屋子为好。

"要不就来一听……",她来了精神。

我穿过门厅,给老太太送奥拉宁鲍姆[1]啤酒的时候,楼上的毛头小子们朝我投来贪婪的目光。怎么说呢,四个年轻小伙儿分两听淡啤酒,哪能够呀。

10

我从积满冰霜的冰箱冷冻室里翻出来硬邦邦的香肠,还找到了一听鲱鱼罐头。这罐头可能是上回缺钱时买的,也可能是因为怀旧。

困意已经让我的大脑停止运转,但我还是加热了一下那截可怜的香肠,又找出开罐器,把两瓶皮尔森啤酒[2]放在面前,开始享用我的烛光晚餐。电脑屏保上刚好摇曳着蜡烛,头盔里传来篝火的噼啪声,再应景不过了。

去死吧,深渊!倒霉鬼也是,都见鬼去吧。此刻,在现实世界中,我刚刚经历的一切就像一出荒谬的戏剧。如果明早倒霉鬼再不坦白,我就和维卡离开那个空间,永远离开。让他对着悬崖和松树去讲自己的故事吧,它们爱听。

我咽下一口冰凉的啤酒,满意地哼唧起来。我手起刀落打开罐头,把盖子翻过来勾住……

我差点儿从椅子上吓跌下来。

一百个鱼头,用充满责备的眼神从罐头里盯着我。

如果是在虚拟世界,看到这样的画面我根本无动于衷。但这可是在

---

1. 俄罗斯啤酒品牌。
2. 捷克啤酒品牌。

真实世界里……

我在浇满茄汁的鱼头里徒劳地翻找一条整鱼。根本找不到。厂商真的很努力。我努力想象罐头厂的模样……那应该是一艘漂浮在海上的庞然大物。又或者，这些粗劣的罐头是在岸上加工的？我仿佛看见一个个小姑娘，在死鱼的臭味和单调的劳作中筋疲力尽。其中一个从传送带上拿了一听空罐头，用力地往里塞鱼头。真是滑稽。

我笑得浑身发抖，好不容易合上了罐头。晚饭泡汤了，但我并不生那些工人的气，相反，这一切意外地恰到好处。

我抱着啤酒罐，一口气喝完了整听皮尔森啤酒。

潜者啊，你还渴望奇迹吗？什么人工智能，什么能直接进入深渊的人类，你以为那些才算奇迹？

清醒点儿吧！现实世界里，奇迹无处不在。失窃的啤酒、整罐的鱼头、老太太令人窒息的公寓、楼道里的嬉皮小子，以及令人厌烦的、厨房里滴水的龙头。

这就是生活。无论它多么愚蠢无聊，头盔里的世界不过是潜意识罗织的故事，是程序构建的幻想。

我打开第二听啤酒，拿起罐头走上阳台，把里面的东西倒向楼下荒芜的花园。今夜楼下的野猫可以美餐一顿了。

"不讲道德！"我在脑子里训斥自己，跟电脑里的维卡一样严厉。不该往窗外扔垃圾，这念头已经烙在我脑子里了。

但和机器不同，我们懂得在禁忌边缘游走，一如在阳台上偷偷扔垃圾。

我直接端着剩下的啤酒走进厕所。我盯着啤酒罐子，解开拟真服。我已经喝够了。

"为什么要搞得这么复杂？"我装腔作势地问自己，把剩下的啤酒倒进了马桶。

我好不容易爬到床上，把灯一关，蜷缩在桌旁。头顶着铁锅似的头盔，我能睡多久呢？周围静悄悄的，一丝声响也没有。楼道里的孩子已经弹乏了。

黑暗中只剩下电脑平稳的嗡嗡声和屏幕上闪烁的蜡烛。

我翻了个身，把脸埋进枕头。但睡意却溜走了。深渊中，枪侠的身体死气沉沉地躺着。没有我在，那具躯体会寂寞吗？不知为何，我感到一丝愧疚。

"这是最后一次！"我嘟囔着，爬起来，把拟真服的插头插上。双手放在键盘上。

d-e-e-p+回车。

我在睡梦中紧紧靠着维卡，她嘀咕了一句什么，翻了个身。尽管她的声音很小，但我一下就清醒了。

也就是说，她也在深渊里睡觉。

篝火已经燃尽。天可能快亮了，但黑暗还未褪去，只能看见篝火的余烬发出点点红光。倒霉鬼像个麻袋似的，一动不动躺在另一边。如果我猛推你一下会怎么样，伙计？让我看看，你到底是跟我们一样在深渊里，还是偷偷溜上了你温软的床？

我仰望天空，看向那黑水晶一般的苍穹。我是怎么对维卡说的？"他们偷走了我们的天空"……

是的，天空被偷走了，而且留在这里的人越多，星星就离我们越远。

不只是群星会远去。还有那些无法进入这个世界的人：找不到工作的年轻人、鱼罐头厂的女工……一开始还只是鱼头。那罐头仅仅是个恶作剧，还是他们无声的尖叫和抗议？先是鱼头被切下，接下来就该轮到人头了。

会不会有新的卢德派[1]在等着我们？惊恐的人群会不会掀起捣毁机器的新革命？还是说我们仍有别的出路？

我回过头，望着倒霉鬼。如果你是电脑智能，或者是征服虚拟世

---

1. 18世纪后半期到19世纪初，英国工人用捣毁机器等手段反对企业主的自发性工人运动，领导者是一位名叫卢德的工人，参与者被称为卢德派。

界的人类,那你可能就是那个出路。你是破局的希望,是打破藩篱的利器。季本科,如果他确实是无脸人的话,也会明白这一点。

我到底有没有必要站在道德高地上,拼死保护倒霉鬼?

万一他就是人类的拯救者,是两个世界的融合剂呢?

我不知道。我也只是个普通人,不过是偶然获得了自由进出深渊程序的能力。我靠这个混口饭吃,偶尔挣个满汉全席。但我不是救世主,我无法决定对这个世界来说,什么是好,什么是坏。

我一无所有,只有一点可笑的道德感,还老被我电脑里的维卡批评"不讲道德"。而道德感是个狡猾的东西,它无法让你找到答案,反而会阻碍你追寻答案。

做个圣人或者无赖,都比当普通人容易。

我满心愁苦,对自己充满嫌恶。就像个误闯奥运会的乡巴佬运动员被送去和冠军对决一样,我何德何能……

天空中忽然传来声响。

我又翻了个身,望向漆黑的天空。那里出现了一道深深的裂痕,就像一道灼目的蓝色闪电,箭镞般划过天际,直射地面。

"这是什么,廖尼亚?"

维卡已经坐了起来,撩开一绺垂下的秀发。她什么时候醒的?

或者说,我什么时候睡着的?

眼前的一切是梦境还是现实?

"陨石。"我答道。

那支蓝色的箭飞得越来越低,陨石背后拖着一条嘶嘶作响的尾巴,如同礼服长长的后摆,尾部燃烧的火焰则如同利刃。

"这就是星星的坠落。"维卡一脸严肃。这下我明白了,自己还在梦中。

倒霉鬼仍然一动不动。

那道裂痕彻底撕开了天穹,一头扎进地平线。深蓝色的裂痕渐渐消失了,仿佛天空也会疗愈自己的伤口。只有星星坠落的山间,升腾起苍白的火焰。

"你答应过去找星星的。"维卡说。

梦里的一切都那么简单。我站起来,朝她伸出手。我们跨过仍在沉睡的倒霉鬼,开始朝山下走去。走错了,星星应该在山上更高的地方,但跟梦境有什么可较真的呢?

蓝色的火焰在草丛中闪烁,没有完全燃尽,但也无力照亮黑暗。陨石落在两座小山中间的凹陷里。不远处杵着一堆古怪的石柱,就像是从地里长出来的,来自另一个世界。这些石柱应该具有某种重要的意义,但现在我们只顾着看陨石。

火球清澈明亮,毛茸茸的,小得可以藏在掌心。

我伸出手,碰了碰陨石。柔和的温度通过手掌传来,就像沐浴在春日的阳光下。

"现在我知道什么是星星了,"维卡说,"它们就是白昼时天空的碎片。"

我急着想捡起陨石,但维卡制止了我。

"别这样。它也累了。"

"为什么累?"

"因为孤独,因为沉寂……"

"但现在我们在它身边。"

"暂时还不算。我们只是走完了自己该走的路,但它还没向我们走来。给点儿时间,让它慢慢信任我们吧。"

我耸耸肩。我实在争不过维卡,只能对她挤出一个微笑,但维卡已经不在身边。我只能听见她的声音:

"廖尼亚,快醒醒!"

怎么回事,干什么呢?

"廖尼亚,倒霉鬼不见了!"

我猛地睁开眼。

天亮了。

东方出现玫瑰色的霞光。

眼前是维卡惊恐的面庞。

倒霉鬼已经不见踪影。梦境真是个顶尖的骗子。

"该死!"我咒骂着跳起来,"他什么时候走的?"

维卡绾起头发,跟我梦中的动作一模一样。

"我不知道,廖尼亚。我也是刚醒,我去看的时候他已经不在了。"

"看来这就是他的答案了。"我呆若木鸡地自言自语,"这就是答案……"

倒霉鬼跑了,溜出了深渊。也就是说,我之前的努力都白费了?

不,没有白费。多亏了他我才遇到维卡。

"他让我们遇到了彼此,"维卡说出了我的想法,"哪怕就为了这个,也该谢谢他。"

我紧紧抱住她,将脸埋在她头发里。我们就这样久久站立,直到朝阳染红了身边的一切。山顶的雪折射出耀眼的光芒,划破天空。这里没有鸟,或许是维卡忘了画出来。但即使没有它们,山峦也焕发着活力,四处都是沙沙的风声,草木的窸窣。

"我要给这个世界弄些鸟来,"我喃喃道,"如果我们还能重建你的小屋的话……"

"我不想改变这些山,它们是自由的!"维卡立刻拒绝了。

"鸟也是自由的。我只是把它们从窗子放进来而已,然后告诉它们,'繁衍生息去吧!'"

维卡扑哧一下笑了,"好吧。那你试试吧。"

"还用得着试?"我装出自信满满的样子,"小菜一碟……只要去学学BREM[1],做个行为模拟运算法则。我可以先画点儿燕雀和麻雀,然后画老鹰,搞个生物地理群落……是这么说的吧?我快忘了,好像是五年级自然课上学过的。"

"你可真是个生物学家啊。说不定法师的那双拖鞋你也可以拿来放生?廖尼亚,我们这就浮出去吧,然后找个餐厅吃顿饭。你去过粉礁餐

---

1. 指布雷森汉姆直线算法(Bresenham's line algorithm),是电脑图形学最先发展出来的算法,一般用来画直线,延伸后也可以画圆。

厅吗?"

"没去过。"

"是个很美的地方。是舒尔茨[1]和勃兰特[2]画的。我邀请你,跟我共进早餐。"

"好吧。不过我们得先找到……"

维卡忽然挣脱了我的怀抱,厉声问:

"找谁?"

"倒霉鬼。"

"他已经离开深渊了,你怎么就是不明白呢?"

"我明白。但,不管怎么说,还是找找看?说不定他是去尿尿的时候掉到悬崖底下了呢?"

"那也是他活该……"维卡仍在抱怨,但已经同意了。

一开始,我们沿着最近的悬崖边缘往下看。随后维卡开始仔细搜索溪谷的左岸,而我沿着右岸寻找。走着走着,我的视线忍不住投向下方的洼地,那是梦中陨石坠落的地方。那里还真有些类似石柱的东西。

但眼下最重要的是,必须确定倒霉鬼是否已经不在这里了。

我甚至往山上走了走,但这纯粹是为了安抚自己的良心。

在昏暗的晨光中,在一条我们轻而易举就跳过去的石沟里,我发现了倒霉鬼。

我默默站在石沟上方,俯视着他。两分钟之后,他才确定我已经发现他了,这才抬起了头。

"早上好,枪侠。"

我一言不发,连发火的力气都没了。

"夜里什么也看不见。"倒霉鬼的头脑惊人地清醒。

按理说,这地缝并不深,不至于摔成这样,但他不太走运。即使从

---

1. 丹·舒尔茨(1975—),美国画家,擅长人物画和风景画。
2. 谢尔盖·勃兰特(1963—),乌克兰画家,擅长水彩画。

我站着的地方,也能看见他的右腿肿得老高,他努力保持平衡,不触及伤腿。我从腰带上取下飞鞋,穿上后飞了下去。

"对不起。"倒霉鬼向我道了歉。我抓住他的胳膊,努力将他带出地缝。

"为什么?"我言简意赅地问。

"我想让你们毫不犹豫地离开。反正我什么也解释不了。"

"你真是个傻子。只有想自杀的人才大晚上赤手空拳地在山里走路……或者你是黑色登山员[1]。"

"我从来没进过山。黑色登山员又是谁?"

回到营地的路途不短,我把黑色登山队员的传说给他讲了一遍,还讲了那支带着晚礼服和燕尾服进山的登山队[2]和一些货真价实的登山故事。等我脑子里的登山故事储备都快讲完的时候,我们终于看见了维卡。我在维卡冷冰冰的注视下,把倒霉鬼轻轻放在篝火旁的杉树枝上,对她说:

"比夜间无装备爬山更棒的是什么?是边爬山边抱着个残废。"

我很好奇,她接下来打算做什么。

"把腰带给我。"维卡命令道。

"维卡,使用'术士'……"

"该死!你这个半吊子潜者!我是要给他包扎!"

从没有人深究过虚拟的衣物是否能被撕开,但我并不想去证实。山里的太阳毒得很,所以我打消了扯一条衬衫当绷带的念头,给了维卡一条黑色手帕。

她仔细地为倒霉鬼检查伤口,后者痛苦地呻吟起来。维卡一脸阴郁。

"小腿骨折,"她作出了诊断,"应该没有错位。怪事。"

---

1. 一个流传于苏联登山界的传说,许多登山队员说自己见过一个黑衣黑面的幽灵登山员。一般用来形容过于冒险的登山者。
2. 1982年苏联登山队第一次远征喜马拉雅山脉时,曾带着礼服进山,因为据说登顶后尼泊尔国王会设宴接见,后来他们受到了尼泊尔总理的接见。

"你还懂医术?"

"不。我只是个护士,不过有经验。我还需要绷带。"

看来我的衬衫是免不了要牺牲了,光身子穿夹克实在不体面。我们把倒霉鬼的腿放进自制的夹板。

"世上还没有哪个白痴,"维卡终于有精力发火了,"没有哪个蠢货能这么厉害,在虚拟世界里摔断腿!你在现实世界也这样?嗯?也会骨折?"

"不会……"倒霉鬼嘟囔道。

"那就好,谢天谢地。"

我们交换了一个眼神,前一天晚上的怒气荡然无存。把一个骗子扔在虚拟世界里是一回事,把一个伤员扔在山里又是另一回事。至于这山是不是真的,已经无足轻重。

"我们去看看那些石柱吧。"我提议。

"走吧。我在梦里见过它们。"

我们已经不需要眼神交流了,也无须多话。

虚拟世界没有法则。

无论这是梦境还是现实,我们一同朝星星陨落的地方走去。

11

石柱在这个山谷里显得格格不入。冰川可能带来漂砾,但无法推动如此巨大的石块。

"看起来很像通往另一个空间的入口。"维卡认同我的看法,她看看我,"你不累吗?"

我摇摇头。其实抱着倒霉鬼的双手已经酸痛难忍,但现在顾不上那些。

"如果程序从这里打破空间钻进了另一个服务器,"维卡揣度着,"那也是单向通道。出去是没问题,但如果要逃跑……"

"实在不行,我们还有'术士'。"我自己都听得出来,这句话有多没底气。我再也不想进入那条蓝色的隧道了。沿路的风景过于可怕。

"好吧,去看看。说不定那儿什么也没有呢。"维卡深吸一口气,带头走了下去。我跌跌撞撞地跟在后面。倒霉鬼则一言不发。他要么是觉得内疚(也应该这么觉得),要么就是不想打扰我们。做得对,小伙子。

我们沿着逐渐变窄的峡谷前行。我不时抬头,想要估算石柱的高度。跟站在上面俯瞰时比,它们显得更高了。

看起来很有希望。

岩柱间的过道越来越窄,仅容一人通过。我侧着身子往前走,以免让倒霉鬼的伤腿擦到岩壁上。或许我刚才应该穿上飞鞋,但现在晚了,已经没法转身换鞋。走在最前面的维卡一直低声咒骂,她也举步维艰。我不禁幸灾乐祸地想,如果换了夫人那丰满的身材,早就卡住了。

越往深处越寒气逼人。刺骨的寒风从石缝里钻出来。棒极了,这是个好兆头!

"廖奇克[1]!"维卡压低声音说,"有戏!"

我朝前方看去,通道尽头出现了一束光,勾勒出维卡的身影。维卡稍稍往旁边挪了挪,让我站到她刚才站的地方。最后这几步路,倒霉鬼的伤腿还是不可避免地撞到了石头上,他轻轻呻吟了两声。

峡谷将我们带到了一个奇怪的地方。

周围依然群山环绕,但与刚才的景象截然不同。这里蛮荒无人,仿佛曾经存在过生命,但又被什么力量消灭了。天色昏暗,虽然是白天,但天空被铅块般的乌云遮得严严实实。天上懒懒地飘着小雪。满目荒凉,笼罩着重重的忧愁。脚下不远处,犬牙交错的岩壁下,有一条蜿蜒的小路。

"这是什么?"维卡悄声问我,"怎么回事,廖尼亚?"

我仔细观察着周围的环境。没错,我们绝对已经进入了另一个空间。但这里的景色又似曾相识。

---

1. 列昂尼德的昵称,比"廖尼亚"更亲昵。

"是精灵[1]的把戏,"我说,"这应该是个角色扮演游戏的服务器,是精灵们玩游戏的地方。"

"就像在迷宫里一样?"倒霉鬼也加入了讨论。

"不是,这是另一种。"

"我们在这儿走不了多远,"维卡悲观地说,"不是冻死,就是被精灵们打死。"

"我猜应该是先被冻死。"我说。我的衬衫已经用来给倒霉鬼止血了,皮夹克也不知扔到哪儿去了。

"没事,至少你的裸体能让人留下深刻印象。"维卡嘲讽地看着我。她倒是没事儿,穿着厚厚的毛衣。连倒霉鬼也有迷彩服御寒,一点儿都不怕冷。

"那也得有人欣赏才行,"我伸手指向脚下的小路,"维卡,前面有一条小路。我们得往那儿走,去找人帮忙。"

"找精灵帮忙。"

"管他是人、精灵还是矮人。是个活物就成。"

积雪已经快要淹没膝盖,我们蹒跚前行。倒霉鬼不好意思地小声嘀咕:"我,还是不明白……"

"你知道托尔金吗?"

"他是个作家……"

"行了,不用给我背诵《魔戒》。这么说吧,这个空间是托尔金的粉丝创建的,他们被称为角色扮演玩家。这里是他们聚集的地方,他们在这儿打扮成书里的角色,演书里的情节。这些人有时候演托尔金的剧本,有时候也演其他作家的。"

"那这里就是剧院。"倒霉鬼仿佛明白了。

"唔……可以这么说。"

解开疑惑后,倒霉鬼终于心满意足地闭嘴了。其实我还有许多事情

---

[1] 角色扮演玩家的别称。这里指《魔戒》扮演游戏,书中的主要种族包括精灵、矮人和人类。

没弄明白。

这到底是个什么服务器？

这个世界运行的规则是什么？

在哪儿能找到虚拟世界的合法出口，然后把倒霉鬼运出去？

接下来到底该怎么办——我连想想都感到害怕。

小路上的泥土被踩得很结实，就像不久前刚有一支军队路过似的。雪一落到路面就融化了。或许是有人给小路施了魔法。角色扮演玩家的世界自有法则，这里是有魔法存在的。

"现在往哪儿走？"维卡一个问句，就把队伍的指挥权丢给了我。我受宠若惊……但愿能不负她的期望。我试图回忆角色扮演游戏的地图，但很快放弃了。

这种游戏的地图谁都能画，变化多端。

这时，附近峭壁后面传来轻轻的嘚声，听起来像是一匹钉上了马蹄铁的马正朝我们奔来，或者是有个冻坏了的巨人在牙齿打战。

没时间细想了。

"躲起来，快！"我压低声音提醒同伴，一头钻进枯萎的枞树林，把倒霉鬼放到雪地上，手指压住嘴唇，"嘘……"

我独自站在路中间，确保维卡和倒霉鬼都藏好了，然后昂首挺胸两腿叉开站好，解下腰带。"术士"嗖的一声展开，变成一条燃着火焰的鞭子。

此刻我的样子应该足够唬人了——上身赤裸，满身积雪。我把枪侠的身体设计成肌肉发达的样子，让人一看就知道战斗力极强。我手中还抓着条吓人的鞭子，即使来者真是个巨人，也会惧我三分。

那声音越来越近了。

我挤出一个凶神恶煞的表情，静候来人。

一个瘦小的身影从崖壁后走了出来，他个头大约刚到我胸口。

呵，什么牙齿打战的巨人！

他的脸和身材都像个孩子，但荷尔蒙水平肯定不正常，短裤下露出来的半截腿长着厚厚的毛。没错，有这么一双腿，光脚在雪地里走也不会冷。

我听到的声音其实来自他胸前挂着的鼓,他边走边敲。

一个霍比特人[1]。

好事儿。

看到我站在路边,霍比特人呆住了,吓得鼓槌都掉到了雪地上。

"嘿嘿……"我故意发出邪恶的怪笑。

霍比特人倒是不敲鼓了,但下巴开始打战。

"你是谁?"我用"术士"指着他,凶神恶煞地问。鞭子开始兴奋地伸长,我不得不赶紧把它拽回来。

"我叫哈丁,先……先生!"霍比特人战战兢兢地说。

"叫什么?"我放缓语气,又问了一次。但可怜的霍比特人已经吓坏了,甚至忘了自己腰带上还别着一把匕首。

"哈,哈丁,好心的先生。山,山姆生下了弗罗多,弗罗多生下了何法斯特,何法斯特生下了哈丁[2]……"

"这个哈丁就是你喽?"

"是的,好心的先生!"

"说那么多废话干吗!"

"是,好心的先生。"哈丁恭顺地应和着。

"别叫我'先生'!"我冲着他吼,"还有,我一点儿也不好心!我……"我忽然灵光一现,"我叫柯南!我是辛梅利亚人[3],勇敢的柯南!"

霍比特人显然听过蛮王柯南的大名,点头如捣蒜,压根没问罗伯特·霍华德的角色怎么跑进了托尔金的世界。不过角色扮演玩家都挺有娱乐精神,这样的小破绽不会让他们困扰。如果装束合适,我甚至可以

---

1. 托尔金在《魔戒》中虚构的民族,特点是身材矮小,脚上长毛,爱好和平,以农耕为生。
2. 哈丁、山姆、弗罗多等都是《魔戒》中的人物,下文中的奥克斯也指《魔戒》中的半兽人。
3. 古老的印欧游牧民族,主要活动在高加索和黑海北岸。此处指罗伯特·欧文·霍华德创作的《蛮王柯南》中的主人公,一个虚构的英雄。

自称不死的科谢伊[1]。

"你这是上哪儿去?"我围着霍比特人踱步,开始审问他。他的脑袋跟着我扭动,努力盯着我看。

"我去追赶军,军队。"

"什么军队?"

"精灵的军队。我们要打败奥克斯和矮人!"

"为什么?"

"因为他们是坏人!"

我越来越肯定,这是个扮成霍比特人的小孩儿。

如果他是个成年人,应该会试着找些更严肃的理由,而且总会试着跟我较量两个回合。

"军队……"我若有所思地说,"啊,对!我记得,是有一支队伍……"

霍比特人眼中满是恐惧。他看着我火光闪闪的鞭子,似乎已经看到了精灵战士的悲惨结局。

"我听说你们霍比特人都跟袋鼠一样,"我说,"是吗?"

霍比特人慌忙摇头,双手放在肚皮上。

"有什么吃的吗?"

勇敢的哈丁把他的帆布包递给了我,我从里面找出两块饼干、一块熏肉和一只酒瓶。我放缓了语气:

"你还挺有先见之明的,霍比特人……那这又是什么?"

我从袋子深处掏出几个"士力架"巧克力棒。

霍比特人立刻哭了出来。我更加肯定自己的猜测了,他还是个孩子。

我用牙齿撕开士力架的包装,一口吃掉半个,把剩下的半个还给了霍比特人。他立刻停止了哭泣。

"你觉得你们能打败矮人吗?"我问道。我不能这么抢了他就走。还

---

1. 俄罗斯民间故事中的人物,是一个骨瘦如柴的邪恶老头。

是聊聊吧。

"一定能！"霍比特人拼命点头，"他们用紫杉木做箭，这很坏！他们还用赫德阵型作战[1]，太坏了……"真可惜，我对精灵和矮人的纠纷毫无兴趣。

"这附近有城镇吗？"

"罗斯洛立安[2]离这儿就五英里……"

这儿的地形设定真是一塌糊涂……好吧，无所谓。来看看我能不能问出服务器的名字……

"谁在管理这片土地？"

"是精灵王子莱戈拉斯！"

行了，这点儿信息就足够了。

"你走吧。"我说着把霍比特人的麻袋背到自己肩上。

哈丁没有一点儿反抗的意思。他甚至还羞涩地问我：

"我可以和您一起走吗，柯南？我想，没有我他们也能打败矮人。"

还没完没了了。我又亮出唬人的表情，轻声对他耳语道：

"你不知道霍比特人不只是皮毛值钱吗？他们还很好吃，皮香肉嫩，好消化！"

托尔金诚不欺我，霍比特人的确跑得飞快。他就像个毛茸茸的轮子一样，咕噜噜地消失在雪地里。

我心情愉悦地回到维卡和倒霉鬼身边。他们全程都在围观，不需要我复述经过。

"填填肚子吧，"我把袋子递给倒霉鬼，"我们给你铺个床就离开深渊，然后通过正常的路径，穿过罗斯洛立安回到这里。最后把你带出去。好吗？"

倒霉鬼点点头。

---

1. 出自俄罗斯作家尼克·佩鲁莫夫的小说《黑暗魔戒》，佩鲁莫夫是《魔戒》狂热爱好者，写了一系列同人小说。赫德是一种矮人的作战队形。
2. 《魔戒》中精灵居住的森林。

"你就等上三四个小时……"我考虑了一下,"没问题吧?"

话说回来,我们也没有别的选择。我这么半裸着在雪地里,根本没法抱着倒霉鬼走到罗斯洛立安。

我和维卡找了一棵老枞树,在树下给倒霉鬼铺了个床,把他安顿好,把装满战利品的袋子交给他。里面还有点儿酒精。在真实世界里,大冷天用酒精取暖是自欺欺人。但是在虚拟世界,为什么不试试呢?

"我们现在浮出?"我问维卡,"三小时后碰头……就在,莱戈拉斯的服务器入口?"

她点点头,一眨眼就消融在空气中。

"回头见,倒霉鬼。"我说。

深渊啊深渊,我不属于你……

100

我出来得正是时候。手表正好指向早上九点四十五分。

"下潜完成。"我对Windows管家下了指令,然后冲向冰箱。里面空无一物,如我所料。

"正在下载邮件。"电脑兢兢业业地工作着。

我手忙脚乱地穿上衣服,冲上大街。还好,街角的商店里几乎空无一人,我赶在十点前回到家,刚好撞见疯子像个呆瓜似的摁我的门铃,我拍了拍他的肩膀。

"你要大吃一顿?"疯子瞥了一眼我手中的购物袋。

"是呀。你不吃吗?"

"我也要。但是得过一会儿。"疯子抢在我前面挤进门。我还在脱鞋子,他已经坐在电脑前了。等我走到他跟前,他已经关闭了Windows系统,鼠标在诺顿桌面上飞舞,一个个检索着文件。

"你这是干吗?"我目瞪口呆。

"解救你这个债务缠身的倒霉鬼,"疯子一边说话一边删除程序,

"'术士'已经平冤昭雪了,它就是一个干干净净、不会扩散的病毒,也不会损坏数据,在虚拟世界里使用是合规的。还可以在遇到紧急情况的时候……"

我的电脑又被删了几个文件。飞鞋好像也阵亡了……

"但是'迷宫'和阿尔-卡巴尔还是把250万美元的损失算在你头上了。"

金额高得让我甚至想发笑。

"为什么不是十亿美金?不过也无关紧要了,我永远也挣不了这么多钱……偷也偷不了这么多。"

"也可以是十亿……"疯子疯狂滑动鼠标,"你鼠标多久没洗了?好,听着。枪侠已经不存在了。所有痕迹都清除了,它从未存在过。你得用另一个形象代替7号身份。如果可以的话,做个不在场证明,让它干净点儿……你怎么把他们惹得这么大火气,廖尼卡[1]?"

"就是从他们眼皮子底下救了个年轻人……"

"当然了,这算是件善事……"

疯子往光驱里塞了一张硬盘,启动了某个程序。

"现在我们还得清理你的磁盘,这样物理上的证据都不会留下。"他说,"或者,最好的办法是把这些都卖了,买一套新的。或者直接把它们扔进涅瓦河。"

我感觉很不安。疯子从不会无故紧张。

"你有伏特加吗?"

"只有白兰地……"

"白兰地不好喝,不过也凑合吧。"他皱皱眉头。

我给他拿了瓶白兰地,做好了心理准备。即使他为了毁尸灭迹直接把酒倒进电脑我也不会有半句怨言。但他只是自己喝了一口,然后把鼠标里的滚珠拿出来,呵了口气,用袖子擦干净再塞回去。然后说:

"我们要为病毒的热卖庆祝一下,我又做了三笔生意。你给'术士'

---

1. 列昂尼德的昵称,比"廖尼亚"更亲昵。

打了个大广告。"

"舒尔卡,我还得回去……"

"你不是在开玩笑吧,潜者!"疯子头也不回地嘲笑我,"你现在得躲起来!"

"我不能。真的不行。"

他只能耸耸肩,说:

"无论如何你得把你的硬盘卖了。"

"我还想把电脑整个儿升级了呢……"

"真的吗?好,那就全卖了,或者捐给哪个少年宫。这破烂也卖不出钱,孩子们一周就能把它踢坏,神仙也修复不了。"

想到那个被我打劫的霍比特人,我不置可否地点了点头。

或许我的确可以把这台旧电脑送给孩子们,让他们乐一乐?

当年买下它的时候,我是多么骄傲啊……奔腾处理器!2兆显存!16兆内存!

"这显卡你是怎么用下去的?"舒尔卡打断了我的回忆,"连电视都用不了!"

接下来的五分钟,我一直在听疯子滔滔不绝地给我讲解最新的硬件技术。他讲完了才放我去做早饭,然后继续清理电脑。

这已经是我第一万次做炒蛋。单身汉的生活里不缺纪念日——第一千个罐头纪念日、第十万块干吐司纪念日……

"舒尔卡,我只有两个半小时了!"我在厨房里对他喊,"然后就要回去工作!"

"你不会迟到的……"

"我还要弄个新形象呢!"

"什么样的?"

"魔幻故事里那种。精灵或者矮人……不行,还是精灵吧。矮人一出门就会挨打。"

"你什么时候和角色扮演玩家交起朋友了?"

"只是工作,"我端着平底锅走出来,"我不得不在他们的服务器里待一阵子。"

"老天呀，你去那儿能偷到什么?！他们都是穷光蛋!"疯子连连摇头，"呼……偷精灵圣歌的歌词吗？还是木剑的制作秘籍？"

"不是，我只是把一件东西落在那儿了。"

"哦……"疯子若有所思地点头。他可能以为"术士"直接在角色扮演游戏的服务器上钻了个口子，"答应我，千万别伤害他们好吗？他们都挺有意思的，我去过几次……"

"去给他们搭建防火墙？"

"我？给他们？别搞笑了，他们自己人里高手多得是!"舒尔卡摇摇头，"那里满街都是厉害的程序员。"

我可不喜欢这个消息。

"好吧，至少给我讲讲，'术士'用起来是什么样子？"

"唔……就是一条蓝色的鞭子，火花四溅，脚下全是镜像，里面是各种服务器的倒影。"

疯子抬起头，"里面没有电梯？"他一脸困惑。

"有没有搞错，哪儿来的电梯?！只有地板上的洞……"

"唉，总是这样，设计是一回事，用起来是另一回事……"

舒尔卡低声咒骂了几句，"该死。你只有白兰地吗？"

我们又各自倒了一杯酒，碰碰杯，喝了下去。舒尔卡的程序还在我的电脑里倒腾。

"我昨天试着念了一次……你那个咒语……"两杯酒下肚，疯子已经口齿不清了，"那个'深渊啊深渊'……"

我没问结果。如果疯子真的成功了，那现在我们喝酒庆贺的就不是病毒大卖了。

"廖尼亚，如果你能弄清楚电梯跑哪儿去了……"舒尔卡欲言又止。

"我一定立马告诉你。"

"天哪，昨天真是一团糟……"疯子换了个话题，"你听了网络新闻吗？"

我一时摸不着头脑。

"没有……"

"一帮小混混试图破坏'千愉百乐'的安全系统。那是个妓院的名字……"疯子一脸甜蜜愉悦的表情，眯缝着眼睛回味。

"试图破坏？"

"是的，他们差点儿就成功了，但妓院的安全系统切断了所有信道。如果祖卡没吹牛的话，那一仗可是精彩绝伦……"

"谁？"

我脸上的表情显然出卖了我。舒尔卡盯着我，轻轻说：

"啊哈……我懂了。"

"你认识祖卡？电脑法师？"

"你可别说不认识他。"

"我只在深渊里见过他。"我没打算撒谎。

舒尔卡摇摇头。

"你以为你没在现实里见过他？他就是谢廖佳……以前在银行干过的。"

哇哦，好一个重磅炸弹！

我跟谢廖佳的交情不浅。早年间，我还在电脑游戏公司上班的时候跟他是同事，但我怎么也没法把那个安静冷淡的程序员和吵吵嚷嚷的法师联系起来。

"是他？"

"是的。"

"老天爷，他可真能装……"我哑口无言。

"你用脑子想想，他能承认自己在给妓院干活儿吗！那不成了大家的笑柄？他表面上还是跟大家说，在给那家银行写程序……"

"你别告诉他我的身份。"我飞快地请求。

"我不会的。他也没告诉我什么细节。只是问了几句'术士'的事情。"

"祖卡认出了你的病毒！"我想起了法师愉快的表情。

"是的,一个月前我带他看过我的工作室……"舒尔卡眯起眼睛,"说好保密的……妈的……"

"那他会告诉别人吗?"

疯子摇摇头。

"这不是关键问题,廖尼亚。任何信息都有泄露的可能。跟这次一样,总有地方会出岔子……他们肯定能找到你。"

"他们有本事就拿出证据呀!"

"廖尼亚……如果你真的踩痛了他们的尾巴,他们才不会在乎什么证据。我们之间关系太紧密了。有人知道枪侠就是列昂尼德;有人怀疑列昂尼德是个潜者;有人认为列昂尼德是俄罗斯人。虚拟世界建立在信息、真相、谣言和猜测之上。最重要的是,所有信息都可以轻易被收集和分析。没有不透风的墙!"

"那你觉得我该怎么办?"

"赶紧逃命,"舒尔卡把最后一点白兰地倒进酒杯,"一想到再也没法和你喝啤酒,我心里就难过极了……但是如果你死了,那就更糟糕了……妈的,你到底搞了些什么鬼事情?!"

"我在救人。"

"你现在是泥菩萨过河——自身难保!"

我点点头。疯子说得没错。他在按照黑客的思维模式劝说我,但我是个可以自由进出深渊的、自大至极的潜者。

但是,如果在现实世界里被抓住,我该上浮到哪里去?

"实体自卑"对所有虚拟世界的居民来说都是个棘手的问题。当你发觉自己在虚拟世界里仿佛上帝,回到现实中不过是芸芸众生,这种落差会使人万分痛苦。这也是为何我们都偏爱格斗类和战争类游戏,喜欢买汽油和气枪,一到晚上就固执地去运动俱乐部或者别的地方找乐子。我们当然想在现实生活里也所向无敌,但没人办得到。

在深渊里,有时会听到些只言片语:"记得那家伙吗?小偷在巷子里被捅了……他被灌了假酒……连个字条都没留,就跳窗跑了……碰到黑手党……"

我们都记得,我们都知道。

只有在屏幕后的那个世界里,我们才是上帝。

"我只需要一天时间,"我平静地说,"然后就离开……去西伯利亚或乌拉尔山。"

"别告诉任何人你的去向,"疯子点点头,"连我也别告诉。"

杯子空了,他问:

"要我再去买点儿吗?"

"我还要弄我的新形象。"

"用'塑形师'不就行了?"

我们坐在电脑前,对着鼠标和键盘好一顿忙活。第一个形象太吓人——两米高的壮小伙儿,腰间挂着一把剑。舒尔卡提醒我,这形象太容易惹麻烦。我不得不听他的。

下一个形象是个衣衫褴褛的老乞丐,看起来可怜兮兮。这下没人会来找他麻烦了,但他也不像能搬动倒霉鬼的样子。这回否决的人是我。

第三次尝试比较成功。屏幕上的家伙看起来挺结实,但有张孩子般无辜的脸,天真得让我有些反胃。我们给他穿上一件拖地的浅绿色斗篷,肩头放上一只破麻袋。

"医疗师!"疯子满意地说,"一个人类医疗师。没人会无缘无故招惹你,不管是精灵还是奥克斯。大家都有伤筋断骨的时候。"

他在装备菜单里挑选了一阵子,往麻袋里塞了些罐子、玻璃烧瓶和干草叶。

"这样我在角色扮演玩家的世界里就能治病了?"

"当然了。那边的规矩是,你只要选择一个形象,就会相应获得某种初始能力。比如武术、智慧或者治疗力。你在那个世界里生活得越久,能力就越强。如果选择了医疗师身份,你马上就可以治好一些小病小痛,或者骨折之类的……"

"太有趣了,"我看着自己的新身体,觉得有点儿喜欢上它了,"谢谢。如果让我自己弄,我肯定会选武士。"

"没错没错,然后被哪个老家伙拿剑砍一刀。"

"好吧,那你在那个世界里用的什么身份?"

疯子迟疑了一下。

"你保证不告诉别人?"

"我保证。"

"我是精灵战士艾瑞尔[1]。"

"为什么?"

"我想搞定格洛米尔。"

我怔了一下。

这当然不关我事,但是……

"格洛米尔是个姑娘扮的,"疯子飞快地给我解释,"那游戏里的身份乱七八糟,女扮男装,男扮女装。我追了她足足半年……"

"成功了吗?"

"没有……格洛米尔和迪亚内尔在一起了。"

舒尔卡垂头丧气的样子让我没敢问他迪亚内尔的真实身份是男还是女。

"如果你在里面碰到格洛米尔了,帮我跟她说,艾瑞尔向她问好,"舒尔卡说,"我们分别的时候很平静,很友好。该死。"

"我需要找到莱戈拉斯的罗斯洛立安城的服务器地址。你那个小伙……格洛米尔也是在那儿活动吗?"

"是姑娘!"舒尔卡打断我,"我也不知道,太久没玩了。我现在找找看。"

他启动了维卡,开始用我的终端搜索服务器。五分钟后,他找到了。

"看!'尊贵的莱戈拉斯邀请智慧的精灵、勇敢的人类和灵巧的霍比特人到罗斯洛立安做客,我们与奥克斯和矮人的终极之战即将临!'他们会张开怀抱欢迎你的。"

---

1. 艾瑞尔,以及下文出现的格洛米尔和迪亚内尔可能是《魔戒》同人作品中出现的三个角色。艾瑞尔是女性角色名,格洛米尔是男性角色名。

"那倒也不必。"

"呃……再来点儿啤酒?你还有一个半小时。"

白兰地之后喝啤酒?好吧,我的时间还很充裕,有舒尔卡的帮助,准备工作很快就能完成。

"行啊。"我同意了。

101

我送走舒尔卡后小心翼翼地插好门闩,又看了一眼厨房,检查煤气是否关好了。

我并没有醉意。四瓶啤酒对我来说是小意思。白兰地更算不上什么。

房间里散落着各种杂物——电线、旧拖鞋和书架上掉下来的书。应该是舒尔卡绊了一跤,慌乱中试图抓住书柜才弄掉的。他怎么搞的?

"维卡,有新邮件吗?"我含含糊糊地问。

"我不明白您的意思,列昂尼德。"

"有新邮件吗?"我放慢了语速。

"有。"

一口气灌下去两升啤酒可能真不是小事,不然维卡怎么连我的话都听不懂了?

我压抑住心里的悔意,开始检查邮箱。

都是垃圾邮件。

但还得去看看"告示板"。

同事和朋友中没人知道我的邮箱地址。如果有人想联系潜者身份的列昂尼德,那只有一个方法——在"公告栏"留言。那只不过是一台装有调制解调器的电脑,内存很大,谁都可以连接上它,浏览"公告栏"。用户可以通过特殊的编码标识分拣出重要信息。编码标识能防止新手伪造他人信息,而那些云雾缭绕的话术只有真正的收件人能解读。

"公告栏"完全匿名,十分可靠。用户从那些婚外恋、广告和瞎胡扯的广告中拣出有用信息。

我很少在"公告栏"上收到信息,但今天有两条。

"伊万!森林探险的前一天夜里,我会在上次分别的地方等你。灰。"

这是罗姆卡。他说的"分别的地方"是"三只小猪"。而我们约定好去阿尔-卡巴尔的时间是在一刻钟之前。

我一个激灵清醒过来。罗姆卡为什么要找我?这封信是他今夜写的。有意思,这是他自己写的,还是被谁胁迫了?比如无脸人?

第二封信是我意料之中的。

"七十七。老地方。你的兄弟们。"

七十七是我的编号。潜者兄弟们生气了……

我按照守则里的规定,把自己的潜者代号(以及真名)告诉了"疯狂投手"和"阿纳托利"。

他们也根据守则投诉了我,因为我入侵了他们的工作区域,并使用武器攻击他们。

这是绝不可饶恕的行为。

"倒霉鬼……"我低声咒骂,"妈的……你可把我害惨了!"

该死,真想回到被特权徽章诱惑的那一刻,我怎么会鬼迷心窍答应去救你呢!

"维卡,下潜,"我发出指令,"七号身份,治疗师。"

我知道罗姆卡的三个身份,如果算上灰狼的话就是四个。但是今天他又换了个新身份:一个皮包骨头、头发乱蓬蓬、戴着眼镜的年轻小伙儿。他站在吧台旁四处张望,看起来完全不像罗姆卡。直到他一口灌下一杯胡椒伏特加,我才认出他来。

"罗姆卡?"

"廖尼亚?"

我们握了握手。

"来一杯?"

"不了……我已经……喝过了,在现实里。"

"酒鬼。"罗姆卡嘟囔了一句,嘿,他还说我呢?看看他自己有多爱喝酒……

"廖尼卡,你知道自己惹了多大的麻烦吗?"

"知道。多大?"

"他们投诉你了。一个叫阿纳托利和一个叫投手的。目前投诉的细节还没有公开。"

我点点头,"我知道。"

"难道还有其他麻烦?"

"一大堆。"

我们是老搭档了。我关心罗姆卡,他也体谅我。

"廖尼亚,到底怎么回事?"

"你猜。"

罗姆卡皱起眉头,突然紧张地摘下了眼镜。

"'术士'……是你干的?"他悄声说。

"你猜对了。"

"也就是说……'迷宫'……"

"嘘。"我想起舒尔卡说的,信息泄露无处不在,"别说这个。"

罗姆卡叫来酒保——今天不是真人酒保,显然是个程序。罗姆卡续了一杯酒。

"嘿,廖尼卡,太酷了……"他喃喃道,"你真的惹上麻烦了……了不起的大麻烦!"

我突然反应过来,狼人不是在担心我闯的祸有多严重,也不是在担心我的安危,他是在羡慕我!他因为自己和臭名远扬的我沾上了点儿关系就感到刺激和享受。如果像我们这样深入骨髓的利己主义者,还能把同行看作偶像,那我就是罗姆卡的偶像。

"如果你需要帮忙,我义不容辞,但肯定还有别人愿意帮你!"

或许我真的需要他的帮助……或许他真能帮上忙。罗姆卡人脉很广，在狼人潜者的小圈子里有点儿威望。

"我无论如何都要离开，估计得走好长一阵子。"我坦白说。

罗姆卡飞快地眨了眨眼睛，"去哪儿？离开网络？你是认真的吗？"

不能更认真了……我点头。

"那你怎么生活？"罗姆卡困惑地问。

只有我们这样的虚拟世界居民，能够彼此理解。

如果不能在深渊中消磨时光，不能瞬间从凉爽的餐厅切换到烈日炎炎的海滩，看不见画出来的丛林和想象出来的山峰，没有无穷无尽、滚滚而来的信息流，没有那些老掉牙的笑话和新出炉的小说，没有假面舞会般随意更换的皮肤，没有成千上万来自五湖四海的朋友，我们怎么活？

怎么活下去？

一个人只有到过深渊城，才能明白自己错过了些什么。

"我不知道，罗姆卡。但是'迷宫'和阿尔-卡巴尔……"

他点点头。我们都心知肚明，只有在童话中，大象才会害怕老鼠，在那些大企业面前，我们连老鼠都不如，只是蝼蚁。

"廖尼亚，如果你需要钱……"罗姆卡忽然说，"我可以把我那份酬金还给你。毕竟活儿基本上是你干的，苦都是你受的。如果要躲风头，你会需要这笔钱的。"

我摇摇头。

罗姆卡是个好人，但我不需要他为我做这样的牺牲。

"如果可以的话……我想请你帮另一个忙。"

"你尽管开口！"

"我必须伪造我的行踪，彻底消失。但我不想住宾馆……如果可以的话，我能不能在你家住几个月，直到事情平息……"

我不知道为什么自己会提出这个请求。可能我只是不想完全离开深渊？哪怕通过罗姆卡的眼睛看看虚拟世界也行？只要能感受到电子脉搏的跳动，贪婪地吞食信息……

"我不会添麻烦的……"我说。

但是罗姆卡脸上的表情已经一目了然,我知道他不会接受这个提议。

"不行。"

"对不起,"我耸耸肩,"我理解。"

我们都对彼此抱有惧意,对我们来说,出点儿钱让自己良心过得去,要比暴露自己的身份容易得多。

"你什么都不懂……"罗姆卡喃喃道,"你想要我的真实地址吗?城市,街道,门牌号?"

"不是。"

"我真的不能收留你,"他避开我的目光,"这是……家庭问题。"

我们可以在深渊中为自己建造宫殿,但在真实世界中呢?

虽说我的公寓也紧巴巴的,但好歹还可以接待一两位客人。就算他的公寓跟我的一样大,但可能还要加上妻子、丈母娘和三个拖着鼻涕的孩子。

"我懂,"我拍拍他的肩膀,"我真的懂,我不怪你。"

但罗姆卡还是不敢抬眼看我。

"我该走了。"我说。

"你会去潜者的集会吗?"

"当然。"

"那你现在去哪儿?"

此刻神秘地保持沉默是最理智的选择,但我还是回答了他:

"去吓唬吓唬精灵。我得走了,罗姆卡。回见。"

当我离开"三只小猪"的时候,罗姆卡又叫了一杯伏特加。老天爷,太夸张了!难道他根本感觉不到酒精的作用?

角色扮演玩家都很低调。他们只有一个对外开放的场所,类似"精灵旷地",但那更像个旅游景点,好让童话里的人物挣点生活费……准确地说,是挣电费和电话费。

罗斯洛立安的服务器属于一个俄罗斯人,这就是我通过合法途径能得知的全部信息。来这儿的人大多说俄语。

我也可以装作普通游客去拜访莱戈拉斯，但谁知道对方会作何反应？这就好像一个基督徒穿着靴子、戴着帽子、胸口挂着镀金十字架，径直冲向麦加黑石一样。

我还是装作一个托尔金迷，饱读霍华德、佩鲁莫夫和其他热衷剑士和火龙的作家，这样最好！

出租车在一栋破破烂烂的二层小楼旁停下来。不得不说，他们视觉效果做得不错。刻画破败和荒凉的建筑，要比刻画富丽堂皇的建筑难得多。

整条街都弥漫着寒酸气，随处可见窗户被堵死的小楼、废弃的仓库和因萧条而废置的办公楼。角色扮演玩家不喜欢热闹。维卡不知为何没在这里。只有一个精灵在入口附近徘徊。那是个弱不禁风的金发生物，看不出性别和年龄，穿着淡绿色紧身裤和绿夹克，背着弓和箭囊。

我在门口站了一会儿。那精灵朝我挤了挤眼睛，从怀里掏出一根烟和一只打火机，深吸一口，吐出烟圈。

神经脆弱的人不适合看精灵抽烟。它呛得死去活来。这画面就像禁烟宣传画一样，吸完这一口就会立马断气……该死，它怎么这么眼熟？

"维……"我欲言又止，如果不是她呢？

"维维！"精灵乐呵呵地说，"什么维呀米的……你是廖尼亚？"

维卡的声音也变了，她可能用了变声器，活像罗伯蒂诺·罗瑞蒂[1]钻进了虚拟世界。

"你是？"我还是想确认一下。

维卡看出来我的疑虑还没有打消。

"霍比特人可不只是皮毛值钱！"她欢快地说，"认出我了吗？"

"为什么扮成精灵？"

"我们毕竟在精灵的地盘上，这样比较安全。"

"你的角色名叫什么？"

---

1. 罗伯蒂诺·罗瑞蒂（1946— ），意大利歌唱家。

"鲭鱼。"

"什么?!"

"精灵怎么就不能叫这个名字?我是苏格兰精灵。"

我有点儿怀疑维卡也服用了些"提神"的东西。

"所以……你是男还是女?"

"我没画细节,来不及了,"鲭鱼维卡满不在乎地说,"视情况而变。"

继续站在楼外面有点儿傻乎乎的,我们走了进去。走廊狭窄幽暗,墙上画满了战争主题的壁画。走廊尽头有一道白光,我隐约看见一个人影。

"你们是谁?"对方问。

"我们应尊贵的莱戈拉斯的召唤,特来增援!"我喊道。

"站在那儿别动!你们叫什么?"

"我是苏格兰精灵鲭鱼,来自神圣的尼斯湖。"维卡自报家门。

"我是治疗师艾伦尼安[1],来自宁静国!"维卡拿胳膊肘捅了一下我的肋骨,但无济于事,我已经把随口编的名字报出去了。

光芒中的人默默思索了一会儿。

"你们是一起来的吗?"

"是的。"维卡答道。她自愿主导局面,我还挺高兴的,我现在的状态不适合严肃地扮演傻子。

"一个精灵和一个人类治疗师是怎么成为朋友的?"

"在一次和奥克斯的战斗中,我受了重伤,被一支杉木箭射中了!"维卡激动不已地说。她还是尽量避免提到自己的性别,"如果不是艾伦尼安施展魔法,你现在就见不到我了!"

我努力板着脸不笑出来,但是太难了。

"你呢,艾伦尼安?"

"有一次,一帮列成赫德阵型的矮人……"我想起霍比特人说的

---

1. 艾伦尼安和下页最后一行提到的赛杜克先都是镇定剂名。

话,"狡猾地围攻我!如果不是鲭鱼舍命相救,我就……我就……"

我不知道怎么结尾了,只好双手捂脸。压抑住的笑声听起来很像哭声。

光芒熄灭了,一个老人走进走廊。从那敏捷的身姿和年轻的声音判断,他的实际年龄不会超过二十岁。

"欢迎智慧的治疗师和他……她……"他迟疑了一下,"他勇敢的精灵朋友!你们通过审查了!"

"谢谢。"我小声说。

"你,智慧的艾伦尼安,你将获得十点技术、五点耐力、五点力量,"老人宣布道,"至于你……呃……鲭鱼……你将拥有十点技术、十点耐力、十点力量和十点勇气。"

"嘿,为什么我没有勇气?"我愤愤不平。

"你刚才哭了。男儿有泪不轻弹!"老人找了个冠冕堂皇的借口,但鲭鱼利用长老对她(或他)的同情,决定替我撑腰。

"艾伦尼安是因为想起自己苦命的哥哥赛杜克先才流泪的,他哥哥惨死在矮人手中!"

哎呀,维卡演过头了……

幸好,这个年轻的小老头不懂药学,或者很有幽默感。

"好吧,那也给你五点勇气,"他慷慨地说,"美丽的罗斯洛立安欢迎你们,在大战之前好好休息吧!"

我们顺着他的手势,走向光芒闪烁的地方,走廊尽头是一扇巨大的铁门。

"你说我有个哥哥叫赛杜克先?"我站在维卡背后悄声说。

"好了,别生气……"

说话间,我们已经踏上了罗斯洛立安的街道。

我站在原地,花了好几分钟四处打量。见鬼,这里真是太美了!

道路两旁长满树干雪白的参天巨木,树上满是深绿色和暗金色的树叶。路面由白色的巨石铺就。树上搭着小小的平台和屋舍,每个小屋之间都有木梯相连。

"真了不起,"维卡给出了专业意见,"好样的。得有多大的热情才能造出这样的场景呀!"

我敢说,她自己也是出于同样纯粹的热情才造出了那些山脉。但我不想提起那个世界,免得勾起她伤心的回忆。

"我们得找到出口。"维卡斩钉截铁地说。

我们沿着雪白的小径往前走,沿路满是富饶的景象。空气新鲜又甜美,微凉的风轻吻着皮肤。这里没有雪,看来是精灵用魔法驱走了乌云。隐约可以听见一首中世纪风格的歌谣从远处传来。太可惜了,这里人烟稀少,无人欣赏。大家都去同奥克斯和矮人作战了。

一棵雪白的大树下生着篝火,光溜溜的砂轮架在树旁。一个壮汉正在精灵的监督下在砂轮上打磨利剑。

"别错过这么个好地方,过路的!"精灵朝我们喊道,我们停下了脚步。"你们是第一次来这儿?"

维卡点点头。

"我们是不是老乡?都是身份尊贵的精灵?"精灵对维卡产生了兴趣。

"我看不是吧,我的好兄弟,"维卡摆摆手止住他的话头,"麻烦你告诉我们,怎么才能穿过城墙,追上前面的军队?"

精灵脸色一沉。

"你们的技能点不够多。来和我一块儿学学铸剑。只消三个小时,能涨五个技能点!"

这可真是大好事。在一个不存在的砂轮上打磨剑刃,就能得到不存在的技能。

"我们还得赶路。"维卡拒绝了。

"要不就爬上这棵梅隆树[1],"精灵指指旁边的大树,"只用在楼梯上锻炼六个小时,你们就能得到七点力量和七点耐力!"

1.《魔戒》中精灵喜爱的树木,只在罗斯洛立安生长,树叶呈金黄色。

我看这铸剑的精灵是太无聊了。那大汉显然快要得到他的五个技能点了，精灵很快又得孤身一人坐在这儿。

"感谢你的指导，尊贵的精灵，"维卡说，"但我们必须马上赶到战场去。"

"那就去吧！"精灵郁郁寡欢地摆摆手，拿着一把剑走向大汉，"你怎么打磨的？看看你干的好事！这是剑还是饭勺，啊？我不会给你技能点的！"

我们按照他引的方向匆匆离开。老天，这儿规矩可真多。

罗斯洛立安的美丽光环开始渐渐消失。

"我以为他们在这儿只是拿剑打斗而已……"维卡有些吃惊。

"不，他们还要学习精灵语和矮人语，铸造宝剑和匕首，学习中世纪经济学，还要创作歌谣和史诗。"

"怎么说呢，真是些实用的技能……"

"你是不是想把所有角色扮演游戏的服务器全关了……"我不怀好意地悄悄问她。

"不，这是他们的权力，"维卡没有理会我的挑衅，"虽然有点儿无聊，但也是活动大脑的一种方式。"

"你觉得深渊里这样的亚文化难道还少吗？至少这些人不吸毒，也不上街搞革命。"

"廖尼亚，我不是在幻想全社会都整齐划一。每个人都有权拥有自己的喜好。但这是逃避主义，逃避现实生活。"

"当然。不管集邮、打扑克，还是宏大的政治游戏、和邻居间小打小闹的战争，这些都是逃避现实生活的方式。世上不存在共同的价值观，所以每个人都要找到属于自己的小目标，然后为之倾尽全力。"

"这就是为什么人们愿意相信共产主义。"

"为什么不信呢？共产主义是个美丽又崇高的目标。为之献身是传统……"

勇敢的鲭鱼精灵忧郁地望着我。

"廖尼亚……艾伦尼安……那你呢？你有什么目标吗？我说的不

是偷几千块钱,跟朋友在酒馆里找乐子那种,而是真正的目标。"

"有。"我真诚地说。

"可以告诉我吗?"

我停顿了一下。

"你知道吗……我的梦想是,回家的时候不用从口袋里掏钥匙。"

精灵面具后的维卡移开目光,回避了我的眼神。

"这是个很小很小的目标,而且很滑稽,"我说,"比打磨一把不存在的剑还荒唐,比在虚拟世界里研究心理学更离谱。当然了,它没办法和世界革命相提并论。我想要的仅仅是按一按门铃,就有人为我打开家门。"

"有时我也会这么想,"维卡终于答话了,"但我已经体验过回家就有人开门的生活……那样的生活也不总是称心如意。"

这下懂了吧……

我像被抽了一耳光,狠狠的一耳光。

"廖尼亚,走吧,我们必须把倒霉鬼弄出来。"勇敢的鲭鱼精灵说。

我们向罗斯洛立安的城墙走去。这里比刚才那地方热闹多了,十来个雇佣兵正在精灵的引导下练习击剑和射箭,努力地获取力量值。商贩们在这里卖力吆喝,挣技能点的同时也挣点儿钱;买家们则沿街溜达;一位衣衫褴褛的画家在给路人画像;一个魔术师,或者说一个初级巫师,正在表演抛火球。街道一派欣欣向荣。这时,一个穿着淡绿色精灵斗篷的年轻男子,弹着吉他唱了起来:

> 吟游诗人闯进了城堡
> 年轻的女仆为他开了门……

一旁稀稀拉拉的听众似乎没什么兴致。歌手停了下来,看看周围的人群,换了一首难听的流行小曲:

> 从前有位精灵名叫莱戈拉斯

一拳打中了戒灵[1]的眼睛！
都是因为他
戒灵险些溺死河中！

观众显然更喜欢这首朗朗上口的小曲，纷纷鼓起掌来，哈哈大笑，朝吟游诗人扔去硬币。我们则默默走了。

"我们要买点儿什么吗？"维卡指指商店。

"哪儿来的钱？"

"看看你的口袋。"

我把手伸进口袋，真的摸到了五个铜币。

"每个人进来时都会得到五个硬币，"维卡解释道，"我听别人说的。"

经过一番激烈的讨价还价，我们在一家小店里买了两大壶本地酿的葡萄酒和两把短匕首。反正我们也不打算作战，所以不需要那些宝剑、长矛和戟，但是对武器的嗜好是印刻在男人基因里的。在维卡责备的眼神中，我在柜台前流连忘返，欣赏那些造型别致的武器。店里光线昏暗，蜡烛在柜台里的武器旁静静燃着。在烛光映照下，一把把利刃反射出血红色的光。这让我想起冬天的花店里，那些被蜡烛点亮的生态缸。

生与死就像一对孪生兄弟，连衣裳都一模一样。

小店角落里摆着张桌子，两个陌生人坐在桌旁。我起初没有注意，径直走了过去，但转而又停下了脚步。

那个穿白衣服的矮壮男人我不认识，但是……

"呸，恶心的东西，"矮壮男人在我背后说，"破烂玩意儿。不上台面。完全是拙劣的仿冒品。"

我感到一阵强烈的恶心，这股厌恶让我想起多年前的遭遇。小时候我常在河里游泳。有一次，我浮上水面时，眼前恰好蹲着一只硕大的癞

---

1. 《魔戒》中的角色，他们原本是九位人类国王，受魔王索隆的蛊惑控制，死后化作幽灵，四处搜寻魔戒的下落。

蛤蟆，把我恶心坏了。现在的感觉跟当时一模一样。

我身后的矮壮男人调整了一下遮住眼睛的帽檐，接着说：

"以前你们这儿的角色扮演都挺不错的，有点儿真东西。现在全是垃圾。"

"喂，你这话就过分了……"一旁的人对小帽子说，"年轻人总得找点儿乐子……"

"我总是想什么就说什么。都是大实话。"小帽子冷漠地说。我忽然明白了，这不是他的话术，也不是口误，这真的是他的所思所想。他把自己视为真理。

我的老天爷……

"这就是为什么没人爱你。""小帽子"的朋友说。

"笑话。爱本就是一场骗局。如果你把爱情中的一切变化都记录下来，就能把它一眼看穿。"

柜台另一头的店员注意到我站在那儿一动不动，向我走来，手指敲敲放着宝剑的柜台。

"这是一把上好的宝剑！但您至少得有一百个技能点才能买它！"

小帽子还在我背后喋喋不休：

"这游戏的档次已经降到了牲口都能玩的水平，彻底没了发展空间。什么力量值、吟游诗人、变戏法的小丑……垃圾！好好想想吧。"

"您想试试这把剑吗？"店员颇有礼貌地提议。

我瞟了小帽子一眼。跟他聊天的那人扮演的显然是个有头有脸的角色，他问：

"那你有什么想法？"

"情况已经很明了，"小帽子自以为是地说，"我更乐意看看你能不能找到妥善的解决方法……"

"不用了，"我对商人说，"我离一百点还差得远。"

我离开商店，重新回到新鲜的空气里，维卡在门外等我。她似乎没发现自己的老客户。

"你刚才在那儿找什么呢？"她问。

"生活。"

"找到了？"

我耸耸肩。

"感觉还没有。"

走向城门的途中，我们经过吟游诗人、玩杂耍的魔术师和奋力操练的雇佣兵。我忽然想明白了一件奇怪的事情。

小帽子说的话很多都是大实话，不管是对妓院里的姑娘说的，还是对罗斯洛立安的精灵说的。真理，是犬儒主义者的粉饰。

这或许就是他的目标——将自己视为真理，像个高傲的真理宣讲员一样穿行于深渊之中，嫌恶地从自己雪白的衣袖上拂去凡人的污秽，想象自己在为真理受难，揭露一桩桩谎言。

而这一切都出于一个原因。

他不懂得爱人。

我观察着这个世界，看到小伙子们埋头打磨游戏里的剑，研究矮人语，买卖不存在的商品，也觉得可笑。我也能变得像小帽子一样，但这还不够……还需要更进一步，小小的一步。只要不爱他们。

不管是神秘的倒霉鬼、傻乎乎的小霍比特人、虚拟妓女维卡、商店里的商人、弹吉他的吟游诗人、狼人罗姆卡甚至无脸人……

只要对他们不产生一丝感情。

其实并不难，他们都有缺点。对他们生气很容易，但要说厌恶……不，不对。不是厌恶，而是单纯的不爱。

我觉得自己推开了一扇重重的门，窥见了另一个世界，一个贫瘠的白色世界，完全冻结的零度星球。死气沉沉，一尘不染，就像电脑CPU一般。

"维卡，"我轻声呼唤，"维卡……"

为什么我们要去解救倒霉鬼？为什么要自找麻烦去干这事？

"维卡……"

她望着我的眼睛。我能透过精灵的外壳看到真正的她——在金色的卷发和雕塑般的苍白面孔下，一个普通却真实的姑娘。我的维卡，与我心意相通的人。

"说'爱'。"她说。

我摇摇头。我办不到,我还停留在那个冰冷苍白的真理世界中。真理和爱是互不相容的。

"说'爱',"维卡说,"你能办到的。"

我作出了选择。

"爱。"我虚弱地嚅动嘴唇。

"无论敌友……"

"无论敌友……"我跟着说。

"我爱你。"维卡说。

罗斯洛立安真是个美妙的地方,没有人会嘲笑人类和精灵竟然在城门前相拥。

110

一列军队走过后,雪地被踏平,好走多了。

积雪被压得实实的,完全不会脚滑。

喧嚣、混乱又忙碌的生活痕迹随处可见。

路边的一棵松树被箭射中了。它可能是被精灵当成了间谍,也有可能是精灵们为谁的眼睛更尖或者谁的力气更大争论不休……当然,话题更可能是后者。

地上的两行脚印稍稍偏离了主路。路边留下了两堆烟灰。可以看出两个军官离开行军队伍,站在路边抽了会儿烟。其中一个是个带法杖的巫师,另一个是佩剑的战士。地上留下一个圆圆的小坑和剑鞘压出的细痕。

军队曾在这里稍事休息。路面左侧的积雪几乎被踏平,右边却全无痕迹。这也合理,精灵身轻如燕,几乎不会在雪上留下足迹。所以这支部队是由两队人马拼凑起来的,分别听从各自首领的指挥……

五英里路程在现实世界里很长。还好角色扮演玩家不是挥金如土的富豪，不会花几个月去追击敌人。脚下的路面飞快地向后撤去。

在玩家眼中，这是咒语的魔力……

我们开始沿着盘旋的山路向悬崖上爬去。好几次我都以为自己终于走到了吓跑霍比特人的地方，但是都不对。这里的道路画得很潦草，总是有重复的元素。

终于，维卡发现一串足迹，它离开小路延伸进了一片杉树林。

我们当时草草地把倒霉鬼一藏，随便一个掉队的士兵都能发现他。我们不约而同加快脚步，如果倒霉鬼已经不在那里了怎么办？

但倒霉鬼还在原地，而且不是孤身一人。

他正靠着树干坐着，跟一个霍比特人说着什么，举起水壶一饮而尽。霍比特人蹲在倒霉鬼身边，哈哈大笑。看到我们出现，霍比特人立刻跳起来，掏出匕首。

瞧瞧，当身后有个虚弱的人需要保护时，这孩子也可以变得很勇敢。

"我们是朋友！"维卡举起双手，"无意冒犯！"

"我是治疗师艾伦尼安。"我跟着说。不知道倒霉鬼能不能认出我们。

"嗨，廖尼亚。"他笑着说。

"我是哈丁！"霍比特人收起匕首，"你们没在附近碰到柯南？一个带着可怕火剑的大个子？"

"那个柯南抢劫了这孩子。"倒霉鬼语气非常严肃，眼里却藏不住笑意。

"不，他没那么坏！"霍比特人忽然替劫匪辩护起来，"他把我的补给都给了阿利安[1]，他知道阿利安更需要这些东西！"

"给了谁？"我和维卡异口同声地问。

"给了阿利安……"霍比特人一点儿疑心也没起，"就是他。他摔

---

1. 英文Alien的谐音，意为外来的，外星的。

断了腿。"

有意思。

我走到倒霉鬼身边,给他拆开石膏,把包里的东西都倒在雪地上。在虚拟世界里该怎么疗伤,我一点头绪也没有。

"所以你叫阿利安?"我问道。倒霉鬼没吭声。

我打开一个装满了绿色药膏的罐子,卷起倒霉鬼的裤腿,沉思片刻,又往膏药上面粘了几片草叶,然后说:

"五分钟后骨折就好了。"

事情就是这么简单。看来这个世界有疗伤的能力。倒霉鬼是带着伤进入这个世界的。只要我从包里拿出点儿东西用在倒霉鬼身上,罗斯洛立安的服务器就会修复倒霉鬼破损的身体部位。

"如果不管用怎么办?"哈丁好奇地问。

"那我们就带着……呃……你的朋友回城里去。"

"谢谢,"霍比特人发自内心地感谢,"可我只有三个力量点,搬不动他。"

他迟疑片刻,然后问道:

"你们能把他带回去吗?"

"当然。"

"那我就先走了,好吗?我得回城里去……离开太久是要被惩罚的。"

真是个孩子。

"好的……去吧。"我有些良心不安地说。哈丁小跑着回到路上,对我们喊道:

"以防万一,你们还是要小心柯南!"

维卡在我耳边悄声说:

"霍比特人克星蛮王柯南!"

"够了,"我祈求她别说了,"已经够羞耻的了……"

我们静静等了几分钟,谁也没和倒霉鬼说话。得先看看疗效。

"好了,站起来吧。"维卡指挥道。

倒霉鬼不太确定地支着那条腿,稍微站起来一点儿,走了一步,又一步……

"还疼吗?"我像个真正的医生一样关切地问。

他摇摇头。

"那我们就回城吧。"

"然后呢?"倒霉鬼瞥了维卡一眼,但她没有说话,我不得不说:

"然后你就得作出最后的决定了。我们没时间再陪你打哑谜。"

返回罗斯洛立安的旅途不算顺利。卫兵鄙视地看着我们——他们心里肯定在想:这伙人两小时前才离开罗斯洛立安,肯定是没追上大部队。虽然他们没有出言讥讽,但我还是决定解释一下:

"他劝我们多训练一阵子,"我指指倒霉鬼,"我们现在上战场也没什么用。"

这解释不算坏。就让他们以为我们都是初生牛犊不怕虎的新手,及时悔悟了吧。

"这就是罗斯洛立安吗?"倒霉鬼好奇地问。我们经过白色大树旁,一圈圈楼梯就像圣诞树上的彩带。

"正是。现在我们去主街道,然后做个了断。"我漫不经心地说。

"我真的什么也解释不了。"倒霉鬼回答。

"那我们就分道扬镳。彻底分道扬镳,伙计。"我没有说谎,也没有吓唬他。我必须躲起来,躲得远远的,躲到一个人们还把计算器当计算机的偏远小镇上。维卡则必须重整旗鼓,开创自己的事业。

维卡斜了我一眼,但也没说什么。她明白,她知道我必须离开。

倒霉鬼抬起头,望向被梅隆树切割得支离破碎的天空。

"如果愿意,你可以留下,反正你也不用付电话费吧?"我问他。

"不用。"

"你也不用回到现实去吃东西。"

他没说话。

"你可以挣上一千点,变成这里最酷的人,"我抬高了声调,"我会时不时来看看你,轻轻敲门问人家,'怎么才能找到智者阿利安?'。或许到那时候,你会愿意告诉我真相。"

"我也没多少时间了,列昂尼德。"

"别逗了!两三年时间对你来说算什么?在经历了几百年的沉寂……之后?"

倒霉鬼停下脚步,我们四目相对。

"嘿,伙计们,我好像突然成了这里消息最闭塞的人。"维卡说。

"一切都很简单,维卡,很简单。排除所有不可能之后,剩下的再难以置信也是真相。"

倒霉鬼也被我弄糊涂了。

要让他开口说话,还缺一个必要条件。

"走吧,"我说,"别再给可怜的精灵们找麻烦了……我们永远也不能融入他们的故事。"

罗斯洛立安的出口和入口一样,只不过这次看门人没有审问我们。

"做决定吧倒霉鬼,"我说着推开门,"我没开玩笑,我真的厌倦了你的谜语。"

直到走出大门,我才发现,该做决定的人是我。

无脸人站在五米开外,双手抱胸,灰白色的头发下是一团浓雾,从中射出冰冷的目光,黑色斗篷的后摆散落在脏兮兮的街道上。他并不是孤身前来。

他身后站着三个端着步枪的保镖,还有两个保镖离得稍远,悬浮在半空中。他们背着嗡嗡作响的喷气背包,不像穿着祖卡的飞鞋那么滑稽。他们飞得不高,离地只有几米远,整个画面让我想到某个前虚拟时代的古老游戏……

"真精彩,潜者先生。"无脸人说。

维卡是第一个回过神来的。

"就是你手下那帮畜生毁了我的机构吗?"她怒气冲冲。

斗篷下那团迷雾抖动了一下。

"姑娘，先检查一下你的银行账户，然后再决定要不要发火。"

接着那团迷雾又微微一动——他不存在的脸转向了我。

"我们谈话的那间仓库在毁灭公爵街42号。去那儿领取你的报酬吧。"

多么行云流水。

打一大棒，再给根胡萝卜。

胡萝卜还挺甜。

无脸人向前一步，向倒霉鬼伸出了手。

"走吧，我们有好多事情要谈。我知道你是谁。"

倒霉鬼一动不动。

"我们可以好好谈谈，我们必须好好谈谈。我不知道你想要什么条件，但一切都可以商量……"无脸人的声音里满是诱惑。他看也没看我们一眼，我们已经被收买了，并且被踢出了游戏。

当然，这只是他的一厢情愿。

"你太久没来俄罗斯了，季马。"听到我的话，无脸人愣住了，"我不稀罕你的徽章，回家把它挂在马桶上吧。"

"你想说你拒绝赏金，列昂尼德？"

我们打了个平手，他也知道我的名字，甚至还可能知道我的地址。

"是的。"

"别自讨苦吃。我很乐意为高质量的工作付出相应的价钱……顺便告诉你，这可不是俄罗斯教给我的。"

"我不是在为你工作。你也别以为自己可以高枕无忧。"

"我会有什么危险，说来听听？"

"如果我向乌尔曼告发你呢？向弗里德里希·乌尔曼本人告发你呢？他也早就想掺和一手了。"

无脸人笑了。

"潜者先生，你真是个十足的傻瓜！告诉乌尔曼本人？他那个级别的人物怎么可能亲自在虚拟世界里做生意呢？他的秘书、双胞胎甚至克隆人，都是他训练有素的替身……是这些人在为他处理虚拟世界里的事务。"

我扛住了这当头棒喝。这一招确实狠,我从没想过这种可能性。我以为乌尔曼也应该和普通人一样痴迷深渊。我只能扛住,别无选择。

"有什么区别呢,季本科?我可以向阿尔-卡巴尔揭发你,而你拿我一点儿办法也没有,我可是个潜者。"

"潜者也有弱点。"

他在虚张声势。也可能不是。我回头看看倒霉鬼,问道:

"你想跟他走吗?"

"你决定。"倒霉鬼说。他是当下唯一毫无畏惧的人。季本科的蠢货保镖们也毫无畏惧,但他们的勇气来自别的地方。

"我们走。"我说着抓起倒霉鬼的手。我确信季本科不会阻拦我们。他毕竟不是个白痴!如果他看清了眼下事态的话……

"杀了那两个。"无脸人下令了。

我们站得太近,保镖们不能开枪,他们必须留倒霉鬼活口。空中的两人只是原地扑腾,只有地上的三人朝我扑来。

干掉两个手无寸铁的人需要这么大阵仗吗?只要几把机关枪就行了——朝我们的电脑里扔几个病毒,我们就会从战场上消失。罗斯洛立安勇敢的精灵们大概正在那堵墙后面看着我们,但他们不会插手。他们自己的战斗就够多了。

不过现在看来,旁观者不止精灵。

我躲过第一波扫射,一个扫堂腿绊倒了一名保镖。在这里,他们必须按照深渊城的规则来玩……我想把他的机关枪抢过来,暗暗希望这病毒不是限制特定用户访问的文件,谁都能用……

就在此时,一道瘦长的灰色影子从精灵小屋的房顶纵身一跃,是灰狼!

灰狼轻而易举扑倒了一个悬在空中的保镖,对方像个断了线的纸娃娃一样一头栽倒在马路上。在利齿的撕咬下,那家伙很快一命呜呼。灰狼旋即转身一避,堪堪躲过上方飞来的子弹——另一个悬在空中的保镖开始朝灰狼刚才所在的地方扫射。

死去保镖的气囊仍坚挺着，雨点般的子弹把那具还在飘浮的尸体打得稀烂。灰狼回头朝我们奔来。

无脸人一个滑步，避开灰狼，但灰狼并不是冲着他去的，而是一口咬断了他身边保镖的脖子。时间似乎凝固了。我看见维卡正和另一个保镖缠斗，于是连忙把我身边的敌人摔到灰狼脚下。

灰狼一下咬断了他的脖子，又扑向剩下的保镖。他杀得一时兴起，忘了模仿狼的动作。他一边用牙齿撕咬对方的喉咙，一边像猫一样挥舞着爪子厮打。爪间绿光四射，尘土飞扬——看来有人用上了病毒武器。

一把机关枪刚好落在我脚边，我赶紧拾起，但这程序会自动识别使用者，扳机在我手中纹丝未动。我把武器朝飞向我们的保镖一扔，他下意识地一通扫射。在这种情况下，漫无目的的射击非常危险。

空中翻滚的机关枪疯狂喷吐着火舌，保镖们的战斗安全程序要失效了。砰的一声巨响，机关枪里装载的整个病毒包都爆炸了。那个倒霉的飞人保镖距离爆炸现场最近，被炸了个正着，立刻化作一个火球，直接在半空中被炸成血肉模糊的碎片。

"跑！"灰狼一声吼，从一动不动的敌人身上跳起来，鲜血从他嘴边滴下来，染红了他的毛发。我走向罗姆卡，拍了拍他的背，轻声说了句"谢谢"。

无脸人成了唯一的幸存者。他静静站在一旁，欣赏了自己的护卫队覆没的全过程。

"快跑啊！"灰狼又低吼了一声，但仍然死盯着季本科。

"潜者兄弟情？"无脸人嘲笑道，"真没想到。"

他过于冷静了。我朝维卡和倒霉鬼点点头，他们立刻会意，十分配合地向后撤。我和罗姆卡殿后——二对一。

但这次的对手过于冷静。

"我建议你再考虑考虑，列昂尼德。"季本科对我说。

"你快走！"灰狼用绿眼睛盯着我，压低声音说完，便扑向了无脸人。

漂亮！罗姆卡这一扑比刚才从屋顶上跳下来的时候还要迅猛精准。

他锋利的狼牙已经咬住了季本科的脖子，前爪抓破了他的胸膛。后腿直立的灰狼比季本科还高出一头。

"小狗崽。"无脸人说。

他单手揪住灰狼的后脖子，把他拎了起来，随手扔向精灵小屋。冲击力过强，整面墙都被撞塌了。灰狼几乎整个身子都扎进了走廊，但很快又跳起来，再次扑向季本科。然而刚才那一击并非单纯的物理攻击，灰狼的毛发上冒出了耀眼的白色火焰。

病毒还是侵入了罗姆卡的身体。为了保证速度和准确度，他说不定关掉了整个安全系统。但即便病毒此时正吞噬着他的电脑，他仍在战斗。

我转身便跑。没时间考虑太多，都是庸人自扰。不过，罗姆卡是怎么追踪到我的？牺牲自己拖住敌人，只为了给我创造一线生机。

白白送掉这丝生机，是最蠢的事情。

维卡在十米外拦下一辆出租车，把倒霉鬼推了进去，然后拼命朝我招手。但很快，她的脸就因恐惧而扭曲。

无脸人在我背后号叫，瞬间抓住了我的肩膀。这动作快到我来不及做出任何反应。你很难跟一个拿奔腾3原型机当家用电脑的人拼速度。只需一击，我就倒在了马路上。深渊的造世主俯下身，冷冷看着我。

"我已经很有耐心了。"他说。

我朝他灰色烟雾组成的面具上吐了一口唾沫。只是做个吐的动作——这具虚拟身体根本没法真的吐口水。我得告诉法师，看看他能不能改进一下……

季本科抹了抹脸，仿佛在擦去唾沫。他并没有洁癖。他把从脸上抹下的灰色烟雾搓成了一个球，就像用马路上的积雪捏成雪球一样。

"拿去吧潜者。祝你好梦。"

那雪球直直地冲着我的脸飞来，铺展成一张无边无际的灰布。现在它不是灰色的了，而是变成了五彩缤纷的画布。火花闪动，仿佛节庆的装饰，还带着各种花纹图案。

等我意识到这五颜六色的东西是什么，已经太晚了。

深渊啊深渊……

太晚了。

画布已经把我紧紧包裹,我无力脱身。

深渊啊深渊……

它兢兢业业地发出炽烈的光,丝毫不打算停歇……

深渊啊深渊……

我下潜得越来越深,掉进了五彩缤纷的深渊,掉进了无数幻影织成的链条中。我坠入五彩迷宫,坠入没有理性和意识的世界。

我的电脑没有计时器,没人会带着钥匙打开我家的门。

深渊啊深渊……

我上浮的速度无论如何都赶不上彩色旋涡拽着我下降的速度!

深渊啊深渊……

111

首先要镇定。

听说这是我国一位伟大宇航员[1]的口头禅。昔日的英雄今何在?

镇定。

恐慌比子弹更致命。

我像被一个没有尽头的万花筒包围着。周遭只有彩虹、烟花和运转中的深渊程序。多么简单,又多么出人意料。潜者是可以上浮,但如果水涌进来的速度比他上浮的速度快呢?

我还不知道答案。

我试着往前走了一步,感觉很古怪。整个世界失去了现实感,变成了一个疯子画家的抽象画。一条橙色的彩带在我身边飞速旋转,卷成一

---

1. 指苏联宇航员戈尔曼·斯捷潘诺维奇·季托夫(1935—2000)。1962年,他成为第二个进入太空的人类。

个圆环，试图套在我脑袋上。我把它拽了下来，但看不见自己的双手，彩带似乎生气地飞走了。白色的尘埃在我看不见的脚下翻涌，天上下起了碧绿色的宝石雨，每一滴都是一颗小水晶，砸得我生疼。

随后是沉寂……死一般的沉寂，几乎跟倒霉鬼说的一样……

镇定。

我现在在哪里？是在深渊城的街道上，像个瞎子一样伸出双手，慌乱地摸索前行？还是掉进了季本科的电脑深处？又或是像传说中的人物一样，变成了电子信号，在整个网络中流动？

镇定。

首先，我在家里。我在家里，坐在我的破电脑前，戴着头盔，穿着拟真服。键盘就在我面前的某处，鼠标在右边。如果我能手动输入退出指令……

不，不可能，不只是因为我摸不到键盘，而是我的意识早已习惯了模拟动作。我以为自己伸出了双手，其实只是手指轻轻抽动了一下；以为自己跳起来了，但只是在椅子上微微欠身；以为自己在走动，其实只是在桌子下动了动脚趾头。都是幻觉。

深渊。

"维卡！"我说，"维卡！离开虚拟世界！维卡，中止下潜！离开！"

没有任何反应。

我过去把这一切都视作理所当然——在虚拟世界里使唤维卡、下载和传输文件、进出深渊、请求电脑资源。如果一切都这么简单的话……还要潜者干什么呢？现在，作为一个普通的虚拟世界居民，我只能跟普通人一样遵守游戏规则。

我无法感觉到真实世界的存在。

我无法呼救。

我快要溺死了。

镇定！

我试图摘下头盔，尽管我已经感觉不到它的存在。没用。

我想向前狂奔，希望这样就能扯断网线。

但我寸步难行。

我闭上双眼。我需要从深渊程序里离开片刻，不去看它，也不要潜得更深。

深渊啊深渊，我不属于你，请放我走……

我重复念了一百遍这句咒语，就像潜者学校里的差生，郁闷地把课本里的一个句子抄写上百遍。

深渊啊深渊……

没有丝毫改变。

在千里之外的现实世界里，我死气沉沉的身体正坐在电脑旁，瞳孔里倒映着致命的彩虹。

季本科抓住我了。

这个鬼把戏是他不小心发明出来的吗？本来想发明个上浮时用的救生圈，结果却搞出了一个困住双脚的水泥桶？或者这就是他真正的目的：并不是要把普通虚拟玩家升级成潜者，而是把潜者降级成普通人？

我大概永远也不会知道了。

罗姆卡怎么样了？维卡坐上出租车了吗？还是她也被卷入了彩虹色的暴风雨中，只能任凭倒霉鬼一言不发，听天由命地被季本科带走？

我必须回去搞明白。

高速旋转的世界稍稍放慢了速度。也许是狂暴的万花筒找到了运动规律，也许是我看得太久渐渐习惯了。如果绿宝石雨洒落的方向是"上"，那我就有参照物了。试着往前走……慢慢地，放轻松……朝那条飘在前方的倔强橙色彩带走……

我刚接近彩带，它又继续往前飞去。匆忙一瞥，我注意到绿宝石雨砸坏了它的边缘。橙色的彩带卷成了一个莫比乌斯环[1]，仿佛……仿佛它是独立存在于这个空间之外的！

它对于深渊程序来说过于复杂……

---

1. 德国数学家莫比乌斯和约翰·李斯丁于1858年提出的概念，就是将一个条带的一端翻转180度后，与它的另一端粘合起来形成的圆环。

我又向彩带走去，它还是不让我触碰，向更远处飞去。

这是怎么回事？这个疯狂的世界是以我为中心形成的，还是说，它只是我潜意识的恶作剧？

我跟着彩带往前走。任何方向都可能是对的——如果这里还存在方向的话。雨越下越大，从天而降的晶体变薄了，成了钢针状。我低下头护着眼睛，一直往前走。不知为何，现在的情形让我稍稍振奋起来。一定有人正在帮我！

这意味着我还有一线生机。

无论是时间还是距离，这里所有的度量标准都模糊了。我可能走了一个小时，也可能是三公里。

我可能已经疯了。

彩带仍在前方飞舞，但速度越来越慢，越来越踟蹰。经历过宝石雨的袭击，它现在成了一条橙色的破布。最后，它奋力一跳，落到了我脚下的白色烟雾上。

结束了吗？

我站在这位奇怪的向导旁。现在该怎么办？没有方向标了。我闭上眼睛，听到一个遥远而微弱的声音。

深渊程序是不会处理声音的！我听人说起过，季马·季本科的电脑没有声卡。

走！

那声音越来越大，但并不清晰。可能是林间小溪潺潺，可能是有人在远处冲浪，也可能是烛芯噼啪。管他呢，哪怕是宇宙大爆炸的回音也行！总比一片寂静要好！

我一步一步朝前走。

即使闭着眼睛，我也能察觉到周围的变化。

睁开眼。整个世界仿佛褪色了。宝石雨不再鲜艳，变得愈发苍白；雨点不再是水晶，变成了脏兮兮的玻璃片；脚下白色的尘埃几乎看不见了。

一颗蓝色的星星在前方闪耀。

像是白昼的碎片。

不知是星星变大了,还是我变小了,但那颗闪烁的火球现在就悬挂在我头顶。我伸出双手去感受那温暖的光线。

我坠入了星星之中。

风。

冷风拍打着脸颊。

我从积雪覆盖的地上爬起来。目光所及之处是一片平原,平得像一张桌子,望不见地平线。天空被一团流动的、交缠的橙色细线遮住,透出若隐若现的蓝色。

一股股雾气在地面流动,不断变幻着亮度和浓度,迎风流去,被吹上橙色的天空。

我拍了拍膝盖上的积雪,看看自己的双手。这雪真奇怪——巨大的晶体,松散不粘连。雪花在我掌心唰地碎成了粉末。

"很高兴你能走到这里,廖尼亚。"我身后,倒霉鬼在说话。

我还没来得及回头,就被他喝止了:

"不……不要回头!"

眼前仍是雾气弥漫的平原,刺骨的寒风和易碎的雪花……我努力吞咽了一下哽住的喉头:

"倒霉鬼……谢谢你。"

"这是我该做的,"他严肃地说,"至少得试试看。毕竟你救了我。"

"但也不是特别成功……"

"至少你把我带了出来。我在那儿感觉糟透了……"

"我想也是。但你完全可以在一个小时内通过'迷宫'……不,十分钟就够了。"

"廖尼亚……"

"你完全可以离开,打破所有玩家的纪录。"

"不,我办不到。"

"为什么?"

"你还没明白吗?"他吃惊地问。

"你不想杀人?"

"是的。"

"但那些游戏人物都是假的!"

"只是对你而言。"

"我永远没法像你一样。"

"你也没必要像我一样,枪侠。"

"你知道吗?"我强忍着回头的冲动,"有一次,有那么一瞬间,我觉得你……好像是弥赛亚[1]。你懂吗?"

倒霉鬼非常严肃地说:

"不,列昂尼德。我不想当你的救世主。不想当任何你们人类想象出来的神。他们都太过残忍。"

"就像我们一样。"

"就像你们一样。"倒霉鬼重复着我的话,声音里流露出一丝哀伤。

"这是个梦吗?"我停顿了片刻,"我看见的这些都是梦境吗?"

身后那个祈求我不要回头的人沉默良久。

"不是,廖尼亚。即使这是个梦,也不是你的梦。"

我懂了。

"谢谢。"

我不觉得冷了,也许是因为他不希望我冷。那灰色的细雪不再灼痛我的膝盖,雾气也不再喷涌。创造这些东西对他来说是轻而易举?还是要竭尽全力?我不知道。

"你们刚才逃走了吗?"我问他。

"逃走了。现在我们正坐着出租车穿越城市。维卡不停地给司机提供新地址……她好像不知道接下来该怎么办。"

倒霉鬼停顿片刻,接着说:

---

[1] 指东正教中的"救世主"。俄罗斯人深受东正教"救世主义"影响,俄罗斯文学也因此关注人类多灾多难的命运,探索拯救人类的路径。

"她哭了。"

橙色的彩带在空中翻飞,就像在蓝色的烈日下跳着一支永恒的舞。这个世界其实还是很美的……

"告诉她我没事。"

"你真的没事吗?"

"我不知道。你能帮我离开这儿吗?"

倒霉鬼没有回答。

"我能靠自己的力量离开吗?"

"可以。应该可以。"

"那就告诉维卡,我没事。"

"她不会相信我的。"

"她会的。她也差不多摸清状况了。帮我转告她,深渊城俄罗斯区有一个波利亚纳公司,只有一栋楼,很呆板,有十二层。让她在二单元门口等我,我一小时后到。"

"还有别的吗,列昂尼德?"

"没了。就这些。"

"下面的路不好走,枪侠。"倒霉鬼吞吞吐吐地说,"你已经习惯了用力量执拗地与深渊强行对抗。你是个出色的潜者,总能浮上水面。但现在那些伎俩都不管用了。"

"你不也习惯了依赖力量吗?"

"这要看是什么样的力量了,枪侠……"

我感到有人轻轻拍了拍我的肩膀,不知是道别还是安慰。

随后,橙色线网就坠向了白雪皑皑的地面……

我在万花筒般的点点光斑中站起来。深渊程序还在运转。我仍然看不见自己的身体。

只有刚才那轻轻一拍的触觉还残留在肩头。

我仍然记得那个世界,我仍然活在那里。在一个遥远的梦境中……

"你他妈到底在干什么,季本科?"我对着疯狂的寂静低语,"我们不能……我们不能用自己的方式对待他。"

季本科，这位虚拟世界的偶然造世主，听不见我的话。他还在追捕倒霉鬼，继续追捕着他的奇迹，但我必须找到他，告诉他这一切错得有多离谱……

我闭上双眼，双臂平举。我能感觉到，紧闭的眼皮外有彩色的旋风在疯狂旋转——深渊程序仍包裹着我的大脑……

首先要镇定。没什么邪乎的，这就是个闪闪发光的小玩意儿，就像催眠师在病人眼前晃悠的小摆锤——这就是深渊程序的本质——一个电子时代的小摆锤。梦与梦之间并无界限，是我自己建起了屏障，以为自己在下沉。

但现在，是时候上浮了。

"深渊……"我轻柔地呼唤，"深渊啊深渊……"

是我们砌起了深渊的围墙，把一台台电脑像砖块一样砌在电话线上，建成了这座庞大的都市。这城市本来没有善恶，直到我们来临。

我们在现实生活里举步维艰。那里没人理解几天时间就能破解别人程序的狂喜，也没人明白呕心沥血写出自己程序的喜悦；那里的人不关心内存条价格下跌，只关心面包价格上涨；在那里，人真的会死于非命。罪人、圣人和普通人，都艰难求生。

所以我们建起一个没有边界的城市，还坚信它是真实的。

该浮出水面了。

我们渴望奇迹，于是在深渊城里到处制造奇迹。精灵的林中旷地、火星人的荒原、诱人的迷宫和圣殿、远方的星辰和深不可测的海渊……无所不有，无所不包。

但现在，该浮出水面了。

我们已经厌倦了相信真善美，所以转而去信仰自由，天真地认为"爱情诚可贵，自由价更高"，于是把"自由"写在了旗帜上。

该长大了。

"放我离开，深渊，"我祈求着，

"深渊啊深渊……我属于你。"

倒霉鬼

"想了解深渊，那就成为深渊。"

ЛАБИРИНТ ОТРАЖЕНИЙ

00

起初只有黑暗。

整个世界瞬间失去了颜色。

我根本不知道这一切是如何发生的。仿佛深渊程序上一刻还缠着我不放,这一刻却突然消失了。

大概这就是潜者之死?跌落到深渊底部,烧光所有脑细胞,再也无法思考?

但黑暗很快碎成了小方块,又开始变换亮度和颜色。色彩又回来了。

我用脑袋抵住墙,勉强支撑着身体。这面墙是画出来的,属于一栋二维建筑。

诡异。

看起来就像我没有借助深渊程序,就进入了虚拟空间,但我不是在画面外看着头盔上的屏幕,而是真的身处其中!现在我眼中的虚拟世界失去了真实感,一切看起来都像卡通画。

我从墙边后退了一步,方块立刻拼合成一个咖啡色的矩形。我看向天空——一片墨蓝,点缀着稀疏的星星。街边是整齐的房屋和宫殿,看起来像孩子的画作,一个个粗糙的外框随意填满颜色。这栋小屋是砖头砌的,栅栏是木头的,花园里种着杉树……沿街立着一溜儿钢管,尖头上挂着黄色补丁——这就是路灯了……假的,都是假的。这城市里有画得更精美的街区,但我现在正身处郊区,周围的世界是用简单的程序创造出来的,维护它的服务器也不怎么样。

最神奇的是,我自己的形象依旧栩栩如生!打斗中撕破的衣袖、伤痕累累的双手……我抬起手凑近看,每根汗毛都纤毫毕现,连指甲缝里的泥垢和关节的瘀青都清清楚楚。

我是二维卡通世界里唯一的三维人物。

我开始颤抖。这情况前所未有。已经运行了千万次的深渊程序到底对我做了什么?

我从疯狂的世界中上浮时,又对深渊程序做了什么?

有声音从背后传来,越来越近。我转过身,看见一辆巴士沿着街道驶来,这是一辆双层的庞然大物,车身基本上全由玻璃制成。巴士画得很细致,轮子真的在转动。车窗户上则贴着一堆漫画人脸:有孩子,有大人,有老人。深渊运输公司的标志印在车身两侧。

我站着,大口喘着粗气,看着那些毫无表情的脸。好吧,他们能有什么表情呢?只有最高级的程序才能模仿出人类的表情,但那些效果是VIP专享。巴士上的人只是普通游客。

巴士停了下来,乘客们笨拙地走下车,走在最前面的是一位穿着正红色连体工作服的先生。他显然是导游。所有男人都整齐划一穿着西装带着领带,只有一个黑人穿着T恤和牛仔裤。所有面孔都冷漠得恰到好处,就像动画片里的反派男二号;女人们都穿着华贵的礼服,装扮比她们的脸精致多了,珠光宝气;孩子们都长着漫画里的大眼睛;还有一群老人,穿着马甲,背着相机。

最后一个出来的是个坐轮椅的残疾人,他在大家的帮助下下了车。

"嗨!"导游朝我挥挥手。他的嘴巴在动,但仍然没有表情。

"哈喽……"我挤出一个微笑,导游心满意足地转向自己的团队,"你们觉得最有趣的地方是哪里[1]?"

一阵轻微的杂音掠过——导游原本的声音变得细不可闻,另一个似曾相识的声音取而代之:

"你们觉得这个区域最有意思的地方是哪里?我们可以看看出名的……"导游顿了顿,"著名的,神圣的图书交易中心,这里为您提供各色文学……"又顿了一下,"各色书籍、杂志、报纸、纸媒,发行于……"

我捂住了眼睛,就像一个打开泰迪熊包装,却发现里面全是破布条、

---

1. 此处原文为英语。

废纸团和脏袜子的失望的孩子。

老天爷啊，Windows管家的翻译器太厉害了！我惊叹于维卡能够精准地在五种深渊城官方语言之间切换自如的能力。

翻译器的速度是毋庸置疑的，但准确性完全取决于我们自己的大脑，是大脑自己从那些乱七八糟的信息里提炼出合适的词句。

"还有那边，那是著名的亚瑟之剑餐厅和四个十餐厅。沿着43号大街再往前走一百来米就是成年人的乐园，限制级的那种。"

游客发出一阵轻微的躁动，我知道，那是他们笑了。

"下面是两小时自由活动时间。"导游说。

我大概知道自己在什么地方了。不远处那个灰色的穹顶就是以某位美国总统命名的"著名的、神圣的"图书交易中心，那栋楼是在总统的资助下建起来的。

如果我在43号大街上，那也就是说，我来到了城市的另一端。嚯，好一趟远征！我看了眼手表，吃了一惊——我们离开精灵小屋不过是二十分钟前的事情！

游客们开始自由活动。情侣们去餐厅，单身人士大多走向了成人娱乐区，坐轮椅的男人在一位银发老太太和黑人小哥的陪同下，进了书城。导游拿出一支长雪茄，一看就不是便宜货，这雪茄画得比他的脸还要精致。他咬掉茄帽，点燃烟，朝我走来。

从此以后，我看到世界是否都会是这副模样？

这是我想要的胜利结局吗？

不是。

我宁可当个被骗的傻子，看到正常的城市和人，也不愿看到儿童涂鸦和卡通片一样的画面。我无权评判这个世界，但我也不是个漠然的旁观者。我是深渊的一部分，是深渊城血肉中的血肉[1]……

我双手捂脸，看向无尽的黑暗。我不知道该请求谁，是求深渊还是求自己，但我还是祈祷着。

---

1. 此处致敬《圣经》，亚当形容夏娃是他的"骨中骨肉中肉"。

臣服于我吧，深渊……

"来根雪茄吗，伙计？"导游热情地和我搭讪。

他笑着打开雪茄盒递过来。他的红色制服敞着领子，口袋里露出钢笔和笔记本。我敢打赌，刚才他口袋里还空空如也。他脸色和善，看起来是位很称职的导游。这就是深入新手群中的人该有的样子。

"谢谢，我不抽烟……"

一切都稀松平常，一如既往。

甚至更好。

我属于你，深渊。无论是在真正的深渊城，还是在卡通版深渊城，我都能做一个真人。我甚至可以在真人的世界里做一个行走的卡通人。

谢谢，亲爱的季马·季本科。你想把我赶出这个游戏，甚至想杀了我。

但是事情没有按你预想的发展。

我甚至能猜到这到底是怎么回事。倒霉鬼还是帮了我，他把自己的一部分力量借给了我。

我应该全心全意感谢的人是他。

"啊好吧，随您便。"导游没有因为我的拒绝而受挫，他把雪茄盒收进口袋，"您是老用户了，对吧？"

"是的。"我承认。

"我叫柯克，"他自我介绍起来，"我长得像他吗？"

不知道他说的是谁。可能是哪个游戏人物或者童话主人公？我对粗陋的美国大众文化向来没有深究的兴趣。

"不太像。"我敷衍了一句。

"这就对了！"柯克同意我的观点，"重要的是神似，而不是形似！"

他朝天吐了一口烟，熟练地把雪茄移到嘴角的另一边。

"我来自西雅图。"尽管我没搭话，他仍然决定继续聊下去。

"我来自圣彼得堡。"

柯克快活地拍拍我的肩膀：

"噢！我知道那地方，我去过！"

我有点儿惊喜,但他的下句话浇灭了我的热情:

"是个不错的镇子,"柯克与我分享着他的圣彼得堡见闻[1],"我有个女朋友……一个特别正经的姑娘!那天不知道怎么回事,车子的汽化器刚好就在我们经过圣彼得堡的时候坏了。我们不得不在镇上过夜。"

他朝我狡黠地挤挤眼睛。

汤姆·索亚的故乡小镇当然不错,但柯克的自以为是把我惹恼了。

"我来自另一个圣彼得堡,俄罗斯那个。"

"俄罗斯!"柯克更高兴了,"那儿也有个圣彼得堡?"

"对。西雅图又是什么地方?在加拿大还是墨西哥?"我问道。

柯克嚼着他的雪茄,分不清我到底在开玩笑,还是真不知道这座知名的城市。

"在美国!"

"南美洲还是拉丁美洲?"

尽管他是个地地道道的美国人,但也不算坏蛋。他大笑着轻轻锤了一下我的肚子。

"好家伙,你真行!我以后一定会来圣彼得堡找你的。我计划45岁的时候周游欧洲,到时候一定去你那儿看看!"

"没问题。欢迎你。"

我被深渊程序弄得筋疲力尽。与深渊比起来,这段愚蠢的谈话都显得轻松愉快了。

"我整天载着游客们四处转悠,"柯克继续说,"这是我爸的生意。很棒的工作!今天我们要穿过整座城市,一个女孩儿一直嚷嚷着要看潜者。我随手指了指窗外一个路人,说'那就是潜者'!结果他们全都挤到车子一边去看,差点儿没把车给掀翻。"

我和他一起哈哈大笑起来。

---

1. 柯克说的"圣彼得堡"是位于美国密苏里州的小镇,也是马克·吐温《汤姆·索亚历险记》中主人公生活的地方。

"我们很少来这儿，"柯克嘬了一口雪茄，"但是萨姆一直求我带他去书城，所以我们决定在这儿停一停，这样他不用走太远。附近也有餐厅，还有别的地方可以转转……萨姆就是那个穿T恤牛仔裤的……"

"那个黑人？"

柯克被我种族歧视的用词呛到了。怎么能管黑人叫黑人呢？

"好了，我该走了，得干活儿呀……"他嘟囔着，没说再见，就快步走回了大巴。我只能耸耸肩。伟大帝国的公民们，你们的顾虑实在可笑又愚蠢……

不过我也该走了。一辆出租车正好出现在街角，我抬手拦下它。

"深渊客运公司欢迎您！"司机说。太刻意了——司机是个黑人。我心里暗暗发笑，上了车。

01

这趟路很远，深渊客运公司要通过一连串中间节点，才能连接到波利亚纳公司。我的电脑还没厉害到把整栋公寓楼复刻出来，所以我租了一台大致位于白俄罗斯的服务器来支持波利亚纳，并不贵。即便以后买了新电脑，我也不打算更换这条线路。

一路上，我尽情享受着自己的新能力，让周围的世界在仿真画和卡通画之间来回切换。现在我可以不费吹灰之力地更改虚拟空间的模样。一辆卡通车超过了我们这辆真车。一个现实中的女孩儿沿着卡通画般的街道走着。两个男孩儿站在街边闲聊，一个是真人，一个是卡通人物。

如果这就是发疯的感觉，那我还挺享受的。

我把自己乘坐的沃尔沃变成了卡通车，然后将手伸出车窗。指尖传来一点儿轻微的阻力，我感受到了窗外的轻风。

棒呆了！

现在我所处的位置由国外的服务器支持，我只是路过。平常要进入这些地方需要耍些特殊手段，但现在我只要从这里跳出去就行。某些事情变了,彻底变了。现在我不是潜入深渊,而是真真切切地活在这里!

在距离我家还有一个街区的地方,我让司机停了车。这一片区域我了如指掌,几家大型俄罗斯银行买下了这里,当然,是非公开的。金融大亨们从不认为这样的"投资"有什么意义,但他们雇用的程序员却用公款在这里安营扎寨。哪个"新俄罗斯"[1]领导人会发现他的电脑不仅要负责银行的借贷平衡,还要支撑深渊城某个街区的运转呢?

此处就是测试能力的最佳地点。

市中心人来人往,附近既有居民区也有娱乐城。我沿街溜达,希望找个安静的角落。

这儿就不错。一个小公园,有喷泉和长椅,尽头是一栋高层建筑的侧墙。虽然简单,却有格调。一个红发姑娘正在草坪上遛猫,对"禁止遛狗"的标牌熟视无睹。嗯,好吧,也有道理——反正被禁止的是狗。那只猫显然对自己的项圈厌恶至极,时不时就停下来想要把它扯掉。我对那位严肃的女孩儿笑了笑,顺便把她切换成了卡通模式。

猫还是真猫,像个橙黄色的小太阳,跟它的主人一样,活泼好动。虚拟宠物是深渊城最有赚头的生意之一,仅次于电脑游戏。日本人最爱养虚拟宠物,可能因为他们火柴盒一样的公寓里没法养?还有那些想养宠物但对猫狗过敏的可怜人,他们也喜欢养虚拟宠物……

我在一对情侣身边坐下,他们正轻柔地互相耳语。我盯着公园尽头那堵墙,听着喷泉叮咚。如果没弄错的话,墙后应该放着一家大银行的机器设备。

要不要试试看?

一不做,二不休。管他呢,我已经因为破坏深渊城被判罚款几百万了,这点儿小事还在乎吗?脑袋都掉了,还在乎头发吗?

我在脑子里搜寻了好些谚语,想用古老的民间智慧安抚自己,但依然无法下定决心。那对情侣亲热地依偎着,根本没把我放在眼里。但愿他们只是相隔千里的异地恋人,而不是来这里偷情的狗男女……

---

[1]. 1991年苏联解体后,在俄罗斯出现的一批新贵、新富阶层。

几个孩子在墙边跑来跑去，一个女孩儿两个男孩儿，手里拿着彩色粉笔在墙上涂鸦。我能听见他们兴奋的叫喊："嘿，扬卡，安德留什卡的怪物更吓人！""谢夫卡，快把红色粉笔给我！"看来是有人把自家小孩儿也带进虚拟世界放风了。终于，孩子们安静下来，开始画画。那女孩儿画了个佩剑的武士，剑画得栩栩如生。戴眼镜的小胖子谢夫卡沿着墙来回跑动，画了条像蛇一样的动物，正在吞食大象，但那条蛇身前还长了个炮筒。我看了半天才明白，那不是蛇，而是辆坦克。黑黑瘦瘦的安德烈正认真地喘着粗气儿画着一只匪夷所思的怪兽。大概在他眼里，怪兽就长那样。不过他本来可能是想画个人……

我站起来，朝孩子们走去。

"孩子们，你们能帮我画扇门吗？"我问道。

我明显把他们问蒙了。经过简短的讨论，他们决定帮我达成心愿。这个任务让他们兴奋不已，他们一会儿商量分工，一会儿交换粉笔，一块儿讨论该不该画个钥匙孔。

我耐心地等待着。不一会儿，门画好了，几位小艺术家充满期待地看着我，等着我表扬他们。

"棒极了，"我真心诚意地说，"太谢谢了！"

门看起来确实很棒。正好画在大象的鼻子……呃，不对……是坦克的炮筒和武士剑中间。门上有钥匙孔，有把手，甚至有铰链。

"你们真是帮了我大忙了！"我感激地说。

孩子们仍固执地等我接着夸奖。

接下来，我把周围的街道变成了卡通模式，然后深呼吸，放松，然后把门变成了真正的门。

这只是个幻象，当然只是幻象……

我伸出手，又一次把门拉向自己。

拉不动。我难道真指望它能打开？

我气呼呼地往假墙上的真门狠狠踹了一脚，门砰的一声开了。

原来是朝里开的……

居然真的能行！

孩子们在我身后尖叫,不是吓坏了,更像是激动的欢呼。在他们的尖叫声中,我走进了那堵无法穿透的墙。

我来到了一间澡堂。

古罗马人才是名副其实的澡堂专家,小气的芬兰人和毛躁的俄罗斯人看到这个澡堂都得嫉妒得发狂:大厅宽敞明亮,墙面是大理石铺就的,玻璃穹顶上堆着薄薄的积雪,冬日冰冷的阳光洒落下来。大厅中央是一个圆形水池,十几个男人在里面泡澡。窗外陡峭的峰峦依稀可见,几个胆大的滑雪者直接从山坡上冲下来,身后雪末飞扬。汗蒸室沉重的木门轰然打开,一个小伙子大叫着跑出来,跳进泳池,然后在水里上下扑腾,激起一圈圈水花。一个秃头胖子裹着浴巾,坐在吧台旁喝酒,居高临下地望着泳池。

我真想立马脱下长裤,加入这家公司。嚯,这些银行的程序员真不赖!他们可真会享福!唯一让我好奇的是,他们在虚拟汗蒸室里拿桦树条抽背的时候,现实里的衣服会被打湿吗?

重要的是,我居然真的进来了!

我藏在泳池旁的立柱后,其他人还没发现我。但我躲不了太久,一个穿戴整齐的男人在澡堂里太扎眼了。我转过身——门却不见了。

好吧,反正我也用不着门了。

我直接穿过墙壁。澡堂很好,但我对它兴致寥寥。我感兴趣的是虚拟世界里的原创作品……

这次我又来错了地方。眼前是一间阴沉无人的屋子,中间摆着一排大桶,水管不停往里面哗哗地灌水。桶边有一条传送带,一些像洗衣粉似的粉末从天花板上的小孔洒进桶里。

这里看起来像是老式科幻小说里可怕的自动洗衣房。我正想往前走,其中一只大桶倒了下来,里面的东西全倒在了传送带上。

一大摊脏水,以及几公斤现金。

我吓了一跳,甚至忘了念我的咒语就直接退出了深渊。

头盔的屏幕上只有一串数字。屏幕上显示着精确的数据、表格和云里雾里的黑话。我摘下了头盔。

毋庸置疑，没有人会把自己转账和洗钱的过程制作成动画。但我发达的潜意识已经能自动把它们解析成图像了！

我的脑袋疼得厉害。是因为使用了太多次深渊程序吗？还是由于过度紧张？没什么区别。

我打开一瓶安乃近[1]，看了看冰箱。里面还剩一罐可乐。我嚼碎药片，用可乐送了下去。可怜的身体，再坚持一会儿吧。大战还在后头。

返回洗衣房前，我看了看手表：一点四十五。该吃点儿东西了。

洗衣房里，桨叶在大桶里哗啦啦地搅拌，洗着赃钱。美元、德国马克和俄罗斯卢布沿着传送带向前流动。这条无穷无尽的现金传送带背后不知是谁的血汗。

如果我从里面拿走几百万会怎么样？我确信，这些钱稍后都会出现在我的账户里。兴许我可以大摇大摆地进入银行的独立局域网，信手敲下转账指令，甚至还可以指挥银行的电脑自动完成所有操作。

我已经不只是拼命抵抗着深渊催眠术的小毛贼了，我就是深渊的一部分……

弯腰捡起一张一百美元大钞。我能记住它的序列号，让它完全从银行记录里消失。

现在我无所不能，或者说几乎无所不能。

我把那张纸钞扔回传送带上，慢慢走到墙角。我每走一步，身后的世界就会坍塌一点，化作脚下的一块平面图像，仿佛一张巨大的地毯在虚空中向前延伸，我踏着它飞翔，俯瞰着脚下的街巷。

找到了，我的家。

我向下一跃，穿透地图般的街道，踏上沥青路面。不费吹灰之力，我再也不用念诵咒语，祈求深渊，就像不用祈求自己的身体呼吸！

维卡和倒霉鬼正站在单元门前说着什么。维卡发现了我，惊慌到连话都不会说了。

我招招手，走向他们，维卡迫不及待地向我奔来。

---

1. 一种紧急退烧药，可解热、镇痛。

10

  我关上单元门,捣鼓了一会儿门锁。维卡抓着我的手不松开,这让我很难用一只手启动所有安保程序。

  最后,我决定干脆命令单元门自动上锁。锁舌咔嗒一声,报警器的信号灯开始闪烁。倒霉鬼抬起头,看来是发觉了什么。

  "他对你做了什么?"维卡问。直到我们与外部世界完全隔离,她才放松下来。我不该耽搁那么久,让她久等。

  "是深渊程序,"我尽可能简单明了地给她解释了来龙去脉,"他把我关进了无限循环的深渊程序,让我不停地下潜。"

  维卡皱起了眉头,她听懂了。

  "我根本没法上浮。"

  "但你……"

  "我想办法绕过了深渊,"我瞥了一眼倒霉鬼,"你们当时在旁边觉得是怎么回事?"

  "季本科朝你身上扔了个什么东西……"维卡眉头紧锁,努力回忆。"好像是一块手帕……然后你就跌了进去。那看起来像个非常厉害的病毒。"

  "那罗姆卡呢?"

  维卡疑惑地看着我。

  "就是那头狼。他叫罗姆卡,是我的狼人潜者朋友。"

  "他被烧成灰了。全烧没了。季本科一掐住狼人的脖子,他就整个烧着了。"

  我沉默良久,不知该说什么。病毒的视觉效果五花八门,关键在于它会对罗姆卡的电脑造成什么影响。我一直觉得罗姆卡和我一样,用着一台老掉牙的破电脑,甚至可能连光驱都没有。如果无脸人用的是很粗暴的武器,那罗姆卡可能得重装电脑。

"廖尼亚……"

我点点头。现在不是同情别人的时候。

我们的时间永远不够用。

"走吧,"我朝她和倒霉鬼点点头,"我住在十一楼。"

"还有谁住在那儿?"

"没了。至少现在没别人住。"我说着挤进狭窄的电梯,按下楼层键,电梯带着我们飞速向上升去。维卡紧张地皱起眉头,她真的很恐高,连电梯都怕。

"所以说,之前有人住过?"

"嗯……可以这么说。"我含糊其词。电梯门开了,我们走向楼梯。倒霉鬼好奇地四处张望。

"欢迎光临……这就是我的小小宫殿……"我说着打开公寓房门,然后单独冲倒霉鬼说,"你算是回访了吧?"

他点点头,没说话。

维卡头一个走进去。她在门厅里踟蹰了一下,应该在思考有没有换鞋的必要。当然了,没必要,她很清楚。

"右边是洗手间和厨房。左边是卧室和阳台。"我礼貌地向客人介绍。

维卡小心翼翼地打量着我的卧室。她的目光掠过褪色的墙纸,依次扫过电脑桌、沙发床、冰箱和书架。她可能有点儿失望。能不失望吗!

"奇怪……"维卡说。我感觉她已经退出了深渊,正从现实世界看着屏幕里我的房间。

看吧看吧。我只是不想被她这样看透。

"走,"我拉着倒霉鬼的手往外走,"我来教你煮咖啡?"

他没答话,径自走进厨房,很快选出了一袋最贵的咖啡豆,恰好也是味道最好的。又挑了一个大点儿的咖啡壶和盐罐。

"哇。"我一时说不出别的话来。

"好多服务器里都有菜谱。"倒霉鬼解释说。

"五分钟前,一位来自罗斯托夫的姑娘又上传了一种新的咖啡冲法。

很有意思。想试试看吗?"

我真是个傻瓜,还幻想自己能教倒霉鬼什么新东西。除了开枪杀人,我还能教他什么呢?

但我想,他是无论如何也学不会杀人的。

"别客气,请便。"我只能悻悻地答道,转身回到卧室。维卡坐在沙发床上,打量着书架。

"我回来了。"我说。维卡闭上了眼睛。她在返回深渊。

"奇怪,"她又说了一遍,"廖尼亚,我还以为……"

"以为会看见一座城堡?"

"不,那倒也不是,但至少……"

"像你的小屋那样?"

她默默点点头。我完全明白她为什么感到尴尬,她一直以为我和她一样是空间设计师,直到看见我寒酸的公寓。尽管这房子的细节画得也不错,但在虚拟世界显然不值一提。

"我们出去,"我说,"倒霉鬼,我们出去一会儿!如果有什么事,我们就在走廊里!"

维卡乖乖地跟着我来到走廊。

楼梯间里一尘不染,静悄悄的。我竖起一根手指按住嘴唇:

"嘘!别惊动别人!"

"你不是说,这里没别人住吗?"维卡悄声道。

"万一突然有人住了呢?"我保持着神秘感。我走到对面的房门前,从兜里掏出一截金属线,这就是我的万能钥匙。

维卡的胃口被我吊了起来,她在一旁静静看着。

我先用铁丝捅了捅门锁。当然一捅就开,毕竟都是我脑子里想出来的东西。我们就这样走进了对面的房间。

这是一套宽敞的三居室。衣架上挂着衣服,有风衣也有短外套。墙边靠着一辆童车。鞋子沿着墙根随意乱扔。我给维卡拿了双拖鞋,自己也换好鞋,然后说:

"他们习惯进屋换鞋。这是个大家庭,四个孩子。不换鞋的话,孩子们会把地板弄脏,而且地上太凉了……"

维卡已经默认了我的游戏规则。

我们走进厨房,这儿有一套波兰风格的橱柜,显然是苏联时期留下的。上面搁着一大堆罐子,装着腌辣椒、各种泡菜和果酱。炉子上坐着一锅热气腾腾的红菜汤,炸肉饼在平底锅里吱吱作响。窗外的街道上,树木已经绿意葱葱。维卡跑到窗边。楼下,几个孩子在小公园里嬉笑打闹,一个女人正在遛一条老态龙钟的贵宾犬。

"住在这儿的是什么人?"维卡问道。

"我只知道他们的名字——维克多·巴甫洛维奇和安娜·彼得罗夫娜。他们的大女儿丽达刚高中毕业,三个儿子分别叫奥列格、科斯佳和伊戈尔。"

犹豫片刻后,我又补充了两句:

"贵宾犬名叫戈尔达。我不大喜欢给宠物起人的名字,但养宠物的人都喜欢这么干。"

"这是哪个城市?"

"维特伯斯克[1]。"

"维特伯斯克。我想也是,维特伯斯克。"

维卡转身背对我,语气严肃地命令我:

"别进入我的视野。"

她又退出了深渊,花了一分钟检视整个厨房,然后又回来。她转过身问:

"这栋楼所有公寓都是这样?"

我点点头。

"主人不在家,但公寓还活着,"维卡轻声说,"椅背上搭着衬衫,地板上扔着玩具,龙头还在滴水,沙发底下堆满单身汉扫进去的垃圾……对吗?"

我没有说话。

---

1. 白俄罗斯东北部小城市。

"廖尼卡,你还正常吗?"维卡轻轻问,"我画的那些山,里面没有人,也不该有人……可能在你看来也很奇怪。我不太喜欢人类。"

"别骗我。"我说。

"而你造了一栋根本没有居民的公寓。还把这些房间弄得跟有人住似的。烟灰缸里的烟头还点着,炉子上的茶壶还烧着……活像'玛利亚·西莉斯特号[1]'。为什么这么做,廖尼亚?"

"我没有权力让别人真正住在这里,只能凭空捏造一些人物,给他们画上脸,赋予他们喜怒哀乐。这样也好……只有这些物件。这些物件也能说明很多事情。"

我觉得她还是没听明白,赶紧竹筒倒豆子似的一口气往下说:

"我楼下住了个伙计,是个音乐迷。他是波罗利斯克[2]人。有时候他听歌入了迷,声音开得震天响,我就不得不敲敲他的墙。但他人不错,会马上把音量调低。他有一屋子绝佳的藏品,什么磁带、黑胶唱片、CD,各种都有。大多数都是黑胶唱片,现在都不值钱了,没人要。但他有台维加牌[3]唱片机,年头不小了,但还挺好使的。六楼住了个怪胎,他好像是个工程师,在图拉[4]的工厂工作,他们以前是造兵器的,现在生产日用品。他整天想着写什么侦探爱情小说,这体裁是他自创的……他晚上抽时间写小说,拿打印机打出来,但从不给别人看。他也知道自己写得不好,但还是乐此不疲地写,这样的写作狂还真挺少见。我有时候拿他的手稿来看,确实是一派胡言,不过文笔善良又纯真,他该生在十八世纪的……"

维卡一言不发,任我一个人滔滔不绝。我心里清楚,我错了,我不该带她来看这栋空荡荡的公寓楼,不该给她讲其他人的故事,她不理解我这些胡思乱想,尽管我花了两年时间构建这一切……

"三楼住着个老太太,一个人住一套两居室,我知道她过得不宽裕。

---

1. 著名的"幽灵船"。1872年,其船员离奇失踪。
2. 莫斯科市南部的小城市。
3. 苏联最大的专业音响生产商。
4. 俄罗斯州名。

而且她还是个乌克兰人,大概是从哈尔科夫[1]来的。她只在看肥皂剧的时候开电视,还把画面调得很暗——她觉得这样省电,还能保护显像管……但她不愿意把房间隔断租给别人,我觉得也对。我很少去她家,毕竟也帮不上什么忙,而且看到她家的样子,我就觉得害怕。尤其过节前,你知道,穷人努力过年的样子最让人心酸。孩子们都把她忘了,她要么根本没有孩子,要么就是在战争中失去了他们,我记得她墙上挂着张照片,是个穿着俄罗斯军装的小伙子……"

维卡还是不说话。

"二楼住着一对乌法[2]来的小夫妻。两口子怪有意思的,才结婚一年,整天吵架,有时候整栋楼都听得见……不是砸茶杯,就是摔门,能把墙皮都震得哗啦啦往下掉。但我觉得,他们不可能离婚。他们被紧紧地联结在一起,可能是共同的秘密,可能是爱情,也可能是别的东西,爱情也是一种秘密嘛。二楼的三居室是空的,没人住,原来住着一家犹太人,后来搬走了,他们把公寓卖给了一个中介公司,但那公司怎么也没能转卖出去。可能是要价太高,毕竟是莫斯科市中心的房子……"

我快要在维卡的沉默中窒息了。

"一楼住着个残疾老头儿,拄拐杖,可能是全库尔斯克最刻薄、最闹腾的家伙。他整天在超市里闹事,和邻居吵架,我经过一楼的时候总是一溜小跑,生怕碰上他。但我做得不对,毕竟他是无辜的,变成这样不是他的错……而是生活……生活……"

生活这词听起来有多荒诞,我心知肚明。

生活?这叫什么生活?在这些画出来的空荡荡的房间里,在这几座混凝土公墓里,只有些物件在怀念主人。只有中子弹会对我的作品大加赞赏,而维卡不会,她是个活生生的女人。

我真是个彻头彻尾的白痴,临床意义上的智障。唯一值得庆幸的是,我可以成为维卡新的研究对象。

---

1. 乌克兰第二大城市。
2. 俄罗斯巴什基尔托斯坦共和国首府。

"廖尼亚，"她终于开口了，"我的老天爷，廖尼亚，你到底怎么了？"

看吧，还是来了……

"原谅我，"她说，"原谅我那些胡言乱语……我不该跟你讲什么心理变态，什么混账……如果我遭受过你这样的打击……"

"维卡……"我被她弄糊涂了。

"你是不是被抛弃过，被出卖过？你是不是失去了曾经相信的理想，然后放弃自我了？"她心平气和地问，"你再也无法相信自己可以帮助别人，相信自己能释放善意？所以你逃避现实，躲进深渊，躲进自己编造的故事里？你完全有爱人的能力，却害怕自己的爱人之心？"

"在这里，我能帮助他人。只有在这里才可以。至少我能拯救那些迷失在虚拟世界里的人们。但你知道吗？他们沉溺深渊并不是因为不会游泳，而是因为没有留在岸上的勇气。至于岸上的世界……已经超出了我的能力范围。"

"你看不到一丝希望吗？在现实中？"

"现在我看到了。因为倒霉鬼出现了。"

"廖尼亚，你没对我说实话！你知道他的身份？"

"是的，我知道。他的出现，说明我们还有希望。如果他们能成功，我们也可以。"

"他们到底是谁？"

我该怎么解释呢？怎么让她相信我接下来的话？它们听起来跟花边小报上的鬼话一样。

"维卡，他差不多已经告诉我们了……在精灵城的时候。那里的服务器不支持英语，全是俄罗斯人。他当时管自己叫阿利安……外来者。"

维卡摇摇头。她明白我的话，但无法说服自己。

"他是个外星人，维卡。天外来客。他不属于地球。"

"可他是个人类……"

"某种意义上来说，是的。他比我们更像真正的人类。他们是高于我们的存在,是比我们更高级的存在。"

"廖尼亚,你为什么这么说?"

"他甚至连躯体都没有……在地球上没有。而且,他会飞,用最平常的方式从一个星球飞到另一个星球。你记得他说的那个词吗——沉寂?"

维卡打了个寒战。

"我们光想想就觉得害怕,而他早已经历过。成百上千年的空虚和寂静,空无一物的黑暗。我猜,他的飞船都是无形体的……"

维卡无言地摇着头,一下定住了。我回头看见倒霉鬼正站在走廊里。

"我刚才叫你们来着,"他说,"你们不在走廊里,我就找到这儿,看到门刚好开着。"

我们都没说话。接着维卡问:

"你不是人类?"

"对。我不是人类。上楼去吧,咖啡煮好了。"

11

我们一言不发地喝着咖啡。我不喜欢这个罗斯托夫姑娘的食谱。很奇怪,这种时候我竟然还能分辨出味道的好坏。

"可能只有咖啡发烧友才会喜欢这味道,"倒霉鬼放下杯子,"口味比较小众。"

"你能尝出味道?"维卡好奇地问。

"当然。"

"怎么办到的?虚拟世界里的味觉只是我们在真实世界里味觉的记忆!如果你不是人类,那……"

她步步紧逼,但我无力劝阻。

"我只是试着想象,加这么多盐的咖啡真的能好喝吗?我觉得不会好喝。"

"你以前尝过类似的东西吗?"

"只在你家做客的时候尝过。我……"倒霉鬼看了看我,犹豫了一下,"我甚至也说不清自己吃的东西是什么味道。"

他这句话终于耗尽了维卡的耐心。

"你在撒谎,"她确信无疑,"彻头彻尾的骗子!我告诉你,你可以去金星广场,那儿有个UFO研究俱乐部!他们看到你应该会高兴得跳起来!只有他们才信你的鬼话!"

"我没让你们相信我。"倒霉鬼小声辩解。

我赶紧平息事态:

"够了!你们俩都住嘴!维卡,我相信他!"

"廖尼亚,你只是在自欺欺人!"维卡完全忽略了倒霉鬼,"你是黑客吗?就因为追踪不到他的信道,你就信了他的鬼话?他是个人类,他的行为和知识储备都是人类!他是个人,你能证明我是错的吗?"

倒霉鬼只是盯着墙发呆。

"我不能。但他可以。"我看着倒霉鬼,"告诉她,求你了。证明给她看。"

"我什么也证明不了。"

"是你帮我脱身的,"我压低声音说,"我不知道你是怎么办到的,但你的确给了我你的超能力,记得吗?也给维卡展示一下吧!"

倒霉鬼抬起眼看着我。

"列昂尼德,我什么也没给你。我无权干涉你们的生活。"

"但是……"

"你自己就能逃出生天。你只是缺乏信念。你需要一个为之奋战的目标,需要相信前头有希望,相信这个世界不会像纸牌屋一样分崩离析,不会坠入深渊。我只是帮助你找回了信仰。"

我拼命摇头,不,我办不到!单凭我自己是不可能的!

倒霉鬼认真地盯着我的眼睛。

"我什么也没带给你,列昂尼德,除了麻烦。很抱歉,我无法给你任何所谓的礼物。"

"小子,拜托别再给他灌迷魂汤了,好吗?"维卡咄咄逼人。

"倒霉鬼……阿利安……"我把手搭在他的肩膀上,"你无论如何都得证明自己的身份,你必须给出一个解释,也许不是给我们,但至少得给科学家和政客们……"

我说到一半就停住了,倒霉鬼摇起头来。

"我什么也不会解释的,这毫无意义。"

"但这可是外星人接触事件……"

"什么是'接触'?"他笑了,"是一艘闪闪发亮的飞船停在白宫的草坪上?还是金发美女给穿太空服的紫鳄鱼献花?是满载设备的飞船,还是刻在1001颗人造钻石上的银河系大百科?是根治癌症的方法,还是控制天气的技术?还是……更具体的……漫天的飞碟轰炸城市,人类游击队抗击智能水母?你宁可相信这些事情,不是吗,列昂尼德?想想游戏里那个星际舰队指挥官,想想'迷宫'吧!那些算是'接触'吗?你相信了我,觉得我是个外星人,就认为发生了'接触'……"

"但你既然出现了,"我大吼着打断他,"那就必然意味着什么!你肯定是想给我们传达某种信息!"

"不。我不想。"

结束了。我明白,多说无益。

"我只是在这里生活。你甚至想象不到我们之间的区别有多大。我永远无法踏在真实的地面上,我没有双脚。我也无法和你握手,我没有双手。"

"但在这里,你是个人类!"维卡说。

"是的。如果你想了解天空,就成为天空;想了解星星,就变成星星……"倒霉鬼望着我笑了,"想了解深渊,那就成为深渊。所以我尽可能地让自己接近人类。"

"这就是你的认知方式?"维卡讥讽道。

"是的。"

"如果我们如此不同,根本不需要彼此,那你为何要做这些?"

"我累了。我孤身一人太久了。"倒霉鬼像是在道歉，又像是在说服她，"我需要这些记忆……城市、人群、咖啡的香气和篝火的味道。虽然这些对我来说很陌生，但它们会永远留在我的记忆中，包括你的不信任和列昂尼德的信任，以及那些想杀死我的人和想救赎我的人。我不是想要给你们找麻烦，也不想干涉你们。这是准则——不给他人带来伤害。"

"那是你的准则……"我说。

"是的。你们人类也有自己准则。我无权评判孰优孰劣。"

"于是你就在地球上找了一个最合适的地点，"我朝倒霉鬼点点头，"完全自由、无人打扰，而且可以体验到生活的千姿百态。"

"没错。"

"但我与你看法不同，"我说，"你能做的不仅是索取……索取嗅觉和味觉、文字和色彩……你还可以教我们一些知识。当然不是如何驱散乌云或者治疗感冒……至少，你可以教我们善良。"

"列昂尼德，善良只是个词汇。我无法杀死任何生物——这不是受制于我的道德准则，这更接近哲学问题。"

现在我们的对话真的结束了。

我是那么渴望找到一个答案，一种理想，找到已经从地球上消失多年的奇迹。不管它是来自群星，还是生于电脑，都没有关系。无脸人在邀请我进"迷宫"的时候，大概就已经明白这一点。

但奇迹与我们无关，它完全不属于我们。奇迹的善意，跟请人美餐一顿差不多。

"如果要解释我的道德准则，"倒霉鬼说，"就得用上物理法则和数学公式；如果我想向你们传递科学原理，就要借助诗歌和绘画。你能明白吗？我们之间的区别并不在于进化程度，而是从根源上就不一样。我们既无法从对方那里夺走什么，也无法给予什么。我所拥有的只是回忆和情感。但你真的认为它们能一直在我的记忆中保持人类习惯的样子吗？"

"我觉得可以。"

"你错了,列昂尼德。很快我就会离开你们,一切都会改变。我会变,我的记忆也会变。"

我起身离开桌边,望向窗外,深渊城正在窗外闪动。无脸人,或许你是对的?用人类的手段,我们根本无法接近倒霉鬼。我努力了,看看是什么结果。

"假如,"维卡在我身后说,"假如你没有撒谎。你真的是个外星人。来自另一颗星球,和人类没有任何相似点。那么请告诉我……"

维卡好像真的动摇了。在"假如"的掩护下,她会试着和倒霉鬼探讨他的道德和文化,他的飞船结构和星际旅行原理。

这不失为一个好主意……

"你们单独待会儿吧。"我头也不回地走了。

维卡没有异议,她可能以为我要暂时离开深渊一会儿。

并非如此……

我径直穿过那些画出来的墙和窗户,站在城市上空俯瞰它们。我的脚下高楼林立,霓虹灯闪闪烁烁,行人和车辆川流不息……

我不再置身于此,我的身体消失了,只是在空中滑行。

就像黑客们的梦境或者好莱坞导演的科幻电影成了真,这才是虚拟世界该有的样子——完全摆脱方向和形态的束缚。

再远点儿……

我在微软公司大厦上空盘旋,这栋怪物般巨大的玻璃宫殿拥有密密麻麻数不清的窗子。我降了下来,试着确认精灵小镇服务器的方位。

沿着这条路往下走……

其他人大概都看不见我。我在行人们的头顶加速前进,比深渊客运公司的出租车还快,从一个服务器跳跃到另一个。

我到底在寻找什么?在寻找几个小时前的战斗留下的痕迹吗?虚拟时间被压缩了,不可能还找得到痕迹,但我无论如何不能停下来。

就在这儿……

精灵小屋伫立在空荡的街道上。一辆出租车在远处一闪而过。我走上屋前的小道,变回人形。

季本科那些保镖们的尸体已经消失了,可能是被搬走了,也可能是自行分解了。但在狼人和无脸人战斗过的地方,还是留下了唯一的痕迹,柏油路被烧出了一个坑,还没有复原。

它能告诉我什么呢?

我围着那个小坑踱步,思考着到底有没有必要回家取几个程序来,好好探究一下周围的空间。没必要,一般的手段在这儿根本没用。

一辆出租车从巷口朝我驶来,速度慢得不同寻常,深渊客运公司可是以速度著称的。

我早该料到有人伏击的。

我一心以为车上下来的人会是季本科,没想到竟是意料之外的面孔。

"枪侠?对吗?"吉列尔莫快活地朝我打招呼,"您是枪侠吧?"

我没有说话。令人懊恼的是,我依旧无法拒绝"迷宫"的安保负责人。

"您是枪侠吗?"吉列尔莫又问了一次,"我只是想确认一下!"

"嗨,维利。"我说。

他脸上立刻绽放出笑容,"嗨!我就知道,我就知道……"吉列尔莫瞥了一眼融化的地面,啧了一声,"太牛了。这里之前很热吧,不是吗?"

"是的。"

"枪侠……"维利两手一摊,"说实话,事情走到这一步,我也很遗憾!我还反对他们起诉您来着!但没办法,"他委屈地看着我,"他们还是决定要吓唬吓唬您。说实话,没这么办事的!"

"所以呢?"

吉列尔莫叹了口气,毫不吝惜自己的高档西服,一屁股坐在地上。我们俩像两个嬉皮士一样围坐在罗姆卡燃烧的尸体旁。一个已经向生活屈服但仍保留着自由的灵魂,另一个还在愤世嫉俗地反抗。

"我的确怀疑过那场事故是您一手造成的,"维利说,"毕竟那是场不同寻常的血战。没错……我在这儿等您……也冒了很大风险。"

"什么意思?"我问,"想抓我?不可能的。以前不可能,现在就更不可能了。"

吉列尔莫警觉地竖起了耳朵,但没有追问。

"不不不,枪侠!我绝对不认为我们的麻烦是您的错!我觉得,问题出在我们和阿尔-卡巴尔之间的误会上,不是吗?"

他意味深长地眨了眨眼,暗示他对"迷宫"的管理层也有不满。

"枪侠,我想和您重归于好。毕竟,您是头一个怀疑倒霉鬼有问题的人,您不该为此承担这么大的罪责!"

"谢谢。"

"但我们也不能袖手旁观!毕竟有人入侵了我们的领地,对吧?从法律角度上说,这是个复杂的问题,大家最好心平气和地解决它……用人类的方式。我们可是人类!"

我没料到"迷宫"的人居然如此机敏。他们怎么这么快就猜中了问题的关键!

"维利,"我说,"说这些都没用。你知道我们共同的难题是什么吗?"

"阿尔-卡巴尔?"吉列尔莫飞快地回答,"还是神秘人?"

"不是。维利,我们都想从倒霉鬼身上得到些什么。我幻想着能得到普惠众生的福祉。我以为他能带给我们普世的、抽象的幸福……"

吉列尔莫理解地点着头。

"很明显,你们想得到的是名声,从他带来的技术里分一杯羹……"

吉列尔莫摆了摆手,表示反对。好吧,"迷宫"是个非营利组织。这种比歌儿还好听的鬼话我们听过很多次了……

"维利,他压根没打算和我们交流,一点儿也不想!他不需要我们。"

我的话似乎对他震动不小。

"不需要我们?"

"千真万确。他只是经过此地,然后小憩片刻,现在要继续他的星际旅行了。"

吉列尔莫的脸抽动了一下,接着问:

"星际旅行?"

"是的……"

"去哪些星球?"

看来我们压根儿就不在一个频道上……

"维利,倒霉鬼是一种跟我们完全不同的生命形态,我觉得他是一种能量生命形式,思维和我们截然不同……"

我说到一半就停下了。这些话听起来多么可笑!现在,当我远离倒霉鬼的时候,才稍稍理解了维卡怀疑的心情。

"能量生命形式……"吉列尔莫非常礼貌温和地重复着我的话,仿佛在跟一个精神病人对话,"嗯,有意思。"

我们看起来究竟谁更像白痴?

"维利,我们彼此互换一下情报吧。就当是给新合作开个好头。"

"我想我已经得到贵方的信息了,"维利狡黠地眨眨眼,"您说呢?"

"不过,我可以随时和倒霉鬼见面交谈。您说呢?"

"他和你在一起?"吉列尔莫迅速反应过来。

我没有回答。

"作为合作的筹码……"维利喃喃道。原来他并不是自愿来找我的!至少不完全出于他的本愿。现在"迷宫"的管理层肯定在慌乱地思考,到底要不要让他和我开诚布公地谈谈……

"我随时可以离开。"我提醒他。

"好的好的!"维利举起双手,"我投降!您赢了,枪侠!我斗不过您!"

我对他的恭维无动于衷,维利也没指望我有什么回应。他揉揉额头,语调一转,表情凝重起来,"我们一开始并没注意到倒霉鬼,这是我们的重大失误。尽管"迷宫"一向对客户格外关注……在发现您和我们的潜者都无法把他救出来之后,我们就开始搜索倒霉鬼的信道。查了很久……一无所获。"

我等着他继续往下说。但吉列尔莫狡猾地眨了眨眼,才说:

"您知道平行世界理论吗,枪侠?"

"在科幻小说里读到过。"

"那是个很严谨的理论,枪侠。平行世界可能真的存在,尽管我们看不见也摸不着……但它们是真实存在的。我们暂时还无法和平行世界正常交流。但虚拟世界是另一码事。海量信息在这里以自己的规则流动。电脑网络是人类有史以来最强大的熵减工具。网络独立于我们的意志和愿望,影响着宇宙的物理法则。信息流沿着网络流动,聚集成一个个中心点,宇宙万物就在那里流转萌生。"

"信息无法改变自然法则。"我飞快地反驳。

"是吗?当有限的空间结构极度复杂化,就会对整个宇宙产生影响。当然是微乎其微的影响。但这些影响叠加起来,就会动摇世界的根基。人类创造的每一样东西都有正反两面效益。一根由树枝削成的木棒不单单是武器,那是一种熵减现象,是混乱世界中一个有序的结构。但这种熵减会以某种形式被抵消,哪怕是树干上的截面和一堆锯末。书籍则更为复杂。创造一本书时产生的信息量与混乱程度并不完全相等,但它也会以某种形式被抵消。毕竟大部分书还不如木头和白纸……首先,书中多而复杂的信息就是我们做出的一种抵消。我指的不是那些反映已知现象和提供无用信息的参考书,而是那些真正能够更新世界观的书籍。这类书籍会影响人类的生活,导致熵增。就像诅咒一样,书中的信息量越大,它对世界的撼动就越大。因此,人类无法做到带给世界秩序的同时,还不产生新的混乱。可电脑是另一回事,它是纯粹的信息体。电脑从四面八方收集信息,复制信息,并留下痕迹。传输一份数据文件,可不像送出一件珠宝或者一本书那么简单。电脑会撕裂整个宇宙空间,破坏秩序和混乱间的平衡。"

吉列尔莫停下来喘了口气。他十分激动,显然想要一吐为快。

"因此,在人类的行为催生出新世界观的同时,人类本身看待世界的方式也在改变,反常现象也会随之产生。平行世界间的界限被打破了,奇迹诞生了。倒霉鬼作为另一个世界的造物出现在我们这里,他可能是人,也可能不是,对吗?总之他来了,接触了我们的伦理、文化和梦想,一口气吸收了我们所有的知识……然后,他被吓坏了……"

我该怎么回答他呢?

跟他讲那颗坠落的星星吗?

"据我所知,倒霉鬼告诉你,他来自另一颗星球?"吉列尔莫问道。

我点点头。

我也不太确定,倒霉鬼并没有直接这样说过,他只是从未反驳过我的猜想。

"这是他自己说的,还是他默认了你的猜想?"

"是他默认的……"我喃喃道。

"正常,"吉列尔莫说,"他承认自己不是人类,但误导了你。他有理由害怕我们。毕竟他来自一个和平的文明,而我们可不是……"

我已经不记得上次这样被批驳得灰头土脸是什么时候了。

"我们提出了各种各样的假设,"吉列尔莫说,"也分析了阿尔-卡巴尔的观点,他们认为机器产生了思想,这是突变,催生了'电脑人'。但我们的专家对这种观点一笑了之。我们也想过,他会不会是来自外星的生物。这想法很好……美好得如同梦境。我们拥有顶尖的心理专家团队和程序员团队,他们分析数据,彻夜研究。以上种种可能当中,平行世界理论仍然是最可信的一种。阿尔-卡巴尔不注重人情,只重视科技,他们的手段太机械。乌尔曼又不太懂现代科技。不不不,倒霉鬼绝对不是人工智能,不是人类和电脑的结合体。或许……"吉列尔莫露出一个宽厚的笑容,"或许他确实是外星人。又或许,"但他旋即又严肃起来,"是个来自平行世界的生物。列昂尼德,我们一起弄清事实吧。不用任何强迫手段,也不需要……暴力冲突,"吉列尔莫厌恶地指了指融化的地面,"坐下来好好谈谈。尽释前嫌,化干戈为玉帛。毕竟我们没那么坏,您不该害怕我们。握手言和怎么样?"

他伸出了双手,但我一言不发,我没法回应他的好意。

不管倒霉鬼是什么生物,我只知道,他竭尽全力帮过我。

他比大多数真正的人类都好。曾经如此,现在仍然如此。

"我无法接受你的提议,维利,"我说,"很抱歉。你可能是对的,但我无权决定。"

"谁有权决定呢,枪侠?"吉列尔莫低声问。

"只有他自己,倒霉鬼。他什么也不想说。他给自己取名为外星人,说自己只是一个厌倦了孤寂的客人,现在他想离开。这是他的权力,他的决定。他没伤害任何人,只是在我们荒谬的世界里迷路了。我帮他逃了出来,我给他展现了……我希望自己给他展现了……血腥暴力之外的东西。如果这还不够,那就……让他走吧,不管是回到他的平行世界还是遥远的外星。他是自由的,跟我们一样。"

听完我这番言论,吉列尔莫好像一下子被抽走了全部力气,腰都挺不直了。他悲伤又疲倦地看着我。他说的应该都是实话,可能他对倒霉鬼也并无恶意。只是我们道不同不相为谋。

"所以您要让他离开,枪侠?"他问我,"关于他的秘密将会被永远埋葬……我们永远也没法知道倒霉鬼的身份了?"

"我们应该给他自由,维利。"

"你们俄罗斯人不都把集体利益置于个人之上吗?"吉列尔莫说,"就算我的做法不对,但您可是个俄罗斯人呀,不是吗?"

"我是深渊城的居民。这里没有国界,维利。"

吉列尔莫点点头,笨拙地爬起来,看了看那辆等着他的出租车。里面可能坐着好几位阿尔-卡巴尔的指挥官。说不定还有我的老朋友阿纳托利和迪克……

"倒霉鬼私下给过您什么东西吗,枪侠?"吉列尔莫问道。

"算是吧。"

"可以告诉我是什么,或者能让我看看吗?"他扭捏地问道。

我看了他一眼,然后朝柏油路上的凹陷处弯下腰。

狼人两小时前就是在这里粉身碎骨的,我可怜的好同志罗姆卡。虽然没亲眼见证,但那画面我能想象。

火焰吞噬了灰狼的身体,也就是说,无脸人的病毒入侵了罗姆卡的电脑。电脑硬盘开始删除数据,摧毁应用程序,中断连接。罗姆卡在绝望的战斗中被踢出深渊。

我能闻到毛发烧焦的味道,看到黯淡的火光和他抽搐的身体……然后我消失了,陷入二维的柏油路面,进入了一条早已消失的信道。

100

飞行。

四溅的火花穿透我的身体。

螺旋状的闪电抽打着我的脸颊。

我第一次在虚拟世界中感受到真实的疼痛。我明白,这已经不是想象,而是现实中痛苦的微弱回响。我正在做一件人类力所不及、也不该做的事情——直接与电脑连通,以血肉之躯进入网络,抽取早已消失的数据。

即使痛苦难忍,艰难万分,我也必须扛住。

我在哀号,用不存在的双手抵住额头。烧红的钉子扎进了我的双眼,皮肤被砂纸狠狠搓磨。

这就是强为不可为之事的惩罚……

等我终于恢复意识时,眼前出现了一扇门……我躺在一条长长的走廊里,两边至少有几百扇一模一样的门。这是某间虚拟旅馆吗?

疼痛还没有消失,但已减轻许多。我挣扎着爬起身,用额头抵着冰冷的木门。

你也是用临时地址进入虚拟世界的吗,罗姆卡?

我甚至没有思考门是否上了锁,就一把推开了眼前的门,差点儿一头栽进房间。墙上贴满了半裸女郎的海报,靠墙摆着张小桌,上面满是饮料。画面看起来怪怪的……一个陌生男人背对我坐着,嘀嘀咕咕地敲着键盘,我听不懂他说的话。半瓶金酒和一只装满烟屁股的烟灰缸放在他手边。旁边还有个空酒瓶,他刚喝完一瓶便宜的"霍加斯"金酒。

"嘿,罗姆卡。"我虚弱地说,努力想扶着墙站起来。男人回过头,困惑地看着我,然后一下子跳起来,把我拖到扶手椅上。

现在我可以放松了……

罗姆卡端来一大杯金酒放在我鼻子下面,杜松子的刺激气味终于让我清醒了过来。

"拿开,我快吐了……"我推开他的手。

"廖尼亚,是你吗?"狼人还是难以置信。

"真的是我……"

"快,喝一口就舒服了!"

"去你那该死的酒,"我终于鼓起勇气说出了以前不敢对他说的话,"只有你敢这么大口灌金酒。"

"那给你兑点汤力水?"罗姆卡估摸着,"我觉得喝纯的挺好……"

他把杯子里剩下的金酒往地板上泼出大半,兑上汤力水递给我。这次我没有拒绝,幸福的麻木感逐渐充盈全身。

"你怎么进来的?"罗姆卡问,"门是锁着的啊!"

要解释清楚我怎么能穿墙入壁,实在太复杂了。我摆摆手,一口喝完剩下的金汤力。

"你怎么找到我的?"

"就……使了个花招……"我含糊其词。罗姆卡显然因为太高兴看到我,并没计较我的搪塞。

"你从那个混蛋手里逃脱了?"他问。

"是的……"

"那个狗东西!"罗姆卡骂骂咧咧,"把我的电脑都整崩了!"

"你是怎么跑出来的?"

"还好那病毒不算脏。我的电脑被冻结了,没法重启。病毒是完全符合莫斯科协定的……但就是让你没辙,该死!"罗姆卡强颜欢笑,"你都招惹了些什么人物啊,廖尼亚!"

"嫉妒了?"

"可不是嘛!"罗姆卡真心诚意地回答了我的问题,"我还担心你来不及逃跑呢……"

"我们都跑出来了。"

"你的姑娘挺不错啊。"罗姆卡冲我挤眉弄眼。

我点点头,定睛细看罗姆卡的房间。这地方真的很诡异。墙上贴满了性感女郎画报……桌上堆满烟酒,床上放着几本新出的《花花公子》和一本青少年流行音乐杂志……

罗姆卡移开了视线。

"我打扰你了?"我问。

狼人瞥了一眼他的电脑,屏幕上全是代码……

"没有……我在准备一个测试……没事儿。"

"什么测试?"

"信息测试。"

"你多大,罗姆卡?"我忽然悟出了什么。

"十五岁。"

我哈哈大笑起来,根本没注意眼前的男人闷闷不乐地摸着下巴。我笑得停不下来,罗姆卡起身点了根烟,给自己倒了杯金酒,终于忍不住了,"行了,有那么好笑吗?"

"罗姆卡……"我知道自己的表现不像话,但实在忍不住……"罗姆卡,你真的喝过伏特加和金酒吗?"

"没有。"

"那别去试了。我太傻了,之前居然没注意。你……你太急着装大人了!"

"很明显吗?"罗姆卡更郁闷了。

"不,也没那么明显……只是有些奇怪……"

"哪里奇怪了?狼人里有很多小孩儿。"

"你怎么知道?"

"呃……大概因为我们之间更坦诚吧。那些十八岁以上的人很难用非人类的身体生活,但对我们来说不成问题。"

可塑性……思维的可塑性。我边看罗姆卡,边思考着。我见过的潜者朋友里，肯定也有些过于热衷下流段子或者耍酷的毛头小子。对他们来说，穿过深渊程序的屏障更容易。尽管很奇怪，但的确如此。他们是看着虚拟世界的电影和书籍长大的，他们知道深渊城是画出来的，全身心地理解这一点，所以不会沉溺其中。

要是这样的人越来越多，潜者就不必再隐姓埋名了。

"罗姆卡，你是用自己的电脑和深渊连接的吗？"

"我用我爸的电脑。每次我在深渊里被抓到，都会被劈头盖脸骂一顿。他觉得我在里面成天酒池肉林，打打杀杀。所以我必须时不时回现实世界里看一眼。万一房门开了，我就能及时听到。"

"很高兴你没事，罗姆卡。"

狼人点点头，"我也很高兴！我有个备份的磁带存储器，但要恢复整个硬盘还是太费劲了。你是特意来看我的吗？"

我很想说"是"，但不想撒谎。

"不只是看你……我本来还想问问你的建议……"

"现在不想了？"

是的，我改主意了。但他这么一问，我也只能就坡下驴。

"罗姆卡，我身上发生了一件怪事……"我起身给自己倒了杯金酒，两指厚，加上汤力水。"我在网上遇到一个人……他不算人类。"

罗姆卡屏气凝神地听着。

"信息太庞杂，我不知道哪些是真的，哪些是假的，"我说，"他可能是个外星人，也可能是来自平行世界的客人，或者是人工智能，要么就是可以直接进入网络的变异人。现在至少有两家大公司在追捕他……"

狼人点点头，他心领神会，我不必说出"迷宫"和阿尔-卡巴尔的大名。

"还有德米特里·季本科。"

"季本科？"

"正是。他们想从他身上榨出点儿有用的东西。但他想离开，永远离开。"

"你在犹豫该不该把他交出去?"

"没人能阻止他离开,我敢肯定。但不管怎么说,那可是另一个世界啊,罗姆卡。另一个世界的知识,另一个世界的文化……或许他们能说服他,从他那儿学到点儿什么。他们的一点点知识,都可能让人类文明迈上一个新台阶。"

"是有可能。"罗姆卡同意我的看法。

"毕竟,他改变了我。如果没有他给我的能力,我绝不可能找到你。我不知道自己有没有权力悄悄把他藏起来。"

"你想听我的建议?"罗姆卡有点儿慌了神,"当真?"

"是的,罗姆卡。正因为你还是个孩子,而我已经是个愤世嫉俗的大人了。告诉我,一个人有权力拥有奇迹吗?"

"没有。"

我点点头,如我所料。但罗姆卡还没说完。

"谁也没权力拥有奇迹。奇迹不受任何人、任何物的掌控。这是它之所以是奇迹的原因。"

"谢谢。"我站了起来。

"我是不是说错话了?"

"没有,恰恰相反……我要回家了。很高兴你没事……"

我已经走出了房门,又停住脚步补充道:

"别喝太多酒。你已经长大了,罗姆卡,别急着证明自己。祝你考试顺利。"

"谢谢!"罗姆卡在我身后喊道。

奇迹是独立存在的……

我沿着旅馆走廊往前走,咀嚼着罗姆卡的话,嘴角上扬。

他的思维不受拘束,他拥有永不满足的渴望……

他想要理解,想要表达,想要征服!

奇迹应当是驯良的。只有把上帝塑造成人类的形象,我们才能信仰他。我们把奇迹降到了自己的水平。

这或许是好事,不然我们时至今日还在岩洞里,往闪电点燃的火堆里添柴火呢。

你是个好孩子,罗姆卡,你用错误的方法找到了正确的终点。就像在镜子迷宫里跌跌撞撞,但最终还是打破镜子找到了出口。虽然我暂时想不通你为何是对的,但你是对的这点毋庸置疑,罗姆卡……

我从一个面无表情的门卫身边经过,推开门。门外就是深渊城的街道,车水马龙,人来人往,霓虹灯明灭闪烁。我知道什么可以改变世界。我可以给世界带来奇迹。

但我没有权力这么做——因为奇迹是有生命的。

它是独立的个体,与我们的愉悦和悲伤毫无关系。隔开我和倒霉鬼的是什么?是冰冷的宇宙?还是深渊般的异世界空间?这都无关紧要,重要的是,倒霉鬼是个活生生的生命!

我沿着街道往前走,没有伸手拦车。这一片街区我了如指掌,前面就是俄罗斯区,走着就能到。我需要在倒霉鬼永远离开前弄清他的秘密,我必须有所行动。

教堂区,沿街可见黄金铺顶的东正教堂、天主教堂、低调的犹太教堂和穆斯林清真寺。还有亚历山大派的石头寺庙、撒旦教派的黑色金字塔。这群圣殿中最夺目的是一块闪闪发亮的广告牌,下面是胖墩墩的热心肠啤酒教教徒的圣殿。

倒霉鬼,我能带你看更多东西。动物园里有早已灭绝的斯特拉海牛和猛犸象;读书俱乐部里,大伙儿因为哪本书好,哪本书不好而争论不休;空间设计师展览上,设计师向观众展示新世界;医学会议上,世界各地的名医共聚一堂,给偏远地区的病人会诊……虽然那里肯定不允许旁听,但我可以黑进去,悄悄躲在角落看一位美国麻醉师和俄罗斯外科大夫为一个扎伊尔共和国[1]矿工设计手术方案……我可以带你去歌剧院,看不同国家的艺术家同台表演,还可以去看沉浸式戏剧。我们可以把所有庙宇里的神灵都祭拜个遍,管他是正义的还是邪恶的。我们可以在游乐园里看孩子们开"真正的"赛车,也可以怜悯地看着环保组织志

---

1. 1971—1997年刚果民主共和国的国名。

愿者在欧洲高速路上救助刺猬。深渊城的画廊足够你看上一整个月，毕竟一次性看完冬宫、普拉多美术馆[1]、特列季亚科夫画廊[2]和卢浮宫有点困难……但至少你可以抽出一天时间欣赏艺术，而不是坐在"迷宫"血红的天空下发呆。在学生街区，你可以给从沃洛格达[3]来的新生讲解材料力学的难题，我则可以给加拿大画家讲一讲怎么修饰秋季森林的细节。说到底，深渊并不邪恶，不是"酒池肉林、打打杀杀"。尽管你一路走来，所过之处都是流血、暴力、色情。虽然后有追兵，前路未卜，但这一切都是我的错吗？

或许这并不是巧合，是你自己选择了这条路。"迷宫""星际旅行""千愉百乐"和"精灵城罗斯洛立安"……你吸收了深渊，然后将它的真面目展示给我看，不是给自己看。你把我们内心的暴躁、愚蠢和攻击性都映射了出来。你比我更清楚虚拟世界不止于这些表象。

太遗憾了，你是对的，倒霉鬼。评判一个世界，不能只看它最好的一面，否则提到法西斯主义，人们想到的就只有技术鼎盛时期、高速飞机和强力引擎，而不是集中营的大烟囱和人油肥皂。

你已经做出了你的评判，并解释了原因。

我们有权利委屈吗？

我们有权拍着胸脯说自己是善良的吗？

但你不能，也不应该只带走这些丑恶的东西！不能只记住人性的污点，不能只记住无人之境的美景和为恶习服务的技术！否则，我们为什么要待在深渊里？我们到底算什么？

我站在天主教堂的大门前。那扇门富丽堂皇，充满压迫感，宏伟得有些滑稽。我可以推门进去，对着上古的神明祈祷，哪怕他并不存在。我也可以马上回家，握握倒霉鬼的手，和他告别。

但怎么做都不对。

---

1. 西班牙最大的美术馆。
2. 位于莫斯科，是世界上收藏俄罗斯画作最多的画廊。
3. 俄罗斯西北部城市。

"列昂尼德?"

迎面走来一个陌生人——个头很矮,面貌平平无奇,穿着条洗到发旧的牛仔裤和松松垮垮的毛衫。他的外表过于正常,完全不像是虚拟世界里的人物,而像是街边排队买日古廖夫啤酒的人。但他知道我的名字,来者不善。

"谁派你来的?"我问,"阿尔-卡巴尔?"

矮子没有回避我质问的眼神。

"列昂尼德,你见过我另一个样子。没有脸的样子。"

"德米特里?"

"是的。或许我们可以换个亲昵点的称呼?"

"混蛋。"我照做了。

"列昂尼德,我是来跟你谈谈的。就五分钟。"

难道他就是季马·季本科的真身吗?我见过他的照片,那是很久以前了,照片上的他还很年轻。所以就是这么一个普普通通、邋里邋遢、像小狗一样的男人发明了深渊程序,然后把整个世界都拖入了深渊?就是他手握百万美金,还拥有微软和美国在线的股份?就是他第一个察觉了倒霉鬼的身份?

"就五分钟。"

"列昂尼德,我们找个地方好好谈谈……"

他的声音不像外表那么窝囊。过去他可能也会低声下气地求人,但现在已经把那种语调忘得一干二净了。

我们绕过教堂,季本科用一把复杂的钥匙打开了花园的门。这里安静祥和,四处都是柳树和白杨树,平整的林荫道通向……形状熟悉的石碑。

"该死。"我脱口而出。

"没错,这是个墓地,"季本科喃喃道,"我……我喜欢来这儿。这儿能让我感到平静……是适合冥想的好地方。"

也许这里没什么特别的。我扫视一座座墓碑和一条条小径,看见远处一座小小的半身像旁,有一个蹲在草坪上掩面哭泣的女孩儿。她不是前来悼念的真人，只是画出来的哭灵人，相当于电子版大理石天使像。

　　虚拟是一种生命，有生就有死。人们把他们再也无法戴上头盔进入深渊的朋友埋葬在这里。

　　他曾相信奇迹——身边这句简短的墓志铭仿佛诅咒。

　　原谅我，不知名的死者。你曾相信奇迹，纵身跳进了五彩缤纷的虚拟世界，但现在只剩下关于你的零星记忆长眠此处。而现实世界中某个不知名的角落，你的墓前已经长满野草。你的朋友们宁愿花上半美元来这儿看你，却放任你现实中的墓前杂草丛生。大概，在现实中花上几个小时去你墓前喝杯伏特加，会显得更有诚意？

　　这是他们的自由。我无权评判！

　　"我听着呢，季马。"

　　季本科两眼通红，脸色憔悴，仿佛熬了几个通宵。他把我拽进了一个与我无关的奇迹诞生的角落，他像残杀瞎了眼的猫一样屠杀潜者。但他是这个世界的造世主，我必须听听他的说法。

　　"我不会问你是怎么逃走的，廖尼亚，"季本科说，"我想，你已经得到了你的报酬……"

　　"还有报酬？什么报酬？"

　　"背叛的报酬，"季本科怒视我的双眼，"怎么，觉得我说话难听？我告诉你，这是背叛！你背叛了我们所有人，背叛了此时此刻所有活着的人！你能和他成为朋友。我知道你有这本事，所以才雇用你，除了你没人有这本事！但很明显，我错了。我已经没什么可付给你的酬劳了……"

　　"季马，你知道虚拟世界已经变成什么了吗？"

　　"变成了自由本身！"

　　"那你为什么还要指责我？我们没有权利要求倒霉鬼交出任何东西！没有权利！"

　　"为什么？"季本科往"相信奇迹"的墓碑上一靠，冷笑着说，"行，就算没有物理公式或者先进设备的图纸，没有预防一切疾病的疫苗或者治理社会的良方，但他是不是至少能给我们带来希望？既然他来了，就意味着未来的一切都会越来越好！只要他存在，就意味着我们没有被自由给勒死！"

我一头雾水，他到底在说什么？

但季本科还在往下说，我没有插话。

"你以为我当时知道自己在做什么吗？不！我当时喝醉了，烂醉如泥！我已经长在了电脑上，不想睡觉，也不想玩游戏。那时候我实在不想工作了，就开始摆弄调色板，画韵律图……我很想给图配上音乐，但我那台垃圾电脑连声卡都没有！"

看来传闻是真的……

"我也不知道怎么回事！"季本科冲我大喊，"是深渊自己想要诞生，不是我创造出来的！是它自己透过我，降临在这个世界的！我明白，我感觉到了，我不是创造者，只是引路人，只是一枚棋子！它从远处操纵着我，穿透黑暗和沉寂抓住了我，逼迫我创造它！那个所谓的深渊程序！"

我猛地打了个寒战，不是因为德米特里提到了沉寂，而是因为他的感受与我如此相似：一个不知自己创造了什么的造物主，心中那种深深的恐惧。

"有人叫我天才……"眼前这个眼圈发黑的人一把抓住我的手，"还有人叫我走了狗屎运的蠢材！他们说的都不对！深渊是透过我才进入了这个世界的。也就是说，有人在背后策划了这一切！就算不是现在……将来也会……"

季本科的目光贪婪又兴奋，他凑近我耳语道：

"他有没有给你透露什么信息？哪怕是一点儿暗示也行……他是从哪儿来的？他飞行了多久？一年？一个世纪？还是一千年？"

"季马……"我低声说，"你从哪儿听来……"

"你离开的时候……"季本科神经兮兮地打断我，"掉进了我的陷阱，根本不可能脱身。但你还是逃走了……从硬盘上带走了所有信息，然后逃之夭夭！这是他教你的！对不对？是他吧？"

我充满同情地看着他。我真讨厌怜悯别人，这种情绪比嫉妒还有杀伤性，但我不由自主地怜悯季本科。

他的声音好像有些不对劲。名演员饰演悲情角色时用的就是这种低声下气的语气……

"你根本无法想象，"季本科说，"我为此耗费了多大精力，冒了多大风险！我押上了阿尔-卡巴尔董事的地位，押上了迷宫管理层的身份……你根本不明白，你们这些俄国佬到现在都不明白……我早就追踪了你的信道，把你的底细摸透了！我知道你是谁！列昂尼德，我知道你在深渊城的家！波利亚纳公司，49号公寓。你插翅难逃！你的真实地址我也能找到。但我不是在威胁你，只是求求你……和我联手吧！"

我就像陷入了时间循环，这次不是吉列尔莫，换成德米特里向我递出橄榄枝了。

"他们不懂，"他低语道，"随他们怎么想吧。什么平行世界来客，什么外星人，人工智能……都是狗屁！只有我们两人！无论过去还是未来，都只有我们俩！"

我明白……

"他们可以选择相信，也可以继续嘲笑，"季本科一拳砸在可怜的墓碑上，"但唯一没有边界的东西就是时间。电脑网络是有生命的，会一直存活下去，有关倒霉鬼的记忆会比我们存在得更久远！在时间隧道里，信息是没有边界的。他窥见了人类的历史。从那个我们永远无法涉足的遥远世界，从地球的未来，踏入了虚拟世界的童年时期。就算我们又丑陋又野蛮！他就一点儿有用的东西都不能透露给我们吗？哪怕给我们施舍一点儿信念都不行吗？"

"德米特里，为什么？你为什么会这么想？"

"因为我知道！"德米特里死死盯住我的双眼，"我创造出深渊程序不可能纯属偶然！这就跟我蒙眼开了一枪，结果同时射中一千个靶子一样！我不是什么天才，只是个普通人。是在遥远未来的那些人决定创造一个虚拟世界。这可能是早就注定的。他们大概只是需要一个桥头堡……一个瞭望台来监视我们。所以我就成了……某人手中的棋子……"

"桥头堡?"我问,"桥头堡是战争里的东西。"

"没错!有战争就必有伤亡……和俘虏。"

"你知道关于倒霉鬼的身份有多少种猜测吗?"

"知道。"

"如果他并不是来自未来,而是来自另一个世界呢?"

"管他呢!那我们的理由就更多了!他在我们的世界里,要按我们的规矩办事!我们必须弄清楚他是谁。"

他到底想从我这儿得到什么?

我看向季本科。他嘴唇发抖,眼神飘散,整个人显得苍老又矮小。他到底想要什么?想要我改变主意吗?想让我把倒霉鬼交给他?无论如何,我都没有这个权力。他只是在浪费时间……

时间……

他知道我的名字和地址,知道我住在虚拟世界的哪个角落。

他甚至可以跟踪我到罗姆卡家……

他在拖延时间!

我猛然反应过来,扭头冲向大门。季本科只是站在原地看着我,并没有追上来的意思。他的嘴角露出一抹胜利的微笑——那是演员谢幕面对掌声时露出的骄傲神情。

101

出租车从我身边飞驰而过,我举起的手在这里已经毫无意义。我在车后拼命挥舞双臂……

没用。

战争开始了。

该死,季本科是怎么把我踢出深渊城的交通系统的?难不成他在深渊客运公司也有股份?

算了吧,我也用不着出租车,不是吗?

立体的城市已经变成平面图形，在我看来已经司空见惯。我在城市上空滑翔，穿过一台台电脑，飞向自己的家……

然后一头撞到了墙上。

公寓楼就在眼前，塞满家具的十二层建筑，没错。但我就是进不去。空间状态被更改了。

我把自己变回真人模样，但还是没能进入楼里，只能无措地站在人行道上。

整栋房子在熊熊燃烧。

这不是火灾，而是我从未见过的景象。整栋楼流光溢彩，墙面的颜色和亮度不断变幻，每一块砖都像钻石一样闪耀。在探照灯的照射下，公寓楼就像一块古怪的长方体钻石。

街道上人头攒动，有穿着制服的城市警卫，也有"迷官"和阿尔-卡巴尔的私人警卫……房子周围拉起了警戒线，狙击手端着步枪守候在侧，冲锋枪手躲在透明的盾牌后面，还有人端着枪背着气囊浮在半空。我刚一出现在他们的包围圈中，就立刻被几百只枪口对准了。

这群人像一群枕戈以待的蜘蛛，不约而同地撒出大网。

"列昂尼德！举起手！慢慢走过来！"头顶传来指令声。我终于看清了包围圈外站在彩虹色灯光下的那群人：乌尔曼，维利，无脸人和司令官乔丹·雷德。

哎哟！

真是不胜荣幸！区区一个潜者还能跑到哪儿去？深渊城黑白两道的地头蛇都在他家门口集合了！

"列昂尼德，慢慢走过来！"雷德重复了一遍。他的声音在街道上空回荡。

至少他们还在试图维持行动合法的表象。追捕行动是由警察发起的。

我在枪口下，或者说在几百台电脑的注视下缓缓移动，每一步都被精确测量分析，每一字节的数据都处于无形的控制下……

站在我面前的警察让开了一条道。吉列尔莫扭开脸。乌尔曼显然是由秘书假扮的,正阴险地冷笑着。季本科仍然躲在他的面具后面,无动于衷。

我谁也不理,直接冲着雷德说:

"这是怎么回事?"

"您被指控非法使用武器,入侵他人信息空间,并造成严重损失,最要紧的是,您隐瞒了对深渊城来说非常重要的信息,"乔丹报出一大串罪名,"我们要依法拘留您,以便开展进一步调查。"

"那我的房子犯了什么罪呢?"我问。

但雷德不吃这套,"我们正在搜查证据。"

我回头看看"熊熊燃烧"的公寓。搜查?这可不是一般的搜查。封锁,冻结现场,用数据冲垮信道。倒霉鬼能扛过他们的攻击吗?万一他的力量也不足以抵挡呢?

"我投降,"我说,"我接受所有指控。请您……立刻停止搜查。"

乔丹摇摇头,眼中透出一丝同情,但仍然坚定,"不要试图躲回现实世界,"他警告道,"我们已经请求国际刑警对您进行逮捕。"

恐惧攫住了我,剥夺了我反抗的意志,扼杀了我所有的力量。谁知道呢?也许在现实中,戴着黑面具的警官们已经站在我背后了?

真正的监狱,真正的刑罚,跟刺激的虚拟游戏完全是两码事。蹲监狱意味着睡发霉的草垫,吃斯大林时代祖传的麦片粥,天天盯着铁栅栏窗,被智力残缺的狱警看守。

说不定,我亲爱的家乡警察动作还没那么快?虽然他们极度渴望用一个俄罗斯公民换十台快报废的便携式收音机。

深渊啊深渊……跑吧。

我看着这些荷枪实弹的二维警卫。

追捕奇迹无国界。这些警卫趋之若鹜,从世界各个角落潜入深渊,只为了撕扯下一小块奇迹,无所谓奇迹会将我们的世界带往何处。

我心中突然涌起一股怒火。

"乔丹,我给你十秒钟……"我压抑着愤怒,"给你们所有人十秒钟,立即离开。"

"冷静点儿,列昂尼德!"雷德慌了。

"枪侠,我们还是好好谈谈吧……"维利试图劝我回头。

"你的力量也是有限的……"无脸人循循善诱。

老天,他们害怕我!我孤军奋战,已是瓮中之鳖!但他们依然害怕只有一台破电脑,手无寸铁的我!

为什么?

"我不知道你还想怎么抵抗,"季本科带头说,"但……"

"还有五秒。"我在倒计时。

警卫们毫无预兆地开始放枪,可能压根儿没人指挥,也可能是我没听见号令……

一时间火光四起。疼痛向我袭来。

这幅光景真让人感慨万分。深渊诞生以来的所有公开和非公开秘密都因我而揭开,我何德何能……

我站在火舌中央,欣赏着周围一张张恐惧的面孔,无脸人那灰色烟雾构成的脸上,竟然也写着恐惧。

他们百思不得其解,为什么我仍好端端地待在虚拟世界中,而不是在已经死机的电脑前,对着一片死灰的屏幕摘下头盔?

我抬眼扫向警卫,他们的身体瞬间扭曲,像被鞋跟碾过的布娃娃,然后化作粉末消失在空中。我的视线好像能回击所有袭击我的肮脏东西。

短短五秒钟,所有警卫都屁滚尿流,整条街道瞬间变空,只剩下我熊熊燃烧的房子和一群始作俑者。

"你只有在深渊中才是上帝。"无脸人说。他没在恐吓我,只是提醒我。

"哦,真的吗?"我缓缓向他们踱去,"雷德,现在税务警察的电脑显示屏上显示你私吞了好几百万。乌尔曼,现在任何人都能自由出入阿尔-卡巴尔了!维利,'迷宫'完蛋了!所有关卡和地图都被清空,怪兽都跑光了!季马,警察发现你的指纹正好和一个连环杀人犯吻合!"

我停下来,给了他们一秒钟思考时间,接着说:

"再过一分钟,这些都会成真!"

我不知道自己办不办得到,也不知道自己的力量有多强大,甚至不知道这力量来自何方。

不过,只要能让他们相信就够了。

"你到底想要什么,潜者?"乌尔曼大喊。雷德一把推开他,冲我咆哮:

"说出你的条件!"

看来我猜中了他的税务问题?

"停止追捕。"

奇迹离他们只有一步之遥,但他们只能与它失之交臂。

乌尔曼和吉列尔莫交换了一个眼神,阿尔-卡巴尔的总经理点了点头。

"我们撤诉,乔丹,"维利说,"没必要让国际刑警掺和进来……"

他轻轻朝我点了下头。所以刚才他们只是在威胁我?

谎言。谎言无处不在。

我用余光瞥见街上的人们正慢慢向我们聚拢,他们是深渊城的普通居民。现在警卫都跑了,他们可以一睹为快了。

让他们看个够吧。

乔丹轻轻晃动季本科的肩膀——

"你听到了吗?行动结束了!到此为止!关掉你的系统!"

这么说,是季本科冻结了整栋大楼?警察根本没这个能力?

无脸人把指挥官推到一边,只盯着我一个人。他是唯一一个不怕我威胁的人。不是因为他不相信我的能力,而是因为他已经做好了对抗的准备——对抗被电脑技术完全渗透的美国司法系统。

他仍不愿意放弃奇迹。到头来,我们都是同类,至高的理想侵蚀了我们的大脑,尽管我们道不同不相为谋。

面具后传来他几不可闻的声音:

"你背叛了整个世界……"

"我是想让它重获新生。"

"你拒绝向我们的世界分享奇迹,潜者。你得到了奖赏……然后背叛了我们。好吧。别忘了拿走徽章,你会用上它的。"

我回想起那个仓库——装满软件的盒子、桌子……特权徽章就放在桌子上。

我伸手穿过并不存在的空间,把沉甸甸的徽章握在手里。我细细观赏了它一番:白底,中间是彩虹色小球,裹在白色蜘蛛网里。

"这是你的。"我说着把徽章扔给无脸人。一碰到他的黑色斗篷,徽章就黏在了上面。设计得不错……"这不是我应得的。它应该属于你……是你创造了深渊。别再说你做不到了,你已经做到了,只凭你自己的力量。谢谢你。别再觉得全人类都欠你的。这个世界会继续活着。它可能会跌倒,但也会学着爬起来。它不会强迫任何人说话,也不会堵住任何人的嘴巴。有朝一日,这个世界会变得更好……"

我转过身,向自己家走去。

季本科还没有关闭他的冻结程序。我也不打算找他帮忙。我拉开楼门,走进门厅,现在这里就像阿拉丁的藏宝洞。

我所过之处,刺眼的光芒都黯淡下来,归于寂灭。我一步一步,撕裂了季本科的程序,夺回自己的领地。

上楼。只用走两百五十步就行。

每扇门后都有窸窸窣窣的响动。随着我的到来,我画出来的那些小世界都活了过来。断断续续的音乐声和谈话声、玻璃杯摔碎的声音、锤子砸墙的声音、光脚板踩地板的声音和尖锐的钻头声——全都苏醒了。

我甚至不记得,我什么时候给自己造了这么多邻居。我真是个怪胎,跟他们一样……

我知道,我现在的能力可以立马摧毁冻结程序,但我没这么做。慢慢爬上去吧,一步一步来。我要让那病态的光芒一点点从墙上消失,把空荡荡的房间唤醒。这是我最后一次回来了。

婴儿哭闹不止,水龙头滴答滴答漏水,小狗激动地乱叫,杯子叮当作响。没什么可记住的,不必悲伤。回忆曾经是支撑我前进的拐杖,但如今我已经学会靠自己的双腿前行。

我爬上最后几级台阶,在自己家的钻石门前站了一会儿。一颗颗钻石倒映出我此时的面庞,这只是我在深渊中的无数张面具之一。

我对着门上的钻石哈气,钻石暗淡下来,像冰块一样慢慢融化,一点点滴落,流走。深渊啊,为我哭泣吧。我哭不出来,没什么可哭的。

推开门,家里一如往常,季本科的程序对我家无效。

倒霉鬼和维卡站在窗边,看着街上的一切。

我轻轻走到他们身后,维卡转过身握住我的手,什么也没说。我们三人就这样静静望着深渊城。

楼下门庭若市。深渊客运公司的出租车停在稍远的街道上,人们争先恐后围过来参观这幢被冻结的房屋。

只有我们窗下留出了一小块空地,无脸人站在中间。他也抬头望着,仿佛能看见我们似的。我甚至希望他真的能看见。

"他不坏,"我对倒霉鬼说,"只是急躁了点儿。"

"我不怪任何人。"倒霉鬼说。

"那就离开吧,"我请求道,"是时候了。"

110

他盯着我看了良久。这个披着倒霉鬼外壳的人,仿佛想看到我的真实面孔,理解我此刻的所思所想。

"你难过吗?"他终于问出了一句。

"不是难过,是伤心,跟难过不是一码事。"

"我害怕你伤心,毕竟我打碎了你的梦想。"

"什么梦想?"

"你梦想着虚拟技术能改变世界,让世界变得更纯净,带给普通人善意和力量。你忍受着难以忍受之事,对小人笑脸相迎……"

倒霉鬼伸出手,放在我和维卡紧紧牵着的双手上。

"你相信会出现一个时刻……一个能洗刷一切罪过和错误的时刻。

而我杀死了你的信仰。"

这些话在我听来甚至些滑稽。他真是这么想的？

我真是这么想的吗？

"问题不在深渊，倒霉鬼，"我说，"与深渊无关。"

他点点头。

"你记得镜子迷宫吗，列昂尼德？"

我当然记得……

"深渊给了你们几百万面镜子，魔镜。人们不仅能从里面看见自己，还能看见世界的任何一个角落。每画出一个世界，这个世界就会在镜子里活过来。这是一份神奇的礼物。但镜子太听话了，既顺从，又极具欺骗性。面具戴久了就融进血肉，变成了真正的脸。一身恶习的懒汉成了讲究的绅士；势利小人成了杰出精英；内心阴暗的危险分子成了坦率真诚的乐天派。镜中世界的旅途并不惬意，很容易迷失方向。"

"我知道……"

"我告诉你这些，是因为你懂。我也想做你的朋友，列昂尼德。"

他悲伤地笑笑，接着说：

"不过我们的友谊很古怪就是了……"

"外星人和俄罗斯人——永远是兄弟[1]？"维卡开玩笑道。

看来倒霉鬼没能说服她。对她来说，倒霉鬼就是个人类，是个狡猾的黑客，耍弄了所有人……

我有些不高兴，但是仍然说：

"我不会问你的身份。不管你信不信，我真的不在乎……不管你来自其他星球还是另一个时空，不管你是不是人工智能。你比我们知道的多太多了。告诉我，未来是什么样的？"

"这取决于你望向哪一面镜子，潜者。"

"我会仔细挑选镜子的，倒霉鬼，我会非常小心。现在，你该离开了。"

---

1. 此处是模仿斯大林时代的一句标语："俄罗斯人和中国人——永远是兄弟。"

他抽回了手。

这一瞬间什么也没有发生，紧接着，他身后的墙开始扭曲，变成了漏斗形的隧道。

倒霉鬼后退一步，进入了那条通往未知的隧道，通往那个有蓝色太阳和橙色彩带的地方，回到他的世界。

他的身影跳动着，逐渐模糊，瀑布般的彩色火花从他身体里迸发出来。有一瞬间，我觉得自己似乎看见了这位天外来客的真面目。

其实，我可能只是太想给奇迹取一个名字。

"别忘了我们……"我对他最后残存的一点儿光影说，"像我们记住你一样，记住我们……"

整栋楼房都开始摇动，墙壁逐渐变得透明，一会儿又变成淡绿色，在砖墙和纸墙间来回变换。天花板也卷了起来，变成了穹顶，地板变成了镜子，窗边的灯像走马灯一样变换色彩，最后点燃了纸墙上我们的影子。

房间变成了一间无比空旷的大厅，仿佛正被某人有序地向四面八方拉扯。

倒霉鬼离开的隧道正在缓缓收缩，但还来得及……我可以跟着他跳进去，看看他来自哪里，摘下奇迹的面具。

"廖尼亚，这是怎么回事?!"维卡大喊道。

"这是信息。"我回答。屋里卷起一阵狂风，窗台上长出一颗石榴树，架子上的CD开始齐声放歌。

"他在复制数据，带走他在这里学到的一切。"

半透明的影子一个个穿过我们。背着步枪的亚历克斯跑了过去，那只大蜘蛛八条腿并用地爬进隧道，我们在迷宫里救下的那家人也进入了隧道。一棵巨树像个巨大的螺旋桨一样旋转着飞了过去，一脸惊恐的霍比特人被卷走了，气囊着了火的无脸人保镖也一个大跳飞了过去。

接着是我和维卡的影子，手牵着手进入了隧道。

"记住我们，"我喃喃自语，"别忘了我们……"

隧道仿佛相机光圈一样缓缓收缩。最后一刻，法师的飞鞋也拍打着小翅膀挤了进去。

房间恢复了正常。

"我怎么也没法相信他是个外星人。"维卡不太确定，但仍旧非常倔强地说，"如果他是个厉害的黑客，那他可以……"

我抱住了她，她没再接着说。

"求求你了，维卡，别说话，"我请求道，"他走了，不是吗？他永远离开了。我们没必要再争执了，我们只能选择相信。"

街上的人群骚动起来，人们议论纷纷。他们看见刚才发生的事了吗？没关系。今天，深渊城的新神话诞生了。

"他走了，但我们还留在这儿，"维卡说，"他们还在追捕你。"

我点点头，慢慢放开她，走到窗边往下看。无脸人仍然一动不动。

"潜者列昂尼德也该走了。"我同意她的看法。

"你会想念你的房子吗？"维卡问。什么也不用解释的感觉真好。

"一点点吧……就像想念小时候骑的三轮自行车。"

我回到她身边，再次拥抱她，我们动情地吻在一起。

这才是从此以后永远不会离开我的东西。

"*深渊*……"我心中默念。

遥远的明斯克服务器租赁公司收到了指令，房子再次晃动起来。磁头划过磁盘，开始抹去一切数据文件。

划一圈——住着坏老头的那层楼消失了；再一圈——爱写小说的工程师住的六楼消失了；又一圈——黑胶唱片收藏家住的十楼消失了……

我的电脑飞速运行，公寓的墙面逐渐消失。我没有看电脑桌面，但我知道显示屏上的维卡正在对我微笑——那是她最后的微笑。在被删除时，程序不会感到悲伤，只有人类会悲伤，但我别无选择。如果你在镜子迷宫里迷了路，你就得打破虚妄，找寻光明……

公寓楼彻底消失，人群一片惊呼。可怜的乔丹得想方设法证明这不是他的错。

我们相拥着掠过深渊城上空，凝视着对方的眼眸。

"棒极了……"维卡轻声呢喃。

"我不知道自己是怎么办到的……"

"你不知道你是怎么接吻的?"她大吃一惊。

好吧,真搞不懂女人的逻辑。

在乌克兰和巴尔干半岛接壤的地方,我找到一家超市旁的安静角落,降落在电话亭和喷泉之间。就从这里回到现实吧。我们可以在这里再待一小会儿。

"你会抹掉所有痕迹吗?"维卡好奇地问。

我默默点头。

"不想被找到?"

"我尽量。他们大概会把整座城市翻个底朝天……不过他们也许办不到。我最好想办法别让他们知道。"

"那你信任我吗?"

"我住在圣彼得堡。"我说。多希望我们是同乡啊,但维卡皱起了眉头。

"彼得堡……廖尼亚,在这儿等我一下,好吗?"

我在原地等待。她跑进超市,我则连上明斯克的服务器,检查有没有留下痕迹,然后移除了所有备用地址,包括那些从没用过的,接着毫不留情地清除了所有数据。不管是盒式存储器和磁盘,还是伯努利磁盘[1]和光碟,全都抹得一干二净。最后一个需要清理的是我的内存盘。好了。现在的我就像个从没去过深渊的人。

维卡回来了。

"你能想象吗?我在超市里排了好长的队。"她爽朗地大笑。

"买什么东西这么着急?"

"只买了一样。"

她挥了挥手中预先折起的机票,我只能看清上面的目的地。

"你明早有空吗?"

---

1. 1982年发行的一款高级磁盘。

375

"你不是害怕坐飞机吗?"

"那有什么办法?其他交通方式都太慢了……你明早会来接我吗?"

"航班号是多少?"

"明早十点在问讯处等我。"

又跟我玩独行侠的小把戏……我可以立马跑到收银台,看看谁买了张去圣彼得堡的机票。

当然,我不会那么做。

"我怎么才能认出你?"

维卡耸耸肩。

"到时候再说。你呢?"

"我会在嘴里叼一支红玫瑰。"我闷闷不乐地说。

我完全理解维卡的心情。在虚拟世界里恋爱是一回事,在现实世界里约会又是另一回事。要谈论真实的自己,实在太可怕了。

如果她不提,我真不知道自己有没有勇气主动提出见面。

"那明早十点问讯处见,"维卡说,"尽量别认错人,好吗?"

"好的。"

"那我走了?"她半是询问,半是通知,"我还得收拾行李……"

"圣彼得堡已经很冷了。"我贴心地提醒她。

"我这儿也是……"

维卡消失在一团火花中。她离开深渊的样子很美。

我也该走了。

我朝一个惊讶的路人挤了挤眼睛,也退出了虚拟世界。

头盔里的屏幕黑漆漆的。伸手不见五指。

我摘下头盔。

Windows管家金色的背景图在显示屏上闪烁。电脑上的维卡不见了。我再也不用和纸片人为伴了。

现在该手动断开互联网了……

我打开命令窗口,盯着闪烁的光标发呆。

无拨号音[1]！

我得赶紧去交电话费。

以防万一，我还是拿起话筒听了听，一点儿声音也没有。接着，我查了查系统日志文件——三小时前我的电话就被自动电话局的职员切断了，就在工作日结束前的几小时。

所以乌尔曼先生的虚拟秘书，你是对的……人类的确可以不借助任何设备就进入虚拟世界。

我脱下拟真服，一头扎进温暖的床。

111

我是被电视的沙沙声吵醒的。我躺在床上，紧紧裹着被子——暖气还没来，屋里很冷。我就这么听着播音员聊天。政治、经济、实时汇率……昨天虚拟世界的暴乱会上新闻吗？也许会吧，插播在娱乐新闻、体育新闻和其他奇闻逸事中间。电视台喜欢报道深渊城，观众觉得卡通风景和画出来的小人很好玩儿。好在我们还能嘲笑深渊，只要我们不恐惧它……不仇恨它……

我仰头看墙上的钟，吓了一大跳。原来是表停了。大概从昨晚开始指针就不走了。又忘了上发条，常有的事儿。我找到床边的遥控器，打开电视上的时钟。

早上七点。还好，来得及。

整个身体就像散架了一样，脑袋沉甸甸的，一连几次长时间下潜后就会这样。人类还不是很适应虚拟世界。可能再过一两年，深渊城居民就会被副作用缠上，比如瘫痪啊，失明啊，心脏病之类的。然后季本科又会被揪出来批斗，大公司开始打赌虚拟世界将会毁灭，严肃的科学家们会指出他们早就预见了这一切，并一直在警告人类……

---

1. 此处原文为英语。

到时候再说吧。无论如何，我都会是第一批遭殃的人。

情况也有可能完全相反，我和季本科翘首盼望的技术突破终将来临。我昨天做到的事情，人人都能做到。两个世界将合二为一，虚拟和现实只有一步之遥，进入虚拟世界不再需要任何外力……

我爬起来，铺好床。拖地，擦灰，然后把所有衣服都从衣柜里扒拉出来。我足足翻找了五分钟，好不容易找出几件像样的衣服。如果你习惯了给自己画衣服，从T恤衫到燕尾服都是画出来的，那你的衣柜肯定也是一团糟。

牛仔裤加套头毛衣。就这么穿吧。

穿好衣服，我又打量了一遍自己的房间，目光最后落在整夜工作的电脑上。屏幕上闪现出一行字："廖尼亚，深渊正在等你！"

让它等去吧。

我试图整理公寓，但失败了。一个太久没收拾的单身汉房间，只会因为垃圾被清扫干净，地板过于干净而显得更加凌乱。好吧……打扮得漂亮就行。要是维卡和黑客打过几次交道，就不会被吓到了。

我把电脑关掉，本来都到门口了，又想起厨房还没收拾……天哪，够了，我可干不来这事儿。

我匆匆带上门，按下电梯按钮。那个被烟头烫穿的塑料按钮几乎不亮了。不知是谁在电梯里抽了这么多烟。

这儿肯定不如深渊里的公寓楼漂亮。

电梯一层一层缓缓下降，经过那些我不认识、也从来不想结识的邻居。一个人可以杜撰别人的生活，可以同情或者嘲笑那些不存在的人……但是，要想真正了解活生生的人实在太难，即使只需要迈出一小步。

如果维卡没来怎么办？如果她改变了主意，也觉得一个人无法连接两个世界，然后临阵退缩了怎么办？

我想象自己在机场滑稽的样子——一个可笑的男人，来自虚拟世界的难民，钻进了现实世界。他脸孔苍白，穿着一身不需要熨烫的廉价衣服，跟瘾君子一样两眼布满血丝。然后维卡就这么出现了，纤细美丽，打扮时髦……或者正相反,一个弯腰驼背,戴着眼镜的女孩儿跑出来,套着肥大的连衣裙和过时的大衣……

天知道哪种情况更糟糕……

我默默哀叹一声,几乎提前体验了双份的羞耻和失望。电梯门就在这时打开了,一个小姑娘牵着狗,看到我吓得向后退了一步。

棒极了,就连孩子都躲着我……

我从那只摇头晃脑的狗身边挤过去,拖着沉重的双腿走出电梯。

"早上好!"小女孩在我身后小声说。

我连怎么跟人打招呼都忘了……

"早上好。"我迟钝地朝她笑笑,落荒而逃。

不知为何,我很肯定倒霉鬼不会忘记问早安,他甚至还会拍拍狗的后脖子,让小狗高兴得在地上打滚。

我现在有足够多的钱,甚至可以趾高气扬地打车去机场,但我不想太早去。我害怕等待,太怕了……我在街边买了两个面包卷当早餐。面包卷是热的,但不新鲜。我本来想喝啤酒,但在店主傲慢的目光注视下,最后只要了一瓶柠檬汽水。

机场大巴上没几个人。一群打扮入时的姑娘坐在座位上,抱着大箱子昏昏欲睡。我站在车尾,看着电线杆飞速后退。

或许我压根儿就不该去……

到达机场已经是九点四十五分。我抱着上断头台的决心,毅然走下了大巴,在毛毛雨里驻足了片刻才走进候机楼。

说不定天气不好,航班取消了呢……

机场里面暖烘烘的,人声嘈杂。孩子们兴奋地围着父母跑来跑去,"倒爷"们脸色阴沉地拖着行李往前走。一群衣着单薄的人正在值机,他们的目的地一定是某个南方城市。我研究了大屏幕上的航班信息——全是准点到达。

说不定维卡根本就没上飞机……

半小时内有四架飞机抵达圣彼得堡。维卡可能是从塔什干、里加、哈巴罗夫斯克或者莫斯科来的……如果之前她定约会时间的时候留好了时间预算,那么她就可能来自俄罗斯任何一个地方,甚至国外任何一座城市。

我朝问讯处走去。那里站着几个人,但没有一个是维卡。我一眼就能看出来。

每个人的脸都截然不同,但都很难看——疲惫不堪,满脸忧虑。深渊里可没有这样的脸……

我靠在墙上等待。通常情况下,我等待女士的极限是半小时……但维卡例外,我可以等一个小时,或者两个小时。我会黏在这面墙上,直到警察赶我走。

如果现在有台带无线网卡的笔记本就好了,这样就能运行深渊程序,下潜,去查看所有航空公司的资料……

我闭上眼睛。

深渊就在我眼前展开。

那是黑色的天鹅绒。无底的悬崖中间贯穿着无数彩色丝线。小小的地球穿上了新衣。深渊在等待。我看见飞机来来往往,信息的旋涡在电脑中流动,我还看见远处深渊城高耸入云的楼宇。只要伸手就能到达,我再也不需要借助机器。

我身边有人正用电脑进入深渊,就在机场里。我在他背后站了一会儿,通过他的眼睛看向深渊。

这就是我的世界。

慷慨无私,无边无际,喧哗混乱,充满人情味儿。它会变得更好,会和我们一起改变,只要我们相信它。不要在迷宫流连忘返,出口就在身旁;不要爱上幻象,真爱近在眼前。

下一个深渊访客,也许就不会像倒霉鬼这么善良了。

我退出网络,电子显示屏上的数字一跳,十点整。

"红玫瑰在哪儿呢?"

我转身望向维卡,瞪大了双眼,这一刻比我在虚拟世界里经历过的任何恐怖经历都可怕……

她和我画出来的一模一样!她就是那个每天早上从屏幕里对我微笑

的姑娘，我梦中的姑娘。

只是这个维卡的头发更浅更短，眼里没有笑意，取而代之的是惊慌……正如此刻的我。但这就是我的维卡，穿着牛仔裤和短外套，挎着单肩包的姑娘。

我们在深渊里使用的都是现实世界中真实的身体！世界上最好的面具，就是自己的脸。

"玫瑰还在地里种着呢。"我说。

维卡松了口气。

"我还担心……你会突然给我画一朵出来。"

"不会的，"我轻声呢喃，"假花已经够多了……"

我牵起她的手，两个人四目相对，静静站了一会儿。

我们一起朝家的方向走去。